メインテーマは殺人

アンソニー・ホロヴィッツ

自らの葬儀の手配をしたまさにその日、資産家の老婦人は絞殺された。彼女は自分が殺されると知っていたのか？　作家のわたし、アンソニー・ホロヴィッツは、ドラマ『インジャスティス』の脚本執筆で知りあったホーソーンという元刑事から連絡を受ける。この奇妙な事件を捜査する自分を本にしないかというのだ。かくしてわたしは、きわめて有能だが偏屈な男と行動をともにすることに……。ワトスン役は著者自身、謎解きの魅力全開の犯人当てミステリ！　７冠制覇『カササギ殺人事件』に並ぶ圧倒的な傑作登場。

登場人物

ダニエル・ホーソーン……ロンドン警視庁の顧問。元刑事
アンソニー・ホロヴィッツ……作家
ダイアナ・J・クーパー……資産家の老婦人
ダミアン・クーパー……ダイアナの息子
グレース・ラヴェル……ダミアンの恋人
アシュリー・ラヴェル……ダミアンとグレースの娘
マーティン・ラヴェル……グレースの父
アンドレア・クルヴァネク……ダイアナの家に通う掃除婦
レイモンド・クルーンズ……劇場プロデューサー
アマンダ・リー……ダミアンの王立演劇学校《ロイヤル・アカデミー・オブ・ドラマティック・アート》（通称ＲＡＤＡ）時代の同期生
リズ……王立演劇学校の副校長
ロバート・コーンウォリス……《コーンウォリス＆サンズ》社の経営者
バーバラ・コーンウォリス……ロバートの妻

アイリーン・ロウズ……《コーンウォリス&サンズ》社の従業員

ティモシー・ゴドウィン
ジェレミー・ゴドウィン……交通事故の被害者の双子

アラン・ゴドウィン……ティモシーとジェレミーの父

ジュディス・ゴドウィン……アランの妻

メアリ・オブライエン……ティモシーとジェレミーの乳母

ナイジェル・ウェストン……勅撰《ちょくせん》弁護士。元判事

チャーリー（ジャック）・メドウズ……警部

ヒルダ・スターク……ホロヴィッツの著作権エージェント

メインテーマは殺人

アンソニー・ホロヴィッツ
山田　蘭　訳

創元推理文庫

THE WORD IS MURDER

by

Anthony Horowitz

目次

メインテーマは殺人

1　葬儀の手配

白くまぶしい陽光があたりに降りそそいではいるものの、見た目ほどは暖かくない春の日の午前十一時を回ったころ、ダイアナ・クーパーはフラム・ロードを横断し、葬儀社に足を踏み入れた。

ダイアナはやや小柄で、いかにもてきぱきとした女性だ。その目にも、きっちりと切りそろえた髪にも、足どりにも、迷いのなさが見てとれる。こんな女性がこちらに向かって歩いてきたら、思わず脇に身を引き、道を譲ってしまうだろう。かといって、けっして冷たい印象ではない。感じのいい丸顔で、年齢はおよそ六十代。はおっただけの淡い色のレインコート、合わせ目からのぞくピンクのセーターと灰色のスカートは、いかにも高価な品に見える。ビーズと石を組み合わせた重そうなネックレスはどうにも価値が測りかねるものの、いくつも重ねづけしたダイヤモンドの指輪は、まちがいなく逸品だ。フラムやサウス・ケンジントンの街路では、こうした身なりの女性たちをよく見かける。この女性もまた、昼食をとりにレストランへ、あるいは画廊へ向かっているかのように見えた。

葬儀社の名は《コーンウォリス&サンズ》。区画のいちばん端に位置する店舗で、どちらから歩いてきた人にも見えるよう、古風な書体で塗りあげた看板を正面と側面の両方に掲げている。ふたつの看板が交わるのを阻むように、建物の角、玄関扉の上にはヴィクトリア朝の時計が据えられていた。時計の針は、おそらくはわざと十一時五十九分で止めてある。真夜中の一分前だ。正面と側面の看板には、どちらの側にも同じように、社名の下には「葬儀社——一八二〇年創立の一族経営企業」と記されている。正面の壁には窓が三つ、そのうちふたつはカーテンが閉まっており、三つめには大理石製の開かれた本が飾られていた。そのページには、こう刻まれている——〝悲しみはひとりで来ることはない、大軍となって攻めよせる〟——『ハムレット』の一節だ。木製の部分はすべて——窓枠も、敷居も、正面の扉も——黒にも見まごう濃紺に塗りあげられていた。

クーパー夫人が扉を開けると、旧式のバネ仕掛けの呼鈴が一度、けたたましく鳴り響いた。そこはこぢんまりとした応接室となっていて、ソファが二脚、ローテーブルをはさんで向かいあっている。いくつか並んだ書棚には、読まれずに飾られているだけの本特有の悲哀が感じられた。上の階への階段、そして奥へ延びる細い廊下も見える。

待つ間もなく、太い脚に頑丈な黒い革靴をはいた、がっしりした体格の女性が階段を下りてきた。その顔には感じのいい、礼儀正しい笑みが浮かんでいる。あなたが配慮の必要な、痛ましいご用件でここにいらしたのは存じています、おちついて効率のいい仕事ぶりをお見せしますよ、とでもいうような。アイリーン・ロウズというこの女性は、葬儀社の経営者であるロバート・コーンウォリスの補佐で、受付も担当している。

「いらっしゃいませ。どんなご用件でしょうか」

「葬儀の手配をお願いしたいの」

「どなたか、近しいかたが亡くなられたばかりということですね?」

〝亡くなられた〟という言葉の選択には、ちゃんと意味がある。〝逝去された〟でも、〝この世を去られた〟でもない。業務において、アイリーンは率直で飾らない言葉を使うことにしている。そのほうが、結局は誰にとっても楽な気持ちで話を進めることができるのだ。

「いいえ」クーパー夫人は答えた。「わたし自身の葬儀です」

「かしこまりました」アイリーン・ロウズは顔色ひとつ変えなかった——どうして驚く必要がある? 自分自身の葬儀を手配しておくのも、近ごろではけっしてめずらしいことではないのだから。「相談のご予約は?」

「入れていません。予約が必要だなんて知らなくて」

「では、コーンウォリスの手が空いているか見てきますね。どうぞおかけになって。お茶かコーヒーをお持ちしましょうか?」

「いいえ、けっこうよ」

ダイアナ・クーパーは腰をおろした。アイリーン・ロウズは廊下の奥へ姿を消し、数分後にひとりの男性を先に立てて戻ってきた。誰もが描く葬儀屋像にぴったり当てはまる、そのまま舞台で演じることさえできそうな人物だ。お定まりの黒のスーツに黒のネクタイといった、厳粛な身なりはいうまでもない。こんなところへ足を運ぶことになった客に対して、まるで詫びてでもいるかのような佇《たたず》まい。深い哀悼《あいとう》の意を表すかのように、両手はきつく組み合わされている。顔に刻まれたしわはいかにも沈痛で、額を越えてさらに後退しつつある生えぎわ、そしてあごひげという、まるで育毛剤の実験に失敗したかのような組み合わせによっても、まったく和らげられてはいない。鼻梁《びりょう》にめりこんだ眼鏡のレンズにはうっすらと色がついており、目を縁《ふち》どるだけでなく、隠してさえいるようだ。年齢は、およそ三十代なかばというところだろうか。それでも、口もとには笑みが浮かんでいた。

「いらっしゃいませ。ロバート・コーンウォリスです。葬儀のご相談でいらしたとか」

「ええ」

「コーヒーかお茶はお勧めしましたか？　どうぞ、こちらへ」

こうして、この新規の顧客は細い廊下を進み、突きあたりの部屋へ通された。ここも応接室と同じく質素なしつらえだ——ただ、ひとつだけちがいがある。こちらの書棚には、本の代わりにファイルやパンフレットが並んでいるのだ。開いてみると、棺や霊柩車（ごく伝統的なものから馬に曳《ひ》かせるものまで）の写真や価格表が載っている。二段にわたって並べてある骨壺は、火葬についての話しあいへ顧客を誘導する役に立つ。部屋には二脚の安楽椅子が向かいあっており、かたわらに小さな机があるほうの椅子に、コーンウォリスは腰をおろした。それから銀のモンブランの万年筆を取り出すと、メモ帳をかまえる。

「ご自身の葬儀のご相談でしたね」

「ええ」さっさと要件に移りたくて、クーパー夫人はてきぱきと言葉を継いだ。「ある程度まで、具体的なことも決めてきたんですよ。問題なく引き受けてもらえるといいけれど」

「問題なんて、とんでもない。それぞれのお客さまが何をお望みか、それがわたしどもにとっては大切なことでして。近年では、いわゆる特別あつらえ、凝った趣向の葬儀がわが社でも主流となっております。お客さまの望みをそのまま実現することこそ、わが社の誇りとするところなのですよ。ここでお話をうかがって、わたしどもの提案に納得いただけるようでしたら、契約した葬儀一式の仕様と明細をきっちりと書類にしてお渡しします。親族や友人のかたがたは何をする必要もない、ただ出席していただくだけでいいのですよ。すべてがご本人の望みどおりに行われているとわかり、列席されたかたがたの心がどれほど安らぐものか、われわれは長い経験からよく存じております」

クーパー夫人はうなずいた。「すばらしいわね。では、具体的な話に移りましょうか？」夫人は息を吸いこむと、いきなり本題に入った。「わたしの身体は、段ボールの棺に納めてほしいの」

コーンウォリスは、ちょうど最初のメモをとろうとしていたところだった。ペン先を浮かせたまま、その手が止まる。「環境に配慮した葬儀をお考えでしたら、再利用の木材を使用した棺か、いっそヤナギの枝を編んだ棺などはいかがでしょう。段ボールでは、その……充分に用が足りないことがありまして」注意ぶかく言葉を選びつつ、起こりうる事態のすべてをほのめかす。「ヤナギの枝の棺でも、値段はさほど変わりませんし、はるかに立派に見えますよ」

「じゃあ、それで。埋葬はブロンプトン墓地にお願い。夫の墓の隣にね」

「ご主人を亡くされたのは、最近のことですか？」

「十二年前よ。墓地の区画は買ってあるから、何も問題はないでしょう。それから、葬儀はこんなふうにしたいのだけれど……」夫人はハンドバッグを開け、一枚の紙を取り出すと、それを机に置いた。

コーンウォリスは紙に目をやった。「なるほど、すでにじっくりとお考えになっておられる。それに、言わせていただけるなら、何から何までゆきとどいたお式ですな。信仰を表に出す部分もあり、人間らしい部分もあり」

「ええ、詩篇も読んで——ビートルズも流していただきたいの。詩の暗誦、クラシック音楽、そして弔辞《ちょうじ》をいくつか。あまり長い式にはしたくないのよ」

「それはもう、式の進行もしっかりと計画を立てさせていただいて……」


ダイアナ・クーパーによる自分自身の葬儀の手配は、そのまま役立つことになった。まさにその日のうち、ほんの数時間後に、何ものかによって殺害されたからだ。

クーパー夫人が死を迎えたころ、わたしは夫人の名を聞いたこともなかったし、どんなふうに殺されたかについても、まったくといっていいほど知らなかった。ひょっとしたら、新聞の見出しには目をとめていたかもしれない——〝俳優の母親、殺害される〟——だが、その記事の内容も、写真も、米国の新作テレビドラマ・シリーズの主役を射とめたばかりの、夫人の著名な息子に焦点を当てたものだったのだ。先ほどの場面の会話は、わたしの想像にすぎない。実のところ、当然ながら、わたしはその場にいなかったのだから。とはいえ、わたしは実際に《コーンウォリス&サンズ》社を訪れ、ロバート・コーンウォリスとその補佐（そして、従姉《いとこ》でもある）アイリーン・ロウズから、じっくりと話を聞いてもいる。フラム・ロードを歩いてみれば、この葬儀社はすぐに見つかるはずだ。建物の内部は、わたしの描写と寸分も変わらない。それ以外の細かい点も、ほとんどは目撃者の証言や、警察の報告書に則《のっと》ったものである。

クーパー夫人が葬儀社に足を踏み入れた正確な時刻は、すでに判明している。その朝、夫人が家の近くからバスに乗りこみ、そこから降りて街路を歩いているところは、すべて街頭の防犯カメラに収められていたからだ。こうしてつねに公共の交通機関を使っていた点は、夫人の風変わりな行いのひとつに数えられる。お抱え運転手を雇って当然の裕福な暮らしをしていたのだから。

十一時四十五分に葬儀社を出たクーパー夫人は、地下鉄のサウス・ケンジントン駅へ歩き、ピカデリー線でグリーン・パーク駅へ向かった。《フォートナム&メイソン》にほど近い、セント・ジェイムスズ・ストリートの高級レストラン《カフェ・ムラーノ》で友人と早めの昼食をとる。そこから、今度はタクシーでサウス・バンクのグローブ劇場へ。観劇のためではない。夫人は劇場の理事に名を連ねており、その日は建物の二階で二時から会議があったのだ。五時ちょっと前に会議は終わり、夫人が帰宅したのが六時五分。帰りつく少し前から雨が降りはじめたものの、夫人は傘を持っており、玄関扉の脇にあるヴィクトリア朝ふうの傘立てにそれをさして家に入った。

三十分後、何ものかが夫人を絞殺した。

クーパー夫人の住んでいたのはブリタニア・ロードの小綺麗なテラス・ハウスで、チェルシーをわずかに外れたところにある。ここは〝世界の終わり《ワールズ・エンド》〟という地名で知られているが、夫人の場合、まさにそのとおりとなってしまったわけだ。この通りに防犯カメラは設置されていないため、殺害時刻の前後、家に誰が出入りしたかはわかっていない。両隣の家は、どちらも無人だった。片方はドバイの共同企業体が所有しており、いつもは貸し出しているのだが、事件当時は空家となっていたのだ。もう片方には引退した弁護士とその妻が住んでいるが、ちょうど南フランスに旅行中だったという。そんなわけで、不審な音を聞いたものは誰もいなかった。

事件から二日間、誰も異変に気づくことはなかった。スロヴァキア人の掃除婦、アンドレア・クルヴァネクは週に二日この家に通っており、水曜の朝に出勤して遺体を発見したのだ。ダイアナ・クーパーは居間の床にうつ伏せに倒れていた。その喉に巻きついていたのは、カーテンをまとめるのに使われていた赤い紐。検死報告書には、こうした書類の例に漏れず、まるでよくあることのように淡々と遺体の詳細が綴《つづ》られている。頸部《けいぶ》に鈍器損傷あり、舌骨《ぜっこつ》骨折、眼球結膜に溢血点《いっけつてん》出現と。アンドレアが実際に目にした光景は、それよりはるかに衝撃的だった。二年間にわたってこの家に通ううち、この掃除婦はすっかり雇い主を好きになっていたのだ。クーパー夫人はいつも親切で、いっしょにコーヒーを飲んでいったらと誘ってくれることもしょっちゅうだったから。だが、その水曜の朝、扉を開けたアンドレアは、死体――それも、死後いささか時間の経った――に出くわすこととなった。顔のうち、見える部分は紫に変色していたという。空《うつ》ろに宙を見つめる両目、異様なまでに突き出した、通常の倍ほどの長さに見える舌。片方の腕は伸びたまま投げ出され、ダイヤモンドの指輪をはめた指が、まるで告発するようにアンドレアを指していた。全館暖房が入ったままだったため、死体はすでに臭いはじめていたそうだ。

本人の証言によると、アンドレアは悲鳴をあげはしなかった。気分が悪くなることもなかった。ただ、静かに玄関を出て、自分の携帯電話で事件を通報し、警察が到着するまで中に戻ることはなかったという。

当初、警察はクーパー夫人が強盗に殺されたものと見ていた。宝飾品やノートパソコンなど、いかにもな品々が盗み出されていたからだ。ほとんどの部屋で金目のものをあさった形跡があり、戸棚の中身があたりにぶちまけられていた。とはいえ、外部から押し入った様子はない。どうやらクーパー夫人は自ら玄関の扉を開き、殺人者を家に入れてしまったようだ。もっとも、その人物と知りあいだったかどうかはわからない。犯人は背後から、夫人の不意をついて首を絞めにかかったと思われる。抗《あらが》う余地などなかったようだ。指紋やＤＮＡといった証拠がまったく残っていないことから考えて、犯人は周到に計画を練った上で犯行に臨んだのだろう。夫人の注意をそらせておいて、居間のヴェルヴェットのカーテンの後ろに掛けてあった留め紐を外す。そして、後ろからそっと忍びより、首に紐を巻きつけて引っぱったのだ。ほんの一分ほどで、夫人は絶命したにちがいない。

だが、クーパー夫人が《コーンウォリス&サンズ》社を訪れていたことが判明し、警察は途方に暮れて頭をひねることとなった。自分の葬儀の段取りをつけたまさにその当日、たまたま殺される人間などいるはずがない。偶然などであるものか。このふたつの事柄は、何か関係があるにちがいない。クーパー夫人は自分が殺されることを知っていたのだろうか？　夫人が葬儀社に入っていく、あるいは出てくるのを目撃した何ものかが、何らかの理由でその事実に背中を押され、行動を起こした可能性は？　夫人が葬儀社を訪問したと知っていた人物は、はたして存在するのだろうか？

これはまさに、その道の専門家しか解きえない謎というべきだろう。もっとも、わたしとは何の関係もない事件だったこともたしかだ。

だが、ここで運命は大きく変わる。

2　ホーソーン

ダイアナ・クーパーが殺された夜、自分が何をしていたかはすぐに思い出せた。わたしは妻と祝杯を挙げていたのだ——エックスマス・マーケットのレストラン《モロ》で、晩餐《ばんさん》ととももに酒をたっぷり楽しんだ夜。その日の午後、わたしは八ヵ月かけてようやく書きあげた新作の小説をメールに添付し、出版社に宛てて送信ボタンを押したところだったのだから。

シャーロック・ホームズの新作長篇『絹の家』を書くことになったのは、わたし自身、思ってもみないなりゆきだった。そろそろこの名と権威を誰かに貸し与え、新しい冒険物語を世に送り出すことにしようと心を決めたコナン・ドイル財団から、あるとき突然そんな誘いを持ちかけられたのだ。わたしはその機会に飛びついた。十七歳のときに初めて読んで以来、わたしはつねにシャーロック・ホームズの一連の物語とともに歩んできたといっていい。ホームズは今日《こんにち》の探偵小説すべての産みの親と呼んでまちがいないが、わたしが愛しているのはけっしてその人物像だけではなかった。謎解きの数々も心に鮮烈に刻みこまれてはいるが、それだけではないのもたしかだ。わたしがもっとも惹かれていたのは、ホームズとワトスンの住んでいるあの世界そのものといっていいだろう――テムズ川、石畳の街路をごとごとと走る四輪辻馬車、ガス灯、渦巻くロンドンの霧。わたしにとって、この誘いはまるでベイカー街二二一番地Bに招かれて、文学史上もっとも偉大なる友情を静かに目撃するのを許されたようなものだった。断ることなど、どうしてできようか?

自分はただひたすら透明な存在でいるべきなのだと、そもそもの最初からわたしは悟っていた。どこまでもコナン・ドイルの陰に隠れ、文体や作風を踏襲しながらも、けっして自分の足跡を残そうとなどしてはいけないのだと。ドイル自身が書かなかったであろうことは、わたしも書いてはならない。ここでこんなことに触れるのは、この本でもあからさまにその習慣が出てしまうのではないかと心配だからだ。だが、今回の場合、自分がどうすべきかなどと考える余地はない。わたしはただ、起きたことをそのまま書いていくしかないのだ。

めずらしく、このときテレビ関係の仕事は何も請け負っていなかった。わたしの脚本による戦時中を舞台にしたドラマ『刑事フォイル《フォイルズ・ウォー》』はすでに制作を終えており、将来さらなる新シリーズを作るかは微妙なところだ。毎回二時間枠のこのドラマの脚本を、わたしはすでに二十話以上、十六年間にわたって書きつづけてきた。実際の第二次世界大戦の三倍近い年月だ。疲れはてるのも不思議はあるまい。さらに問題なのは、ドラマの中の時間がついに一九四五年八月十五日、対日戦勝記念日を迎えてしまい、戦争という題材が尽きてしまったことだ。これからどうすべきか、わたしはまだ何も思いつかずにいた。『フォイルの戦争《フォイルズ・ウォー》』という題名を『フォイルの平和』に変えたらどうかと、出演者のひとりに提案されたが、どう考えてもこれはうまくいくまい。

小説の執筆も、『絹の家』を完成させたものの、まだ新作にはとりかかっていない。このとき、わたしは主として子ども向けの作家として世に知られており、『絹の家』がその肩書を変えてくれないものかと、ひそかに期待しているところだった。十代の少年スパイ、アレックス・ライダーが活躍するシリーズはいまや世界じゅうで広く読まれているが、その第一作を発表したのは二〇〇〇年のことになる。子ども向けの本を書くのは好きだが、年を追うごとに、自分とこのシリーズの読者との距離が少しずつ離れつつあることが、どうにも気にかかってならなかったのだ。ちょうど五十六歳になったばかりでもあり、そろそろ別のことを始めるべき頃合いだろう。たまたま、まもなくヘイ・オン・ワイで開かれる文学祭に出向き、アレックス・ライダーのシリーズ最新作にして、おそらくは最終作となるはずの『スコルピア・ライジング』について語る予定も迫っていた。

机に積まれている仕事をかき分けてみれば、中でももっとも胸躍るのは脚本の初稿だろう――映画『タンタンの冒険2』の。信じられないような話だが、わたしはスティーヴン・スピルバーグに脚本を依頼され、ちょうど初稿を読んでもらっているところなのだ。監督はピーター・ジャクソンが務めることとなっている。世界でもっとも著名なふたりの映画監督とともに仕事をする、この降って湧いたような好機に、わたしはいまだ自分の幸運が信じられずにいた。正直なところ、いささか不安になっていたのもたしかだ。初稿を十回以上も読みかえし、この方向でまちがいあるまいと自分に言いきかせる。登場人物は生き生きと描けているだろうか?

アクション場面の迫力はこれで充分? ジャクソンとスピルバーグは一週間後にロンドンに来る。わたしはそのときにふたりに会い、意見や要望を聞くことになっていた。

そんなわけで、ふと携帯が鳴り、見知らぬ番号が表示されたのを見て、ひょっとしてこれはふたりのうちどちらかではないかと、わたしが考えたのも無理はなかろう――もちろん、ああいう人種が直接わたしに電話をかけてくるはずはない。まずはアシスタントが電話をかけ、わたしが出たことを確認してから本人に代わるのだ。それは午前十時くらいのことで、わたしは自宅アパートメントの最上階にある仕事部屋に腰をおちつけ、第二次大戦後の英国の暮らしを考察した名著、レベッカ・ウェストの『反逆の意味』を読んでいるところだった。『刑事フォイル』がめざすべきはこの方向ではないかと、わたしは考えはじめていた。そう、今度は冷戦を背景としよう。フォイルはこれからスパイや反逆者、社会主義者、原子物理学者のいる世界で活躍するのだ。わたしは本を閉じ、携帯を手にとった。

「トニー?」相手はそう問いかけてきた。

どう考えても、これはスピルバーグではない。そもそも、わたしをトニーと呼ぶ人間はほとんどいないはずだ。正直なところ、自分でもそんな呼び名は好きではなかった。これまでずっと、みなにアンソニーと呼ばれてきたのだ。まあ、友人の中にはアントと呼ぶものもいるが。

「そうだが?」

「どうしてる、相棒? ホーソーンだ」

実のところ、誰なのかは相手が名乗る前からわかっていた。抑揚のない母音、ロンドン訛り《コックニー》と北部の訛《なま》りが混じりあった、奇妙にちぐはぐな発音。そして〝相棒〟という呼びかけ。

「ああ、ミスター・ホーソーン」ダニエルという名で紹介されてはいたものの、そもそもの最初から、わたしはどうしてもこの男にファースト・ネームで呼びかけるのは坐りが悪い気がしてならなかった。そもそも、本人もそう名乗っていないし……実のところ、誰かがそう呼びかけるところも見たことがない。「きみから電話をもらえるとは、嬉しいよ」

「そうか、そうか」ホーソーンはせっかちに言葉を継いだ。「なあ――少しばかり時間をとってもらえるか?」

「何だって? いったい何の話だ?」

「ちょっと会えないかと思ってね。きょうの午後は空いてるか？」

そう、これがいつものホーソーンのやりくちだ。この男には、自分に見えている世界が実際にはどうなっているのか思いをめぐらす能力が欠けている。明日、あるいは来週にでも会えないかと尋ねる配慮はない。自分が必要だと思ったら、すぐにそうならないと気がすまないのだ。先ほど説明したように、その日の午後はこれといって予定があるわけではなかったが、そんなことをうっかり漏らす気はなかった。「さあ、どうかな……」わたしは言いかけた。

「前によく行ったカフェに、三時でどうだ？」

「《J&A》か？」

「ああ、そこだ。あんたに頼みたいことがあるんでね。来てくれたら、本当に助かるんだが」

《J&A》はクラーケンウェルにあり、わたしのアパートメントからは歩いて十分ほどだ。ロンドンの反対側に来てくれと言われたらさすがにためらうところだが、実のところ、わたしは好奇心をくすぐられてもいた。「わかった。三時だね」

「ありがたい。じゃ、そこで会おう」

電話は切れた。目の前のモニターには、いまだ『タンタンの冒険2』の脚本が開いたままになっている。わたしはその画面を閉じながら、ホーソーンのことを思い出していた。

あの男と初めて会ったのは、二、三ヵ月に一話というペースで撮影される、全五話のドラマを制作していたときのことだ。『インジャスティス——法と正義の間で』という法廷もので、ジェイムズ・ピュアフォイが主演している。

『インジャスティス』というドラマは、脚本家が何か新しい題材を探しているとき、何度となく自分自身に問いかける質問のひとつから発想を得たものだ。依頼人が有罪だとわかっている場合、法廷弁護士はどうやってその被告の弁護をするのだろう？　余談ながらその答えは、そもそも弁護できないというのが正解だ。裁判前に依頼人が犯行を告白した場合、法廷弁護士は代理人を務めるのを拒否することになる……少なくとも無罪の推定は必須であるからだ。そこで、わたしはこんな筋書きを考えた。とある動物愛護活動家が児童殺害の罪に問われる。担当した法廷弁護士──ウィリアム・トラヴァース（ジェイムズ・ピュアフォイ）──が無罪を勝ちとった後、その活動家は、自分が実は有罪だったことを意気揚々と告白した。その結果、トラヴァースは心を病み、サフォークへ引っこんでしまう。そんなある日、イプスウィッチの駅で電車を待っていたトラヴァースは、その活動家をふたたび見かける。数日後、活動家は殺されてしまうのだが──はたして、トラヴァースはこの件にかかわっているのだろうか？

突きつめてみれば、これはトラヴァースと、この法廷弁護士に疑惑を抱いて捜査する刑事との闘いの物語である。トラヴァースは影の部分を持つ人物造形で、心に傷を負っており、ときに危険なこともしかねないが、それでもこのドラマの主人公であり、視聴者に肩入れしてもらわなくてはならない。そのため、わたしはわざとこの刑事を、できるだけ不愉快な人物として描くことにした。視聴者の目から見て、いつも苛立《いらだ》たしげで攻撃的、人種差別主義者すれすれの厄介な刑事。この人物を、わたしはホーソーンをモデルにして作りあげたのだ。

実のところ、ホーソーンはこの特徴のいずれにも当てはまらない。いや、まあ、少なくとも人種差別主義者ではないのはたしかだ。とはいえ、なんともうんざりする男で、しまいにはホーソーンと顔を合わせる機会が来るたびに気が重くなるほどだった。わたしとは、何から何まで正反対の人間なのだ。いったいどうしたらこんな人間ができあがるのか、わたしにはとうてい理解できなかった。

ホーソーンは、このドラマの制作管理担当者がわたしのために探してきてくれた人物だった。もともとはロンドン警視庁刑事部の警部で、パトニーの分署に所属していたという。殺人事件捜査の専門家として十年間にわたり勤務した後、いきなり免職になったらしいが、理由はよくわかっていない。実のところ、刑事ドラマの制作に携わる会社に手を貸している元警察官は、驚くほどの数にのぼる。いかにも真に迫って見えるよう、警察組織や捜査のこまごまとした実際を教えてくれるのだ。公平に言うなら、ホーソーンはそんな仕事におそろしく長《た》けていた。わたしがどんなことを知りたがっているか、実際にテレビの画面で映えるのはどんな演出か、すばらしい洞察力で見抜くことができるのだ。ひとつ、記憶に残っている例がある。物語の序盤、わたしの（ドラマの中の）刑事が死後一週間経った死体を調べる場面で、まず鼻の下に塗るよう、鑑識官がヴイックスヴェポラッブの壜を差し出すのだ。メントールの香りでごまかして、屍臭を嗅がずにすむように。これはホーソーンの助言による演出だったが、この一工夫でどれだけ現場の雰囲気がまざまざと描き出されたか、実際にドラマを見てもらえればすぐにわかるはずだ。

初めてホーソーンと顔を合わせたのは、このドラマを制作した《イレブンス・アワー・フィルムズ》社の一室でのことだった。いったん制作が始まれば、わたしはいつ何時《なんどき》たりともホーソーンに連絡して疑問を投げかけ、その答えを脚本に反映させることができる取り決めとなっている。それらのやりとりはすべて電話で可能だが、初回だけは顔を合わせて挨拶をしておこうということになったのだ。わたしが到着したとき、ホーソーンはすでにロビーの椅子に脚を組んで坐り、畳んだコートを膝の上に載せていた。これから自分が会うのはこの男なのだと、ひと目見てわたしは悟っていた。

体格は、けっして大柄ではない。とくに怖ろしげな様子にも見えない。だが、椅子から立ちあがる、たったひとつの動作を見ただけで、わたしはふと身がまえずにはいられなかった。まるで豹を思わせる、なめらかな身のこなし。そして、その目は――柔らかい茶色ではあったが――どこか挑戦的な、脅すようにさえ見える視線を、じっとこちらに向けている。年齢は四十ほどだろうか、耳の周りをきっちりと短く切りそろえた、なんとも形容しがたい色をした髪は、わずかに灰色になりかけていた。ひげはきれいに剃《そ》りあげている。肌は蒼白い。まるで、子どものころはごく整った顔立ちをしていたのに、これまでの人生で何かがあって、醜いとはいえないまでも、どこか奇妙に人好きのしない容姿になりはててしまったかのようだ。写りの悪い写真に本人がどんどん近づいていってしまった、とでもいうように。スーツに白いシャツ、ネクタイというきちんとした恰好で、レインコートはいまは腕に掛けている。わたしが何か驚かせたとでもいうのか、ホーソーンはいささか作りものめいた興味津々の表情でこちらを見ていた。ここに足を踏み入れたときから、わたしはまるでこの男にすべてを吸いとられてしまうかのような感覚をおぼえていたのだ。

「やあ、アンソニー」ホーソーンは口を開いた。「はじめまして」

わたしが誰なのか、どうして知っていたのだろう？　この建物にはひっきりなしに大勢の人が出入りしているし、誰もわたしの到着を告げたりはしていないのに。もちろん、わたし自身もまだ名乗ってはいない。

「あんたの仕事にはつねづね感服してましてね」その口ぶりから、ホーソーンがわたしの書いたものなど何ひとつ読んではいないし、それをわたしに勘づかれようとまったく意に介してもいないことが伝わってくる。

「それはどうも」わたしは答えた。

「これから書くドラマの話も聞きましたよ。おそろしくおもしろそうだ」この皮肉な口ぶりは、わざとなのだろうか？　そんな言葉を口にしながら、いかにも退屈そうな顔をしてみせているというのに。

わたしは笑みを浮かべた。「協力してもらえるのが待ち遠しいですね」

「楽しい経験になりそうですな」

楽しいことなど、ありはしなかった。

わたしたちはしょっちゅう電話でやりとりしたうえ、五、六回はここの一室か《J&A》の中庭で打ち合わせをしたものだ（ホーソーンはいつもひっきりなしにタバコを吸っている――手巻きのときも、ランバート&バトラーやリッチモンドのような安い銘柄のときもあったが）。

エセックスに住んでいると聞いてはいたものの、具体的にどこなのかは、いっこうに教えてもらえない。なにしろ、ホーソーンはけっして自分のことを語らないのだ。警察官として働いていたときのことも口にしないのだから、ましてや警察を辞めた理由など漏らすはずもない。この男を見つけてきた制作管理担当者によると、ホーソーンは世間の耳目を集めた殺人事件をいくつとなく解決しており、その手腕は名高いのだという。だが、いくらグーグルで検索してみても、何も見つからない。すばらしく切れる頭脳の持ち主なのはたしかだ。自分はもの書きではないとホーソーンは明言していたし、わたしの書くものに興味もなさそうだったが、わたしが何か頼むまでもなく、脚本にとって最適の材料を、いつだって持ってきてくれるのだから。もうひとつ、ホーソーンの貢献が光った例がある。ドラマの幕開けで、警察に無実の罪を着せられそうになった黒人の少年を、ウィリアム・トラヴァースが弁護する場面だ。少年の上着のポケットからメダルが出てきた、これは少年が盗んだものだと、警察は主張していた。だが、そのメダルは洗浄されたばかりで、少年のポケットを調べた結果、スルファミン酸やアンモニア——銀を洗浄するのに使われる、もっとも一般的な材料——は検出されなかった。つまり、そこにメダルが入っていたはずはないのだ。これは、すべてホーソーンの思いつきだった。

あの男が力になってくれたことは否定できないが、それでも会うのはいささか憂鬱《ゆううつ》だった。いつだって、ホーソーンはちょっとした雑談も抜きで、いきなり本題に入る。普通は誰だって、何かしらの話題——天気のこと、政府のこと、フクシマの地震のこと、ウィリアム王子の結婚のこと——に乗ってくるものではなかろうか。だが、あの男はつねに仕事の用件そのものについてしか話さない。コーヒーを飲み（ブラックで、砂糖はふたつ）、タバコは吸うものの、わたしの前ではビスケット一枚さえ食べようともしない。そして、ほとんどいつも、まったく同じ服装だ。正直に言わせてもらえば、ホーソーンと会うたび、わたしは同じ写真を見せられているような気分になる。いつだって、判で捺《お》したように同じなのだ。

さらに、どうにも奇妙なところもあった。わたしのことを、なぜか怖ろしいほどよく知っているのだ。たとえば、昨夜は外で飲んでいたとか、助手が体調を崩しているとか、週末はずっと執筆に専念していた、というようなことを。こうした近況は、わざわざわたしの口から話す必要はない。ホーソーンのほうから言いあてるのだから！　事務所の誰かから話を聞いてでもいるのだろうかと、何度となく訝《いぶか》しんだこともある。だが、あの男の言いあてる事柄はあまりに多岐にわたっていて、いかにも自然に湧いてきたようにしか見えない。いったいどういうことなのか、わたしにはどうにも理解できなかった。

最大の過ちは、脚本の第二稿をうっかりホーソーンに見せてしまったことだろう。ドラマの撮影が終わるまで、わたしはたいてい十数回にわたって脚本を書きなおす。プロデューサーや放送局（このときはＩＴＶだった）、わたしのエージェントなどから要望が寄せられるし――後になるとディレクターや主演俳優の意見も届けられるからだ。こうした共同作業に、ときとしてわたしはすっかり打ちひしがれてしまうこともある。このいまいましい脚本は、はたして最後にはまともに仕上がるのだろうか？　だが、少しずつでも前進している、ひとつ前の原稿よりも進歩していると自分自身で思えるのなら、この協力態勢にも意味があるのだろう。その過程では、どちらもさまざまな点で相手に譲りあう。よりよい脚本を最終的に完成させるため、かかわったすべての人間が何らかの貢献をしているのだと思えば、それがちょっとした励みにもなるのだ。

だが、そうした機微が、ホーソーンにはまったく理解できないようだった。いったん何か誤りがあると判断すると、あの男はまるでレンガの壁のごとく頑強に、いっさいの妥協を拒むのだ。それは、わたしの描く刑事が上司の警視正とやりとりする場面だった。件《くだん》の動物愛護活動家の死体が、片田舎の農家で発見されてまもなくのことだ。警視正は刑事に向かい、椅子にかけるよう促すが、刑事はこう答える。「立ったままでいいですよ、お気になさらず」実に些細な場面だ。わたしはただ、たとえ上司であってもこの刑事を思うように動かせない、ということを示唆したかっただけなのだが、ホーソーンは断固としてそれを受け入れなかった。

「こんな会話、実際にはありえないな」にべもない口調だった。わたしたちはスターバックスの屋外席に腰をおろし——どこの店だったかは忘れた——テーブルには脚本が広げられていた。ホーソーンはいつもと同じく、スーツにネクタイという恰好だ。吸っているタバコは最後の一本で、空き箱が灰皿代わりとなっていた。

「どうしてだ？」

「上司に坐れと言われたら、こっちは坐るしかないんだよ」

「結局は坐ってるじゃないか」

「ああ。だが、最初は言うことをきかなかった。こんなくそ馬鹿馬鹿しい場面に、何の意味がある？　粋《いき》がってる刑事が間抜けに見えるだけじゃないか」

ちなみに、ホーソーンはいつだって、こんなふうに毒づきっぱなしだ。あの男の言葉をそのまま記録しようものなら、すべての行に禁断の四文字言葉が並ぶことになる。

わたしはどうにか理解してもらおうとした。「ここで何を表現しようとしているかは、役者たちならわかってくれるはずだよ。ほんの些細な描写じゃないか。この場面の導入部であるとともに、このふたりがどんな関係かを描写してるんだ」

「だが、こんなものは真実とはいえない、トニー。くそ馬鹿げた戯言《ざれごと》さ」

真実にもいろいろな種類があるのだと、わたしは必死に説明にかかった。テレビの画面に映し出される真実は、必ずしも現実と一致はしない。警察官であれ、医師であれ、看護師であれ……果ては犯罪者にいたるまで、一般人の抱くイメージはテレビで見たものから作られていて、けっしてその逆ではないのだ。だが、ホーソーンはけっして意見を曲げようとはしなかった。ここまでは脚本作りに力を貸してはきたが、こうして読んでしまった以上、こんなものは信用できないし、好きにもなれないというわけだ。警察にかかわるすべての事柄、すべての場面で、わたしはあの男と口論したものだった。書類、制服、角度を変えられるデスク・ランプ、目についたすべてのものに、ホーソーンはけちをつけてきた。とにかく、どうにもこの脚本とは折り合えないとばかりに。

全五話の脚本を仕上げて渡し、ようやくあの男とやりとりをする必要がなくなったときには、どれだけほっとしたことだろう。さらに何か訊きたいことが出てきたときには、わたしは制作会社に頼んでホーソーンにメールを送ってもらった。撮影が行われたのは、サフォークとロンドンだ。刑事役を演じたのはすばらしい俳優、チャーリー・クリード゠マイルズだったが、おかしなことに、見た目が驚くほどホーソーンに似ている。話はそれだけでは終わらない。ホーソーンにすっかり頭にきていたわたしは、あの男のいやな部分を、たっぷりと刑事の人物描写に取り入れたのだ。役名さえ、ごく似たものをつけてやった。どちらも聖書に登場する人物ということで、ダニエルをマーク《マルコ》に。そして、ホーソーンをウェンボーンに。これは、わたしのよくやる名付けかただ。第四話で刑事が死ぬところでは、思わずにやりとせずにはいられなかった。

ホーソーンがわたしに何を頼もうとしているのか、好奇心をそそられたのはたしかだが、その午後カフェに向かって歩きながら、わたしの心には漠然としたためらいが生まれはじめていた。わたしの暮らす世界にあの男は属してはいないし、あの男の手を借りなくてはならないようなことは、いまは何ひとつないではないか。とはいえ、その日、わたしはまだ昼食をとっていなかったし、《J&A》はたまたまロンドンで最高のケーキを供するカフェではある。店はクラーケンウェル・ロードから細い小路《こうじ》に入ってすぐのところにあり、目立たない場所のため、たいていさほど混みあってはいない。ホーソーンはコーヒーとタバコをお伴に、店の外の席に坐ってわたしを待っていた。最後に顔を合わせたときと、寸分違《たが》わない恰好だ――同じスーツ、同じネクタイ、そして同じレインコート。わたしが現れたのを見て、軽くうなずく――わたしへの挨拶は、これで終わりだ。

「番組はどうなってる?」ホーソーンは尋ねた。

「俳優とスタッフ向けの試写会に、きみも来ればよかったのに」ロンドンのホテルをひとつ貸し切りにして、最初の二話を上映したのだ。ホーソーンも招かれていた。

「忙しかったんでね」

ウェイトレスが来たので、わたしはお茶とヴィクトリア・スポンジ・ケーキをひと切れ注文した。こうしたものを食べないほうがいいのはよくわかっているが、一日八時間、ひとりきりで仕事をしていると、なかなかそうはいかない。章をひとつ書きおえるたびに一服する悪習は、三十年前にどうにかやめることができた。ケーキも同じくらい身体に悪いのだろう、それはわかっているのだが。

「最近はどうしてる?」わたしは尋ねた。

ホーソーンは肩をすくめた。「まあ、そこそこかな」ちらりとこちらを見る。「しばらく田舎にいたんだろう?」

実のところ、わたしはサフォークから今朝早くこちらに戻ってきたところだった。二日間ほど、妻とあちらですごしていたのだ。「ああ」わたしは身がまえつつ答えた。

「新しい子犬も迎えたわけか!」

どうにも不思議でたまらず、わたしはホーソーンをじっと見つめた。この男はいつもこうなのだ。ロンドンを離れていたことは、誰にも話していない。ツイッターにだって書きこんではいないのに。子犬はというと、実は隣人の飼い犬なのだが、たまたま留守の間わたしたちが預かっていたのだ。「どうしてわかったんだ?」

「経験に基づく推測だよ」ホーソーンは手を振って、わたしの質問を片づけた。「実はあんたに頼みたいことがあってね」

「どんな?」

「おれのことを書いてほしいんだよ」

顔を合わせるたび、ホーソーンには何かしら驚かされる。誰とつきあうにせよ、たいていの場合、お互いの立ち位置はだいたいわかっているものだ。それなりの関係を築きあげ、相手の人となりを理解してしまえば、以後は何があろうとほぼ予想の範囲内に収まる。だが、ホーソーンにかぎっては、けっして一筋縄ではいかないのだ。なんとも奇妙な、ころころと転がる水銀のようにつかみどころのない男。話の着地点をだいたい予想できたと思うたび、ホーソーンはこちらの裏をかいてくる。

「どういう意味だ?」

「おれの本を書いてほしい」

「いったいなぜ、わたしがそんなことをする気になるんだ?」

「金になるからさ」

「きみが払うのか?」

「いや。取り分はきっちり半々でいいと思ってる」

ふたり連れの客がやってきて、隣のテーブルについた。ふたりがかたわらを通りすぎていく一瞬を利用して、どうにか考えをまとめようとする。ホーソーンの申し出を断るには、慎重に言葉を選ばなくては。つまり、わたしはすでに――この頼みを耳にした瞬間に――断ろうと心を決めていたのだ。

「どうもよくわからないな。いったい、きみはどんな本を考えているんだ?」

ホーソーンはどうにも真意の読みとれない、少年のように純真そうな目をこちらに向けてきた。「説明しよう」まるで、最初からわかりきったことなのにといわんばかりの口調だ。「おれがあちこちでテレビ番組制作の手伝いをしてるのは知ってるだろう。ロンドン警視庁を首になった話も、きっとどこかで聞いてるんだろうな。まあ、あれは向こうにとって痛手だったんだが――そんな話をいまくだくだとするつもりはない。要点はだ、おれは顧問のような仕事もしていてね。警察から相談が来るんだ、非公式にな。何か奇妙な事件が起きると、連中はおれを呼ぶんだよ。たいていの事件は単純きわまりないんだが、中にはそう簡単にいかないものもあってね。日々の経験で解決できないような事件が起きると、おれの手を借りにくるんだ」

「冗談だろう?」そんな話は、とうてい現実のこととは思えなかった。

「現代の警察ってのは、そうやって回ってるんだよ。いろんなところで人員を削減した結果、そういう仕事をやる人間がいないんだ。ほら、《G4S》のような民間軍事・警備会社や、《サーコ》のような公共サービス会社について、あんたも聞いたことがあるだろう。どっちも間抜けぞろいだが、いまやああいう会社の人間がつねに警察に出入りして、業務を請け負ってるんだよ。あんなところから送りこまれる捜査員なんぞ、いったん迷いこんだら紙袋からだって出てこられないような連中ばかりだけどな。それだけじゃない。以前、うちの警察はランベスにでかい研究所を置いてたんだ——血液標本やら何やら、そういうものを送りつける場所だよ——だが、そこも売却しちまって、いまは民間会社に委託してる。時間も費用も倍はかかるんだが、そんなことにはおかまいなしさ。おれも同じでね。警察から業務を委託されるんだ」

　ここまでの流れをわたしが理解できたか確かめるように、ホーソーンは言葉を切った。わたしがうなずくのを見て、タバコに火を点《つ》け、先を続ける。

「おれはそんな業務を、なかなかみごとにこなしてる。日給だの必要経費だの、まあそんなものは支払ってもらえるんだ。だが、実のところ——いや、実際こんなことを言いたくはないんだが——ちょっとばかり足りなくてね。殺しなんぞ、そうしょっちゅう起きてはくれないからな。そこで、ほら、あんたの番組を手伝うことになったとき、あんたが本を書いてるって話を聞いてね、これはお互い協力しあえるんじゃないかと思いついたんだ。取り分はきっちり半々で。おれにはなかなかおもしろい事件が回ってくる。だからこそ、おれのことをあんたが書いたらいいと思ってね」

「しかし、わたしはきみのことをほとんど知らないんだが」

「だんだんわかってくるさ。実をいうと、いまもひとつ事件を引き受けたところでね。まだ初動捜査の段階だが、これはまさにあんた向きの事件じゃないかと思うんだよ」

　そこへ、ウェイトレスがわたしのケーキとお茶を運んできた。だが、いまとなってみると、こんなものを注文しなければよかったと思わずにはいられない。わたしはただ、さっさと家に帰りたかった。

「どうしてまた、きみの話なんかを読みたがる人間がいると思うんだ?」

「おれは刑事だからな。世の中の人間は、刑事の話を読みたがるもんじゃないか」

「だが、正式な刑事じゃない。きみは首になったんだろう。そもそも、いったいどうして首にされたんだ?」

「その話はしたくないんでね」

「なるほど、だが、きみの話を書くとなったら、それについても話してもらうことになる。きみがどこに住んでいるか、結婚はしているのか、朝は何を食べたのか、休日は何をしているのか、そんなことも。人々が殺人事件の話を読みたがるのは、こういうことに興味があるからだよ」

「あんたはそう思ってるのか?」

「ああ、そうだ!」

ホーソーンは頭を振った。「おれはそうは思わんね。主題《メインテーマ》となるのは殺人だ。重要なのはそこなんだよ」

「とにかく、聞いてくれ——いや、きみには本当にすまないと思っているよ」わたしはどうにか穏便に断ろうと言葉を選んだ。「たしかに悪くない企画だし、きみは本当におもしろい事件を担当しているんだろう。だが、わたしはいま、どうにも忙しくてね。そもそも、それはわたしのやっている仕事とはちがう。わたしが書くのは、あくまでも架空の推理ものなんだ。いまは、ちょうどシャーロック・ホームズの出てくる小説を仕上げたところでね。『名探偵ポワロ』や『バーナビー警部』の脚本も書いた。わたしは物語を書く人間なんだよ。現実の事件を書いてほしいなら、ノンフィクション作家を探したほうがいい」

「いったい、何がちがうんだ?」

「何もかも正反対だよ。わたしは自分の好きなように物語を動かす。自分が書く物語については、隅から隅まで知っておきたいんだ。犯罪も、手がかりも、何もかも自分で作りあげる、そこが醍醐味のひとつでね。きみの後をついてまわって、きみが見たこと、言ったことをすべて記録するだけなんて、わたしにとって何のおもしろみがある? すまないが、わたしには興味が持てないな」

手にしたタバコを燻《くゆ》らせながら、その先端越しにホーソーンはこちらをじっと見た。わたしの言葉に驚いてもいないし、腹を立ててもいない。まるで、こんな返事をあらかじめ予想していたかのように。「請けあってもいい、この本は売れるよ。あんたにとっちゃ、楽な仕事じゃないか。知りたいことは、おれが何もかも話してきかせるんだから。今回おれが引き受けた事件がどんなか、あんただって聞きたくないか?」実のところ、聞きたくなどなかったが――止める間もなく、ホーソーンは先を続けた。「ある女が、葬儀社に入っていった。ちょうどロンドンの反対側、サウス・ケンジントンでのことさ。女は自分自身の葬儀について、何から何まできっちりと手配した。まさにその日、たった六時間後に、女は殺された……家に入ってきた誰かに首を絞められてね。どうだ、ちょっとばかりおかしな話だろう?」

「殺された女性というのは誰なんだ？」

「女の名は、いまのところ重要じゃない。だが、金は持ってた。有名人の息子がいてね。それに、おもしろいことがもうひとつある。これまでのところ、女には敵がひとりも見つかっていないんだ。周りの人間みなに好かれてた。だからこそ、おれに声がかかったってわけさ。どうにも理屈が通らないからな」

ほんの一瞬、わたしは心が傾いた。

ミステリを書くとき、何より苦労するのは核となる殺人事件を作りあげるところだ。だが、いまこの瞬間、わたしの頭には新たな思いつきなど何ひとつ浮かんではいなかった。結局のところ、誰かが誰かを殺したいと願う理由は、種々さまざまに存在するのだ。何か――金、妻、地位――を奪いたくて殺す。あるいは、怖れている相手を殺す。秘密を知られている相手を、たとえば脅迫されたなどの理由で殺すこともある。相手がそれと知りつつ、あるいは無意識のうちにしたことを恨み、復讐のために殺すことだってある。そう、ひょっとして、不慮の事故で殺してしまうこともあるかもしれない。『刑事フォイル』二十二話分の脚本を書きあげたいま、わたしはそのほとんどの理由をすでに使ってしまっていた。

さらに、取材の問題もある。次の殺人犯を、たとえばホテルのシェフという設定にしたとしよう。わたしは、そのシェフをとりまく世界を作りあげなくてはならない。実際にホテルを訪れなくてはならないし、ケータリング業界の仕組みも理解しなくてはならなくなる。その人物に真実味を与えるためには、とてつもない取材が必要となるのだ。もちろん、殺人犯だけではなく、そのほかに二十人、あるいは三十人にもおよぶ登場人物を頭のどこかからひねり出さなくてはいけない。警察の捜査手順も知っておかないと――指紋、法医学、ＤＮＡ、その他ありとあらゆることを。最初の一語を書きはじめるまでに、何ヵ月もかかることだってある。わたしはすでに疲れていた。『絹の家』を書きおえて間もないいま、わたしには次の本に着手するだけの気力が残っているのだろうか。

そんなわたしの目の前に、ホーソーンはみごと近道を描き出してみせたことになる。すべてを皿の上に載せ、目の前に差し出してくれたようなものだ。それに、さっきの言葉もけっして嘘ではない。この事件は、たしかにおもしろそうではないか。ひとりの女性が、葬儀社へ入っていく。物語の幕開けとして、実にすばらしい。わたしの脳裏では、すでに第一章が形をとりつつあった。春の日射し。瀟洒《しょうしゃ》な街並み。女性が道を横断し……

いや、やはり、こんな話に乗るなど考えられない。

「いったい、どうしてわかったんだ？」わたしはふと尋ねてみた。

「何のことだ？」

「ついさっきの話だよ。わたしが田舎にいたとか、子犬を迎えたとか。誰から聞いた？」

「誰からも聞いてないさ」

「じゃ、どうやって？」

ホーソーンは眉をしかめた――そんな種明かしなどしたくはないといわんばかりに。だが、いまはわたしと交渉し、いい答えを引き出したいと粘っている最中だ。いまこのときばかりは、わたしのほうが有利だった。「あんたの靴底の溝に、砂がはさまってたからね。脚を組んだときに見えたんだよ。つまり、あんたは建設現場を歩きまわったか、浜辺にいたかのどちらかってことになる。オーフォードに別荘があるのは聞いてたから、たぶんそこに行ってたんだろうと思ったんだ」

「じゃ、子犬は？」

「あんたのジーンズに足跡がついてるだろう。膝のすぐ下に」

わたしはそこに目をやった。たしかに、そのとおりだ。言われなければ気づかなかったほどのかすかな痕跡ではある。だが、ホーソーンは気づいたのだ。

「だが、ちょっと待ってくれ」わたしは声をあげた。「これが子犬だと、どうしてわかった？ひょっとしたら、小型犬の足跡かもしれないじゃないか。そもそも、通りすがりの犬にじゃれつかれただけの可能性だってあるのに」

ホーソーンは気の毒そうな目をこちらに向けた。「誰かがじっくり腰をおちつけて、あんたの左の靴紐を噛《か》んだ形跡があるんだよ。まさか、あんたが自分で噛んだわけじゃあるまい」

わたしはもう、靴紐に目をやろうとはしなかった。さすがにこれには感服せずにはいられない。だが、自分でそこに思いあたらなかったことが腹立たしくもあった。「いや、本当にすまない。その事件はたしかに興味をそそられるから、きっとうってつけの書き手を見つけられるはずだ。そう、さっきも言ったとおり、たとえばジャーナリストなんかに声をかけてみるといい。たとえ、わたしがやりたいと思ったとしても、どうにも無理なんだ。いまはほかの仕事を抱えているからね」

どんな返答が来るか、わたしは固唾《かたず》を呑んで待ちかまえた。だが、またしても肩すかしを食らう。ホーソーンは、ただ肩をすくめただけだった。「そうか。わかった。まあ、ただの思いつきだからな」椅子から立ちあがり、尻ポケットに手を伸ばす。「ここはおれが持つべきかな?」

お茶とケーキの代金のことだ。「いや、それにはおよばない。自分で払うよ」

「おれはコーヒーを飲んだんだが」

「それも払っておくさ」

「まあ、もしも気が変わったら、いつでも連絡してくれ」

「ああ、もちろん。よかったら、わたしの著作権エージェントに頼んでみようか。きっと、誰かぴったりの人材を見つけてくれるかもしれない」

「いや、気にしないでくれ。自分で見つけるよ」ホーソーンはきびすを返し、歩き去った。

わたしはケーキを食べた。無駄にするにはもったいなさすぎる。それから家に戻り、午後はずっと資料を読んですごした。ホーソーンのことは考えまいと自分に言いきかせてはいたものの、さっきの話がどうにも頭を離れない。

もの書きを本業としている人間にとって、仕事を断ることほどつらいものはない。もう二度と開かないかもしれない扉を、自らぴしゃりと閉めてしまうようなものだからだ。扉の向こうに広がっていたはずの世界を見ずに終わってしまったという恐怖は、つねにつきまとって離れない。もう何年も前のことだが、とあるプロデューサーが電話をかけてきて、スウェーデンのポップ・グループ、アバの曲を使ったミュージカルに興味はないかと尋ねたことがあった。わたしは断り——その結果、『マンマ・ミーア！』のポスターにわたしの名は載っていない（それにしてもちろん、印税も受けとってはいない）。まあ、その決断を後悔しているわけではないことは言い添えておこう。わたしが脚本を書いていたら、件《くだん》のミュージカルがあそこまで成功していたとはかぎらないからだ。とはいえ、たいていのもの書きが日々どれだけ先の見えない決断を迫られているか、この例からも理解してもらえるのではないだろうか。そしていま、たまたま奇妙な事件が実際に起きた。葬儀社に自ら足を踏み入れた、ひとりの女性をめぐる事件が。その事件について意見を求められたのは、風変わりで一筋縄ではいかないものの、まちがいなく敏腕な捜査官であるホーソーンだ。その申し出を断るとは、自分はまたしても選択を誤ってしまったのだろうか？　わたしはまた資料を手にとり、仕事に戻った。

二日後、わたしはヘイ・オン・ワイにいた。

世界にどれだけ多くの文学祭が存在するか、考えてみるとおもしろい。もう筆は折ってしまっていながら、こうした華やかな集まりに次から次へと顔を出し、世界じゅうを飛びまわることだけで日々をすごしている作家たちを、わたしは何人も知っている。もしも生来の口下手だったり、人前に出るのが嫌いだったりしたら、はたして作家としてやっていけるのだろうかと、よく自問せずにはいられない。現代におけるもの書きという職業は、人前で、それも往々にして大観衆の前で話すことが求められるのだ。いつも決まって同じ質問が浴びせられること、いつも最後は同じ冗談で締めくくるはめになることをのぞけば、漫談師とさして変わりはない。

ハロゲートではミステリ、バースでは児童文学、グラスゴーではSF、オールドバラでは詩と、それぞれ分野はちがうものの、英国じゅうどこの町でも何かしら文学祭は存在するのではないだろうか。この小さな商業の町ヘイ・オン・ワイの外れに位置する、おそろしくぬかるんだ空き地で開かれる文学祭は、その中でも群を抜いて大がかりな催しに成長した。ふたりの米国大統領、かの有名な一九六三年の大列車強盗の犯人たち、はてはJ・K・ローリングにいたるまで、さまざまな人物がこれまでゲストとして招かれており、いまやはるか遠方からも客が詰めかけるようになって久しい。大テントに集まった五百人もの子どもたちの前で話す機会を前に、わたしも胸を躍らせていた。例年、大人の姿もちらほら見かける。わたしの書くテレビ・ドラマの脚本を知っている人々がよく足を運んできては、『刑事フォイル』の話が出るのを楽しみに、たとえ『女王陛下の少年スパイ！　アレックス』シリーズの話が四十分にわたって続こうとも、喜んでずっと耳を傾けてくれるのだ。

講演は順調に進んだ。子どもたちは生き生きと話に聞き入り、すばらしい質問をいくつも投げかけてくれた。『刑事フォイル』の話題も、どうにか巧みに織り交ぜる。もうすぐ六十分というあたりで、そろそろ話を締めくくってほしいという合図をもらったとき、どうにも奇妙なできごとが起きた。

最前列に、ひとりの女性が坐っていた。教師か、ひょっとしたら司書だろうというのが、わたしの第一印象だった。これといって変わったところはなく、年齢は四十がらみ、丸顔に長い金髪で、首から細い鎖につないだ眼鏡をぶらさげている。その女性に目をとめたのは、連れがおらずひとりで参加しているらしいのに、わたしの話にとりたてて興味がなさそうに見えたからだ。どんな冗談を言おうと、一度として笑ってもくれない。ひょっとしてどこかの記者ではないかと、わたしは警戒しはじめていた。近ごろの新聞社はよく作家の講演に記者を送りこみ、ちょっとした冗談や不用意な発言をとらえては、文脈を無視して引用し、こちらを攻撃する材料として使うのだ。だからこそ、その女性が手を挙げ、係員からワイヤレス・マイクを受けとったのを見て、わたしは思わず身がまえた。

「わたし、疑問に思っていたんですけど」女性は切り出した。「あなたが書くのは、どうして空想物語ばかりなんですか？　何か、もっと現実に即したものを書くつもりは？」

文学祭で読者から浴びせられる質問の大半は、もう何度も答えてきたものばかりだ。どこから着想を得るんですか？　お気に入りの登場人物は？　一冊を書きおえるのに、どれくらい時間がかかります？　だが、こんなことを訊かれたのは初めてで、わたしはいささかむっとした。けっして意地の悪い口調ではなかったものの、どこか苦い後味の残る質問だったからだ。

「『刑事フォイル』は現実に即していますよ」わたしは答えた。「すべての回が、実話に基づいて作られているんです」

自分がどれだけ詳しく当時のことを調べあげたかということ、第二次大戦中に核物理学の機密をソ連に流していた原子力科学者アラン・ナン・メイについて、先週はずっと資料を読んでいたのだということ、ひょっとしたらこの人物の逸話から、新しい『刑事フォイル』の物語が生まれるかもしれないのだということを、わたしは勢いこんで語ろうとした。だが、女性はそれをさえぎって口を開いた。「そう、たしかに実話を基にはしているんでしょうね。でも、そこに登場する犯罪そのものは架空じゃないですか。それに、あなたの書くテレビの脚本は——『名探偵ポワロ』も『バーナビー警部』も——すごく現実離れしているでしょう。十四歳のスパイが活躍するあなたの作品も、大勢の子どもたちが楽しんでいるのはわかるけれど、現実離れしているという点では同じね。失礼なことを言うつもりはないけれど、どうしてもっと現実の世界に興味を向けないのかと思うんです」

「じゃ、いったい何が現実の世界だというんですか?」わたしは切りかえした。

「この世に実在する人たちのことよ」

もぞもぞと身じろぎする子どもたちが目につきはじめた。そろそろ締めくくらなくては。

「わたしは架空の物語を書くのが好きなんですよ。それがわたしの仕事なのでね」

「社会に影響力を持たない作品と評価される不安はないんですか?」

「社会に影響力を持つために、必ずしも現実をなぞる必要はないでしょう」

「こんなことを言ってごめんなさい。あなたの作品は好きなんです。でも、その意見には賛成できません」

なんとも奇妙な偶然ではないか。ホーソーンからあんな申し出があったのは、ほんの二日前だというのに。帰りがけ、わたしはあの女性を目で探したが、もうどこにも見あたらなかった。

そういえば、講演の後のサイン会にも来なかったのだ。ロンドンに戻る電車の中、わたしはあらためて女性の言葉を考えてみずにはいられなかった。ひょっとして、あの意見はやっぱり的を射ているのだろうか？　わたしの書くものは、あまりに現実離れしすぎている？　わたしはいま、大人向けの小説を書く作家に方向転換しようとしているが、その最初の作品となる『絹の家』は、たしかにこの現代社会からありとあらゆる面でかけ離れている。テレビ・ドラマのほうは——たとえば『インジャスティス』など——それなりに二十一世紀のロンドンを舞台にすることはあるものの、わたしはやはり自分の想像力に頼りすぎているのかもしれない。気をつけないと、現実との接点を見失ってしまうこともありうる。いや、すでに見失っているのだろうか。現実とぶつかってみることが、いまのわたしには必要ということか。

ヘイ・オン・ワイからパディントン駅までは、長い長い道のりだ。家に帰りついたときには、すでに心は決まっていた。部屋に入り、真っ先に電話をかける。

「ホーソーン？」

「トニーじゃないか！」

「わかった。取り分はきっちり半々で。その話、引き受けるよ」

わたしの書いた第一章は、ホーソーンのお気に召さなかった。

時系列でいうなら、これはいささか先の話となる。というのは、わたしは自分からこの原稿を見せたわけではなく、書いてしばらく経ってから、仕方なく見せるはめになったからだ。『インジャスティス』の脚本を見せたときのことは、いまだにまざまざと記憶に残っており、できることなら、この本はできるだけ見せずに進めていきたかった――だが、対等の条件で手を組むと約束した以上、ホーソーンに見せろと言われたら、どうしてそれを断れようか？　とにかく、この本の成り立ち、役割分担といったようなことについて、まずはここで説明しておかなくてはなるまい。ここに記されているのはわたしの言葉だが、記されている内容はホーソーンの行動だ。そして実のところ、そもそもの最初、このふたつはうまく嚙《か》みあっていなかった。

第一章について話しあったのは、捜査の途中でひと息つこうと立ち寄った、数知れないスターバックスのどこかでのことだった。原稿はその前にメールで送っておいたのだが、ホーソーンがかばんから取り出したプリントアウトに、あちこち囲んだり×をつけたり、赤いペンでびっしりと書きこみがあるのを見て、面倒なことになってしまったとうんざりしたのを憶えている。自分の書いた文章にあれこれ言われるのが、わたしは本当に嫌いなのだ。どの言葉であれひとつひとつ、じっくりと考えて選んでいるといっても過言ではないのだから（〝ひとつひとつ〟を入れる必要はあるだろうか？　〝過言ではない〟などと言わず、〝選んでいるのだから〟と言いきってしまおうか？）。ホーソーンと組むと返事をしたとき、もちろん捜査は向こうが主導権を握るとしても、原稿を書くにあたってはわたしがハンドルを握り、あの男はおとなしく後部座席に坐っているものだと思っていた。そんな幻想を、ホーソーンはさっさと打ち砕きにかかったというわけだ。

「何から何までまちがいだらけじゃないか、トニー。あんたの文章は、読者を誤解だらけの細道に迷いこませちまう」

「いったい、どういう意味だ？」

「そもそも、この最初の文章だよ。これはまちがってる」

自分の書いた文章を、わたしは読んでみた。


白くまぶしい陽光があたりに降りそそいではいるものの、見た目ほどは暖かくない春の日の午前十一時を回ったころ、ダイアナ・クーパーはフラム・ロードを横断し、葬儀社に足を踏み入れた。


「何もおかしなところは見あたらないがね」わたしは言いかえした。「十一時ごろだったのはたしかだ。そして、自分から葬儀社に入っていった」

「だが、この文章のようにじゃない」

「ここまでバスで来たってことを言いたいんだろう！」

「自宅の前の通りを上りきったところから、ダイアナはバスに乗った。防犯カメラの映像から判明した事実さ。バスの運転手もこの女を乗せたことを憶えていて、警察に証言してる。だが、相棒、問題はそこじゃないんだ。〝フラム・ロードを横断し〟ってのは、どこから来たんだ？」

「どこがいけないんだ？」

「どこって、横断してないからさ。クーパー夫人はチェルシー・ヴィレッジで、この十四番バスに乗りこんだ。ブリタニア・ロードを上り、道を渡ったところにある、識別記号Uの停留所からだ。バスはそこからチェルシー・フットボール・クラブ、ホーテンシア・ロード、エディス・グローヴ、チェルシー・アンド・ウェストミンスター病院、ビューフォート・ストリートを経由して、オールド・チャーチ・ストリートにある識別記号HJの停留所で夫人を降ろした」

「ロンドンのバス路線図に、きみはおそろしく詳しいようだな。だが、何を言いたいのかはさっぱりわからないよ」

「道を横断してないってことだよ。バスを降りたら、葬儀社はその同じ側にあるんだ」

「そんなことで、何か大きなちがいがあるのか？」

「そうだな、大きなちがいが生まれる可能性はある。〝道を横断した〟とあれば、それはクーパー夫人が葬儀社の前にどこかに寄ったということを意味するし――それは重要なちがいだろう。銀行に寄って、大金を引き出していたかもしれない。たとえばその日の朝、ちょうど誰かと仲違《なかたが》いをし、それが殺人の動機になった可能性も考えられる。その誰かは道を渡る夫人の後をつけ、どこへ入っていったかを見とどけた、と。あるいは、道を渡ろうとした夫人が、ちょうど通りかかった車の前で立ちどまってしまい、運転手と口論になった、とかな。おいおい、そんな目でおれを見るなよ！　運転をめぐる諍《いさか》いから起きた殺しは、あんたが思っているよりはるかに多いんだ。だが、実際のところ、事実はこうだった。ひとりきりで、自宅で起床。そして朝食をとり、バスに乗った。これが、その日クーパー夫人が最初にしたことさ」

「じゃ、どう書けばいいときみは思うんだ？」

ホーソーンは、すでに何ごとか書きつけた紙を用意していた。それを渡され、目を走らせる。


きっちり十一時七分、ダイアナ・ジェーン・クーパーは十四番バスからオールド・チャーチ・ストリートのバス停（識別記号ＨＪ）で降り、舗道を二十五メートル歩いた。そして、葬儀社《コーンウォリス＆サンズ》に入店。


「わたしならこうは書かないな。まるで、警察の報告書みたいじゃないか」

「少なくとも、正確ではあるだろう。それに、呼鈴のくだりはいったい何なんだ？」

「呼鈴？」

「第四段落だよ。ほら、ここだ。葬儀社の入口に、旧式のバネ仕掛けの呼鈴があると書いてる。だが、その呼鈴に、おれはまったく気づかなかった。つまり、そんなものは存在しないってことだ」

わたしはどうにか苛立《いらだ》ちを鎮めようとした。ホーソーンはこういう男なのだとつくづく思い知らされるまで、さほど時間はかからなかった。その気になりさえすれば、こうもたやすくわたしを怒らせることができるとは、こんな人物がほかにいるだろうか。

「呼鈴のことを書いたのは、雰囲気を盛りあげるためだ」わたしは説明した。「劇的効果を生むために、多少の自由は残しておいてくれないと困るな。この会社――《コーンウォリス＆サンズ》――が、どれだけ伝統的で古風な業界に属しているか、目に見える効果的な形で描きたかったんだよ」

「そうかもな。だが、呼鈴の有無も、やはり大きなちがいを生むんだ。たとえば、誰かが葬儀社まで夫人の後をつけてきたとしたら。誰かが、葬儀社で夫人が話したことを盗み聞きしていたとしたらな」

「夫人がうっかり車を停めさせて、口論になった相手のことかい？」わたしは皮肉たっぷりに尋ねた。「あるいは、銀行に居あわせた相手か？　そういうことを、きみは考えているんだろう？」

ホーソーンは肩をすくめた。「そもそも、クーパー夫人が自分の葬儀を手配したことと、まさにその日に殺されたことに関連があると書いたのはあんたじゃないか。少なくとも、自分の読者さんたちにはそうほのめかしてただろう」いかにも嫌みったらしく、〝読者さんたち〟をわざと長く引き延ばして発音する。「ただ、そうでない可能性も考えてみないとな。葬儀の手配と殺しが重なったのは、ひょっとしたらたまただったかもしれない――まあ、ただ、これは認めないといかんな。偶然なんてもの、おれは嫌いだね。これまで二十年がところ犯罪捜査をしてきたが、どんなことにも必ずそれなりの理由があるんだ。あるいは、自分の死が近いことをクーパー夫人が知っていたとも考えられる。何ものかに脅されていて、もう逃げ道がないと悟ったからこそ、自分の葬式を手配したのかもな。ただ、ありえないことじゃないが、依然として筋が通らないのはたしかだ。それなら、なぜまっすぐ警察に駆けこまなかった？　という話になるからな。さらに、第三の可能性もある――夫人が葬儀を手配していることを、何ものかが知っていた場合だ。誰が知っていてもおかしくはない。街路から後をつけていって、葬儀社で手配をしているところを盗み聞きすることだってできたはずだ、なにしろ、厄介な呼鈴なんぞ実際にはとりつけられていないからな。葬儀社にこっそり入りこみ、こっそり出ていくことは、誰にだってできたんだ。だが、もしも呼鈴があったとしたら、話はまったく変わってくる」

「わかったよ」わたしは認めた。「呼鈴のくだりは削っておく」

「それから、モンブランの万年筆もだ」

「いったい、なぜ？」いったんはそう尋ねながらも、ホーソーンが答える前に、わたしは諦めた。「わかった、わかった。たいした問題じゃない。そこも削るよ」

　まるでどこかにひとつくらい褒めるところはないものかとでもいうように、ホーソーンは印刷された第一章をためつすがめつした。「あんたはどうも、みょうなところで情報を出し惜しみするんだな」ややあって、ようやく口を開く。

「何を言いたいんだ？」

「たとえば、クーパー夫人がいつも公共の交通機関を使っていたと書きながら、その理由は明らかにしない」

「風変わりな女性だと書いたじゃないか！」

「それだけじゃない理由が、ちゃんと見つかったはずだがね、相棒。それに、葬儀の内容についても同じだ。夫人が何を要望したか、あんたは詳しく知っていながら、それを書いてないじゃないか」

「詩篇だろう！　そして、ビートルズだ！」

「だが、どの詩篇だ？　ビートルズの曲は？　それが重要なことかもしれないと、あんたは思わないのか？」ホーソーンはメモ帳を取り出し、それを開いた。「詩篇は第三十四篇だ――『われ、つねに主を讃《たた》う。わが口に、賛美の絶えることなし』ビートルズのほうは、『エリナー・リグビー』だな。暗誦する詩は、シルヴィア・プラスとかいう詩人の作品らしい。これについちゃ、トニー、あんたの助けが必要になりそうだ。おれも読んではみたものの、さっぱり意味がわからなかったからな。クラシックの曲は、ジェレマイア・クラーク作曲の『トランペット・ヴォランタリー』。そして、息子に挨拶の言葉を読んでもらうと……あれは、何ていうんだったっけな？」

「弔辞《ちょうじ》だ」

「まあ、何でもいいがね。あと、夫人が《カフェ・ムラーノ》で誰と昼食をとったのか、それも書いておくべきだろう。そいつの名はレイモンド・クルーンズ。劇場のプロデューサーだ」

「その男が容疑者なのか？」

「なにしろ、夫人はつい最近、そいつの制作したミュージカルのせいで五万ポンドの損失をこうむっているからな。おれの経験からみて、金と殺しは切っても切れない間柄なんだ」

「ほかにも、何か書き落としている点があるかな？」

「クーパー夫人がまさにあの日、グローブ劇場の理事を辞任したことを、あんたはさほど重要視していないようだな。六年間ずっと務めてきた役職を、これから死ぬって日に辞めようと決心したってのに。それから、アンドレア・クルヴァネク――あの掃除婦の件もある。あの女が抜き足差し足で外に出て、警察に通報しただなんて話を、あんたはどこから引っぱってきた？」

「警察の事情聴取記録からだよ」

「おれだって、それは読んだ。だが、どうして嘘じゃないとわかる？」

「どうして嘘なんかつかなきゃならない？」

「さあな、相棒。だが、あの女には前科もある。そうそう善良なお人柄じゃないかもしれんってことだ」

「いったい、どうしてそんなことを知ってるんだ？」

「調べたんでね。そして、最後に夫人の息子、ダミアン・クーパーだ。おふくろさんの死により、息子が二百五十万ポンドの遺産を相続したってことは、一応指摘しておくよ。息子はロサンジェルスで金銭問題を抱えてたって話だが、ずいぶん都合がいい展開になったもんじゃないか」

わたしはしばし無言だった。いやな感じが、胃の奥でうごめいている。「金銭問題ということ?」

「おれの知ってるかぎりでは、ずいぶんせっぱ詰まってるらしい。まあ、ハリウッド・ヒルズにプール付きの家をかまえ、ポルシェ911に乗ってはいるがね。英国人の女友だちと同棲中だが、薬物に手を出すわ、いろんな女と手当たりしだいヤりまくってるわで、同棲相手のほうはすっかり愛想をつかしてるらしい……〝ヤりまくってる〟ってのは、実に使い勝手のいい言葉だな」

「つまり、この章にはただのひとつもいいところはなかった、そういうことか?」

ホーソーンはしばし考えこんだ。「そういや、〝世界の終わり〟の冗談は気に入ったね」

目の前に散らばったプリントアウトを、わたしはじっと見つめた。「その冗談も、削っておいたほうがいいかもな」

ホーソーンはわたしを見つめ、初めてにやりとした。その笑みに、かつて子どもだったころのホーソーンの姿が、一瞬ふっと浮かびあがったような気がする。まるで、本当はここから抜け出したいと必死でもがく何かが、いつもはこのスーツにネクタイ、蒼白い顔、意地の悪い目つきの中に囚《とら》われてしまっているかのように。「まだまだ始まったばかりだからな、相棒。こんなもの、まだ最初の一章だけじゃないか。何もかも破り捨て、初めから書きなおしたっていいんだ。結局のところ、おれたちは協力しあっていく態勢を、これから編み出していかなきゃならない。何ていったかな……ほら……」言葉を探し、口ごもる。

「ラテン語のいわゆる〝仕事のやりかた《モーダス・オペランディ》〟だな」わたしは助け船を出した。

ホーソーンは人さし指を立てた。「そういう気どった言いまわしは使うなよ。読まされた側はむっとするだけだ。あんたはただ、起きたことをそのまま書いていきゃいい。容疑者の話もさらに聞いていく。必要な情報は、すべてあんたに渡るようにするよ。あんたがすべきことは、それを正しい順にまとめるだけだ」

「だが、きみが事件を解決できなかったらどうなる？」わたしは尋ねた。「ひょっとしたらきみより先に、警察がダイアナ・クーパー殺しの犯人を見つけ出すかもしれないじゃないか」

ホーソーンは気を悪くしたようだ。「ロンドン警視庁は間抜けどもの巣窟《そうくつ》だからな。もしも犯人を示す手がかりがあるんなら、おれに声をかけはしなかっただろう。前に、あんたに説明したとおりさ。多くの殺しは、事件発生から四十八時間以内に解決する。どうしてかって？たいていの殺人犯は、自分が何をやってるか理解してないからだ。かっとする。襲いかかる。このふたつが同時進行なんだ。あたりに飛び散った血、車のナンバー・プレート、防犯カメラの映像——そんなものを後から気にしたところで、時すでに遅しってわけさ。中には偽装工作を試みる連中もいるが、現代の科学捜査には、たいてい歯が立たない。

とはいえ、ごくたまにお目にかかることもある——まあ、全体の二パーセントってところかな——熟慮を重ねたあげく実行に移すやつらにね。綿密な計画を練っての犯行。実行犯を雇うという手もある。あるいは、快楽のために人を殺す、頭のおかしな連中もいる。警察は必ず気づくんだ、これは泥沼案件だって……その種の事件を、警察じゃこう呼ぶんだよ。そんなときは、おれのような人間に声をかけるのさ。助けが必要だと、連中もわかっているからな。だからこそ言っておくよ、あんたはただ、おれを信じていりゃいい。何か余分なものを足したくなったら、まずはおれに訊いてくれ。さもなければ、自分が見たものだけを書いていけばいいんだ。これは『タンタンの冒険』の脚本じゃないんでね。わかったか？」

「ちょっと待った！」またしても、わたしはホーソーンに意表を突かれることとなった。「わたしが『タンタンの冒険』の脚本を書いているだなんて、きみに話したことはないはずだ」

「スピルバーグの仕事をしてると話してくれたじゃないか。あの男がいま監督をしてるのが『タンタンの冒険』だろう」

「監督じゃない、プロデューサーだ」

「それにしても、あんたはなぜ、気を変えてこの事件を書くことにしたんだ？　奥方の助言か？　そうだ、きっと、あんたはそうすべきだと、奥方が言ってきかせてくれたんだな」

「いいかげんにしてくれ」わたしはさえぎった。「われわれの間で決まりを作るとしたら、その第一は、わたしの私生活について何も訊かない、ということだ——わたしの書く本についても、テレビ番組についても、家族についても、友人についても」

「あんたがなぜその順番に並べたか、考えてみるとおもしろいな……」

「わたしはきみについて書く。この事件について。そして、きみがこの事件を解決したら——もしも解決できたら——出版社に興味を持ってもらえるかどうか、掛けあってみるよ。だが、きみの思うようにふりまわされるつもりはない。この本の著者はわたしなんだ。何を書くかはわたしが決める」

ホーソーンは目を大きく見ひらいてみせた。「まあ、おちつけよ、トニー。おれはただ、よかれと思って助言しただけなんだ」

これが、ふたりの間の合意となった。わたしはもう、ホーソーンにこの先の原稿は見せない。書いている途中はもちろん、完成してもおそらくは見せないだろう。何であろうと、わたしは書きたいことを書く。それが、ホーソーンに対する批判であろうと、わたし自身が考えたことであろうと、ためらうことはない。だが、犯行現場や尋問、事情聴取については、事実だけをきっちり書きしるす。読者を惑わしかねない想像や推定、脚色などはいっさい加えない。

第一章はといえば、呼鈴とモンブランの万年筆についての記述はなかったものと思ってほしい。ダイアナ・クーパーの昼食の相手はレイモンド・クルーンズだった。そして、アンドレア・クルヴァネクの供述は、必ずしも真実とはかぎらない。とはいえ、そのほかの部分は、はっきりと犯人の正体を指し示しているものも含め、すべて正確に描写されている。

4　犯行現場

月曜の朝、ダイアナ・クーパーの自宅を訪ねてみると、家の前には制服警官がひとり立っていた。玄関には青と白のビニール・テープ——〝警察により立入禁止〟と書かれている——が張りめぐらせてあったが、わたしが来ることを誰かが連絡してくれてあったのだろう、その警官は名前も尋ねずに通してくれた。事件発生から、すでに七日が経っている。警察の資料と事件直後の事情聴取記録は、ホーソーンがコピーを送ってくれたので、この週末に読んでおいた。きょうの九時に現場で会おうと、そのコピーに走り書きのメモが添付されていたのだ。水たまりを避けてほんの短い距離を歩き、玄関に足を踏み入れる。

いつもなら、わたしが訪れる犯行現場は、わたしが想像で作りあげたものだ。といっても、何もかも詳しく描写する必要はない。監督、ロケハン担当者、デザイナー、小道具班などが家具を選び、壁の色を決め、仕事の大半をわたしの代わりにこなしてくれるのだ。わたしが確認するのは、もっとも重要となる部分——ひび割れた鏡、窓枠に残った血まみれの指紋といった、物語に直接かかわってくるところ——だけだが、わたしが現場に着いたときには、そうした細工はまだほどこされていないこともある。これは、どちらの方向から撮影するかによって、見せかたが変わってくるからだ。その被害者が住んでいた部屋にしてはあまりに広すぎるのではないかと、気を揉むことになるのもしょっちゅうだった——とはいえ、撮影には十人から二十人の手が必要となるし、結局のところ、視聴者に部屋の広さを勘づかれることはない。撮影の場には俳優たちのほか、技術スタッフたち、照明、ケーブル、照明やカメラを動かすレール、台車などが入り、身動きもとれない状態となる。実際にはどんな映像になるのか、なかなか想像がつかないほどだ。

脚本家としてドラマのセットに立つのは、なんとも奇妙な体験だ。自分の頭の中で生まれたものが現実となり、そこに足を踏み入れるときの興奮は、けっして言葉で説明しつくすことはできない。実のところ、わたしはその場ではまったく役に立たず、どこにいようと誰かの邪魔になってしまいそうなのだが、スタッフはみな礼儀正しく快活に接してくれる。正直に言うなら、わたしはその場でとくに話すべきことなど何もないのだ。わたしの仕事は何週間も前に終わっているし、撮影スタッフの仕事はいま始まったばかりなのだから。そんなわけで、自分の名が背に書いてあるはずもない折りたたみ椅子を開き、わたしは腰をおろす。片隅から、そっと撮影を見まもる。俳優たちとおしゃべりすることもある。ときには使い走りの子が発泡ポリエチレンのカップに入ったお茶を持ってきてくれる。そこに坐って撮影を眺めながら、これはすべて自分の中から生まれたものだと考えるのは楽しい。わたしはこの現場の一部であり、この現場はわたしの一部なのだ。

クーパー夫人の居間は、ありとあらゆる点でそんな撮影現場とは異なっていた。灰色とピンクの花模様が浮き出している分厚い絨毯《じゅうたん》に立ち、クリスタルのシャンデリア、骨董品《こっとうひん》を模して作られた居心地のいい家具、コーヒーテーブルに広げられた『カントリーライフ』や『ヴァニティ・フェア』といった雑誌、造りつけの本棚に並んだ本（現代の小説のハードカバーばかりで、わたしの作品はなかった）を眺めると、自分は侵入者だと感じざるをえない。別の誰かがつい最近まで住んでいた場所を、まるで博物館の展示のように見てまわっているだけの、無関係な人物なのだと。

現場のそこかしこには、捜査員によって黄色のプラスティックの番号札が置かれていた。さほど数が多くないのは、証拠品となるものがあまり見つからなかったということなのだろう。水らしきものがたっぷりと入ったグラス(12)が、古風なサイドボードの上に置いてあり、その隣にはダイアナ・クーパーの名前入りのクレジット・カード(14)。これは手がかりとなりうるのだろうか? こうして見ているだけでは、なんとも判断がつかない。居間には窓が三つあり、それぞれ床まで届くヴェルヴェットのカーテンが両側にとりつけられていた。三対《さんつい》のカーテンのうち、二対半《にっいはん》は房のついた赤い紐でまとめられているが、部屋の扉にいちばん近い片側のカーテン(6)だけは、ばさりと開いたままぶらさがっている。それを見ると、まだほんの一週間前、いままさにわたしの立っている場所で絞殺された中年女性のことを思わずにはいられない。まぶたを見ひらき、拳《こぶし》を宙に突き出したまま死んでいる女性の姿が、目の前にまざまざと浮かびあがる。見おろすと、絨毯には染みが残っており、そのあたりに警察の番号札がふたつ置かれていた。死の直前、夫人の腸はゆるみ、失禁してしまっていたのだという。普段はわたしがITVの視聴者に見せずにおく、生々しい現実がここにあった。

そのとき、ホーソーンが部屋に入ってきた。いつもと寸分違《たが》わぬスーツだ——これについて、以後はもうくりかえし書く必要もあるまい。手にしたサンドウィッチをぱくついている姿にしばし目をやるうち、それはホーソーンがクーパー夫人のキッチンで、そこにあった食料を使って作ったものだと悟る。わたしはまじまじとその様子を見つめた。

「何ごとだ?」サンドウィッチを口いっぱいに頰ばったまま、ホーソーンは尋ねた。

「別に、何も」

「あんたは、朝めしは?」

「いや、けっこうだ」

おそらく、わたしの口調にひそむ響きを感じとったのだろう。「無駄にするのももったいないからな」ホーソーンは説明した。「こんな食いものも、クーパー夫人にはもう必要ないわけだし」サンドウィッチをつかんだ手で、部屋をぐるりと指し示す。「さて、どう思う?」

どう答えたものか、わたしにはわからなかった。部屋はきっちりと整えられている。薄型テレビ——壁掛けではなく、スタンドに立ててある——をのぞいて、この部屋のすべてのものはみな前時代に属しているかのように見えた。ダイアナ・クーパーは几帳面な暮らしを送っていたようだ。雑誌は配置を考えて美しく広げられ、装飾品——ガラスの花瓶や陶器の人形——もこまめに埃《ほこり》を払っていた様子がうかがえる。さらに言うなら、死にかたすらもきちんとしていた。死にぎわに格闘した形跡もなければ、ひっくり返った家具もない。犯人が残した形跡はひとつだけ——玄関を入ってすぐの絨毯に、泥の靴跡が半分。これを見たら、きっと眉をひそめていただろう夫人の顔が、まざまざと目に浮かぶ。乱暴に殴られた様子もなく、強姦もされていない。さまざまな意味で、静かにおちついた殺人とでも形容すべきだろうか。

「夫人は犯人と面識があった」ホーソーンは口を開いた。「だが、友人じゃない。犯人は男で、少なくとも身長は百八十センチ以上、がっちりした体格、視力は悪い。夫人を殺す目的でここに来て、あまり長居はしなかったようだ。夫人は犯人を居間に残し、しばらくキッチンにいた。もう帰ってほしいと願っていたんだが——そこを殺されてしまったというわけだ。犯行後、犯人は家の中をあさり、いくつかのものを持ち去ったが、盗みが目的でここに来たわけじゃない。クーパー夫人を殺すことが、犯人の目的だったのさ」

「そんなにいろいろなことが、いったいどうしてわかったんだ？」そう訊きながらも、うっかりこんな質問を口にしてしまった自分に腹が立つ。ホーソーンは、まさにこう尋ねられるのを待っていたのだ。わたしは、みすみす自分から罠に踏みこんでいってしまったことになる。

「犯人が訪ねてきたときは、もうあたりが暗くなりかかってた」と、ホーソーン。「このへんじゃ、強盗もよく起きててね。高級住宅地にひとり暮らしをする六十代の女性が、まったくの見知らぬ相手に扉を開けたりはしないさ。犯人は、ほぼまちがいなく男だと思っていい。女が女を絞め殺した事件も聞いたことはあるが――まあ、おれの経験からいって――ごく例外だね。ダイアナ・クーパーは身長百六十センチ、それより犯人の背が高ければ、犯行はやりやすかっただろう。殺害されたとき、被害者の舌骨《ぜっこつ》が折れていることを考えると、犯人はかなり屈強な人物だ。もっとも、被害者もいささか年を食ってたからな、そのせいであっさり折れちまったとも考えられる。

なぜ、犯人は夫人を殺すためにここに来たと判断できるか？　理由は三つある。犯人は指紋をまったく残してない。あの夜は暖かかったが、それでもけっして手袋を脱がなかったってことだ。そして、長居もしてない。足を踏み入れたのはこの部屋だけで、あんたも見てのとおり、コーヒーのカップも、空になったジン・トニックのグラスもない。友人が夕方六時に訪ねてきたら、何かいっしょに飲むくらいのことはするだろう」

「その男が、たまたま急いでいたのかもしれない」わたしは言ってみた。

「クッションを見てみろ、トニー。腰をおろしてもいないんだ」

先ほど目に入った水のグラスに、わたしは歩みよった。手にとってみたい誘惑を、じっとこらえる。刑事や鑑識官もここに来ているはずなのに、これらの品々が残されていることが、どうにも不思議で仕方がない。こうした証拠品は持ち帰り、すぐさま分析にかけるものではないのだろうか？　そのことを、わたしはホーソーンに尋ねてみた。

「ああ、証拠品なら、連中がまたここに戻したんだ」

「なぜ？」

「おれのためにさ」ホーソーンはいつもの冷ややかな笑みにちらと唇をほころばせると、サンドウィッチの残りを口の中に押しこんだ。

「結局のところ、飲みものは出たことになるじゃないか」わたしは言ってみた。

「ただの水だがな」サンドウィッチを嚙《か》みしだき、飲みこむ。「おれの考えでは、犯人は帰りぎわに水を一杯ほしいと頼んだ。そして、夫人が部屋を出ていった隙に、カーテンを解いて紐を外したんだ。夫人が見ている前じゃ、そんなことはできないからな」

「だが、犯人は口をつけなかった」

「自分のDNAを残したくなかったんだろう」

「このクレジット・カードはどういうことなんだろう？」わたしはカードに印字された名前に目をやった――ミセス・ダイアナ・J・クーパー。バークレイズ銀行の発行だ。有効期限は十一月。持ち主の有効期限のほうが、半年ほど早く来てしまったことになる。

「これはおもしろい問題だな。ほかのカードは財布に入ってるのに、なぜこれだけが出してあったのか？　夫人が何かの支払いのためにカードを取り出したとすると、玄関を開けたのも同じ理由だろうか？　カードには、夫人自身の指紋しか残ってなかった。そうなると、こんな仮説も考えられる。誰かが夫人に支払いを求めた。夫人はカードを取り出したものの、それを手でもてあそんでいたとき、犯人が背後に回り、首を絞めた、と。だが、だとしたら、なぜカードは床に落ちていない？」ホーソーンは頭を振った。「もっとも、このカードが事件とは何の関係もない可能性だってある。まあ、そのうちわかるさ」

「犯人は視力がよくないと、きみはさっき言っていたね」

「ああ、それは――」

「それは、犯人が夫人の指に輝くダイヤモンドを見すごしたからだろう」ホーソーンが何から何まで説明してしまう前に、わたしは一矢《いっし》報いてやることにした。「あの指輪はかなりの金になるだろうに」

「ちがう、ちがう、相棒。そりゃ、まったく見当外れだ。このダイヤモンドの指輪に、犯人は明らかに興味がなかったんだよ。犯人は宝飾品をいくつかと、ノートパソコンを盗み出し、強盗のしわざに見せかけようとした。だが、この指輪のことは忘れたか、あるいは指から抜けなくて、わざわざ剪定《せんてい》ばさみを使うまでのこともあるまいと判断したんだろう。目に入らなかったはずはないんだ。首を絞めてるときには、目の前に突き出されてたんだからな」

「じゃ、視力が悪いというのは、どこから判断したんだ?」

「それは、犯人が家に入ってくる直前、玄関前の水たまりに踏みこんでいるからさ。そのせいで、絨毯に足跡を残すはめになった。そういや、あの足跡も男の靴に見えるな。ほかのありとあらゆる点で、犯人は慎重に行動している。だが、その一点でだけ、うっかり失敗をやらかしたんだ。あんた、こういう話をすべてメモしておかなくていいのか?」

「ほとんどは憶えておけるよ」わたしはiPhoneを取り出した。「かまわなければ、写真を撮らせてもらう」

「お好きにどうぞ」サイドボードに飾られた中年男性の白黒写真を、ホーソーンは指さした。

「これも忘れずに撮っておくといい」

「これは誰なんだ?」

「たぶん、夫人の旦那だろうな。ローレンス・クーパーだ」

「離婚したのか?」

ホーソーンは悲しげな目をこちらに向けた。「別れた旦那の写真なんか、こんなところに飾っておくわけがないだろう! 十二年前に死別したそうだ。がんでね」

わたしは写真を撮った。

それからホーソーンに連れられて家の中の部屋をすべて回り、この男が指さすものをすべて写真に撮っていく。まずは、一見ショールームのようなキッチンからだ——金をかけた備品が並んでいるものの、あまり使われた様子はない。ダイアナ・クーパーはミシュランの星付きレストランで十人分の料理を作るにふさわしい調理器具をそろえておきながら、おそらくはゆで卵ひとつとトーストふた切れという夕食をとって、ベッドに入るような生活をしていたのだろう。冷蔵庫の扉には、一面にマグネットが貼りつけてあった――古い名画を模したものもあれば、シェイクスピアの有名な台詞《せりふ》の引用もある。冷蔵庫の上には、ナルニア国物語の映画『カスピアン王子の角笛』のキャラクターもののブリキ缶。ホーソーンは布を手にとり、じかに金属に触れないよう気をつけながら蓋を開けた。中には、二枚の硬貨が入っていただけだった。

何もかも、きっちりと整頓されている。窓台には料理本――ジェイミー・オリヴァーやオットレンギなど――トースターの横の小さな棚にはノートや最近の日付の手紙、黒板にはその週の買いもののメモ。ホーソーンは手紙にざっと目を通し、また元の場所に戻した。カウンターの上の壁には木彫りの魚が飾られており、そこに並んだ五つのフックを、クーパー夫人は鍵を掛けておくのに使っていたようだ。ホーソーンはいかにも興味をそそられたらしく、しげしげと鍵を眺めている。掛かっている鍵は四つ、どれもラベルが貼ってあった。写真を撮りながらラベルを見ていくと、それぞれ玄関、裏口、地下室、そしてどうやらストーナー屋敷という別の家のものらしい。

「これは何だろう?」わたしは尋ねた。

「ロンドンに越してくる前に、夫人が住んでいた家だよ。ケント州ウォルマーだそうだ」

「前に住んでいた家の鍵をとっておくなんて、なんだか奇妙だな……」

家の書類入れとなっている引き出しを見つけ、中にぎっしり詰まっていた古い手紙や請求書に、ホーソーンはざっと目を通した。書類に交じって『モロッコの夜』というミュージカルのパンフレットも入っている。ハート・マークの上に、肩ベルトをつけたカラシニコフ製の自動小銃が置かれている表紙だ。最初のページを見ると、プロデューサーのひとりとしてレイモンド・クルーンズの名が記されていた。

キッチンをひととおり見てしまうと、わたしたちは二階の寝室へ向かった。階段や廊下の薄い縞模様の壁紙には、額縁《がくぶち》に入った古い演劇のプログラムが飾られている——『ハムレット』『テンペスト』『ヘンリー五世』といったシェイクスピア作品、オスカー・ワイルドの『真面目が肝心』、ハロルド・ピンターの『バースデイ・パーティ』。どれも、ダミアン・クーパーが出演している。ホーソーンはしゃにむに家捜しを続けていたが、わたしは寝室に足を踏み入れたとき、どうにも心がざわつくのを感じてはっとせずにはいられなかった。自分は侵入者なのだという思いが、またしても頭をよぎる。ほんの一週間前、とある六十代の女性がここで服を脱ぎ、全身鏡の前に立ち、いまはベッド脇のテーブルに置いてあるスティーグ・ラーソンの『ミレニアム2——火と戯《たわむ》れる女』を手に、クイーン・サイズのベッドに身体を横たえていたのだ。まあ、あの本のいささか肩すかしな結末を、クーパー夫人は読まずにすんだことにはなるが。ベッドにはふたつ枕があり、片方には夫人の頭の跡らしいへこみがあった。夫人が目をさまし、たとえばラヴェンダーの香りをただよわせながら、温かいベッドから起きあがる姿が目に浮かぶ。だが、そんな朝はもう二度とやってこないのだ。わたしにとって死とは、いつもなら物語を先に進めるために必要な存在にすぎない。だが、つい一週間前に亡くなったばかりの女性の寝室に立っていると、死はまるでわたしのすぐ隣にいるかのように感じられる。

ホーソーンは箪笥《たんす》、衣装戸棚、ベッド脇の小箪笥を手早くあらためていった。化粧台に立ててあったダミアン・クーパーの額入り写真にも、ちらりと目をやる。わたしにとって、ダミアンの顔はぼんやりと見おぼえがあった。もっとも、正直なところ、わたしは人の顔を記憶するのがあまり得意ではないし、この手の若くて顔立ちの整った英国の俳優たちの多くは、すぐに誰が誰だかわからなくなってしまう……とりわけ、ハリウッドに渡ってしまって以降は。ホーソーンはクーパー夫人の靴棚の後ろを調べ、金庫を見つけ出したが、鍵がかかっているのに気づいて顔をしかめ、それは忘れることにして先に進んだ。手がかりを探しつづけるホーソーンの様子に、いつしかわたしはすっかり見入っていた。わたしに話しかけることはない。わたしの存在さえ、ほとんど気にとめていないようだ。それは、どこか空港の探知犬を思わせるところがあった。次々と目の前に現れるスーツケースのどれをとっても、薬物や爆弾が入っている見こみなどあろうとも思えないのに、何かあったら必ず見つけ出すという信念のもと、ひとつひとつをきっちりと調べていく。あるともないともつかないものを、確固たる信念で追いつづける、まさにいまのホーソーンの姿だ。

寝室が終わると、ホーソーンは浴室に移動した。浴槽の周りには、二十本ほどの小さな壜が並んでいた――夫人には、ホテルのシャンプーやボディ・ソープを持ち帰る習慣があったらしい。ホーソーンは洗面台の上の戸棚を開け、三箱のテマゼパム――睡眠薬を取り出すと、それをわたしに見せた。

「おもしろい」ずっと無言のままだったホーソーンが、ようやく発したひとことだ。

「何か気に病んでいることがあったんだろう」わたしも口を開いた。「眠れなかったんだ」

さらに捜索を続けるホーソーンにしたがって、家じゅうを見てまわる。二階にはさらにふたつの客用寝室があったが、どちらも最近はまったく使われていなかったようだ。この二部屋はふだんから節約のため暖房を切っているようで、空気がひんやりとして、いささかきれいに片づきすぎているように見える。ホーソーンはざっと見ただけで、すぐにまた廊下に出た。

「猫にいったい何があったのか、あんたはどう思う?」ふいに、ホーソーンがつぶやいた。

「猫というと?」

「ここのばあさんが飼ってた猫さ。灰色のペルシャ猫だ。トレーニングに使うボールに毛が生えたたぐいの、ぞっとしないけだものだよ」

「猫の写真なんか、わたしは見ていないがね」

「そんなもの、おれだって見ちゃいない」

それっきり、また口をつぐんでしまったホーソーンに、わたしはふと苛立《いらだ》ちがつのるのをおぼえた。「きみについての本を書かせようというのなら、きみは自分の仕事について、わたしにちゃんと説明すべきだろう。そういう意味ありげなひとことを漏らすのもけっこうだが、ただ言いっぱなしじゃ困るんだ」

わたしがいったい何を言い出したのか、その意味を読みとろうとするかのように、ホーソーンは眉間《みけん》にしわを寄せ、やがてうなずいた。「こんなこと、いかにも見え透いてると思ったんだがな、トニー。キッチンに、餌入れの器があったじゃないか。それに、枕のこともある。あんたは気づかなかったのか？」

「枕のへこみのことかな？　あれは、夫人の頭の跡だと思ったんだが」

「そんなはずはないだろう、相棒。夫人があんな短くてふわふわした髪の持ち主で、ついでに魚の臭いをさせてるというんなら話は別だが。夫人はベッドの左側に寝てたんだよ。本もそっち側に置いてあったじゃないか。猫のほうは、同じベッドの反対側に寝てたのさ。かなり大きな、ずっしり重い猫だろう。だから、おそらくペルシャ猫だと見当をつけたんだ。いかにも、クーパー夫人が飼っていそうなペットだよな——だが、この家のどこにもいない」

「警察が連れていったのかもしれない」

「ああ、そうかもな」

　また一階に下り、ふたたび居間に足を踏み入れると、いつのまにか、そこには別の人物がいた。安もののスーツに身を包んだ男が脚を開いてソファにかけ、膝にファイルを開いている。ネクタイは曲がり、シャツのボタンはふたつ外れていた。わたしの見たところ、おそらく喫煙者だろう。どこをとっても、いかにも不健康そうな男だ。肌の色、薄くなりかけた髪、折れた鼻、ズボンのウエストを圧迫している腹回り。年齢はホーソーンとさして変わらないのだろうが、もっと大柄でぶよぶよだ。引退したボクサーにも見えるが、おそらくは警察官にちがいないと、わたしは見当をつけた。こんな警察官は、しょっちゅうテレビで見かける——ドラマではなくニュースで、法廷の外に立ち、用意された声明をぎこちなく読みあげるところを。

「ホーソーン」熱のない口調で、男は声をかけてきた。

「これはこれは、メドウズ警部！」正式な肩書に皮肉な響きをこめて、いかにもそんな地位にはふさわしくないといわんばかりに、ホーソーンは応えた。「やあ、ジャック」後からつけくわえる。

「上がこの事件におまえを引っぱりこんだと聞いて、自分の耳が信じられなかったよ。おれには、ごく単純な事件に思えるんだがね」そこで、警部はやっとわたしに目をとめた。「そっちは誰だ？」

どう自己紹介すればいいものか、わたしにはわからなかった。

「もの書きだよ」ホーソーンが割りこんだ。「おれが連れてきた」

「何だって？　おまえのことを書いてるのか？」

「この事件についてだ」

「上の許可をちゃんと取ってることを願うよ」警部は言葉を切り、やがて続けた。「言われたとおり、おまえのために、すべて元のままにしておいた。証拠品をここに戻して、最初に見つけたときのままにな。おれに言わせりゃ、何もかもおそろしく時間の無駄だが」

「あんたの意見なんか訊いちゃいない、ジャック。そんなもの、誰も訊きゃしないね」

この一撃を、警部は受け流した。「それで、もうひととおり見てまわったんだな？　これで終わりか？」

「もう帰るところだ」そう言いつつも、ホーソーンはまだ動こうとしなかった。「これがごく単純な事件だと言ったな。それがあんたの考えか？」

「おれがどう考えようと、おまえに聞かせる気はないよ、悪いがね」メドウズ警部はのろのろと立ちあがった。思ったよりも、かなり大柄だ。わたしたちふたりを見おろすほど。開いていたファイルをまとめなおすと、まるでふと思いついたように、それを差し出す。「おまえに渡せと言われたんでね」

ファイルには写真や鑑識の報告書、目撃者の証言、この家の電話やダイアナ・クーパーの携帯の二週間分の通信記録などが入っていた。ホーソーンは最初のページに目をやった。「夫人は六時三十一分にメッセージを打ってる」

「そのとおり。絞め殺される寸前にね。『わたしを殺した犯人は、ああああああ……』ってわけだ」自分の冗談に、警部はにやりとしてみせた。「メッセージの内容も見た。さっぱり意味がわからなかったから、その謎を解くのはおまえにまかせておくさ」サイドボードにクレジット・カードと並べて置いてあり、わたしもさっき目にとめた水のグラスに、警部は歩みよった。「そっちがかまわなければ、これはもう引きあげさせてもらう」

「お好きにどうぞ」

メドウズ警部が手袋をはめていることに、そのときわたしは初めて気づいた。プラスティックのカップのようなものにグラスを入れて封印すると、警部はそれを手に提げた。

「グラスに残っている指紋は夫人のものだけだ」ホーソーンは声をかけた。「ＤＮＡも付着していない。誰もそこから飲んでいないからな」

「報告書を読んだのか？」メドウズ警部はけげんそうな顔をした。

「そんなものを見るまでもないさ、相棒。わかりきってることじゃないか」ホーソーンはにやりとした。「キッチンのブリキ缶は見たか？『カスピアン王子の角笛』の？」

「硬貨が何枚か。指紋はなし。何も出なかった」

「それもまあ、驚くことじゃないな」ホーソーンはちらりとサイドボードに目をやった。「クレジット・カードはどうだった？」

「何がだ？」

「最後に使われたのは？」

「夫人の経済状況については、すべてそこにまとめてある」警部はファイルに向かってあごをしゃくった。「個人口座に一万五千ポンド。それとは別に、貯蓄預金が二十万ポンド。けっこうな資産家だ」そこで、ようやく何を訊かれたか思い出したらしい。「最後にカードを使ったのは一週間前、例の葬儀屋の支払いだ。その前にはハロッズで食料品を買ってる」

「スモーク・サーモンとクリーム・チーズだろう」

「どうして知ってる？」

「キッチンにあったんでね。朝食に、おれがもらった」

「あれは証拠だぞ！」

「いまはもう証拠じゃないな」

メドウズ警部は顔をしかめた。「他に何か知りたいことは？」

「ああ、ある。猫は見つかったのか?」

「何の猫だ?」

「それが答えだな」

「それじゃ、あとはおまえにまかせるよ」まるでこれから金魚を出そうとしている手品師のような手つきで、警部はグラスをつかんだ。それから、わたしに向かってうなずいてみせる。

「きょうはどうも。だが、そいつといっしょにいるのは気をつけたほうがいい。とくに、階段の近くに立ったときにはな」

そう言ってのけて、警部は満足したらしい。もう一度あたりを見まわすと、グラスを身体の前に捧げもったまま、家を出ていった。

5　損傷の子

「さっきのはどういう意味だったんだろう……階段がどうとかいう冗談は?」

「チャーリー・メドウズってのはどうしようもない馬鹿でね。何の意味もないさ」

「チャーリー?　きみはさっき、ジャックと呼んでいたじゃないか」

「みんなそう呼ぶんだ」

わたしたちはフラム・ブロードウェイ駅近くのカフェで、屋外の席に腰をおろしていた——

幸い日射しが暖かかったし、これならホーソーンもタバコが吸えるというわけだ。ホーソーンはさっきメドウズ警部から渡された書類を、わたしにも見せながら目を通しおえたところだった。ダイアナ・クーパーの生前と死後の写真もあり、あまりのちがいにわたしは衝撃を受けずにはいられなかった。アンドレア・クルヴァネクが発見した遺体は、劇場に投資したり、メイフェアの高級レストランでランチをとったりする、小綺麗で活動的な社交界の名士の面影《おもかげ》を、まったくとどめてはいなかったのだ。

クーパー夫人の家に着いたのは十一時でした。それが、あたしの始業時間なんです。夫人の姿が目に入って、何かひどく悪いことが起きてしまったんだと、あたしはすぐに悟りました。

アンドレアの片言の英語をどうにか読みやすく書きなおした供述調書も、ファイルにはさんであった。写真も添えてある——丸顔の、ほっそりして少年めいたところのある女性で、短い髪はつんつんと立ち、警戒するようにカメラをにらみつけている。この女性には前科があると、前にホーソーンから聞いてはいるが、どう考えてもダイアナ・クーパーを殺したようには見えない。そもそも、あまりに小柄すぎる。
ファイルには、ほかにもさまざまな資料が入っていた。見ていると、ホーソーンはこのテーブルに坐ったまま、コーヒーを飲み、タバコを燻《くゆ》らせながらこの事件を解いてしまうのではないかと思えたほどだ。それは困る。そんなことになれば、ぺらぺらに薄い本しか書けないではないか。事件とは別のことを話したくなったのは、もしかしたらそのせいかもしれない。

「どういう知りあいなんだ？」わたしは尋ねた。

「誰のことだ？」

「メドウズ警部だよ！」

「パトニーの同じ分署にいてね。あの男とおれの執務室は隣同士で、おれはできるだけかかわらないようにしてたんだが、それでも、ときには気の進まない道に踏みこまなきゃならんときもある」

「何の話なのか、さっぱりわからないんだが」

「要するに、他の班に助力を頼まなきゃならんときもあるってことさ。しらみつぶしの聞きこみとか……そんなたぐいの仕事をね」ホーソーンはさっさと本題に戻りたいようだった。「あんたが話したいのは、ダイアナ・クーパーのことじゃないのか？」

「いや、ちがう」わたしは答えた。「きみの話がしたい」

ホーソーンは目の前に広げられた資料に目をやった。何も答えなくても、言いたいことは伝わってくる。いまのホーソーンは、この事件のことしか頭にないのだ。だが、さっきまでとはちがい、わたしにはもはや部外者としての遠慮はなかったし、すでにしっかりと心を決めてもいた。「きみの人生をわたしにも垣間見せてくれないかぎり、この本はうまくいかないよ。きみのことを知る必要があるんだ」

「おれのことなんか、誰も興味を持ちゃしないさ」

「だとしたら、そもそもわたしはこんな話に乗りはしなかった。そして、この本もまったく売れないだろうね」ホーソーンが新しいタバコに火を点《つ》けるのを、わたしはじっと見まもった。三十年ぶりに、自分にも一本分けてくれと頼みたくなる。「聞いてくれ」わたしは慎重に話を続けた。「こういう小説は、けっして〝殺人の被害者小説〟とは呼ばれない。〝犯罪者小説〟でもない。世の人はみな〝探偵小説〟と呼ぶんだよ。それなりの理由があってこそ、その名がついているんだ。わたしはいま、大きな賭けに出ている。もしも、きみがいまこの場で事件の謎を解いてしまったら、わたしには何も書くことはなくなってしまう。さらに悪いのは、きみが事件の謎を解けなかった場合だ。すべては時間の無駄だった、ということになってしまうからね。だからこそ、きみ自身を知ることは重要なんだ。わたしがきみという人間を知っていて、きみをもっと……人間らしく描くことができたら、まずはそこが足がかりとなるんだよ。そう考えると、わたしの質問をすべて拒絶するわけにいかないのは、きみだってわかるだろう。きみが壁の後ろに隠れっぱなしでは困るんだ」

ホーソーンはたじたじとした様子で、身体を引いた。血色の悪い肌、そしてどこか不安そうな、子どもっぽくさえある目つきのせいで、その姿は奇妙なほど傷つきやすく見える。「ジャック・メドウズの話はしたくないんだ。あの男はおれが嫌いなんだよ。だからこそ、あんなくそ面倒なことが起きたときには、おれを笑って見送ったってわけだ」

「くそ面倒なこと？　何のことだ？」

「おれが警察を辞めたときの話さ」

ホーソーンはそれっきり口をつぐんでしまったので、この話はまたいずれ突きつめることにしようと、わたしは心に決めた。どう見ても、いまはそんな話をすべきときではない。わたしは用意してきたノートを開き、ペンを手にとった。「わかったよ。まあ、せっかくここに腰をおろしている間に、いくつかきみ自身のことを訊きたい。そもそも、きみがどこに住んでいるかさえ、わたしは知らないんだ」

ホーソーンはためらった。この男に自分のことを語らせるのは、石の口をこじ開けるにも等しい困難な作業になりそうだ。「ガンツ・ヒルに家があってね」ややあって、それだけをぽつりと答える。ガンツ・ヒルなら、わたしもよく車で通ることがあった。ロンドン北東にある郊外住宅地で、サフォークへ向かう途中だ。

「結婚は？」

「してる」さらに答えが続くものと思い、わたしは待ちかまえたが、次の言葉が出てくるまで、またしてもしばらくかかった。「だが、もういっしょに暮らしちゃいない。そのことは訊かないでくれ」

「応援しているサッカーのチームは？」

「アーセナルだ」いかにも気のない返事からみて、たとえ本当にアーセナルを応援しているとしても、たまに気が向いたときだけなのだろう。

「映画を見にいくことは？」

「ときどき」しだいに苛立《いらだ》ちをつのらせているのが、こちらにも伝わってくる。

「音楽はどうだ?」

「どうだって、何が?」

「クラシックを聴く? それとも、ジャズかな?」

「音楽はたいして聴かないね」

実をいうと、わたしはオペラをこよなく愛するモース警部の人物像を頭に浮かべていたのだが、これで、ホーソーンを描くにはこの手も使えないということがはっきりした。「子どもはいるのか?」

ホーソーンはくわえていたタバコを引っつかみ、毒矢のようにそれを掲げた。どうやら、あまりにも性急、あまりにも強引に押しすぎてしまったらしい。「こんな話は意味がない」ぴしゃりと言いはなつその様子は、かつて警察署の取調室にいたころの姿を彷彿《ほうふつ》とさせる。ホーソーンがこちらに向ける目には、どこか軽蔑に近い感情がこもっていた。「あんたは何とでも、おれについて好きなことを書きゃいいさ。いっそ、何から何まででっちあげたってかまわない。どう書かれようが、いったいどんなちがいがある? だが、くそつまらんクイズ番組じゃあるまいし、こんなやりとりをあんたと続ける気はさらさらない。いまも、これから先もずっとな。おれはいま、自分の居間で誰かに絞め殺されて死んだ女の事件を抱えてる。おれにとっちゃ、いま重要なのはこの事件だけなんだ」ファイルの中から資料を一枚つかみとり、掲げてみせる。「あんたにはこれを見る気があるのか、ないのか、どっちだ?」

わたしはここで、席を立って帰ることもできた。何もかも、なかったことにして——後に起きたことを思えば、そのほうがよかったのかもしれない。だが、わたしはたったいま、殺人事件の現場を見てきたばかりだったのだ。まるで、ダイアナ・クーパーを以前から知っていたかのような錯覚さえおぼえ——暴力的な死によって変わりはてた夫人の、あの写真を見てしまったからかもしれない——夫人のために何かしなくてはと、どうしてかそんな気持ちに駆りたてられていた。

この事件のことを、もっと知りたい。

「わかった」わたしはペンを置いた。「見せてくれ」

ホーソーンがつかんでいたのは、ダイアナ・クーパーが死の直前、息子宛に送ったというメッセージ画面のスクリーン・ショットだった。

損傷《レアスレーテッド》の子に会った、怖い

「これをどう思う?」ホーソーンは尋ねた。

「最後まで打ちおえる前に邪魔が入ったんだな」わたしは答えた。「ピリオドが打たれていない。何が怖いのか、説明する時間がなかったんだよ」

「あるいは、ただ単純に怖かっただけかもしれない。怖すぎてピリオドを打つことも、文章を締めくくることもできなかったのかもな」

「メドウズの言うとおりだ。これじゃ、まったく意味がわからないよ」

「だったら、これが参考になるかもな」さらに三枚の資料を、ホーソーンは引っぱり出した。

十年前の新聞記事のコピーだ。

《デイリー・メイル》紙——二〇〇一年六月八日（金）
恐怖の轢《ひ》き逃げ事故、双子の少年のひとりが死亡
もうひとりも危険な状態にあるものの、医師によると生命はとりとめる模様。
どうにかして生きようと、八歳の少年がいま死の淵で懸命に闘っている。双子の兄弟は、すでに死亡。車のハンドルを握っていた人物は近視で、ふたりの少年をはねた後、そのまま走り去った。
現場に残されたジェレミー・ゴドウィンは、頭蓋骨骨折および脳の重度損傷。兄弟のティモシーは即死だった。
事故が起きたのは木曜の午後四時半、海辺のリゾート地であるケント州ディールのザ・マリーナでのことだった。
何をするにもいっしょだったというふたりの少年は、乳母である二十五歳のメアリ・オブライエンとともに、宿泊中のホテルへ戻ろうとしていたところだった。メアリは警察にこう語っている。「そこへ、車があの角を曲がってきたんです。速度を落とそうとさえしませんでした。そして、子どもたちをはねると、そのまま走っていってしまったんです。

あたしはこの一年、ふたりのお世話をしてきたんですよ、もう、どうにも気持ちのやり場がなくて。あの女性が車を降りようとさえしなかったなんて、本当に信じられない」

この事件で、警察は五十二歳の女性を逮捕している。

《ザ・テレグラフ》紙――二〇〇一年六月九日（土）

運転していた近視の女性を逮捕　双子の死傷事故

八歳のティモシー・ゴドウィンを死亡させ、双子の兄弟に瀕死の重傷を負わせた女性の名は、ダイアナ・クーパーという。クーパー夫人は五十二歳、ケント州ウォルマーに長年にわたり居住している。ロイヤル・シンク・ポーツ・ゴルフ・クラブから自宅へ向かう途中、事故は起きた。

クーパー夫人はクラブハウスで友人たちと飲酒をしたものの、法定基準値は超えていない。目撃者の証言によると、法定速度も超えていなかった。だが、運転時に眼鏡を着用しておらず、警察で行われた検査によると、八メートル先のナンバー・プレートも読みとれない状態だったという。

夫人の弁護士による談話は以下のとおり。「事故が起きたのは、依頼人が午後のゴルフを終えて帰宅する途中のこと。不運にも眼鏡をどこかに置き忘れたものの、さほど長い距離でもないため、裸眼でも運転できると判断したという。事故の直後は動揺し、そのまま車を走らせて自宅へ向かったことは、依頼人も認めている。とはいえ、犯した罪の深刻さは充分に自覚しており、その日の夕方、事故から二時間以内に警察に出頭している」

一九八八年道路交通法第一条および第百七十条第二項および第四項に基づき、警察はクーパー夫人を起訴した。危険運転により死亡事故を起こした罪、および事故現場でただちに運転を停止しなかった罪により、夫人は裁かれることとなる。

クーパー夫人の現住所は、ウォルマーのリバプール・ロードにある。夫は長期にわたる闘病の末、二年前に死去。二十歳の息子、ダミアン・クーパーは王立演劇学校に在籍している。

《ザ・タイムズ》紙——二〇〇一年十一月六日（火）
遺族、法律の改正を求める　轢き逃げの女性は放免
海辺の町ケント州ディールの道路を横断中、八歳の少年が車にはねられて死亡した事件で、加害者の女性の放免を受け、本日、少年の母親が胸のうちを訴えた。
ダイアナ・クーパー（五十二）の前方不注意による事故でティモシー・ゴドウィンは即死、双子の兄弟であるジェレミーは脳に重度の損傷を負った。クーパー夫人は事故前にゴルフをした際、クラブハウスに眼鏡を置き忘れ、六メートル先も鮮明に見えない状態だったという。
眼鏡を着用していなかったことが法律違反にはあたらないという夫人側の主張を、カンタベリー刑事法院は認めた。裁判官を務めたナイジェル・ウェストン勅撰《ちよくせん》弁護士はこう述べている。「眼鏡を着用せずに運転するのは愚かな行為ではあるが、法律に照らして法的義務違反であるとまではいえず、当然ながらその点は酌量《しゃくりょう》されるべきである。その結果、本件に拘禁刑を適用すべきではないとの判断を下した」

クーパー夫人には一年間の免許停止、九点の反則点付加、九百ポンドの罰金が科せられた。さらに裁判官は三ヵ月の期間を設け、加害者と遺族の和解プログラムを提案したが、遺族側は夫人に会うことを拒否した。

法廷を出て、ジュディス・ゴドウィンはこう述べた。「まともに前が見えていない人が車のハンドルを握るなんて、けっして許されるべきではありません。それが法律に違反していないというなら、法律を変えるべきです。わたしの息子は亡くなり、もうひとりの息子は重い障害を抱えることになりました。それなのに、あの女性はあんな軽い罰ですむだなんて。こんなこと、許されるはずがないでしょう」

交通安全慈善団体《ブレーキ》代表はこう述べている。「車を完全に制御できない状態なら、運転してはいけません」

わたしは三つの記事の日付を見て、今回の事件との関連を悟った。「ちょうど十年前のできごとじゃないか」思わず大声をあげる。

「九年と十一ヵ月だ」ホーソーンは訂正した。「事故が起きたのは六月初旬だからな」

「だが、それにしたって大きな区切りだろう」記事のコピーを返す。「それに、どうにか生命をとりとめた少年のほうは……脳に損傷を負ったんだな」わたしはダイアナ・クーパーの打ったメッセージを手にとった。「……〝損傷の子〟か」

「関連があると、あんたは思うんだな?」

いかにも皮肉っぽく聞こえたが、わたしは挑発には乗らないことにした。「この母親がどこに住んでいるか、きみは知っているのか? ジュディス・ゴドウィンの住所だ」

ホーソーンは別の資料をめくった。「ハロー・オン・ザ・ヒルに住んでる」

「ケント州かと思っていたよ」

「休暇で遊びにいってただけなのかもな。六月の第一週といったら……学校の中間休暇だし」

そうなると、やはりホーソーンには子どもがいるのかもしれない。いなければ、こんなことに詳しいはずはないのだから。とはいえ、わたしはもうその話題を持ち出すつもりはなかった。代わりに、こう尋ねる。「じゃ、これから母親の話を聞きにいくんだな?」

「急ぐ必要はないさ。まずは、この先にいるコーンウォリス氏に会っていく」一瞬、わたしはぽかんとした。その人物が誰なのか、まったく思い浮かばなかったのだ。「葬儀屋だよ」ホーソーンは言い添えると、まるでカードをかき集める賭け場の胴元のように、目の前に広がった資料をひとまとめにした。この男は、メドウズ警部にこそ嫌われているものの、ロンドン警視庁の上層部の誰かには高く買われているらしい。警察を辞めてなお、こうして堂々と捜査を仕切っているとは、なんとも興味ぶかい事実だ。

ホーソーンはタバコを揉み消した。「さあ、行くか」

またしても、こちらがコーヒー代を支払うはめになったことを、わたしは意識せずにいられなかった。

わたしたちは十四番バスに乗り、フラム・ロードを戻った。ダイアナ・クーパーが殺された日に乗ったのと同じ路線のバスだ。バスを降り――十二時二十六分に、とホーソーンならきっちり記録するだろう――故人の足跡をたどるようにして葬儀社を訪れる。

わたしが葬儀社に足を踏み入れるのは、父が死んだとき以来だ――もう、はるか昔のことになる。そのとき、わたしは二十一歳だった。父の闘病生活は長かったが、終わりはあまりに唐突で、家族はみな、衝撃にただ呆然とするばかりだった。どういうなりゆきだったのか、いまだにわからないものの、伯父のひとりが葬儀の手配を仕切ることとなり……長年にわたって不可知論者だった父は、昔ながらの葬儀をしてほしいと生前に希望を伝えていた。伯父はわたしたち家族のためと思い、親切心で手を貸してくれていたのだろうが、押しが強く独善的なその人柄を、わたしは残念ながらけっして好きになれたことはない。それでも、わたしは気がつくと伯父に連れられて、北ロンドンの葬儀屋を訪れていた。ユダヤ教の家族にとって、葬儀はただただめまぐるしいうちにすぎていく。起きたことの重みを、そのときのわたしはいまだ受けとめきれず、放心状態にあったのだ。葬儀屋というより、駅の紛失物預かり所のような雰囲気の広々とした事務所については、ぼんやりとしか憶えていない。どこもかしこもひどく薄暗く、すべてがセピアがかって見えたものだ。カウンターの後ろにはあごひげを生やした背の低い男が、身体に合わないスーツを着こみ、ユダヤ教のしきたりどおり丸いヤムルカ帽をかぶって立っていた。あれは葬儀屋本人だったのか、それとも助手のひとりだったのだろうか。まるで悪夢のように、周囲にはなぜか大勢の人々がいた。別の顧客たちか、それとも従業員？　とにかく、他人に家族の事情を知られたくないという当然の願いさえ、かなうべくもない状況だった。

翌日に予定された葬儀の費用を、伯父は値切りにかかっていた。わたしの意見など、何ひとつ聞こうとせずに。カウンターに立つ男を相手に、さまざまな棺や付帯サービスについて、ひとつずつ交渉していく。ふたりの声はしだいに熱を帯びていき、かたわらでただ耳を傾けていたわたしがふと気づいたときには、もはやただの罵詈《ばり》雑言《ぞうごん》の応酬となりかけていた。金をだましとるのが目的だろうと伯父は葬儀屋を責め、そのひとことが決定打となった。葬儀屋は怒りを爆発させた。顔を真っ赤にして人さし指をわたしたちに突きつけ、唇に泡を飛ばしながらどなる。

「マホガニーの棺がほしいんなら、ちゃんとマホガニーの値段を払え！」

結局、父はマホガニーの棺で埋葬されたのか、それともベニヤ板の棺だったのか、わたしはまったく憶えていないし、実のところどうでもいい。葬儀屋の怒りとあの言葉は、三十年あまりにわたってわたしの脳裏にこだましつづけている。自分の葬儀はごく短く、無宗派で質素にやろうと心を決めることになったのも、その記憶のおかげだ。そして、ホーソーンに続いて《コーンウォリス＆サンズ》に足を踏み入れ、扉を（呼鈴の音なしに）閉めたときにも、その記憶はいまだまとわりついていた。

葬儀社の中の様子は、最初の章で描いたとおりだ。わたしの昔の記憶にある葬儀屋よりも狭いし、あれほど怖ろしい場所ではない――とはいえ、そう感じるのはもちろん、今回は自分の家族のためではないからだろう。ホーソーンが自己紹介をすると、アイリーン・ロウズは廊下の突きあたりにあるロバート・コーンウォリスの執務室へ、すぐにわたしたちを通してくれた。いまやそのとおり実現することとなったダイアナ・クーパーの葬儀を、まさに本人が手配した部屋だ。今回はアイリーンも部屋に残り、クーパー夫人が思いがけない死を迎えることになったのは自分の責任だ、ついては従弟《いとこ》といっしょに尋問を受けなくてはといわんばかりに、椅子にしっかりと腰をおちつけていた。こんなところで働くのはどんな気分のものだろうかと、そんな思いが頭をよぎる。ミニチュアの骨壺が並ぶ部屋に坐り、いつかは自分自身も、なしとげたすべての功績とともにあの中に納まる日が来るのだと、つねに意識させられる日々を送るとは。それはそうと、ホーソーンはわたしを紹介しようとはしなかった。どこに行こうと、紹介してくれたためしはない。きっと、わたしはただの助手だとみなに思われているにちがいない。

「警察にはもうすべてお話ししたのですがね」コーンウォリスは切り出した。

「ええ、そうでしたね」ホーソーンが敬語で応じたのを見て、わたしは興味をそそられた。目撃者、容疑者、その他およそ捜査の助けになりそうな相手と話すとき、この男ががらりと態度を変えることを、ほどなくしてわたしは悟ることとなる。いかにも平凡な人間を装《よそお》い、ときには卑屈にさえ見える態度で接するのだ。ホーソーンを深く知るにつれ、わざとそうしているのだということが、わたしにははっきりと見えてきた。そんなふうに接すると、人はみな警戒を解く。自分がどんな人間を相手にしているのか知りもせず、鋭いメスを手にしたホーソーンが虎視眈々と解剖のときを待ちかまえていることに気づかずに。礼儀というのは、ホーソーンにとっては手術用のマスクのようなものなのだ。メスを握る前には、けっして忘れず身につける。

「この事件はきわめて特異な性質を持っていましてね、捜査に外部の協力も必要だということで、わたしが呼ばれたんですよ。お時間をとらせてしまって、まことに恐縮ですが……」ホーソーンはワニのような笑みを葬儀屋に向けた。「タバコを吸ってもかまいませんね？」

「いや、実のところ……」

止めるには遅すぎた。ホーソーンはすでにタバコをくわえており、ライターが火花を散らす。アイリーンは眉間《みけん》にしわを寄せ、灰皿に使うようにと白鑞《しろめ》の台皿を机に滑らせてよこした。皿の周縁に刻まれている文字が、ふと目にとまる——〝二〇〇八年最優秀葬儀社賞　ロバート・ダニエル・コーンウォリス〟。

「では、クーパー夫人とのやりとりを、お手数ですが、あらためて最初からお聞かせ願えますか？」

ロバート・コーンウォリスは言われたとおりにした。これまで何年にもわたってくりかえしてきたのと同じく、家族を失った相手に向ける抑えた声音で。わたしが第一章でいらない装飾を加えたと、ホーソーンに文句を言われはしたが、あそこで記した会話の内容は、このときコーンウォリスが再現したものとほぼ変わらない。クーパー夫人はおちついた態度で、几帳面にてきぱきと打ち合わせを進めていったという。予約なしの訪問で、すべての項目について話がまとまった後、この事務所を出ていった。

後から考えると、ロバート・コーンウォリスについてのわたしの描写は、いささか不当だったかもしれない。〝顔に刻まれたしわはいかにも沈痛で〟とは書いたものの、これは単に職業に対する固定観念が先に立ってしまっただけという気もする。このときのコーンウォリスは、どう見ても意外なほど普通の人間と変わりなかった。遺体や防腐処理溶液、埋葬や涙といった事柄と切り離してしまえば、パーティで出会ったら楽しくおしゃべりできる、すばらしく快活な人物なのだ。職業など、初対面の相手にあえて尋ねなくてもよかろう。

「クーパー夫人がここにいた時間はどれくらいでした？」ホーソーンが尋ねた。

この質問を待っていたとばかりに、アイリーン・ロウズが口を開いた。「三十分を少し超えたくらいでした」まるで話す時計のように、てきぱきと几帳面に答える。

「そう、だいたい三十分と言おうとしていたところでしたよ」コーンウォリスもうなずいた。

「ひとつひとつをごく細かく決めていきましたのでね。それに、お値段も」

「支払いの総額はいかほど？」

「アイリーンから詳細な内訳をお渡ししますよ。クーパー夫人はすでに墓地の区画をブロンプトンにお持ちでしたから、これでかなり価格はお安くなります。きょうびロンドンで墓地を買うのは、不動産を買うのと同じく、たいへんな出費になりますからね。英国国教会の埋葬式費用と墓掘り人の手間賃を含めると、合計三千ポンドでした」

「三千百七十ポンドです」アイリーンが訂正した。

「支払いはクレジット・カードで？」

「ええ。一括でお支払いいただけるということでしたが、もしも何かお気持ちに変化があった場合は、十日間のクーリング・オフ期間があることもお伝えしました。こう見えて、わたしどもの商売は二重ガラス窓のセールスマンとさして変わらないのですよ」これはお気に入りのちょっとした冗談らしく、コーンウォリスはにっこりした。アイリーンが眉間にしわを寄せる。

「それで、その金はどうなるんですか？」わたしは口をはさんだ。「つまり、もしも夫人が亡くなっていなかったら……」

「第三者預託という制度を利用するんですよ。うちは《ゴールデン・チャーター》というトラストに属していまして、そこが支払金を管理し、もちろんインフレの計算などもやってくれるんです」ひょっとしたら、この葬儀社はクーパー夫人の早すぎる死を歓迎していたのではないか、葬儀をすぐに行ってその代金を受けとれるなら、夫人の死によって最初に利益を得るのはこの会社ではないかと、わたしは心のどこかで疑っていた。だが、夫人がすでに一括で支払っていたというのなら、それはまったく的外れだったことになる。そんなことを指摘せずにおいてよかったと、わたしは思わずにいられなかった。

それでもなお、捜査に余計な口出しは無用とばかり、ホーソーンは怒りのこもった視線をちらりとこちらに投げてきた。「クーパー夫人の精神状態はどんなでした？」きっぱりと別の話題に切りかえようとするかのように尋ねる。

「ここにいらっしゃるほかのお客さまがたと、まったく変わりありませんでしたよ」コーンウォリスは答えた。「どこか居心地が悪そうでね、少なくとも最初のうちだけは。わが国では、死について語ることにひどくためらいがあります。スイスで生まれた〝死のカフェ〟のように、お茶とケーキを楽しみながら死について語りあう習慣を、わが国でももっと取り入れるべきだと、わたしはいつも言っているのですよ」

「お茶を勧めてくださるんなら、喜んでいただきますがね」と、ホーソーン。

コーンウォリスがちらりと視線を投げると、アイリーンは席を立ち、どすどすと部屋を出ていった。

「たしか、夫人は自身の葬儀について、すでに何もかも決めてたという話でしたね」

「ええ。すべて紙に書きとめていらっしゃいましたよ」

「その紙はおたくが預かっているんですか？」

「いいえ。夫人が持ち帰りました。こちらでコピーをとって、夫人にお送りした概要にも入れましたがね」

「夫人に何かせっぱ詰まった様子は？　なぜあの日に来店したのか、理由を聞いてはいませんかね？」

「身に危険が迫っているとか、そんな様子はありませんでしたよ、そういうことをおっしゃりたいんなら」コーンウォリスはかぶりを振った。「自分の葬儀を手配することは、けっしてめずらしいことではないのですよ、ミスター・ホーソーン。健康に問題はなさそうでした。不安な様子も、何か怖れている様子もありませんでした。これはもう、警察にもすべてお話ししたのですがね。わたしもアイリーンも、夫人がこんなことになったと聞いて、本当に衝撃を受けたこともね」

「夫人に電話をかけた理由は？」

「何ですって？」

「クーパー夫人の通話記録がここにありましてね。五時二分に、おたくは夫人に電話をしてる。夫人はちょうど、グローブ劇場の理事会が終わったところでした。一分半ほど、おたくは夫人と話していますね」

「ええ、そうでした。ご主人の墓地の区画番号が必要になりましてね」コーンウォリスはにっこりした。「王立公園葬儀室の事務所に、埋葬の登録をしなくてはいけないんですよ。これだけ、夫人からお聞きしておくのを忘れまして。そうそう、これもお話ししておかなくてはいけないでしょう。電話をかけたとき、夫人はどなたかと口論しているようでしたよ。電話の向こうで、声がしていました。後からかけなおしますというお話でしたが、ご承知のように、それっきりになってしまいましてね」

アイリーン・ロウズがホーソーンのお茶を運んできた。テーブルに置くと、皿の上でカップががしゃんと音をたてる。

「ほかに何か、お力になれることはありますか、ミスター・ホーソーン？」コーンウォリスは尋ねた。

「あと、訊いておきたいのは……おたくらはどちらも、夫人と言葉を交わしましたか？」

「夫人をここへお通ししたのはアイリーンですから――」

「受付で少しばかりお話ししましたが、わたしは打ち合わせには同席していないんです」ふたたび椅子に腰をおろしながら、アイリーンは後をひきとった。

「ここの事務所で、夫人がひとりきりになった瞬間はありますか？」

コーンウォリスは眉をひそめた。「なんとも奇妙なご質問ですな。どうしてそんなことを？」

「ただ、ちょっと興味がありましてね」

「ありません。わたしがずっと、夫人のお相手をしておりましたから」

「帰る直前、夫人は化粧室へ行かれましたよ」アイリーンが口をはさんだ。

「トイレに立った、ということですね」

「ええ、そうなんです。夫人がひとりきりになったのは、そのときだけですね。わたしが化粧室までご案内したんです、そこの廊下の途中なんですけど。そして、また夫人といっしょにこの部屋に戻ってきて、帰り支度をされるのを見ていました。これもお伝えしておきたいんですけど、帰りぎわ、夫人は本当に晴れやかなご様子でしたよ。何というか、すっかり肩の荷を下ろしたようで――まあ、そういうお客さまはたくさんいらっしゃいますけどね。実のところ、それもうちの提供するサービスのひとつなんです」

出されたお茶を、ホーソーンは三口で飲み干した。そろそろ帰ろうと、ふたりそろって席を立つ。そのとき、わたしはふとあることを思いついた。「クーパー夫人は、ティモシー・ゴドウィンという名を口にしてはいませんでしたか？」

「ティモシー・ゴドウィン?」コーンウォリスはかぶりを振った。「誰です?」

「かつて、夫人が交通事故で死なせてしまった少年です」わたしは答えた。「ティモシーには、ジェレミー・ゴドウィンという兄弟がいて……」

「いやはや、痛ましいお話ですな」コーンウォリスは従姉《いとこ》をふりかえった。「どちらかの名を夫人が口にしたのを、きみは聞いているかね、アイリーン?」

「いいえ」

「いや、それはおそらく関係ないでしょう」さらに話が広がる前に、ホーソーンはさっさと打ち切ると、片手を差し出した。「お時間をとらせましたね、ミスター・コーンウォリス」

街路に出ると、ホーソーンはわたしに向きなおった。

「ひとつ頼みを聞いてほしいんだがね、相棒。おれに同行しているときは、けっして勝手な質問をしないでくれ。けっしてだ。いいな?」

「じゃ、坐ったまま、じっと黙りこくっていろというのか?」

「そのとおり」

「わたしだって馬鹿じゃないんだ。何か助けになれることだってあるかもしれない」

「残念ながら、そのふたつの意見のうち、少なくともひとつは大まちがいだな。とにかく、憶えておいてほしいのは、あんたは助けになるために同行してるわけじゃないんだ。これは探偵小説だって、あんたは言ってたよな。探偵はおれなんだ。ごく単純な話だろう」

「じゃ、何がわかったか話してくれてもいいじゃないか」わたしは言いかえした。「きみは犯行現場を見た。通話記録もね。葬儀屋とも話した。ここまでで、まだ何もわかってはいないのか?」

わたしの言葉に、ホーソーンはしばし考えこんだ。その目には、何の表情も浮かんでいない。おそらくはすぐさま突っぱねられるだろうと、ほんの一瞬、わたしは覚悟した。だが、どうやらわたしを気の毒に思ってくれたのだろう、こんな答えが返ってきた。

「自分が死ぬことを、ダイアナ・クーパーは知ってたんだよ」

わたしは続きを待ったが、ホーソーンはそのままくるりと背を向けると、早足で舗道を歩きはじめた。どうすべきか一瞬とまどったものの、わたしもその後を追う。どうにか追いつかなくてはと、頭も足も懸命に動かしながら。

6 関係者への聞きこみ

ダイアナ・クーパーという人物を、わたしはさして詳しく知っているわけではない。それでも、この女性を殺す動機のある人物など、それほど大勢いるはずがないことは明らかだった。夫を亡くし、ひとり暮らしをしていた六十代の女性。とてつもない資産を持っていたことを差し引いても、劇場の理事を務め、有名な息子を持ち、ごく恵まれた生活だ。不眠に悩み、猫を飼っていた。たしかに、劇場プロデューサーのせいで投資した金を失ったこと、前科のある掃除婦を雇っていたことは事実だ。とはいえ、プロデューサーにしろ掃除婦にしろ、いったいどんな理由でクーパー夫人を絞め殺す必要があったというのだろう？

そんな中、かつて夫人がひとりの幼い少年を事故で死なせ、その兄弟に重い障害を残したという事実は、どうしても目を惹く。これは夫人の不注意――眼鏡をかけていなかったこと――から起きた事故であり、そればかりか、車から降りさえせずに事故現場から逃げてしまっている。だが、それにもかかわらず、夫人は実刑を受けずに放免されたのだ。もしもティモシーとジェレミー・ゴドウィンの父親だったら、ふたりの身内だったとしたなら、わたしだって夫人をこの手で殺してやりたいと願っていたかもしれない。そのうえ、この事故はちょうど十年前のできごとなのだ――まあ、九年と十一ヵ月ではあるが、ほとんど同じようなものではないか。

これは、明らかに殺人の動機となりうる。ゴドウィン一家が北ロンドンのハロー・オン・ザ・ヒルに住んでいるのなら、真っ先にそこへ向かわないのはなぜなのだろう。わたしは尋ねてみた。

「まずはひとつずつ片づけていかないとな」ホーソーンは答えた。「何人か、先に話を聞いておきたい相手がいるんだよ」

「掃除婦か？」わたしたちはタクシーに乗り、いまはシェパーズ・ブッシュの環状交差点《ラウンドアバウト》からアクトンに向かうところだった。アンドレア・クルヴァネクの住んでいる場所だ。ホーソーンはレイモンド・クルーンズにも電話を入れ、後で会いにいく約束をとりつけている。「まさか、あの掃除婦を疑っているわけじゃないんだろう？」

「ああ、疑ってる。警察に嘘をついてるんじゃないかとな」

「それに、クルーンズもか？　いったい、この事件にどうかかわっているというんだ？」

「クルーンズはクーパー夫人の知りあいだった。殺人事件の女性被害者は、そのうち七十八パーセントが知りあいに殺されてるんだ」

「本当か？」

「そんなことくらい、当然あんたも知ってると思ったがね。テレビドラマの脚本を書いてるんだから」〝禁煙〟の注意書きを無視して、ホーソーンはタクシーの窓を開けると、タバコに火を点《つ》けた。「夫、継父、愛人……皮肉に聞こえるだろうが、こういった連中がいちばん殺人を犯しやすいんだよ」

「レイモンド・クルーンズは、どれにも当てはまらないじゃないか」

「ひょっとしたら夫人の愛人だったかもしれないだろう」

「夫人は脳を損傷した少年、ジェレミー・ゴドウィンを見たと言っているんだ！　怖い、とね。どうして時間を無駄にするのか、わたしにはさっぱりわからないな」

「車内は禁煙ですよ！」運転手のとがめるような声がインターコムから流れた。

「知るか。おれは警察官だぞ」ホーソーンは平然と答えた。「あんたが使ってた言葉は何だったっけな？　仕事のやりかた《モーダス・オペランディ》か。これが、おれのやりかたなんだよ」開けた窓から吐き出した煙は、すべて風に押しかえされて車内に戻ってきた。「被害者にいちばん近い人間から始めて、そこからだんだん輪を広げてく。しらみつぶしに聞きこみをするときだって同じさ。まずは隣の家から始めるんだ。通りの端っこから始めるわけじゃない」またしても、まるで尋問するような目つきでこちらを見やる。「何か文句でもあるのか？」

「ただ、こんなふうにロンドンじゅうを駆けまわるのが馬鹿馬鹿しいと思っただけだよ。タクシー代だって、こっちの支払いなのに」わたしは穏やかにつけくわえた。

ホーソーンは何も答えなかった。

かなり長いこと走っていたような気がするが、やがて、タクシーはようやくサウス・アクトン・エステートの端に滑りこんだ。石造りのテラスハウスが不規則に広がり、その合間に終戦直後から何十年かの間にばらばらと建設された高層住宅が並ぶ地域だ。それなりに景観らしいもの——芝生、木立、遊歩道——もあるのだが、どうにも気が滅入る眺めなのは、あまりにもぎっしりと家が詰まりすぎているからだろう。もう何年も使われていないように見えるスケートボード場の脇を歩き、派手派手しい落書きがびっしりと重なりあう地下道をくぐる。バンクシーの絵も、ここにはあるまい。

物陰に二十代らしき若者たちが何人か坐りこみ、パーカのフードを目深《まぶか》にかぶって、不機嫌な疑いぶかい目でこちらをじっとうかがっている。幸い、ホーソーンは道がわかっているらしかったので、わたしも遅れないように足を速めながら、ヘイ・オン・ワイの文学祭であの女性に言われたことを思い出していた。あのとき処方された現実とは、まさにこんな体験のことだったのだろうか。

アンドレア・クルヴァネクの住まいは、立ち並ぶ高層住宅のとある棟の三階にあった。ホーソーンは前もって電話をして、わたしたちが行くことを伝えておいた。警察の資料によれば、アンドレアにはふたりの子どもがいるはずだが、午後の一時半だから、おそらくはまだ学校にいるのだろう。部屋はきれいに掃除されていたが、おそろしく狭く、必要最低限の家具がそろっているだけだった――キッチンのテーブルを囲んで三脚の椅子、テレビの前にソファが一脚。どんなに口のうまい不動産業者も、この居間を〝開放感がある〟とは形容できまい。キッチンと居間に明確な区切りはなく、どこが境目なのかわからない。寝室はひとつしかない間取りだが、いったい夜はどうやって寝ているのか、わたしには見当がつかなかった。子どもたちが寝室で、母親はソファで眠るのだろうか。

わたしたちはキッチンのテーブルをはさんでアンドレアと向かいあった。わたしたちの頭のすぐ後ろには、フックに吊り下げた鍋やフライパンが並んでいる。コーヒーかお茶を勧めてくれる様子はない。合成樹脂のテーブル越しに、アンドレアは疑うような目でわたしたちをじっと見つめていた。写真の印象よりさらに手ごわそうな、小柄な黒髪の女性。Tシャツとジーンズの破れかたは、どう見てもお洒落のためではない。ホーソーンはタバコに火を点け、アンドレアも一本お相伴にあずかる。両側からたちのぼる煙に囲まれたわたしは、副流煙の吸いすぎで病死する前に、はたしてこの本を書きおえることができるものだろうかと心配になった。

ホーソーンはごく愛想よく、アンドレアの話を聞きはじめた。うちとけた口調で緊張をほぐし、警察で供述したとおり、わたしが第一章で記したとおりの話をあらためて引き出していく。家に着き、中に入って夫人の遺体を発見すると、すぐに外に出て警察を呼んだ。そして、そのまま外で警察の到着を待っていた、と。

「さぞかし雨に濡れただろうね」ホーソーンは言葉をはさんだ。

「えっ？」アンドレアは身がまえて、その目を見かえした。

「あの朝、あんたが死体を発見したときは雨が降ってたからな。おれがあんたなら、キッチンで警察を待ってただろう。居心地よくて暖かいし、電話もある。自分の携帯を使う必要なんてないんだ」

「あたし、外に出たね。そう言ったはず。何があったか警察に訊かれて、あたし、ちゃんと話した」もともとあまり流暢《りゅうちょう》ではない英語が、怒りでさらにたどたどしくなる。

「それはわかってる、アンドレア。あんたが警察で何を話したかは、おれも読んだよ。だが、はるばるロンドンを横断してまで、あんたと顔をつきあわせて話しあうことにしたのは、本当のことを言ってほしいからだ」

長い沈黙があった。

「あたし、ほんとのこと言った」いかにもおどおどした口調だ。

「いや、言ってないね」こんなこと、本当は言いたくないのだといわんばかりに、ホーソーンはそっとため息をついた。「この国に来て何年になる？」

たちまち、アンドレアは守りに入った。「五年」

「ダイアナ・クーパーの家に通いはじめて二年だったな」

「そう」

「週に何日、あの家に通ってた？」

「二日。水曜と金曜」

「自分がちょっと面倒なことになってる話は、夫人にうちあけたことがあるか？」

「面倒なことなんて、あたし、何もないよ」

ホーソーンは悲しげに頭を振ってみせた。「それどころか、さんざんなことになってるじゃないか。ハダースフィールドで——ここは、あんたが前に住んでた場所だな——万引きして。百五十ポンドの罰金、さらに実費を請求されてる」

「あんた、わかってない！」アンドレアはホーソーンをにらみつけた。この部屋がこんなに狭くなければいいのにと、わたしは思わずにいられなかった。どうにも自分だけ居所がない気がしたし、アンドレアとの距離が近すぎるのも気まずい。「食べものなかった。旦那、いない。子ども、四歳と六歳で、食べものなかったね」

「それで、チャリティ・ショップで万引きしたってわけだ。まあ、《子どもを救おう》《セイヴ・ザ・チルドレン》って店だったからな。店名を文字どおり受けとっちまったんだな」

「あたし、何も……」

「しかも、犯罪歴はこれで二件めだよな」言いかえす間も与えず、ホーソーンは続けた。「しかも、条件付き釈放にすぎない。判事さんのご機嫌が悪くなくて、あんたは幸運だったんだ」

アンドレアは依然として強気な姿勢を崩さなかった。「あたし、クーパーの奥さまのとこで二年働いてる。奥さまによくしてもらってるから、あたし、何も盗ってないよ。あたし、正直な人間だから。ただ、家族に食べさせなきゃいけないだけ」

「そうか、じゃ、もしも刑務所に入ったら、家族には食べさせてやれなくなるな」しばし間を置き、アンドレアが理解するのを待つ。「おれに嘘をついたら、あんたはそれでおしまいだ。子どもたちは施設に入るか——ひょっとしたらスロヴァキアに送りかえされるかもな。金をいくら盗ったのか、それを話すんだ」

「金って?」

「あんたの雇い主が『カスピアン王子の角笛』の缶に入れておいた、当座の金だよ。カスピアン王子が誰か知ってるか?『ナルニア国物語』に出てくる人物でね。夫人の息子のダミアン・クーパーも出てた映画だよ。その缶を、夫人はキッチンに置いてた。開けてみると、硬貨が二枚あるだけだった」

「そう、そこに夫人はお金入れてたね。でも、あたし、盗ってない。泥棒が盗った」

「ちがうな」ホーソーンの声に怒気がこもる。その目がけわしくなり、タバコをつまんでいた手が固い拳《こぶし》となった。「泥棒は、たしかに家じゅうをあさっていった。あっちをのぞき、こっちをのぞきしてね。まるで、自分がどこを探したか、おれたちに見せつけるように。だが、この缶はちがう。元の場所に、ちゃんと置きなおしてあった。蓋もきっちり閉めてあったな。テレビの刑事ドラマを見すぎた人間のしわざだろうが、指紋もきれいに拭きとってあった。これの何がいけないか、あんたはわかってないんだろう。ああいうものの表面には、もともと指紋がついてるもんなんだ。あんたの指紋も、あんたの雇い主の指紋もな。おれが考えるに、あんたはあそこから札を抜きとったが、硬貨には気がつかなかったのさ。さあ、いくら盗んだ?」

アンドレアはむっつりとした顔で、しばしホーソーンを見つめていた。いまの話がどれだけ理解できたのだろうかと、わたしは訝《いぶか》った。「お金、盗ったよ」やがて、ついに認める。

「いくらだ?」

「五十ポンド」

これは心外だといわんばかりの顔つきを、ホーソーンはしてみせた。「いくらだって?」

「百六十ポンド」

ホーソーンはうなずいた。「まあ、さっきよりはましだ。それに、あんたは外で待ってなんかいなかった。あんな土砂降りなのに、なぜ外に出る必要がある? おれが知りたいのは、ほかに何をしたかってことだ。ほかに何を盗んだ?」

どう答えるべきか、アンドレアが迷っているのはすぐに見てとれた。ほかにも悪いことをしたと認めたら、さらに面倒なことになりはしないだろうか? とはいえ、ここでホーソーンをだまそうとしたら、ふたたび怒らせてしまう危険もある。しばしの後、アンドレアは良識にしたがうことにしたらしい。立ちあがり、キッチンの引き出しから紙切れを取り出すと、それを渡す。ホーソーンは折りたたまれた紙を開き、そこに記された文字を読んだ。

クーパー夫人へ
うまいこと片づけられると思ってるんだろうが、これからもずっとつきまとってやるからな。いいか、この間おまえに言ったことは、ほんの始まりにすぎない。こっちはずっとおまえを見てきて、おまえが何を大切にしているのかも知ってる。きっと、落とし前はつけてもらう。絶対に。


文字は手書きで、署名もなければ、日付や住所もない。ホーソーンは紙から目をあげると、もの問いたげにアンドレアを見やった。

「あの家に男が来たね。三週間前。奥さまと居間で会ってた。あたし、二階の寝室を掃除してたけど、ふたりの声が聞こえてきた。男はすごく怒ってて……奥さまにどなってたよ」

「三週間前のいつごろだ？」

「水曜日。一時ごろ」

「その男を見たのか？」

「帰ってくところを、窓から見たね。でも、雨で傘さしてた。何も見えなかったよ」

「男なのはたしかなんだな？」

アンドレアは考えこんだ。「うん、そう思う」

「それで、これは何なんだ？」ホーソーンは紙切れを掲げてみせた。

「奥さまの寝室で、机の引き出しに入ってた」アンドレアはいかにも恥じ入った顔をしてみせたが、わたしの見るところ、ホーソーンがどう出るか怖がっていただけだろう。「奥さまが死んで、あたし、家の中を見てまわった。それで、これ見つけたね」言葉を切り、やがて続ける。

「あたし、あの男がティブス氏を殺したんだと思う」

「ティブス氏ってのは、いったい誰のことだ?」

「奥さまの飼ってた猫。大きい灰色の猫ね」アンドレアは両手で大きさを示した。「奥さま、死ぬ前の木曜に電話よこした。明日は来なくていいって。奥さま、すごくうろたえてて、ティブス氏がいなくなったって」

「手紙を盗んだのはなぜなんだ?」わたしは尋ねた。

この人の質問は無視していいかと尋ねるように、アンドレアはホーソーンを見やった。ホーソーンはうなずいた。紙切れを畳み、ポケットに滑りこませる。そして、わたしたちはアンドレアの家を後にした。


「あの女が手紙を盗んだのは、ひょっとして金になるんじゃないかと思ったからさ」ホーソーンは説明した。「ダイアナ・クーパーを訪ねてきた、傘をさした男とやらが誰なのか、実は知ってるのかもな。あるいは、探し出すあてがあったとも考えられる。何にせよ、機を見るに敏な女だからな。殺人事件として警察が捜査に乗り出すのを見越して、この手紙は利用できるかもしれないと踏んだんだ」

わたしたちはまたタクシーに乗り、ロンドンの街なかへ戻るところだった。もう一件、約束が残っている——ダイアナ・クーパーが死ぬ日に昼食をともにしたという、劇場プロデューサーのレイモンド・クルーンズと。こんなことは時間の無駄だと、わたしはさっきにも増して確信していた。犯人につながる手がかりは、すでにホーソーンのポケットに入っている。〝きっと、落とし前はつけてもらう〟と、手紙にはあった。真相は火を見るより明らかではないか。だが、アンドレア・クルヴァネクから聞いた話について、ホーソーンはそれっきり何も口にしなかった。何やら、じっと考えこんでいる。いや、そんな生やさしいものではない。どっぷりと考えごとに没入している。これがホーソーンという人間なのだと、わたしは悟っていた。この男の目が何より生き生きと輝くのは、事件を捜査しているときだけなのだ。殺人か、それに類する暴力犯罪がなくてはいられない人間。これこそがホーソーンの生きる意味《レーゾン・デートル》なのだろう――気どった言葉は使うなと、またしても怒られそうではあるが。

アンドレア・クルヴァネクの住むあたりとはまったく異なる環境に、クルーンズは自宅をかまえていた。マーブル・アーチの北側、コノート・スクエアの近くで、わたしに言わせれば、いかにも劇場プロデューサーらしい家だ。建物自体が舞台のセットのような赤レンガ造りで、堂々たる玄関と明るい色に塗られた左右対称の窓が、まるで二次元の光景のように見える。何もかもが真新しく、金属の手すりの向こうにきっちり並べられたゴミ箱までがぴかぴかだ。脇には地下へ下りていく階段もあり、地下室専用の出入り口に続いている。地上は四階建てで、おそらく寝室も五つはありそうだ。ロンドンの中心地にこれだけの家を買うとなると、少なくとも三千万ポンドはするだろう。

ホーソーンのほうは、さして感銘を受けてはいないようだった。まるで個人的な恨みでもあるかのような手つきで、呼鈴を乱暴に押す。通りに人影はなく、おそらくはこの並びの家々はみな海外の実業家の所有で、実際に住んでいるものはほとんどいないのではないかという気がした。たしか、トニー・ブレアもこのあたりに住まいをかまえてはいなかっただろうか？　ロンドンの中心地ではあるが、考えてみると、わたしがこの一帯に足を踏み入れたのは初めてだった。まるで、ロンドンではないような気さえする。

　玄関の扉を開けてくれたのは、昔ながらのミステリにつきものの脇役だった。まさか、二十一世紀になってこんな人物にお目にかかれるとは。細縞のスーツ、ベストと手袋を着用したほんものの執事を、クルーンズは雇っていたのだ。年齢はわたしと同じくらい、黒い髪を後ろに撫でつけて、おそらくは日々けっして変わることのない、威厳に満ちた表情を浮かべている。

「ようこそいらっしゃいました。どうぞ、お入りください」わたしたちの名を尋ねることさえしない。誰が訪ねてくるのか、すでに知っていたのだ。

　ふたつの応接室にはさまれた広い廊下に、わたしたちは足を踏み入れた。床には最上級の絨《じゅう》毯《たん》が敷きつめられ、天井は普通の三倍もの高さだ。とうてい個人の邸宅には見えない。金を取って客を泊めていないというだけで、むしろホテルに近い印象だ。階段を上っていくと、プールの水面下に潜った瞬間の少年を描いた、ホックニーの絵が目に飛びこんでくる。その隣には、フランシス・ベーコンの三連画《トリプティック》。踊り場にはロバート・メイプルソープの巨大なヌード写真、といっても人体のごく一部が写っているだけのものが飾られていた。写真は白黒で、背景は白、臀部《でんぶ》と勃起したペニスは黒。そのかたわらには、古典的な羊飼いの裸体の少年の彫刻が立っている。同性愛傾向を露骨に打ち出す作品群の前を、ホーソーンはいかにも気まずそうな様子で通りすぎていった。唇だけでなく、身体全体が嫌悪にひん曲がっている。

アーチ形の天井の、まるで洞穴のような階段を上ると、その階をまるごと使った広い居間に出た。見わたすかぎり、家具やランプ、鏡、さらなる美術作品などが並んでいる。いかにも高価そうなものばかりだが、生活の気配がまったく感じられないことに、わたしは衝撃を受けた。何もかもが真新しいうえ、すばらしく趣味がいい。読みさしの新聞や泥だらけの靴といった、たしかに生身の人間が住んでいると思えるものが、せめてどこかに転がっていないかと見まわすものの、何も見あたらない。そのうえ、ロンドンの中心地だというのに、あたりは奇妙に静まりかえっている。わたしには、どうしても墓所を連想せずにいられなかった。故人の遺志により、遺していく富をこれでもかと飾りたてた廟《びょう》。

とはいえ、ようやく姿を現したレイモンド・クルーンズは、驚くほど普通の人物だった。年齢は五十がらみ、青いヴェルヴェットのジャケットにタートルネックのセーターという恰好で、大きすぎるソファの真ん中に足を組んで坐る。あまりにきっちりと真ん中なので、ひょっとしたらあの執事がわたしたちの到着前に巻尺でソファを測り、坐るべき場所に印をつけておいたのではないかと思うほどだった。体格はよく、はっと目を惹く銀髪に、笑みをたたえた淡い青の目をしている。どうやら、わたしたちを歓迎してくれているらしい。

「さあ、かけてください」まるで舞台俳優のような身ぶりで、自分の向かいの椅子を勧める。

「コーヒーはいかがです?」そう尋ねておいて、わたしたちの返事も待たずにこう声をかける。

「ブルース、お客さまにコーヒーをお持ちしてくれ。それから、あのチョコレート・トリュフも」

「かしこまりました」執事は部屋を出ていった。

わたしたちは腰をおろした。

「可哀相なダイアナのことでいらしたんでしたね」ホーソーンの質問を待たず、クルーンズは口を開いた。「あんなことになって、わたしがどれほど衝撃を受けたか。ダイアナとは、グローブ劇場を通して知りあいました。初めて顔を合わせたのもあそこでね。それに、もちろん息子さんのダミアンとも仕事をしています。実に、実に才能豊かな青年ですよ。わたしが制作し、ヘイマーケットで上演した『真面目が肝心』に出演していたんですがね。いや、まさに大当たりでしたよ。ダミアンはきっと上りつめていくと、わたしは確信していました。警察から事件のことを知らされたときは、本当に信じられなくてね。ダイアナを傷つけたいと願う人間なんて、この世にいませんよ。誰にでも優しく、相手を幸せにしてくれる、そんな人物のひとりだったんだから」

「クーパー夫人が亡くなった日、おたくは昼食をいっしょにとったんでしたね」ホーソーンは切り出した。

「《カフェ・ムラーノ》でね。ええ、そうでした。あの日は、ダイアナが駅から出てきたところで、ちょうどいっしょになりましてね。道の向こうから手を振る姿を見て、いかにも元気そうで変わりないと思っていたんですが――レストランの席につくとすぐ、いつものダイアナじゃないと気づきましたよ、可哀相に。飼い猫のティブス氏のことを、ひどく心配していたんです。猫につけるにしては、ずいぶんおもしろい名ですよね？　その猫が、どこかへ消えてしまったんだそうでね。そんなに心配することはないよと、わたしは言ってやったんですよ。ネズミを追いかけるとか、何かそんな猫らしいことをしに飛び出していってしまっただけなんじゃないかとね。しかし、あの日のダイアナはいかにも心配ごとをいろいろ抱えているといったふうでしたよ。昼食も、そんなにゆっくりしてはいられなかったんです。あの日の午後は、劇場の理事会がありましたからね」

「夫人とは古い友人だという話ですが、わたしの見るところ、仲違《なかたが》いしたんじゃありませんか」

「仲違い？」クルーンズは驚いたような声をあげた。

「おたくの制作した舞台のせいで、夫人は損失をこうむったわけでしょう」

「やれやれ、勘弁してくださいよ！」クルーンズは指をぱちりと鳴らし、その非難をはねつけた。「『モロッコの夜』のことをおっしゃりたいんでしょうがね。わたしたちは仲違いなんかしていませんよ。ダイアナはがっかりしたでしょう。そりゃ、がっかりしましたよ。わたしたち、ふたりともがね！　わたしはダイアナよりも、さらに多額の資金を注ぎこんでいたんだから。だが、それが投資ってものなんです。いまだって、わたしが金を注ぎこんだ『スパイダーマン』は、ここだけの話、惨憺《さんたん》たる結果に終わってますがね。そして、手を出さないと決めた『ブック・オブ・モルモン』のほうは大成功だ。ときにはこんなふうに、すべてが裏目に出てしまうこともあるんですよ。ダイアナも、それはわかってくれていました」

「『モロッコの夜』というのは？」わたしは尋ねた。

「恋愛ものでね。モロッコのカスバが舞台で、兵士とテロリストというふたりの青年を描いた物語ですよ。音楽もすばらしいし、人気小説を原作としていたんだが――どうも、観客はあまり気に入ってくれなくて。ひょっとしたら暴力描写が激しすぎたのかな、わたしにはよくわかりませんがね。あなたはご覧になりました？」

「いいえ」わたしは認めた。

「そういうことなんですよ。誰も観てくれていないんです」

執事のブルースが戻ってきた。トレイには、コーヒーの小さなカップが三つ、そしてホワイト・チョコレート・トリュフをピラミッドのように四つ積んだ皿が載っている。

「そもそも、うまくいった舞台は何かあるんですかね？」ホーソーンが尋ねた。

クルーンズは気を悪くしたようだった。「周りを見てみてくださいよ、警部さん。せめて何度かは成功していなかったら、こんな家が手に入るわけはないでしょう？　本気で知りたいんならお教えしますがね、わたしは『キャッツ』に最初に投資したひとりなんですよ。それ以来、アンドリュー・ロイド・ウェバーのすべてのミュージカルに投資してきましたしね。そのほかにも『ビリー・エリオット』や『シュレック』、ダニエル・ラドクリフが主演した『エクウス』……正直なところ、自分には不相応なほどの成功を収めてきたと思っていますよ。『モロッコの夜』もうまくいくはずだったんだが、これはっかりはわかりませんからね。ミュージカルの興行なんて、そんなものですよ。だが、これだけは言っておきましょう――さんざんな酷評にさらされているときも、ダイアナ・クーパーはわたしを恨んだりはしていませんでしたよ。投資とはどういうものか、ダイアナもよく理解していましたし、結局のところ、たいした額じゃありませんでしたしね」

「五万ポンドが？」

「そう、あなたにとってはたいした額かもしれませんね、ホーソーン警部。たいていの人間にとっては。だが、ダイアナには充分な余裕があった。そうでなければ、投資などしませんよ」

しばしの沈黙。ホーソーンはあのぎらぎらした、容赦のない目でじっとクルーンズを観察していた。さらに何か失礼な質問をぶつけるのだろうと、わたしは覚悟していたが、やがて口を開いたホーソーンの声は、意外にも穏やかだった。「午前中はどこにいたか、クーパー夫人から聞きましたか？」

「昼食前に？」クルーンズは目をぱちくりさせた。「いや」

「サウス・ケンジントンの葬儀社を訪ねていたんですよ。自分自身の葬儀を手配するためにね」

クルーンズはちょうどコーヒーを飲もうと、優美な手つきでカップを顔の前に近づけたところだった。それを聞き、飲まずにカップをテーブルに戻す。「本当に？　それは驚きましたね」

「《カフェ・ムラーノ》で、その話は出なかったんですね？」ホーソーンは尋ねた。

「もちろん、出ませんでしたよ。そんなことを聞いていたら、真っ先にお話ししていたでしょう。とうてい忘れられない話ですからね」

「心配ごとをいろいろ抱えてるようだったと言ってましたね。何を心配してたのか、何か聞いてますか？」

「ええ、まあ。ひとつ、話してくれたことがありますよ」記憶を確かめるように、一瞬の間を置く。「ちょうど金の話をしていたときでしたが、ある人物につきまとわれていると言っていました。ダイアナがケント州に住んでいたころ、起こした事故とかかわりがあるんですが。あれは、わたしがダイアナと知りあってすぐのできごとでした」

「ふたりの子どもをはねてしまった事故ですね」わたしは口をはさんだ。

「ええ、それです」クルーンズはうなずいた。コーヒーのカップをふたたび手にとり、今度はひと口で飲み干す。「もう十年前になりますね。ダイアナはひとり暮らしをしていました、ご主人をがんで亡くされてからずっと……いや、実に悲しいことですが。ご主人は歯科医だったとか。名士の患者さんをたくさん抱え、あの海辺に素敵な家を持っていたんです。ダイアナはずっとそこで暮らしていて、たまたま事故があったときには、ダミアンも滞在していたんですよ。学校の休暇中だったのかな、はっきりとは憶えていないんですがね。

とにかく、あれはまったくダイアナのせいなんかじゃなかったんですよ。あそこに、たまたま子どもがふたりいてね。乳母といっしょだったんだが、アイスクリームを買おうと道に飛び出したところへ、ダイアナが角を曲がってきたんです。ただ、ブレーキが間に合わなかっただけで――それなのに、遺族はずっとダイアナを責めつづけてね。あの件を担当した判事ともじっくり話す機会があったんですが、やはり、あれは運転手の責任を問うことはできないと言明していましたよ。もちろん、ダイアナはひどく動揺していましたがね。裁判の後、すぐにロンドンに越してきて――わたしの知るかぎり、あれからは一度もハンドルを握っていないはずです。うーん、まさか、あなたがたはダイアナのせいだなんて思っていませんよね？　あれは、本当に怖ろしい体験でしたよ」

「誰がつきまとっているのか、それもおたくに話したんですか？」ホーソーンが尋ねた。

「ええ、話してくれました。あのふたりの少年の父親、アラン・ゴドウィンですよ。あの男はダイアナにつきまとい、ありとあらゆる要求を突きつけていたんです」

「どんな要求を？」

「金ですよ。相手にしてはいけないと、わたしはダイアナに言ってやりました。あれはもう昔のことで、いまのあなたには何の関係もないんだから、と」

「その男が書いた手紙については、何か話していませんでしたか？」わたしは尋ねた。

「手紙なんかよこしていたんですか？」クルーンズはしばし中空《ちゅうくう》を見つめた。「いや。そんなことは言っていなかったと思います。ただ、その男が訪ねてきて、どうしたらいいかわからないという話だけでした」

「ちょっと待ってくださいよ」ホーソーンが割りこんだ。「あの事件の判事と話したって言ってましたね。いったい、どういう経緯でそんなことに？」

「ああ、それは――もともと知りあいでね。ナイジェル・ウェストンはわたしの友人なんです。投資家のひとりでもありましてね。『Mr.レディMr.マダム』のミュージカル版に出資して、かなりの利益をあげていますよ」

「つまり、こういうことですな、ミスター・クルーンズ。クーパー夫人は車の事故で子どもを死なせた。夫人はおたくの興行に投資している。そして、夫人を放免した判事も、やはり投資家だったと。こうなると、もしや夫人とその判事も知りあいだったのではないかと、興味が湧くのは当然でしょう」

「さあ、それはわかりませんね」クルーンズは用心ぶかい口調になった。「ふたりに面識はなかったと思いますよ。まさか、不正行為があったなどと言いたいわけではないでしょうがね、警部さん」

「まあ、もしあったとしても、われわれがつきとめますよ。ところで、ウェストン判事は結婚しているんですか?」

「さあ、知りませんね。どうしてそんなことを?」

「別に、理由はありませんがね」

そうは言ったものの、ホーソーンは見るからにいまいましげな顔で席を立ち、階段を下りていった。今回は、嫌悪の表情を隠そうともせずにメイプルソープの作品の前を通りすぎる。街路に出て角を曲がったところで、ホーソーンはタバコに火を点けた。こちらの視線を避けるように、猛烈な勢いでタバコをふかしているホーソーンを、わたしはじっと見つめた。

「いったい、どうしたんだ?」やがて、わたしはついに尋ねた。

返事はない。

「ホーソーン……?」

こちらに向きなおったホーソーンの目は、暗い怒りに燃えていた。「あんたは別にかまわないんだろう、ええ？　あの気色悪い変態野郎が、あんな猥褻《わいせつ》な品々に囲まれて、あそこに坐っていてもな」

「何だって？」わたしは心の底から仰天した――その言葉の内容にではない。そんなふうに感じているのだろうと、うすうす察してはいたからだ。だが、問題はその言いかただった。〝変態〟という言葉に奇妙な抑揚をつけ、まるで不愉快な異星人でもあるかのように吐き捨てるとは。

「まず第一に、あれは猥褻な品々なんかじゃない」わたしは言いかえした。「あれがみんな、どれだけ価値のある芸術品か、きみにはわかっているのか？　そして第二に、クルーンズをそんなふうに呼んではいけないよ」

「何のことだ？」

「きみが使った言葉のことさ」

「変態か？」ホーソーンはせせら笑った。「まさか、あんただってあいつがまともな女好きだとは思っちゃいないだろう？」

「今回の事件と、あの男の性的指向は関係ないと思うが」

「さあ、どうかな、トニー。あいつと例の判事の友だちが共謀して、ダイアナ・クーパーを放免したのかもしれないだろう」

「ウェストン判事が結婚しているかどうかを尋ねたのは、それが理由だったのか？　判事も同性愛者ではないかと思ったから？」

「だとしても驚かないね。あの種の連中は、お互いかばいあうもんだからな」

わたしは慎重に言葉を選びにかかった。何の前ぶれもなしに、いつのまにか自分の置かれた状況が一変してしまっていることに気づいたのだ。「きみはいったい何の話をしている？〝あの種の連中〟というのは、何を言いたいんだ？　そんな口のききかたをしてはいけないよ。この時代、もうそんなことを言う人間はいないんだ」

「ふん、だとしても、おれはちがうね」ホーソーンはわたしをにらみつけた。「そりゃ、あんたは同性愛者の友だちがいっぱいいるんだろう。作家で、おまけにテレビ業界で仕事をしてるんだからな。だが、おれの話をさせてもらうなら、おれはやつらが嫌いなんだ。あんな連中はみな、変質者の集団だと思ってる。そこへ持ってきて、こうして誰かの家に入ったら、でっかいイチモツが壁に飾ってあるわ、同じく変態の友人も変態ミュージカルに投資してるわ、そのうえどうやらお仲間の口車に乗せられて、正義の裁きさえねじ曲げた疑いがあるとなっちゃ、おれだって思うところを正直に語りたくもなるさ。何か文句でもあるのか？」

「あるね。それについては、はっきり文句がある。とびきり真剣な文句がね」

自分が耳にした言葉を、わたしはとうてい信じられなかった。初めて知りあったころ、ホーソーンが『インジャスティス』に出演する俳優たちについて、たしかに一度か二度は暴言を吐いていたのは憶えているが、まさかゲイに対して差別的な嫌悪感を持つような人間だなどと、夢にも思ったことはなかった。だが、そういうことなら、わたしはもうホーソーンについて書くことはできない。さっき言われた言葉のうちでも、たしかにひとつ真実が交じってはいた。

この男の言うとおり、わたしにはごく親しいゲイの友人がたくさんいる。もしもわたしがホーソーンを称賛すべき人間として描き、その中でこんな本心を吐露させようものなら、わたしはそうした友人たちをすべて失うことになるだろう。そして、わたし自身も怖ろしい面倒に巻きこまれることになる。批評家たちはどう思うかって？　きっと、この本を散り散りに引き裂くにちがいない。自分の将来がみるみる排水口に吸いこまれていく光景が、ふいに目の前に浮かびあがる。

わたしは背を向け、その場を後にした。

「トニー？　どこへ行くんだ？」ホーソーンが後ろから呼びとめる。その声は、心から驚いているようだった。

「地下鉄で帰るよ」わたしは答えた。「また明日、電話する」

曲がり角まで歩いて、ふと後ろをふりむくと、ホーソーンはいまださっきの場所に立ち、じっとこちらを見ていた。まるで、捨てられた子どものように。

7　ハロー・オン・ザ・ヒル

その夜、わたしは妻と国立劇場へ出かけた。せっかく苦労して手に入れた、ダニー・ボイル演出『フランケンシュタイン』のチケットだったが、残念ながら心から楽しむことはできなかった。開始から二十分間、主演のジョニー・リー・ミラーが全裸で舞台を走りまわるのを見て、ホーソーンならいったい何を言うだろうかと、それが頭から離れなかったのだ。家に帰りついたのは十一時半で、妻はすぐに寝てしまったが、わたしは夜遅くまで机の前に坐り、この本をどうしたものかと頭を痛めていた。この件については、妻にはまだ話していない。何を言われるか見当はついていたからだ。

もしも最初から自分でミステリを創作するのなら、わたしはホーソーンのような人物を主役には据えなかっただろう。この世には、気むずかしい中年の白人男性が探偵役の物語ばかりがあふれていすぎると、つねづね思っていたからだ。せっかくなら、もっと変わった設定を作りあげたい。目が見えない探偵、酔いどれ探偵、強迫神経症の探偵、超能力者の探偵……どれもすでに存在するものの、たとえばこの四つを兼ねそなえた探偵というのはどうだろう？　実をいうと、わたし自身はたとえばデンマークの刑事ドラマ『キリング』に登場する、サラ・ルンドのような女性刑事のほうが好きだ。厚手のセーターは着ても着ていなくてもかまわないが、もう少し若くて、気が短くて、自立心が強ければ言うことはない。そうそう、ユーモアのセンスもつけくわえたいところだ。

ホーソーンが頭の切れる男であることはまちがいない。クーパー夫人の家をいっしょに見てまわったときには、頭の回転の速さに舌を巻いたし、掃除婦が盗んだ金について、みごと推理を的中させたのも目のあたりにした。消えた猫についても同じだ。ホーソーンが捜査に加わったのを見て、たしかにメドウズ警部はうんざりしていたかもしれないが、そこには渋々ながらの尊敬もこもっていたのを、わたしは感じとっていた。そして、ロンドン警視庁の上層部には、まちがいなくホーソーンを高く買っている人間が存在するのだろう。〝新しい子犬も迎えたわけか！〟——そう、そんなふうに、わたしの私生活もすばやく読みとった——休日はどこですごし、何をしていたのか。そう、あの男は頭が切れる。人並み外れて、というひとことをつけくわえてもいい。

問題は、わたしがホーソーンをあまり好きになれず、そのせいで、この本を書きあげることがどうにも難しく思えることだった。作家とその作品の主人公は、いかにも奇妙な関係にある。たとえば、『女王陛下の少年スパイ！』シリーズの、アレックス・ライダーを例にとってみよう。わたしはもうこのシリーズを十年以上も書きつづけている。ときにアレックスを妬《ねた》ましく思うこともあるが（けっして年をとらず、誰にでも愛され、この世界をもう十回以上も救っているのだ）、わたしはいつだってこの少年が好きだったし、机に向かってその冒険を書きつづることが楽しくて仕方がなかった。もちろん、アレックスはわたしの作りあげた人物にすぎない。何もかもわたしの思うように動かせるし、年少の読者に読ませても問題ないよう、中身を精査もできる。タバコは吸わない。汚い言葉で毒づきもしない。銃も持たない。そしてもちろん、ゲイを嫌悪することもない。

わたしの心を責め苛《さいな》んでいたのは、レイモンド・クルーンズに対するホーソーンの反応だった。あの家を出て聞かされた言葉に、わたしがどれほど衝撃を受けたか。自分のことは何もかも秘密にしておきたがるホーソーンが、あのことだけ不思議なほど率直に心の内を明かしたのも、どうにも奇妙に思えてならなかった。

　近ごろはみな神経質になりすぎていないか、誰かを怒らせることを怖れるあまり、およそ真剣な議論というものができなくなってはいないかと、声をあげる人々もいる。だが、現代とはそういう時代なのだ。テレビの政治談義ショーがさっぱりおもしろくなってしまったのも、まさに同じ理由だろう。いまや公共の場で口にしていい内容はごくかぎられており、ひとつでも言葉の選択をうっかりまちがえてしまおうものなら、たちまちとてつもない面倒に巻きこまれることとなる。

　かつて、わたしはとあるラジオ番組で、同性婚についての意見を求められたことがあった。ちょうど、コーンウォールでホテルを営むキリスト教信者の夫婦が、同性カップルの宿泊を拒否した事件が話題になっていたときだ。わたしは慎重に言葉を選んだ。まず、同性婚には百パーセント賛成であること、ホテル経営者の意見にはまったく賛同できないことを明らかにする。だが、その上で、ホテル経営者側の視点に立とうと努力する姿勢も必要ではないかと、わたしは続けた。少なくとも、それは経営者夫婦の宗教的信念（わたしの信念とは異なるとしても）に基づくものではあったのだ。だとしたら、誹謗《ひぼう》中傷メールや殺してやるという脅迫まで浴びせる必要はあったのだろうか。われわれは、寛容ではない他人にも寛容に接しなくてはならない、と。

　だが、どれだけ慎重になろうと無駄だった。わたしのツイッターのタイムラインには、暴言が雨あられと降りそそいだ。おまえの本など、二度とうちの学校には置かないと言ってきた教師も何人かいる。おまえの本など、すべて燃やしてしまえという人物も。今日《こんにち》では、誰もがものごとにきっちりと白黒をつけたがる。二十一世紀を生きる作家としては、ゲイを嫌悪する主人公を書いていけないということはないにしても、もっとわかりやすい形で堕落した悪漢を描くほうが、はるかに賢明な選択というものだろう。

仕事部屋の椅子に腰をおろし、窓の外へ目をやると、ロンドンを横断する新路線クロスレールの線路建設のため、ファリンドンのそこここに林立するクレーンの赤く点滅する光が見える。このままホーソーンと協力してやっていけるのかどうか、わたしは自問していた。そもそも、わたしはなぜこんな話に乗ったのか。このまま続けていったとして、いったい何が得られるというのだろう。抜き差しならなくなる前に手を引いて、何か別のことを始めたほうがよっぽどましではないだろうか。すでに真夜中をすぎ、わたしは疲労を感じはじめていた。本来いまごろ読んでいたはずの本、レベッカ・ウェスト著『反逆の意味』がコンピュータの隣に伏せてある。わたしは手を伸ばし、本を引きよせた。そう、これこそが、いまわたしのすべきことではないか。一九四〇年代のことを書いていたほうが、はるかに安全なのだから。

そのとき、携帯から着信音がした。画面に目をやると、ホーソーンからのメッセージが浮かびあがっている。

ハロー・オン・ザ・ヒル
《ウニコ・カフェ》

九時半。朝食。

ハロー・オン・ザ・ヒルは、ゴドウィン一家が住んでいる場所だ。次はここへ話を聞きにいくということなのだろう。

ダイアナ・クーパーに何があったのか、わたしはどうしても知りたかった。結局は、そういうことなのだ。否応なく、わたしはすでにこの事件にかかわってしまっている。クーパー家の居間に佇《たたず》み、夫人がどう生き……そして死んだのか、肌で感じとったのだから。絨毯《じゅうたん》に残った染みも、この目で見た。あの手紙を夫人に送ったのは誰なのか、猫を連れ去ったのも同じ人物なのか、それも知りたい。ダイアナ・クーパーは自分が死ぬことを知っていたのだと、ホーソーンは言っていた。いったい、どうしてそんなことがありうるのだろうか。本当だとしたら、なぜ夫人は警察に駆けこまなかったのだろう？　そして、わたしは何よりもゴドウィン一家、とりわけジェレミー・ゴドウィンに会ってみたかった――〝損傷の子〟に。ここで手を引いても、いつかはこうした謎の答えが、どこかの新聞に載っているのを読むことができるかもしれない。ひょっとしたら、ホーソーンが別の書き手に依頼して、この事件の本が出ることだってありうる。だが、それではもの足りない。

わたしは、解決するところをこの目で見たいのだ。

いっそ、自分できっちり基準を決めてしまえばいいのかもしれないと、ふと思いつく。何があったのかをすべて書かなくてはならないなんて、どこにそんな決まりがある？　レイモンド・クルーンズについてホーソーンが口にした言葉など、さっさと省いてしまえばいいではないか。それを言うなら、そもそもあの論争の元となった白黒写真や、そのほかの美術品についても、触れる必要はまったくないのだ。実のところ、ホーソーン自身についても、わたしが好きなように書いたっていい。もっと若くて分別があり、人当たりがよく、魅力的に描いたところで、誰も止めることなどできはしないのだ。これは、わたしの本なのだから！　出版されるまでホーソーンには読ませないし、出てしまえばこっちのものだ。もっとも、売れさえすれば何が書かれていようと、ホーソーンは気にすまい。

そうはいっても、そんなことはできないと、わたしにはよくわかっていた。ホーソーンはああいう人間であり、だからこそ、こんな話をわたしに持ちこんできたのだ。その人物像を変えてしまったら、それが蟻の一穴《いっけつ》となり、やがてわたしはまた完全な作り話の世界に戻ってしまうことだろう。ホーソーンが話を聞く相手すべて、訪れる場所すべてを思うように書き換えていく自分の姿が見えるようだ。あのいまいましいロバート・メイプルソープの作品は、真っ先に闇に葬られることとなる。そんなことをして、何の意味があるのだろうか？　何から何まで自分で作りあげるなら、これまでわたしがやってきたことと何ひとつ変わらないのに。

九時半。ハロー・オン・ザ・ヒル。

わたしはいまだ携帯を握りしめたままでいた。いまはもう、前に進むしかないことはわかっている——だとしたら、この本に対するわたしの姿勢、さらにはわたしのはたすべき役割も、根本から変えていくしかない。ホーソーンを嘘で飾りたてなくてもいい。世間から守ってやる必要もないのだ。いざとなれば、あの男も自分の面倒くらい見られるだろう。だが、ホーソーンの主義主張に対して、ときにはわたしから異議を唱えることはできる……むしろ、それがわたしの義務だといってもいい。そうしなければ、こんなにも怖れている世間の非難の矢面《やおもて》に、わたし自身が立つことになるのだから。

ホーソーンがゲイに対して何やら思うところがあるらしいのを、ついさっき、わたしは知ったわけだ。そう、別にそれを大目に見る必要はない、あの男がどうしてそう思うようになったのかを、わたしは探っていこう。それにより、あの男の人となりをさらに深く理解することができれば、結果としていいことずくめではないか。本の内容も、より充実することとなる。

ひょっとしたら、ホーソーン自身がゲイということだってあるかもしれない。おおっぴらに同性愛を非難する有力な政治家や官僚は、往々にして自分自身の性的指向を隠していることも多いのだ。だとしたら、わたしはそれを暴きたいわけではない。何をおいても、ホーソーンを傷つけるようなことをしたくはなかった。だが、わたしはいまや、ようやく自分の目的が見つかったような気がしていた。

探偵自身を、探偵すること。

あらためて携帯を握りなおすと、わたしは短い返事を送った。

そこで会おう。

そして、ベッドに入る。

《ウニコ・カフェ》はハロー・オン・ザ・ヒルの駅を出てすぐ、線路脇の寂れた商店街の外れにあった。ホーソーンはすでに朝食を注文していた——卵、ベーコン、トーストにお茶。考えてみると、この男が席についてまともな食事をとっている姿を見るのは初めてだ。目の前の食べものをいかにもうさんくさそうな目で眺め、できるだけ早く片づけてしまおうとばかり、せかせかと切っては口に放りこんでいく。食べる楽しみなど、まったく感じてはいないようだ。昨夜の気まずい別れかたについて、ひょっとしたら向こうから詫びの言葉があるかもしれないと思っていたのだが、ホーソーンはちらりと笑みを見せただけだった。わたしがここに現れたことに、まったく驚いてはいないらしい。わたしが来ないかもしれないなどと、はなから思っていなかったのだろう。

わたしは向かいの席に腰をおろし、ベーコン・サンドウィッチを頼んだ。

「調子はどうだ?」と、ホーソーン。

「まあまあだ」

わたしの口調がそっけなかったとしても、ホーソーンが気づいた様子はなかった。「ゴドウィン一家について、ちょっとばかり調べたんだがね」食べながらしゃべっているというのに、口の中の食べものはとくに邪魔にはならないようだ。皿の脇にはメモ帳が置いてあった。「父親はアラン・ゴドウィン。自分で事業をやってる。イベント企画会社だそうだ。その女房が、ジュディス・ゴドウィン。児童のための慈善団体に、パートで勤めてる。子どもは息子がひとりだけ。ジェレミー・ゴドウィンはいま十八歳だ。脳に損傷を受けてる。医師によると、つねに介護が必要な状態だそうだが――まあ、実際にどうかはわからんな」

「きみには、いくらかでも気の毒だという気持ちはないのか？」わたしは尋ねた。

ホーソーンはきょとんとした顔で、皿から目をあげた。「おれが気の毒に思ってないなんて、どうして思ったんだ？」

「きみが無雑作に事実を並べていく口ぶりからさ。『子どもは息子がひとりだけ』って、そんなことはあたりまえだろう！　もうひとりは事故で死んでしまったんだから。それに、生きのこったほうの少年についても、すでに何かごまかしがあると決めつけたような口ぶりじゃないか」

「やれやれ、今朝はずいぶん虫の居所が悪いらしいな」ホーソーンはお茶を喉に流しこんだ。「ジェレミー・ゴドウィンについては、おれは聞かされた事実しか知らないがね。とはいえ、ダイアナ・クーパーが何かまちがえたんでもなけりゃ、事件のあった夜、ジェレミーはどうやらベッドなり車椅子なりから起きあがり、はるばるブリタニア・ロードまで出かけていった様子じゃないか。それに、忘れないでほしいんだが、つい昨日、早くゴドウィン一家に会いにいこうと焦ってたのはあんたのほうだろう。あの一家が――アラン・ゴドウィン、ジュディス・ゴドウィン、それに――障害の程度によっちゃ――ジェレミー・ゴドウィンが何かやらかしたにちがいないと決めつけて。おれの誤解だっていうんなら、遠慮なく指摘してくれ」

わたしの注文したベーコン・サンドウィッチが運ばれてきたが、実のところ、もう食欲など失せていた。「わたしはただ、きみにもうちょっと他人に対する気づかいがあればと思っただけなんだ」

「そんなことのために、あんたはここにいるのか？　容疑者たちに向かって腕を広げ、抱きしめてやるために？」

「いや。だが……」

「あんたがここにいるのは、おれと同じ理由さ。誰がダイアナ・クーパーを殺したのか、それを知りたいだけだ。もしもあの一家の誰かが犯人なら、そいつは逮捕される。もしもあの一家が関係なければ、おれたちはただその場を去って、連中とは二度と顔を合わせることはない。どっちにしろ、おれたちがあの一家をどう思うか、どんな意見を持つかなんてことで、何も結果が変わるわけじゃないんだよ」

ホーソーンはメモ帳のページをめくった。何やら几帳面な筆跡でびっしり書きこまれているが、あまりに字が小さすぎて、眼鏡なしではわたしには読めそうになかった。「事故の概略をまとめてきた。あんたがつらすぎて聞くに堪えないっていうんなら、ここでやめておくがね……なにしろ、八歳の子どもが死んだ事故だからな！」

「続けてくれ」

「まあ、レイモンド・クルーンズの話とおおよそ同じだったよ。連中はディールの《ロイヤル・ホテル》に泊まってた……双子と乳母のメアリ・オブライエンだけでね。その日はずっと浜辺ですごして、そろそろホテルに戻ろうってときに、子どもらがアイスクリームを買おうと道に飛び出したんだ。裁判では、そのことで乳母がいささか非難されてたな。車はまったく来てなかったと、乳母は証言してる。だが、実際はそうじゃなかった。子どもらが道の真ん中に飛び出した瞬間、角を曲がってきた車がふたりをはねたんだ。ぎりぎりのところで乳母はぶつからなかったが、ひとりは死に、もうひとりは重傷を負った。そして、車はそのまま走り去ったというわけさ。あたりにはけっこう人がいて、目撃者も多かった。ダイアナ・クーパーは二時間後に出頭したんだが、そのまま逃げてたら、さぞかし厄介なことになってただろうな」

「夫人が拘禁刑を免れたのは正当な判断だったと思うか?」

ホーソーンは肩をすくめた。「それを知りたいなら、裁判の概要でも読むといい」

「夫人は判事と知りあいだったわけだろう」

「判事の知りあいと知りあいだったんだ。そこをいっしょにしちゃいけない」つい昨日は自分がゲイの共謀説をほのめかしていたくせに、そんなことはすっかり忘れたような口ぶりだ。「判事ってのは、知りあいが大勢いるものだからな。だからといって、何かあやしげな取引があったとはかぎらないんだ」

むっつりと黙りこくって、わたしたちは朝食を終えた。ウェイトレスが勘定書を持ってくる。ホーソーンはそちらに目をやろうともしなかった。当然わたしが払うものと決めこんでいるらしい。

「もうひとつ、言っておきたいことがある」わたしは口を開いた。「ここまでのところ、コーヒー代もタクシー代も、みんなこっちが払っているんだが。もしも取り分がきっちり半々だというのなら、経費だって同じようにすべきじゃないか」

「なるほど！」いかにも驚いた声だ。

自分の言ったことを、わたしはすでに後悔していた。本気で経費を折半したかったというより、むしろ昨日のいざこざの腹いせだったのは、自分でもわかっている。ホーソーンが財布から十ポンド札を取り出すのを、わたしはじっと見まもった。あまりにしわくちゃでくたびれた、色でようやく額面が判別できるような札。溝から拾いあげた秋の落ち葉のようなそれを、ホーソーンはテーブルに置いた。財布には、ほかに一枚の札も入ってはいない。わたしの言い分もそれなりに筋が通っていたとしても、そんなところを見てしまうと、ただただ自分の吝嗇《りんしょく》さ、意地の悪さが浮き彫りになっただけに思えてならなかった。もっとも、それ以来ホーソーンは一度として金を出したことはない。わたしも、それっきり抗議をすることはなかった。

わたしたちはカフェを出た。ハロー・オン・ザ・ヒルは、わたしにとってなじみの場所だ。『刑事フォイル』の撮影にも何度か訪れて、ドラマの舞台であるヘイスティングスの町の代わりに、よく似たここの古風な街並みを活用している。サウンドトラックにカモメの鳴き声をちょっと足すだけで、驚くほど海辺の街らしく見えるようになるのだ。わたしの最初の寄宿学校もこの近くにあり、五十年を経てほとんど変わらない風景には、あらためて驚かずにはいられない。ここはいまだ緑が鬱蒼《うっそう》と生い茂り、まるで別世界に迷いこんだような飛び地として、周囲に広がる北ロンドンの郊外の上にそびえ立っているのだ。

「それで、昨夜はどんなことをしていたんだ？」道を歩きながら、わたしはホーソーンに尋ねた。

「何だって？」

「ただ、きみが何をしていたかを知りたかっただけだよ。夕食は外でとったのか？　事件について調べていたのか？　そういったことをね」ホーソーンが口をつぐんだままなので、さらにつけくわえる。「本を書くために必要なんだ」

「夕めしを食ったよ。いくつか必要なことを書きとめた。そして、ベッドに入った」

それなら、夕食のメニューは何だったのだろう？　ベッドをともにした相手はいるのか？　テレビは見た？　そもそも、テレビを持っているのだろうか？

ホーソーンはそれきり何も語らなかったし、こちらから尋ねる時間もなかった。

わたしたちは、すでに目的地に着いていた。ロックスバラ・アベニューに建つ、ヴィクトリア様式の三階建ての家。ついチャールズ・ディケンズを思い出さずにはいられないような、暗赤色のレンガ造りだ。本通りからはいくらか引っこんだ位置にあり、砂利を敷いた小径《こみち》と二台分の車庫が並んでいる。ひと目見て、こんなにも不幸せがにじみ出している家があるものだろうかと、わたしは衝撃を受けた——貧相な、なかば放置された庭、剝《は》げかけたペンキ、枯れた花が植えられたままの窓辺のプランター、明かりの灯っていない空《うつ》ろな窓。

これがゴドウィン一家の暮らす家なのだ……いや、あの事故を経て生きのこった三人の家族が暮らす家、と呼ぶべきだろうか。

8　傷んだ家

変人のクォーターマス教授が活躍するシリーズを世に送り出したナイジェル・ニールは、わたしの大好きな脚本家のひとりだ。『ザ・ストーン・テープ』は、ニールがテレビ向けに書いた怖ろしい作品である。レンガやモルタルといった家を作る材料が、その家で巻きおこるさまざまな感情を、たとえば恐怖までも記憶し、あとからそれを〝再生〟することができるという設定だ。ロックスバラ・アベニューに建つゴドウィンの家に足を踏み入れた瞬間、わたしはその物語を思い出さずにはいられなかった。見るからに高価そうな家ではある。ハロー・オン・ザ・ヒルでこの大きさの家を買おうと思ったら、おそらくは二百万ポンドを下らないだろう。だが、中に入ってみると、廊下は冷え冷えとして——外より寒いくらいかもしれない——薄暗かった。頼むから手入れしてくれと、必死に叫んでいるような家。絨毯《じゅうたん》はすり切れて織り糸がむき出しになり、どこもかしこも染みだらけだ。空気中にただよっているのは湿気か、木材の蒸《む》れ腐れの臭いなのか判別はつかなかったが、それはまるでこの家の記憶容量がいっぱいになるまで、くりかえし記録された不幸せそのもののように思えた。

玄関の扉を開けたのは、五十がらみの女性だった。亡くなったダイアナ・クーパーより、十歳から十五歳ほど若いのだろう。まるで何かを売りつけにきた人間を見るように、女性は疑うような目をこちらに向けた——目だけではない、身体全体が警戒しているのがわかる。これがジュディス・ゴドウィンなのか。この女性が慈善団体で働いているところは、容易に目に浮かぶ。自分自身が慈善の手を必要としているのに、その願いがかなえられないことはわかっている、そんな幸薄い雰囲気の持ち主だ。人生を変えてしまったあの悲劇は、いまだジュディス・ゴドウィンにまとわりついて離れない。ご協力を、ご寄付をお願いしますと人々に声をかけるとき、それはいつも自分自身の願いでもあるのだろう。

「あなたがホーソーン？」ジュディスは尋ねた。

「ええ、お会いできて何よりです」ホーソーンはまたしても別の人格に変身し、まるで心からそう思っているような口ぶりで答えた。アンドレア・クルヴァネクには強面《こわもて》で押し、レイモンド・クルーンズとはそっけなく淡々と言葉を交わしていたが、ジュディス・ゴドウィンに対しては礼儀正しく温かい態度で接するという方針らしい。「話を聞かせていただけるとのこと、感謝しますよ」

「よかったら、キッチンへどうぞ。コーヒーでもいれましょう」

わたしが誰なのか、ホーソーンは紹介しなかったし、ジュディスのほうも関心はないようだ。わたしたちは階段の前を通りすぎ、奥へ通された。キッチンは廊下より暖かかったものの、やはり何もかもがくすみ、古びている。いわゆる白もの家電からは、奇妙なほどその家や持ち主の状況が読みとれるものだ。購入したときはおそらく高級だったはずの冷蔵庫も、いまやすっかり年代ものとなっていた。扉は黄ばみ、レシピや電話番号、緊急連絡先などを記した古い付《ふ》箋《せん》やマグネットを貼りつけた跡があばたのように残っている。油じみたオーヴン、使い古されてくたびれた食器洗い機。ゆっくりと回転している洗濯機の扉の窓には、濁った水がひたひたと叩きつけられている。キッチン自体は清潔に整頓されているのだが、維持管理に必要な金がかけられていないという印象だ。汚れた毛並みに灰色の鼻面《はなづら》のワイマラナーが片隅でうとうとしていたが、わたしたちが入っていくと、ぱたぱたと尻尾を振った。

わたしとホーソーンは、いささか巨大すぎて居心地の悪いマツ材のテーブル席についた。ジュディスは流しに置いてあったパーコレーターを手にとり、蛇口から出る水で洗って、コーヒーをいれにかかったが、その間じゅうずっと話しつづけていた。ひとつのことに集中していられないたちなのだろう。「ダイアナ・クーパーの話を聞きにいらしたんだったわね」

「警察にも、すでにお話しでしょうがね」

「ほんのちょっとだけ」ジュディスは冷蔵庫を開け、プラスティック製ボトルに入った牛乳を取り出すと、匂いを嗅ぎ、どすんとカウンターに置いた。「向こうから電話してきたの。クーパー夫人に会ったかって」

「会われたんですか?」

ジュディスは目を傲然と怒らせて、こちらに向きなおった。「この十年、一度も会っていません」そして、またカウンターに向かい、今度はビスケットを皿に並べはじめた。「あの女に会いたいはずがないでしょ? 近づくのもごめんだわ」

ホーソーンは肩をすくめた。「夫人が亡くなったと聞いても、さほど同情なさらなかったんでしょうね」

ジュディスは手を止めた。「ミスター・ホーソーンでしたね。あなたはいったい、どういう立場のかたなんでしたっけ？」

「警察に協力しているものです。この事件にはさまざまな要素がからんでいまして、あつかいがきわめて難しいんですよ。それで、わたしが呼ばれたというわけです」

「私立探偵なの？」

「警察の顧問《コンサルタント》ですよ」

「そちらはお友だち？」

「わたしもホーソーンに協力しています」単純明快、かつ真実だ。これ以上の質問が来ないことを、わたしは祈った。

「わたしがあの女を殺したと言いたいの？」

「とんでもない」

「わたしがあの女に会ったかどうか、あなたは尋ねたでしょう。そして、あの女が死んだことを喜んでいるだろうとほのめかした」やかんの湯が沸き、ジュディスはあわてて火を消した。「そう、ふたつめはたしかにそのとおりよ。あの女はわたしの人生を破滅させたんだから。わたしの家族みんなの人生をね。運転すべきではないときに運転していた、その一瞬がわたしの息子を殺し、わたしからすべてを奪っていったの。わたしはキリストを信じています。教会にも行くしね。これまでずっと、あの女を許そうと努めてきたのよ。でも、あの女が誰かに殺されたと聞いて、嬉しくなかったといったら嘘になるでしょうね。こんなことを考えるのは罪かもしれないし、わたしがまちがっているんでしょうけれど、あの女には当然の報いだもの」

黙りこくってコーヒーをいれるジュディスを、わたしはじっと見まもった。やり場のない怒りをぶつけているかのように、パーコレーターやマグカップ、ミルク入れにあたりながらトレイに載せる。それをテーブルに運ぶと、ジュディスはわたしたちの向かいに腰をおろした。

「ほかに、まだ何か知りたいことはある？」挑むように尋ねる。

「話していただけることは何でも聞きたいですね」ホーソーンは答えた。「いっそ、事故のことから始めませんか？」

「事故？　わたしのふたりの息子が巻きこまれた、ディールでの事故のことね」ジュディスは一瞬、苦い笑みを浮かべた。「なんて簡単な言葉なんでしょうね、〝事故〟なんて。まるで、うっかりミルクをこぼしたとか、ちょっとよその車に追突したとか、そんなふうに聞こえる。あのとき、わたしはロンドンにいたの。電話がかかってきて、こう言われたのよ。『お気の毒ですが、事故がありまして』ってね。それを聞いても、わたしは家か職場で何かあったのかしら、としか思わなかった。まさか、わたしのティミーがいまや遺体安置所に横たわり、もうひとりの息子が二度と普通の生活を送れなくなっているだなんて、考えてもみなかったのよ」

「どうして息子さんたちといっしょじゃなかったんですか？」

「会議に出ていたの。そのとき、わたしはホームレス支援組織《シェルター》で働いていたんだけれど、ウェストミンスターで二日間にわたる催しが開かれてね。夫はマンチェスターに出張していたわ」言葉を切り、やがて続ける。「夫とは、もういっしょに暮らしていないの。これも事故のせいだといっていいかもしれない。あのときは学校が中間休暇だったから、ふたりを乳母といっしょに旅行にやろうと、夫と決めたのよ。乳母がふたりを海岸の町、ディールに連れていってくれたの。そこのホテルが格安のプランを出していてね。ディールに決めたのは、それだけの理由だった。子どもたちのはしゃぎようったら、これ以上ないほどだったわ。お城や浜辺もあるし、ちょっとラムズゲートまで足を伸ばせば、十九世紀に作られたトンネルの探検もできる。ティミーは本当に想像力の豊かな子でね。人生すべてが冒険だったのよ」

ジュディスは三杯分のコーヒーを注いだ。砂糖とミルクを足すのはわたしたちそれぞれにまかせ、先を続ける。

「乳母のメアリは、そのころはうちに来てまだ一年ちょっとでね。本当によくやってくれていたの。わたしたちは心からあの娘を信頼していたし――起きたことの一部始終を、これまで何度となくふりかえってみたけれど、あの娘のせいだと思ったことは一度もないのよ。警察も、目撃者も全員がそう言っていたしね。メアリはまだ、うちにいるの」

「ジェレミーの世話を?」

「ええ」ジュディスはしばし沈黙し、その言葉の意味をわたしたちが嚙《か》みしめるにまかせた。「あの娘は責任を感じているのよ。ジェレミーがようやく退院できたとき、あの子を残して辞めていく気にはなれなかったの。それで、いまもうちで働いているわけ」またしても沈黙。ジュディスにとって、過去をふりかえるのはつらいのだろう。「あの日、三人は浜辺にいたの。

浅瀬で水遊びをしていたのよ。お天気はよかったけれど、泳ぐほど暖かくはなくてね。道路は浜辺のすぐ脇を通っているの。低い堤防と遊歩道に隔てられているだけ。子どもたちはアイスクリーム屋を見つけて、メアリは声をはりあげて止めようとしたんだけれど、そのまま道路に飛び出してしまったの。いったい、どうしてそんなことをしたのか、わたしにはいまでもわからないわ。あの子たちはまだ八歳だったけれど、いつもはもっと分別があったのに。

だとしても、クーパー夫人はブレーキを踏むべきだったのよ。それだけの時間はあったんだから。でも、あの女は眼鏡をかけていなくて、そのままあの子たちに突っこんだの。後でわかったことだけれど、眼鏡なしでは道幅ほどの距離もぎりぎり見えるかどうか程度の視力だったんですって。そんな人が運転していいはずがないのに。その結果、ティミーは即死だったのよ。ジェレミーは宙にはね飛ばされたの。頭にひどい傷を負ったけれど、どうにか生命はとりとめてね」

「メアリはけがをしなかったんですか?」

「あの娘はとっても幸運だったのね。あの子たちをつかまえようと、追いかけて道路に飛び出したんだけれど、ぎりぎりのところで車にはぶつからなかったの。これはみんな、裁判で明らかになったことよ、ミスター・ホーソーン。クーパー夫人は車を降りなかった。動揺してしまったからと、後から警察には言い訳していたけれど、ちょっと考えればわかることよね、ふたりの子どもが道路に倒れているのに、そのまま逃げる女の本性がどんなものか!」

「夫人は家にいた息子さんのところへ戻ったんでしたね」

「そうよ。ダミアン・クーパー。いまじゃすっかり有名な俳優だけれど、あのときは母親の家に滞在していたの。あの女は息子を守ろうとしていたんじゃないかって、刑事弁護士たちは言っていたわ。演劇学校にいた息子の名前がマスコミに取り沙汰されるのを避けたかったんじゃないかって。それが本当なら、息子も母親と同罪よね。とにかく、あの日の夜、夫人は出頭したけれど——でも、それはもうどうしようもなかったからよ。目撃者がいっぱいいて、ナンバー・プレートも見られていたんだから。そういう事情は、もちろん判決に加味されるものだと、誰だって思うでしょう。でも、結局は何も変わらなかったのよ。あの女はそのまま放免されたの」

ジュディスはビスケットの皿を手にとり、わたしに勧めた。「ありがとう、けっこうです」と断りながらも、こうした会話の最中に、こうも家庭的、日常的なやりとりが飛びこんでくることがどうにも奇妙に思えてならない。だが、この母親は、こんな日々をずっと送っているのだろう。ディールで起きた事故の落とす暗い影の下、そこから出ることなく十年間を生きてきた結果、これがジュディスにとっての新たな日常となってしまったのだ。精神病棟に長いこと監禁されたあげく、自分がおかしいことを忘れてしまった人間のように。

「思い出すのもつらいことでしょうが、ゴドウィン夫人」と、ホーソーン。「ご主人と別居されたのは、正確にはいつでしたか?」

「別につらくもありません、ミスター・ホーソーン。むしろ逆よ。あの電話を受けた日から、わたしはもう何の感情も抱いたことはないような気がするの。ああいうことが起きると、人間ってそうなってしまうものなのかもね。仕事をしていたり、友人を訪ねたり、ひょっとしたらすばらしい休日をすごしている最中だったり、そんな何もかもが完璧にうまくいっていると思っていたときに、あんなことが起きてしまうと、どこかで現実が受け入れられなくなってしまうのよ。正直に言うなら、わたし、本当に受け入れたことなんて一度もないもの。ティミーのお葬式のときでさえ、いつか誰かが肩を叩いて『ほら、目をさまして』って起こしてくれるはずだって、ずっと待っていたくらい。だって、わたしにはすばらしい双子の息子がいたのよ。どこをとっても、非の打ちどころのない息子たちだった。結婚生活も幸せだったの。アランの仕事もうまくいっていたしね。ちょうどこの家を買ったばかりだったし……事故の前の年に。そんな幸せがどんなにもろいものなのか、壊れてみないと人はわからないのよ。そして、あの日、すべてが砕け散ってしまった、ってわけ。

アランとわたしは、息子たちといっしょにいなかったこと、そもそも旅行にやったことで、自分を責めたものよ。あの日、夫はマンチェスターに出張していたの。そう、このことはもうお話ししたわね。わたしたちの間には、それなりに諍《いさか》いもあった。でも、どんな結婚だってそんなものでしょう、ましてやわたしたちは双子を育てていたんだし。でも、ティミーが死んでしまってから、夫との関係は二度と元のようには戻らなかったの。カウンセリングも受けたし、できることは何でもしたけれど、結局は真実と向きあうしかなかったのよ、もう夫婦としてやってはいけない、ってね。夫が出ていったのは、ほんの二、三ヵ月前のことだった。これを〝別れた〟って呼ぶのは、言葉がきつすぎるかもしれないわね。わたしたちはただ、もういっしょにいることに耐えられなくなってしまったの」

「ご主人の連絡先を教えていただけますか？　あちらの話も、ちょっと聞いておきたいので」

ジュディスは紙切れにペンを走らせ、ホーソーンに渡した。「これが夫の携帯の番号よ。必要なら電話してみて。この家が売れるまでは、ヴィクトリアのアパートメントに住んでいるから」ふいに言葉を切る。本来なら、このことを明かすつもりはなかったのだろう。「アランの仕事は、最近あまりうまくいっていなくて」やがて、ジュディスは言葉を添えた。「この家もこれ以上は維持していけなくなって、いま売りに出しているの。ここにずっととどまっていたのは、ただただジェレミーのためだったのよ。ここはあの子の家でしょう。ああいう障害を負ってしまったからこそ、慣れ親しんだ環境から動かないほうがいいと思って」

ホーソーンはうなずいた。この男が攻撃に転じようとするとき、わたしはいつもそれとわかる。たとえば顔の前でナイフをひらめかせるようなもので、ほんの一瞬、刃《やいば》のきらめきがその瞳に映るのを、わたしは見のがさなかったのだ。「ダイアナ・クーパーには会っていないということでしたね。では、ご主人はどうでしょうか？」

「そんな話は聞いていません。夫がそんなことをする理由も思いつかないわね」

「おたくは夫人の家にはいっさい近づいていないんですね？　先週の月曜、夫人が殺された日のことですが」

「そのことは、さっきお話ししましたよね。近づいたりしてません」

ホーソーンは小さくかぶりを振った。「しかし、おたくはサウス・ケンジントンにいたはずだ」

「何ですって?」

「あの日の午後四時半、おたくがサウス・ケンジントン駅から出てきたのはわかっているんです」

「どうしてそんなことを?」

「あそこの防犯カメラの映像を見たのでね。否定するつもりですか?」

「もちろん、否定なんかしません。ダイアナ・クーパーはあそこに住んでいたの? てっきり、まだケント州に住んでいるものとばかり思っていたけれど。わたしはキングズ・ロードに買いものに行ったんです。この家をちょっとでも見栄えよくするためのものを、いくつか買うよう不動産屋に勧められて、あそこの家具屋を何店か回ったの」

これは、あまり説得力のある言い訳とは思えなかった。この家はすっかり傷んでいるし、ジュディス・ゴドウィンが金に困っているのは明らかだ。そもそも、それがこの家を売る理由ではないか。あのへんの高級家具店でいくつか品物を買ったとして、それで何か変わるとでも本気で思っているのだろうか?

「クーパー夫人に手紙を書いたことを、ご主人は何か言っていませんでしたか?」

「あの女に手紙を書いた? そんなことはまったく知りません。本人に尋ねたほうがいいんじゃないかしら」

「ジェレミーはどうです?」息子の名を出され、ジュディスは顔をこわばらせた。それを見て、ホーソーンはさらにたたみかける。「息子さんは、この家にいっしょに住んでいるんでしたね」

「ええ」

「ジェレミーがクーパー夫人に近づいた可能性は？」

ジュディスがしばし考えこむのを見て、もう帰ってくれと言われるのではないかと、わたしは覚悟した。だが、ジュディスはまた穏やかさをとりもどし、淡々とした口調で答えた。「うちの子が八歳のときに大けがをしたことは、あなたもご存じよね、ミスター・ホーソーン。記憶、言語、感情、視覚を司《つかさど》る側頭部と後頭部の脳葉に損傷を受けてしまったの。ジェレミーはいま十八歳だけれど、これから先もけっして普通の生活を送ることはできないでしょう。短期記憶や作業記憶が失われているし、失語や集中力の低下、そのほかいくつもの問題を抱えているのよ。つねに介助が必要な生活なんです」

言葉を切り、やがて先を続ける。

「たしかに、外出することはあるけれど――でも、必ず誰か付き添っているわ。あの子がクーパー夫人に近づいて何か話そうとしたとか、さらには危害を加えようとしたとほのめかすなんて、あまりに馬鹿げているだけじゃない、不愉快よ」

「そうは言いますがね」ホーソーンは引っこまなかった。「殺される直前、クーパー夫人は携帯からどうにも奇妙なメッセージを打っているんですよ。こちらの理解がまちがっていないかぎり、夫人はおたくの息子さんを見たと主張していましてね」

「じゃ、きっとあなたがたの理解がまちがっているんでしょう」

「ほかにとりちがえようのない意味の言葉が入っていたんですよ。先週の月曜、息子さんがどこにいたかはご存じなんですか?」

「もちろん、知っていますとも。ここの二階にいたわ。いまもそこにいます。部屋を出ることはめったにないし、ひとりで外出することはありえません」

わたしたちの背後のドアが開き、ジーンズとゆったりしたセーター姿の若い女性が入ってきた。これがメアリ・オブライエンだと、わたしはすぐに見てとった。がっしりした腕を胸の前に組み、ぽっちゃりした顔にまっすぐの黒髪をした、真面目そうな、いかにも乳母らしい女性だ。年齢は三十五歳ほどだろうか。だとすると、事故が起きたときには二十代なかばだったということになる。

「ごめんなさい、ジュディス」口を開いた瞬間、アイルランド訛《なま》りがはっきりと耳につく。「お客さまがいらしてたなんて知らなくて」

「いいのよ、メアリ。こちらはミスター・ホーソーンで、そちらは……」

「アンソニーです」わたしは名乗った。

「ダイアナ・クーパーのことで、話を聞きにいらしたの」

「あら」メアリの顔が暗くなった。ドアのほうを、ちらりとふりかえる。すぐにまたキッチンを出ていってもかまわないだろうかと、思いをめぐらせているのだろうか。ひょっとしたら、最初からここに入ってこなければよかったと考えているのかもしれない。

「ディールで起きたことについて、あなたの話も聞きたいんじゃないかしら」

メアリはうなずいた。「聞きたいことがあれば、何でも話すわ。まあ、この話はもう千回くらいくりかえしてるんだけど」そう答えると、テーブルの席につく。この家に暮らして長いせいか、ジュディスとはすっかり対等の関係を築いているようだ。自分自身の家にいるかのように、くつろいでいるのが伝わってくる。だが、ジュディスのほうは席を立ち、キッチンの反対側へ歩いていった。ひょっとしたら、ふたりの間には何かぴりぴりしたものがあるのだろうかと、わたしは考えをめぐらせた。

「それで、何を話せばいいんですか？」メアリは尋ねた。

「あの日に何があったかを」ホーソーンは答えた。「もう何度も同じことを話してるんでしょう、それはわかってます。だが、おたくの口からじかに聞かせてもらえると、また何か発見があるかもしれないんでね」

「わかりました」メアリは呼吸を整えた。ジュディスはキッチンの端に立ち、じっとその様子を見まもっている。「あたしたち、浜辺から引きあげてくるところでした。ホテルに帰る前にアイスクリームを買ってあげるかもって、あたし、あの子たちに約束してたんです。泊まってたのは、浜辺からすぐの《ロイヤル・ホテル》でした。道を渡るときには絶対にあたしと手をつなぐよう、あの子たちには言いきかせてあったし、いつもならけっして言いつけを破ったりしないのに――でも、あのときはもう、すっかり遊び疲れてたんでしょうね。いつもの分別がなくなっちゃってたんです。アイスクリーム屋が目に入ると、すっかりはしゃぎはじめて、止める間もなく道路に飛び出しちゃったんですよ。

あたし、ふたりをつかまえようと追いかけました。その瞬間、車が来るのが見えて――青いフォルクスワーゲンです。当然、すぐに停まるものと思ってました。でも、停まらなかった。あたしの手が届く前に、車はふたりをはね飛ばしました。ティモシーは横になぎ倒され、ジェレミーは宙に舞って。あたし、ジェレミーのほうがひどいけがをしたものとばかり思ってました」ちらと雇い主を見やる。「こんなこと、あなたの前で話すのはいやね、ジュディス」

「気にしないで、メアリ。こちらのかたには、きちんと知っておいてもらわないと」

「車はけたたましい音をたてて停まりました。二十メートルくらい先だったかな。当然、運転してた人が降りてくるものと思ったのに、クーパー夫人はそうしなかったんです。急にまたアクセルを踏んで、そのまま走っていっちゃって」

「クーパー夫人がハンドルを握っているところを、実際に見ましたか?」

「いいえ。あたしに見えたのは後頭部だけで、それもあんまりよく憶えてないんです。もう、とりみだしちゃってて」

「それで?」

「ほかにはもう、たいして話せることはありません。たちまち、どこからともなく大勢の人たちが集まってきて。アイスクリーム屋の隣には薬局があって、そこの店主さんが最初に駆けつけてくれました。トラヴァートンって人で、とっても親切にしてくれたの」

「アイスクリーム屋から出てきた人たちは?」ホーソーンは尋ねた。

「お店は閉まってたのよ」どこか苦々しい声で、ジュディスが言葉をはさんだ。

「あの子たちがそれに気づいてさえいればね」メアリがうなずいた。「アイスクリーム屋は閉まってたんです。でも、扉に小さな札が掛かっていただけだったから、きっと見えなかったのよ」

「それで、どうなりました？」

「警察が来ました。救急隊も。あたしたちは病院に運ばれて……三人、全員がね。あたしはずっと、子どもたちがどうなったのか聞きたくて焦《じ》れてたんですけど、母親じゃないからってことで教えてもらえなかったんです。それで、警察からジュディスに連絡してもらいました……それから、アランにも。やっと子どもたちの状況が聞けたのは、ふたりが到着してからでした」

「ダイアナ・クーパーが警察に出頭したのは、事故からどれくらい経ってからでしたか？」

「息子の運転する車に乗って、二時間後にディールの警察署に現れたんだそうです。どっちにしろ、逃げられるはずなかったのよ。目撃者のひとりはナンバー・プレートを見てて、車が誰のものかもわかってたんです」

「その後、夫人を見ましたか？」

メアリはうなずいた。「裁判のときに。口はきいてません」

「裁判が終わってから、夫人に会ったことは？」

「ありません。会いたいはずないでしょ？　この世でいちばん会いたくない人なのに」

「先週、夫人は誰かに殺されたんですよ」

「あたしがやったって言いたいの？　そんなの、馬鹿げてる。あの人がどこに住んでるかも、あたしは知らないのに」

わたしはメアリの言いぶんを信じる気にはなれなかった。今日《こんにち》では、誰かの住所など簡単に調べあげることができる。それに、この乳母が何かを隠しているだろうことはたしかだ。じっくり観察してみると、メアリ・オブライエンは第一印象よりも魅力的な女性だった。垢抜けなさが逆に潑剌《はつらつ》とした生命力となって、人の目をぐいと惹きつける。だが、それでも、わたしはメアリを信用できなかった。何かを隠しているという印象が、どうしても拭いきれない。

「ジェレミーが自分ひとりであの女を訪ねていったんじゃないかと、ホーソーン氏は思っているようよ」ジュディスが口をはさんだ。

「まさか、そんなこと。付き添いなしでは、あの子はどこにも行けないのに」

ホーソーンはいっこうに動じなかった。「そうかもしれませんね。しかし、殺される直前、ジェレミーを見たととれる奇妙なメッセージを、夫人が携帯から打っていたこともたしかなんですよ」乳母のほうを向きなおる。「九日の月曜、おたくとジェレミーはこの家にいたんですか?」

メアリはためらわず答えた。「ええ」

「ゴドウィン夫人はサウス・ケンジントンに買いものに出かけたそうですが、それには同行しなかったんですね?」

「ジェレミーはお店に行くのが嫌いなんです。服を買ってやらなきゃいけないときは、いつもたいへんな騒ぎなんだから」

「いっそ、ジェレミー本人に訊いてみたら?」ジュディスが提案した。メアリは驚いたようだ。

「だって、わかってもらうにはそれがいちばんでしょう」ジュディスはホーソーンに視線を戻した。「訊きたいことがあるなら、息子本人に確かめてみてください。ただ、あの子にはもうちょっとだけ、言葉を柔らかくしてやって。何かあると、すぐにうろたえてしまうのよ」

わたしもメアリと同じく驚きはしたが、おそらく、わたしたちを追いはらうにはこれがいちばん手っ取り早いということなのだろう。ホーソーンがうなずくと、ジュディスは先に立って階段を上った。足の下で、一段ごとに木の板がきしむ。上っていくにしたがい、家はさらに古く、みすぼらしくなっていくように見える。二階の踊り場を突っ切ると、そこにはかつて夫婦の寝室だったのだろう、ロックスバラ・アベニューを見わたす部屋があったが、いまはすっかりジェレミーの居間兼寝室となっている。ジュディスはドアをノックすると、返事を待たずにわたしたちを部屋に通した。

「ジェレミー?」息子に声をかける。「このおふたりが、あなたに会いたいんですって」

「誰?」息子はこちらに背を向けている。

「母さんのお友だち。あなたとお話ししたいそうよ」

わたしたちが部屋に入っていったとき、ジェレミー・ゴドウィンはコンピュータの前に坐っていた。ゲームをしているのだ——あれはたしか、『モータルコンバット』という対戦型格闘ゲームではなかっただろうか。そのしゃべりかたを耳にしただけで、何かがおかしいことはすぐにわかった。発音の定まらない、壁の向こうから聞こえてくるような不明瞭な声。ずっと梳《と》かしていないらしい黒い髪を長く伸ばし、肥満体をぶかぶかのジーンズと不恰好なセーターに包んでいる。壁にぐるりと貼りめぐらされているのは、リヴァプールのサッカー・チーム、エヴァートンのポスターだ。ダブルサイズのベッドにも、エヴァートンのキルトが掛けてある。きれいにしてはあるものの、やはりどこかみすぼらしく、まるでこの一角だけ時代に置き去りにされているように見えた。ジェレミーは区切りのいいところまでプレイすると、一時停止ボタンを押した。そして、丸い顔に分厚い唇、うっすらとひげの生えた頬をこちらに向ける。何の興味も浮かばない茶色の目は、わたしたちとまったく視線を合わせようとしない。それを見るだけでも、脳に痛ましい損傷を負った影響ははっきりと見てとれた。十八歳だとわかってはいても、この青年はそれより老けて見える。

「あなたたち、誰?」ジェレミーは尋ねた。

「わたしはホーソーンだ。きみの母さんの友だちだよ」

「母さん、あんまり友だちいないよ」

「そんなことはないよ」ホーソーンは周囲を見まわした。「いい部屋を持ってるんだね、ジェレミー」

「もうぼくの部屋じゃない。売るんだ」

「同じくらい素敵な部屋を、あたしたちが見つけてあげるからね」メアリはそう言うと、わたしたちの脇を通りぬけ、ベッドに腰をおろした。

「いやだなあ、このうちを出てくなんて」

「何か、この子に訊きたいことがありますか？」ドアの脇に立つジュディスは、わたしたちを早く追い出したくてうずうずしているようだ。

「きみはよく外出するのかな、ジェレミー？」ホーソーンは尋ねた。

こんなことを訊く意味が、わたしにはよくわからなかった。この青年がひとりでロンドン中心部に出ていけるとは思えないし、誰かに対しておよそ攻撃的になるところも想像できない。あの事故はジェレミーからさまざまなものを奪ったばかりか、攻撃性までも拭い去ってしまったのだ。

「うん、ときどき」ジェレミーは答えた。

「でも、誰かといっしょよね」メアリがつけくわえる。

「ときどき、ひとりだよ」ジェレミーは言いかえした。「父さんに会いにいくもん」

「ここでタクシーに乗せてあげたら、向こうで父さんが待ってるんでしょ」

「サウス・ケンジントンに行ったことはある？」と、ホーソーン。

「うん、何度も行ったよ」

「そこがいったいどこなのかも、この子にはわかっていないのよ」母親が静かにつけくわえた。

それ以上はいたたまれなくなり、このときばかりは真っ先に、わたしはそっと部屋を出た。ホーソーンも後に続く。ジュディスはわたしたちを、ふたたび階下に案内した。

「乳母が残ってくれたのは、さぞかし心強かったでしょう」ホーソーンは口を開いた。いかにも感心したような口ぶりだが、さらに情報を引き出そうと狙っていることが、わたしにはわかっていた。

「メアリはうちの子たちに本当によくしてくれたし、事故の後も辞めないと言ってくれたの。あの娘がいてくれてよかった。ジェレミーにとっては、環境を変えないことが何より大切だから」その声には、どこか冷ややかな響きがあった。何か、まだわたしたちに話していないことがあるのだろう。

「転居先へも、乳母はいっしょに行くんですか?」

「そのことについては、まだ話しあっていないの」

玄関に出ると、ジュディスは扉を開けた。「できれば、ここに来るのはもうこれっきりにしてください。ジェレミーは邪魔が入るのが嫌いだし、知らない人はひどく苦手なの。息子に会っていただいたのは、あの子がどんなかわかってほしかったから。でも、ダイアナ・クーパーの身に起きたこととと、わたしたちはいっさい関係ありません。わたしたちがかかわっているなんて、警察だって考えていないはずよ。これ以上、お話しすることは何もないんです」

「ありがとう」ホーソーンは礼を言った。「とても参考になりましたよ」

わたしたちは家を出た。後ろで、玄関の扉が閉まる。

外に出るやいなや、ホーソーンはタバコの箱を取り出し、一本に火を点《つ》けた。その気持ちが、わたしにはよくわかった。こうして外気に触れることが、いまはただただありがたい。

「あの手紙を、どうして母親に見せなかった?」わたしは尋ねた。

「何だって?」ホーソーンはマッチを振り、火を消した。

「実のところ驚いたよ、ダイアナ・クーパーが受けとった手紙を見せないなんて。ほら、きみがアンドレア・クルヴァネクから手に入れた手紙だ。ひょっとしたら、書いたのはジュディスかもしれない。あるいは、その夫か。見せたら、筆跡が誰のものかわかったかもしれないのに」

ホーソーンは肩をすくめた。どうやら、いまは別のことで頭がいっぱいらしい。「あの若いの、可哀相にな」口の中でつぶやく。

「まったく、怖ろしいことが起きてしまったものだな」これは、わたしの心からの思いだった。うちのふたりの息子は、誰が止めても聞かず、ロンドンじゅうを自転車で駆けまわっている。ヘルメットを忘れていくのもしょっちゅうで、そのたびにわたしは大声をあげるのだが——いったい、父親に何ができるというのだろう？　ふたりはもう、二十代も後半なのだ。わたしにとって、ジェレミー・ゴドウィンの姿はまさに、ずっと目をそむけてきた恐怖を目の前に突きつけられたにも等しかった。

「おれには息子がいるんだよ」ホーソーンはふいに、二十四時間ほど前のわたしの問いに答えた。

「いま何歳になる？」

「十一歳だ」いかにも動揺した様子で、上の空のまま答える。だが、わたしがさらに質問をぶつけるより早く、ホーソーンはいきなりこちらに向きなおった。「あんたのくだらない本は読んじゃいないけどな」

つまんだタバコを唇に運ぶと、やがてホーソーンは歩きはじめた。わたしも、その後に続く。

そのとき、奇妙なことが起きた。虫の知らせか、ひょっとしたら視界の隅で何かが動いたのかもしれない。誰かに見られていると、ふいにわたしは悟ったのだ。いましがた出てきた家をふりかえると、ジェレミー・ゴドウィンの部屋の窓から、誰かがこちらをじっと見おろしている。だが、誰なのか判別できるより早く、次の瞬間、その人物は物陰に隠れてしまった。

9　スターの華

駅へ歩いて戻る途中、ホーソーンの携帯に着信があった。電話に出たホーソーンは、名乗らずにじっと耳を傾け、一分半ほど相手の話に聞き入った後、無言で電話を切った。

「これからブリック・レーンに向かう」

「何があるんだ？」

「いわゆる〝放蕩息子《ほうとう》の帰還〟というやつさ。ダミアン・クーパーがロンドンに戻ってきた。過密スケジュールの合間に帰国するのがよっぽど難しかったんだろう。おふくろさんが死んで、すでに一週間以上がすぎてるってのにな」

いまの話を、わたしはじっくり考えてみた。「誰だったんだ？」ややあって尋ねる。

「何のことだ？」

「電話をかけてきた相手だよ」

「それがどうした?」

「わたしはただ、きみがどこから情報を得ているかに興味があるだけなんだ」返事がないので、さらにたたみかける。「きみはジュディス・ゴドウィンがサウス・ケンジントン駅にいたことを知っていた。誰かから防犯カメラの映像を見せてもらったというわけだ。アンドレア・クルヴァネクに前科があることも知っていたね。現職の警察官でもないのに、ずいぶんと情報通じゃないか」

ホーソーンはこんなとき、決まって同じ表情をする。驚き、そして腹立たしさのこもった目つきでこちらを見るのだ。「そんなこと、どうだっていいさ」

「それはちがうな。きみの本を書くとしたら、そういう情報がいきなり何もない空中から湧いて出てきたなどとしておけないんだ。ウォーターゲート事件じゃないが、いっそ得体の知れない人物と駐車場で会った、そいつの名は《ディープ・スロート》としておこう、というのでもかまわない。いや、だめだな。いまのは忘れてくれ。わたしはどうしても真実を書く必要があるんだ。きみには誰か、情報を提供してくれている人物がいるんだろう。それは何ものなんだ?」

わたしたちはハロー・オン・ザ・ヒルを歩き、青いジャケットにネクタイ、麦わら帽子という制服のハロー校の男子生徒たちの脇を通りすぎた。「自分がどれだけ馬鹿らしい恰好をしているか、連中は気づいてないのかな」ホーソーンはつぶやいた。

「あの子たちはきちんとして見えるじゃないか。話をそらさないでくれ」

「わかったよ」ホーソーンは眉間《みけん》にしわを寄せた。「さっきのは、昔おれの上にいた主任警部だ。名前まで教える気はないがな。その主任警部は、おれが不当に責めを負わされて辞めるはめになったなりゆきに、いささか不満を抱いててね。まあ、残りはぼんくらぞろいだからな、おれがいなくなると困るってわけだ。ほら、あんたもメドウズ警部とは顔を合わせただろう。殺人課の刑事の半分くらいは、全員の知能指数を足しても三桁に届かないくらいのありさまなんだ。だから、主任警部は顧問としておれに声をかけ、それ以来、ずっとおれを雇ってるんだよ」

「警察の顧問として働いている人間は、ほかにどれくらいいる?」

「おれだけだ」ホーソーンは答えた。「ほかにも顧問はいるんだが、なにしろ結果が出せないんでね。まったくの時間の無駄さ」何の悪意もない、淡々とした口調だ。

「ブリック・レーンか……」

「ダミアン・クーパーは昨日、ビジネス・クラスでロサンジェルスからお帰りだ。恋人もこちらに来てる。女の名はグレース・ラヴェル。ふたりの間には、子どもがひとりいる」

「子どもがいるなんて、きみは言っていなかったじゃないか」

「薬物を——まあ、コカインなんだが——常習してることは言ったよな。聞いた話によると、ダミアンにとっちゃそっちのほうが重要らしい。なんでも、ブリック・レーンにもアパートメントを持ってるって話でね。これからおれたちはそこへ向かう」

ハロー校の脇を通りすぎ、駅をめざして丘を下る。この本について考えるにつれ、わたしは自分のはたす役割について自信が持てなくなりつつあった。いまのところ、わたしはホーソーンに連れられてロンドンじゅうを歩きまわっているだけだが、こんなことで、はたしてまともな本ができあがるものだろうか。ブリタニア・ロードに始まって、葬儀社、サウス・アクトン、マーブル・アーチ、ハロー・オン・ザ・ヒル、そして今度はブリック・レーン……これでは殺人の謎解きというより、ただのロンドン案内ではないか。

ジェレミー・ゴドウィンから何ひとつ引き出せなかったことに、苛立《いらだ》ちもある。ダイアナ・クーパーはたしかにあの青年に会ったらしきメッセージを打っているのに、実際に相対してみれば、ジェレミーはひとりでロンドン縦断などできそうにもない状態だった。ましてや練りに練られた暴力犯罪など、やってのけられるはずもない。だが、あの青年でなければ、誰がクーパー夫人を絞殺したというのだろう？　この事件をわたしが好きに創作できるものなら、すでにこの時点で犯人を登場させているだろうが、これまでに会った人物で、ひとりとして条件を満たす人間がいたとは思えない。

さらにもうひとつ、心にかかっていることがある。わたしはまだこの本のことを、自分の著作権エージェントにうちあけていなかった。向こうはいまごろ、わたしがいつ『絹の家』の次に世に問う作品の構想を持ちこんでくるかと、さぞかし期待していることだろう。遅かれ早かれ、この件についてはきちんと話を通さなくてはならないだろうが、温かく迎えられることはまずあるまい。

わたしたちは地下鉄に乗り、ブリック・レーンに向かった。ロンドンを西から東へ横断しなくてはならないのだから、タクシーに乗ってでもいたら、いつまで経っても目的地に着かなかったにちがいない。車両にほとんど乗客はおらず、わたしたちは向かい合わせに腰をおろした。扉が閉まるやいなや、ホーソーンは身を乗り出し、こう尋ねた。「題名はもう決まったのか?」

「題名?」

「この本の題名だよ!」なるほど、本のことを考えていたのはわたしだけではなかったらしい。

「さすがに、それはまだ早すぎるな」わたしは答えた。「まずは、きみが事件を解決しないと。全貌がわからないと、自分が何を書こうとしているのか、はっきりと見えてこないんだ」

「最初に題名を考えるわけじゃないのか?」

「ちがうな。そんなことはしない」

わたしは題名をあっさり思いつけたためしがない。英国では一年あたり二十万点ほどの本が出版され、中には有名な著者の名前によって箔がつけられるものもあるが、大半はほんの十五×二十三センチほどの表紙に記されたせいぜい二、三語の題名によって自らを読者に売りこまなくてはならないのだ。したがって題名は、手短で、気が利いていて、意味ありげで、読みやすく、憶えやすく、独創的であることが求められる。何とまあ、注文の多いことか。

すばらしい題名の多くは、どこからか借りてきたものが多い。シェイクスピアの『テンペスト』から引用した『すばらしい新世界《ブレイヴ・ニュー・ワールド》』、新約聖書『ヨハネの黙示録』から題材を得た『怒りの葡萄』、バーンズの詩の引用である『二十日鼠と人間』、バニヤンの『天路歴程』に登場する地名を借りた『虚栄の市』……これらはみな、そんな一例だ。アガサ・クリスティもその多くの著作のうち、多くの題名を聖書やシェイクスピア、テニスン、はてはオマル・ハイヤームの『ルバイヤート』から借りている。わたしに言わせれば、題名のうまさでイアン・フレミングの右に出るものはいない――『ロシアから愛をこめて《フロム・ロシア、ウィズ・ラブ》』『007は二度死ぬ《ユー・オンリー・リブ・トワイス》』『死ぬのは奴ら《リブ・アンド・レット・》だ《ダイ》』。こうした題名は、いまやすっかり英語に溶けこんでいるが、けっして簡単に生み出されたものではないのだ。『死ぬのは奴らだ』は、危うく『葬儀屋の風』という題名で出版されるところだった。『ムーンレイカー』には『ムーンレイカーの秘密』だの『ムーンレイカー事件』だの『ムーンレイカー計画』だのといった候補が挙がり、『月曜は地獄だ』という題名さえ検討されたことがある。『ゴールドフィンガー』は、もともと『世界一裕福な男』という題名で世に出た作品だった。

わたしの新しい本の題名は、まだ何も決まっていない。そもそも、この本を書きあげる日が来るのかどうか、それさえ定かではないというのに。

それから長いこと、ホーソーンとわたしはどちらも黙りこくっていた。わたしはさまざまな駅が目の前を通りすぎていくのを眺めながら、思いをめぐらせていた――ウェンブリー・パーク駅、サウス・ハムステッド駅、そしてシャーロック・ホームズのシルエットが壁に描かれているベイカー・ストリート駅。そうそう、コナン・ドイルもまた題名の達人ではあったものの、やはり直前に考えなおすことも多かった。もしも『緋色の研究』が『もつれた糸かせ』などという題名のままだったら、あんなにも多くの人の心をとらえただろうか？

「『ホーソーン登場』ってのはどうかと思ってたんだが」ふいに、ホーソーンが口を開いた。

「何だって?」

「本の題名にさ」いまや、車両はさっきより混みあっていた。ホーソーンは席を立ち、わたしの隣に坐りなおした。「とりあえず、一冊めの。このシリーズには、すべての巻の表紙におれの名を入れるべきだと思うんだ」

まさかのシリーズ化提案だ。こんなことを言っては何だが、背筋に冷たいものが走る。

「気に入らないな」わたしは答えた。

「なぜだ?」

どうにか理由をひねり出さなくては。「ちょっとばかり古くさいからさ」

「そうかな?」

「『パーカー・パイン登場』は、アガサ・クリスティの作品にある。『ヘティ・ウェインスロップ登場』というドラマもあったな。もう、すっかり使い古された題名だよ」

「ふーん。なるほどな」ホーソーンはうなずいた。「まあ、また何か考えてみるよ」

「いや、きみは考えなくていい。これはわたしの本だ。題名は自分で考える」

「じゃ、いいのをつけてもらわないとな。正直に言わせてもらえば、『絹の家』なんて題名は、おれはあまり好きじゃないんだ」

そんな話をホーソーンにしていたことさえ、わたしはすっかり忘れていた。「『絹の家』はすばらしい題名じゃないか」わたしは叫んだ。「まさに完璧だ。いかにもシャーロック・ホームズの一篇らしい響きだし、事件全体を表してもいる。出版社にもごく好評で、いっそ白いリボンを本にはさもうかという話も出ているんだ」地下鉄の轟音《ごうおん》に負けじと声をはりあげていたわたしは、ふと、いつのまにかあたりが静かになっていることに気づいた。電車は、ちょうどユーストン・スクエア駅に停車している。周囲の乗客たちは、まじまじとわたしを見つめていた。

「そんなにかりかりすることはないさ、相棒。おれはただ、少しでも助けになればと思っただけなんだ」

車両の扉ががしゃんと閉まり、わたしたちはまた、闇の中を走りはじめた。


実のところ、わたしはもうダミアン・クーパーについて、かなりのことを知っていた。前夜、グーグルで検索したところだったのだ。原則として、わたしはウィキペディアは避けることにしている。探したいものがはっきりとわかっている場合には、あれはごく便利なサイトではあるが、あまりにまちがいが多すぎる。そのため、作家がウィキペディアを使って、いかにもきっちりと調べましたという顔をしようとすると、往々にして大失敗をやらかすことになってしまうのだ。さらに、売れっ子の俳優がウィキペディアの自分のページを好きなように書き換えている姿も容易に目に浮かんでしまうので、わたしは別のところで情報を探すようにしている。幸い、ダミアンについての新聞記事はいくつも見つかり、それらをつなぎあわせると、これまでの俳優人生を大まかにたどることができた。

ダミアンは王立演劇学校《ロイヤル・アカデミー・オブ・ドラマティック・アート》、通称RADA《ラーダ》を二〇〇二年に卒業すると、すぐさま《ハミルトン・ホーデル》と契約を結んでいる。ここはティルダ・スウィントン、マーク・

ライランス、スティーヴン・フライなどが所属している大手の芸能プロダクションだ。それからしばらくは、ロイヤル・シェイクスピア・カンパニーでさまざまな役を演じている――『テンペスト』のエアリエル、『マクベス』のマルカム、そして『ヘンリー五世』の主役。以後はテレビに活動の場を移し、まずは二〇〇三年放映の『ステート・オブ・プレイ――陰謀の構図』に出演。その後、別のBBCドラマ『荒涼館《ブリーク・ハウス》』の演技で初めて英国アカデミー賞にノミネートされるとともに、同年、『真面目が肝心』のアルジャーノン役でイブニング・スタンダード演劇賞の新人賞を受賞している。このころ、テレビドラマのドクター・フー役を断ったという噂もあるが（結局、デイヴィッド・テナントがその役を演じている）その後は映画界で実績を重ねた。出演した作品は、ウディ・アレン監督の『マッチポイント』、『カスピアン王子の角笛』、ハリー・ポッター・シリーズのうち二作、『ソーシャル・ネットワーク』、さらには『スター・トレック』のリブート版など。ハリウッドに移ると、テレビドラマ『マッドメン』に二期にわたって出演。そのほか、制作されなかったパイロット版にも出演している。そして、ついにテレビドラマ『ホームランド』でクレア・デインズやマンディ・パティンキンとともに主役を務めることが決まり、その撮影が始まろうとするころ、母親が殺されたというわけだ。

ブリック・レーンに寝室がふたつあるアパートメントを買うだけの財力を、いったいどの時点でダミアンが手にしていたかはわからない。とにかく、ロンドンに戻ってきたときの住まいはここというわけだ。もともとは倉庫だった建物を、倉庫としての特徴――無垢材《むくざい》の床、あらわになった梁《はり》、古風なラジエーター式暖房、そこここに見られるレンガの壁――をできるだけ残して、注意ぶかく改造したアパートメントの三階。吹き抜けの広々とした居間を初めて目にしたわたしは、まるでテレビのセットのように現実感がない部屋だと思わずにいられなかった。居間はいくつかに区分けされていて、左側には無機質で無骨にデザインされたキッチンがあり、続く隣の空間では、高価そうな年代ものの革張りのソファとひじ掛け椅子がコーヒー・テーブルを囲んでいる。その先の床は一段高くなっていて、ガラスのドアを開けるとルーフ・テラスに出られるのだ。テラスにはいくつもの素焼きの植木鉢が並び、反対側にはガス式バーベキュー・グリルも見える。居間の奥の壁ぎわには、ウーリッツァ製のジュークボックスが置かれていた。磨きあげられたアルミとネオン管により、美しく修復された逸品だ。そして、さらに上の階へ続く螺旋《らせん》階段。

ダミアン・クーパーはキッチン・カウンターのスツールに腰をかけ、わたしたちを待っていた。どこか非現実的な空気をまとっているのは、部屋だけでなく、ダミアン自身も同じだ。もの憂《う》げな姿勢、首もとのボタンを外して大きく襟を開いたシャツ、胸毛の間に光る黄金のチェーン、褐色に焼けた肌。まるでファッション誌の表紙の撮影でポーズをとっているかのように見える。顔立ちは、はっとするほど美しい――それも、おそらく自覚していることだろう――後ろに撫でつけた漆黒《しっこく》の髪、濃い青の瞳、計算しつくした長さの無精ひげ。疲れたように見えるのは、時差ぼけもあるのだろうが、おそらくはさっきまで長時間にわたって警察の事情聴取を受けていたのだろうと、わたしは思いあたった。さらに、これから葬儀の手配も――いや、少なくとも、出席はしなくてはならない。手配のほうは、知ってのとおり、もう万全に調えられているのだった。

先ほどインターコムで玄関を開けてくれたダミアンは、携帯で誰かと話しながら、手招きしてわたしたちを居間へ迎えいれた。「ああ、わかってる。そうだな。また、すぐにそっちに戻るよ。いまは客が来ていてね。いい子にしていてくれよ。それじゃ」

そして、電話を切る。

「やあ。お待たせしてすみませんでしたね。昨日こっちに戻ってきたばかりで、ご承知のように、いろいろとたいへんな騒ぎになっていて」どこか耳ざわりな、微妙な米国訛《なま》りが混じりこんでいる。金やら女やら薬物やら、いろんな問題を抱えている男らしいというホーソーンの言葉を思い出し、それは真実にちがいないと、わたしは心の中で決めつけた。ダミアン・クーパーという男は、何から何までわたしの癇《かん》にさわる。

わたしたちは握手を交わした。

「コーヒーはどうです?」ダミアンは尋ねた。ソファを指さし、わたしたちに腰かけるよう促す。

「ありがとう」

キッチンにあるのは、カプセルをはめこみ、金属製シリンダーでミルクを回転させて泡立てる、当節流行のコーヒー・マシーンだ。「何もかも、本当に悪夢のようでね、話してもわかってもらえないでしょうが。おふくろも可哀相に！　昨日の午後は、警察からじっくりと話を聞かれましたよ――そして、きょうの午前中もね。最初に知らせが届いたときには、とうてい信じられませんでした……すぐにはね」続く言葉を呑みこむ。「知りたいことがあれば、何だってお話ししますよ。こんなことをしたけだものをとっつかまえてやれるなら、何だって……」

「お母さんと最後に会ったのはいつです？」ホーソーンが尋ねた。

「最後にこっちに来たのは十二月でした」ダミアンは冷蔵庫を開け、ミルクを取り出した。「母はうちの娘といっしょにすごしたがって――なにしろ、孫ですからね――それには、ぼくらがこっちに来るほうが楽だったんですよ。ぼくもこっちに用事があったし。そんなわけで、クリスマスは母といっしょでした。母とグレースも本当に仲がよくてね。ふたりがさらに親しくなれる機会があって、本当によかったと思っています」

「お母さんとは、さぞかし仲のいい親子だったんでしょうね」そう言いながらも、実際にはそうは思っていないという表情が、ホーソーンの目に浮かんでいた。

「ええ。もちろん、仲はよかったですよ。まあ、ぼくがアメリカへ渡ってしまったのは、母にとってずいぶんつらいことでした。でも、母はいつだって、ぼくの仕事を百パーセント応援してくれていましたからね。ぼくの活躍を誇りに思ってくれていたんです。そう、父が亡くなってずいぶんになるのに、母がついに再婚しなかったことを思うと、ぼくの成功は母にとって大きな意味を持っていたんだと思いますよ」ダミアンはコーヒーを二杯いれると、亡くなった父を偲《しの》びつつミルクの泡の上に模様を描いた。そして、出来映えにちらりと目をやり、カウンター越しにカップを差し出しながらつけくわえる。「この知らせを聞いて、ぼくがどれほど悲しみに打ちひしがれたか、とうてい言いあらわせませんよ」

「亡くなったのは、もう一週間以上前のことですがね」何の含みもなさそうな淡々とした口調で、ホーソーンは返した。

「やらなきゃいけないことが、いろいろとあって。ちょうど、新しいドラマの稽古をしていたところだったんですよ。自宅もしばらく空けるならそれなりの準備が必要だし、犬の世話も誰かに頼まなくてはいけないし」

「犬がいるんですね。それはいい」

「ラブラドールなんですよ」

母を亡くして心を痛める優しい息子のダミアン・クーパーが、本当に見かけほど悲しんでいるのかどうか、この最後の言葉を聞いてわたしは訝《いぶか》しんだ。これはただ、新しいドラマの稽古が最優先だったというだけのことではない。自分の飼っている犬の品種を、わざわざわたしたちに教えたがるとは——母を無惨にも殺害した犯人を見つけ出すのに、まるでそれが何か関係あるといわんばかりに。

「お母さんとは、どれくらいの頻度で話してました?」ホーソーンが尋ねた。

「週に一度です」ダミアンは言葉を切った。「いや、まあ、二週間に一度かな。母はよくここに来て、いろいろと管理してくれていたんですよ。テラスの植物に水をやったり、あれこれね。郵便を転送したり」肩をすくめる。「電話で話すのは、そんなにしょっちゅうじゃなかったんです。母は忙しい人でしたし、時差もあったしね。でも、携帯からメッセージを打ったり、メールを送りあったりはよくしてました」

「クーパー夫人は、亡くなった日にもあなたにメッセージを送っていましたね」わたしは口をはさんだ。

「ええ。そのことは、警察にも話しましたよ。母は、怖いと言ってよこしたんです」

「それは、どういう意味だと思いましたか?」

「あの子のことを指しているんだと思いましたよ、ディールでけがをさせてしまった——」

「けがどころではないでしょう」ホーソーンが割って入った。ソファの端に、いかにもゆったりと脚を組んで坐り……探偵というより、医師のような風情《ふぜい》だ。「脳に重度の損傷を受けてるんですからね。二十四時間態勢の介護が必要なんですよ」

「あれは事故だったんです」ふいに、ダミアンはひどく動揺した様子を見せた。ポケットをしきりに探っているのを見て、タバコがほしいのだろうと、ホーソーンが自分の箱を差し出す。ダミアンはそれを受けとり、ふたりはそれぞれタバコに火を点《つ》けた。「つまり、今回の事件にあの子が何かかかわっていると言いたいんですか? しかし、昨日もきょうも警察に事情を訊かれていたんですが、そんな話は何も出ませんでしたよ。警察では、母と顔を合わせてしまった泥棒が犯行におよんだと考えているようですが」

「それもひとつの仮説ではあるでしょう、ミスター・クーパー。しかし、わたしの仕事はこの事件全体を俯瞰《ふかん》することでしてね。ディールでの事故について、おたくの話もぜひお聞きしたい。結局のところ、おたくもそこにいたんだから」

「ぼくは車に乗っていたわけじゃないんだ。ちくしょう!」ダミアンは完璧に整えられた髪をかきあげた。この男は質問を浴びせられることに慣れていないのだ――お洒落な雑誌のインタビューをのぞいて。今回ばかりは、インタビューを巧みに誘導してくれる広報もかたわらにひかえてはいない。「いいですか、あれはもう十年も前のことなんですよ。母はディールの隣村、ウォルマーに住んでいました。ぼくたちはずっと、あの村で暮らしていたんです。ぼくが生まれたのもあそこでしたしね。父が亡くなってからも、あの家に住みつづけたいというのが母の願いでした。母にとって、大切な家だったんです――家と、そして庭と。あれは母の誕生日をいっしょにすごそうと、何日か泊まりにいったときのことでした。ぼくはRADAの二年生で、学校でもかなり評価されていましてね。『おまえはきっとスターになるよ』と、母は口癖のように言っていたものでした。そう信じてくれていたんですよ。事故が起きたのは木曜でした。母はゴルフに出かけていったんです。夜はいっしょに外で食事をすることになっていたんですが、帰ってきた母はひどくとりみだしていました。眼鏡を忘れて、誰かを車ではねてしまったと言うんです。相手がけがをしただろうことは、母にもわかっていましたが、まさかひとり亡くなってしまっていたなんて、夢にも思っていなかったでしょう」

「だったら、なぜ車を降りなかったんです？」

「こうなったら本当のことをお話ししますよ、ミスター・ホーソーン。いまとなっては、母を罪に問うこともできませんしね。実のところ、母はぼくのことを心配していたんです。ぼくはちょうど、これから俳優として羽ばたこうというときでした。そんなときに悪い報道が出てしまったらと、母はそれを心配して――といっても、そのまま逃げるつもりだったとか、そういうことじゃないんですよ。母も、そんなつもりはさらさらありませんでした。ただ、最初にぼくと相談したかっただけなんです」

「クーパー夫人は、ひとりの子どもの生命を奪ったんですよ」ふいに、ホーソーンは責めるように身を乗り出した。これもまた、いまやわたしにとっておなじみになりつつある、ホーソーンお得意の豹変のひとつだ——立会人から検察官へ、友人から危険な敵へ。

「さっきも言ったでしょう、その時点では、母はそんなことは知らなかったんだ」ダミアンは言葉を切った。「それに、いまさら言っても仕方ないことかもしれませんが、あの事故にはいろいろと辻褄の合わないことがありましてね」

「たとえば？」

「そう、たしかあの乳母は、ふたりの少年がアイスクリーム店めざして道に飛び出したと証言していましたよね。でも、あのときアイスクリーム店は閉まっていたんだから、どう考えてもおかしいでしょう。それに、消えた目撃者の問題もあるし」

「目撃者というと？」

「事故のとき、その場にいあわせた男性ですよ。でも、警察と救急隊が駆けつけたときには、男はどこへともなく姿を消してしまっていてね。それが誰だったのか、何を目撃していたのか、結局はわからずじまいだったんです——検死審問でも、裁判でも」

「事故はクーパー夫人のせいじゃなかったと言いたいんですか？」

「いや」ダミアンはタバコの煙を吸いこんだ。まるで白黒映画時代のスターのように、タバコをつまむ親指と人さし指が○の字を作っている。「母は眼鏡をかけて運転すべきだった。そのことは、本人にもわかってましたよ。あの事故に、母がどれだけ打ちひしがれていたか、きっと想像もつかないでしょうがね。あれ以来、母がハンドルを握ることはありませんでした。そして、胸がつぶれるような思いを味わいながらも、もうウォルマーに住みつづけることはできないと心を決めたんです。二、三ヵ月の後、母はあの家を売り、ロンドンに住まいを移しました」

どこか別の部屋で電話が鳴りはじめ、数回の呼び出し音の後、誰かがとった。

「では、ロンドンに越して以降は、あの一家とまったく接触はしていないんですね」ホーソーンが尋ねる。

「ゴドウィン一家と？」ダミアンは肩をすくめた。「〝接触〟はありましたよ。たっぷりとね。あの一家はけっして母のことを許さなかったし、裁判での評決も受け入れようとはしなかったんです。実のところ、父親のアラン・ゴドウィンは、母の亡くなるほんの二週間前、母とひと悶着あったんですよ」

「どうしてそれを知っているんです？」

「母から聞いたからです。ブリタニア・ロードの家に、あの男が訪ねてきたってね。信じられますか？　あの男は母に、自分の事業がうまくいってないからって、援助を頼んできたんですよ。帰ってくれと母が答えると、今度は手紙をよこしたんです。ぼくに言わせれば、これはいやがらせだ。警察に行くべきだと、母には話したんですがね」

アラン・ゴドウィンは息子を亡くした。そして、もうひとりの息子は重い障害を負っている。どう考えても、ダミアン・クーパーが被害者顔をしている場合ではなかろう。だが、ホーソーンがそうしたことをぴしりと言ってやるより早く、はっとするほど魅力的な若い黒人女性が螺旋階段を下りてきた。片手で幼い女の子の手を引き、もう片手に携帯を持っている。

「デイム、ジェイソンからよ」心配げな口調だ。「何か、重要な用件だって」

「わかった」ダミアンは携帯を受けとると、テラスに向かった。「すみません。マネージャーからなんですよ。この電話には出ておかないと」ガラスのドアの前で足をとめ、眉をひそめる。「アシュリーはきみが寝かしつけたんじゃなかったのか」

「この子、まだ時差ぼけなのよ。いまが夜なのか、昼なのかもわかっていないみたい」

ダミアンはテラスに出て、女性と幼い子どもはわたしたちと居間に残された。これがグレース・ラヴェルなのだろう。モデルか女優にちがいないということは——現役かどうかはともかく——ひと目で見てとれた。そうした職業にふさわしい体型と自信、そして画面に映し出されるのに必要な〝わたしを見て〟という雰囲気が備わっている。年齢は三十あたりだろうか、すばらしく長身で、秀でた頬骨にすらりとした長い首、繊細な丸い肩の持ち主だ。ジーンズはこれ以上ないほど細く、そこにゆったりとした上質なセーターをふわりと重ねている。幼い子どもは三歳になるかならないかくらいで、まん丸な目を見はり、わたしたちをじっと見つめていた。この年齢で、もう世界を旅することに慣れさせられているのだろうか。

「グレースです」女性は名乗った。「この子はアシュリー。〝こんにちは〟って言える、アシュリー？」子どもは黙りこくったままだ。「ダミアンはコーヒーをお勧めしました？」

「ありがとう、お気づかいなく」

「ダイアナのことでいらっしゃったの？」

「ええ、ご愁傷《しゅうしょう》さまです」

「ダミアンはすっかり打ちひしがれてるの、そうは見えないでしょうけれど。あの人は感情を隠すのが得意だから」

ここでダミアンをかばわなくてはと、どうしてグレースは思ったのだろうか。

「知らせがあったときには、本当に呆然としてたものよ」グレースは続けた。「あの人、お母さんが大好きだったから」

「昨年のクリスマスは、こちらでクーパー夫人とすごしたそうですね」

「ええ。わたしたち、ときどきいっしょにすごすことがあったけれど、ダイアナはわたしそっちのけで、アシュリーばかりかまってたわね」グレースは冷蔵庫からジュースの紙パックを取り出し、プラスティックのカップに注ぐと、子どもに手わたした。「でも、それはわからないでもないわ。何といっても、初孫だし」

「あなたも役者さん？」わたしは尋ねた。

「ええ。まあ、以前はね。わたしたち、そのおかげで出会ったの。RADAの同期生だったから。ダミアンがハムレットを演《や》ってね。本当に、すばらしいお芝居だったのよ。何年経っても、みんながいまだにその話をするくらい。あの人はスターになるって、誰もが確信してた。そのとき、わたしがオフィーリアを演《や》ったの」

「だったら、ダミアンとのつきあいはずいぶん長いんですね」

「それが、そうでもなくて。RADAを卒業してからは、ダミアンはロイヤル・シェイクスピア・カンパニーに入ってストラトフォード・アポン・エイヴォンへ移ってしまったし、わたしはすっかりテレビの世界に入って……『ホルビー・シティ』や『奇術探偵ジョナサン・クリーク』、『クィア・アズ・フォーク』みたいなドラマの仕事をしていたから。再会したのは、たしか四年前かな。ヘイ・マーケット劇場で、初日のパーティがあったときよ。それからつきあいはじめて――アシュリーが生まれたってわけ」

「あなたにとってはつらいことでしょうね」わたしは言った。「仕事を辞めて家にいるなんて」

「そうでもないわ。自分で決めたことだから」

グレースの言葉は、わたしには信じられなかった。その目には、いかにも不安げな表情が浮かんでいる。さっき、ダミアンに携帯を差し出したときにも、グレースはそんな目をしていた。携帯を引ったくられるのではないかと怯えていたのだろう。実のところ、この女性がダミアンを怖れているのはたしかだ。ダミアンは成功を重ねたあげく、RADAで知りあったころとまったくの別人に変わってしまったにちがいない。

電話が終わると、ダミアンは居間に戻ってきた。「すみませんね。向こうではたいへんな騒ぎになっていて。来週には撮影が始まるんですよ」

「ジェイソンはなんて言ってきたの?」グレースが尋ねた。

「いつ帰ってくるか知らせろってさ。まったく！　血も涙もない野郎だ。こっちは着いたばかりなのに」いくつものねじが付いた鋼鉄の塊のような腕時計に、ダミアンはちらりと目をやった。「ロサンジェルスではまだ朝五時なのに、あいつはもうランニング・マシーンで走ってたよ。話すそばから音が聞こえてきた」

「あちらへは、いつ戻るんですか？」ホーソーンが尋ねた。

「金曜に葬儀なんでね。その翌日には」

「あら」グレースはがっかりした顔になった。「もっと長くいられたらと思ってたのに」

「本来なら、いまは稽古に入ってなきゃいけないんだ。きみも知ってるだろう」

「わたしはただ、もう少し母さんや父さんといっしょにいたかっただけよ」

「きみはもう、一週間もご両親といっしょにいるじゃないか、おちびさん」

ダミアンの使った〝おちびさん〟という言葉は、保護者ぶっているように感じられるだけでなく、どこか脅しのようにさえ聞こえた。「ほかに何か訊きたいことはありますか？」明らかに別のことを考えながら、上の空でわたしたちに尋ねる。「ぼくでお役に立てることなど、何もないんじゃないかと思いますよ。知ってるかぎりのことは警察に話したし、正直に言わせてもらえば、警察の捜査は、あなたがたとまったく別の方向へ進んでるみたいですしね。おふくろを亡くしただけでも、こっちはたいへんな思いを味わってるってのに、ディールでの事故をあらためておさらいさせられるなんて、もうたくさんだ」

ホーソーンは苦い顔になった。まるで、この方向で事情聴取を続けることに、本気でとまどいを感じているかのように。だが、だとしてもここで引き下がる男ではない。「お母さんが葬儀の計画を立てていたことを、おたくは知っていましたか?」さらに問いつめる。

「いや。そんな話は、母はしていませんでしたね」

「どうして葬儀の手配をしようとお母さんが決心したのか、何か心当たりは?」

「とくに、何も。母は何ごともきっちりと計画を立てて臨む人間でしたからね。もともと、そういう性格なんですよ。葬儀も、遺言も、そういったものすべて……」

「遺言の中身を、おたくはご存じなんですか?」

怒りをおぼえると、ダミアンは頰に小さな赤い点がふたつ現れ、まるで電球のようにあかあかと輝きはじめるらしい。「遺言なら、ずっと以前から知っていましたよ。でも、それをあなたがたとここで話しあう気はありません」

「きっと、すべてを息子さんに遺したんでしょうね」

「いまも言いましたが、個人的なことなので」

ホーソーンは立ちあがった。「それでは、また葬儀のときに。たしか、おたくにも出番があるんでしたね」

「ぼくなら、そういう言いかたはしませんがね。その場でひとこと挨拶をするよう、母が言いのこしていったので。グレースも詩を読むんですよ」

「シルヴィア・プラスのね」グレースが言い添えた。

「母がプラスの詩が好きだったなんて、まったく知りませんでした。でも、アイリーン・ロウズという葬儀社の女性から電話をもらってね。何もかも、きっちりと書面にまとめてあるんだそうです」

「まさに殺された当日、そんな手配を何もかもすませていたなんて、どうも奇妙だとは思いませんか?」

この質問に、ダミアンはむっとしたようだ。「ただの偶然だと思いますよ」

「いかにもおかしな偶然じゃありませんか」

「おかしなことなど、何も見あたりませんね」ダミアンは玄関に歩いていくと、扉を開けてわたしたちを促した。「きょうはお会いできてよかったですよ」

真実味を添える気さえない、いかにも口先だけの言葉だ。わたしたちは辞去して踊り場のない階段をまっすぐに下り、にぎやかな街路に出た。

そのとき、ふいにホーソーンが足をとめた。後ろをふりかえり、何ごとか深く考えこんでいる。「どうも、何か見落としてるな」

「何を?」

「わからない。ダイアナ・クーパーが携帯から送ったメッセージについて、あんたが尋ねたときのことだよ。前にも言ったが、どうしてあんたは口を閉じていられないんだ?」

「余計なお世話だ、ホーソーン!」今度という今度は、わたしはもう我慢ならなかった。「二度とわたしにそんな口をきくな。わたしはきみの言うことに耳を傾けてきた。メモもとっている。だが、わたしがまるでお伴の犬のようにおとなしく、きみの後をロンドンじゅうついて歩くとでも思っているのなら、それは大まちがいだ。わたしだって馬鹿じゃない。携帯のメッセージについて尋ねて、何が悪いんだ？　どう見ても事件に関係があることじゃないか」

ホーソーンはこちらをにらみつけた。「それが、あんたの考えってわけだ！」

「そうじゃないとでも言うのか？」

「さあね！　関係あるかもしれないし、ないかもしれない。だが、とにかくあのときは、ダミアンが何か重要なことを口にしたばかりだったんだ。それなのに、あんたに思考の流れを乱されて、おれはその情報を記憶にとどめそこなった。おれは、そのことを言ってるんだ」

「だったら、葬儀のときにあらためて訊けばいい」わたしはきびすを返した。「何を言っていたか、後で教えてくれ」

「葬儀は金曜日の十一時からだ！」ホーソーンは後ろから呼びかけてきた。「ブロンプトン墓地だよ」

わたしは足をとめ、ふりかえった。「わたしは行けない。忙しいんでね」

ホーソーンは後を追ってきた。「あんたは来なきゃだめだ。重要な場なんだからな。そもそも、すべてはこれがきっかけだったんだ、忘れたのか？　クーパー夫人が葬儀を手配し、そこから事件が始まったんだよ」

「だが、わたしは重要な会議があるんでね。すまない。きみはメモをとっておいて、後でわたしに話してきかせてくれ。どっちにしろ、きみのほうがわたしより正確に記録しておけるさ」

通りかかったタクシーを、わたしは停めた。ここに至って、ホーソーンももう引きとめようとはしなかった。ふりかえるまいと気をつけながら、車内のミラーに映るあの男に目をやる――その場に立ちつくし、新しいタバコに火を点けているホーソーンの姿を見つめるうち、タクシーは速度を上げ、角を曲がった。

10 脚本会議

葬儀に参列できないのには理由があった。その前日、ついにスティーヴン・スピルバーグの事務所から電話があったのだ。スピルバーグとピーター・ジャクソンはどちらもロンドンに到着し、『タンタンの冒険2』脚本の初稿について、わたしと話したがっているという。場所は、ディーン・ストリートからちょっと入ったところにある、リッチモンド・ミューズの《ソーホー・ホテル》だ。

そのホテルなら、よく知っている。とうてい信じがたいが、かつては《ナショナル・カー・パークス》の駐車場だった建物が（天井が低いこと、窓が少ないことだけが、かつての名残《なごり》というわけだ）、現在は英国映画界の中心地というべき場所となっているのだ。周囲には制作プロダクションや、ポスト・プロダクション・スタジオがずらりと並び、ホテルの中にはふたつの映写室さえある。一階のにぎやかなレストラン《リフューエル》では、わたしも一度か二度、昼食をとったことがあった。ここに来れば、必ずといっていいほど誰か有名人を目にすることになる。ここで誰かと会う約束をすること自体、ある意味で、自分の成功を実感できる機会でもあるのだ。そう考えると、このホテルはロンドンにおける小さなロサンジェルスといってもいい。

それから二日間というもの、わたしはもう、ダミアン・クーパーとその母親のことなどすっかり忘れていた。それよりも、自分が書いた脚本にどっぷりと浸り、台詞《せりふ》をひとことずつ読みかえしては、どうしてその言葉を書くに至ったのか、懸命に思い出そうとしていたのだ。この脚本にいいところはたくさんある、それは自信があったものの、必要とあらば批判にきちんと反論できるよう、しっかり準備しておきたい。監督としてのピーター・ジャクソンが、あるいはプロデューサーとしてのスピルバーグが、わたしの脚本をどう評価するか、どうにも予測がつかなかったからだ。

問題はここだ。

絵本『タンタンの冒険』のシリーズは、ヨーロッパでこそ大人気を博したものの、大西洋をはさんだ米英両国ではさほど騒がれることはなかった。理由の幾分かは、その歴史にあるかもしれない。一九三二年に出版された『タンタン アメリカへ』は、米国を遠慮会釈なく諷刺《ふうし》する作品であり、そこに登場する米国人は、意地が悪く堕落した、強欲な人間として描かれている。そもそも最初のコマからして、煙の上がっている銃を手に歩いていく覆面の悪党に、警察官が敬礼する場面であり——さらに、シカゴに到着したタンタンは、タクシーに乗りこんだとたん、自分がギャングに誘拐されてしまったことに気づくのだから。そして、アメリカ先住民の歴史のすべては、たった五コマでみごとに語りつくされる。まず、先住民の居留地で石油が発見される。葉巻を吸う実業家が、その土地へやってくる。兵士たちが泣き叫ぶ先住民の子どもたちを追いたてて、居留地を立ち退《の》かせる。そこへ、建設業者や銀行家たちも到着する。そしてわずか一日後、警察官はタンタンに、このにぎやかな交差点で道をふさぐなと注意するのだ。「自分がどこにいると思ってるんだ——西部の荒野か？」

さらに、お互いの文化のちがいも壁となっている。タンタンの世界ではごく普通に存在する奇妙な関係を、米国人はどう理解すればいいのだろう？　タンタンが友情を結ぶのは、完全に改心したわけではない酒飲みのハドック船長や、耳の遠いビーカー教授だ（こちらは映画の第一作には登場しない）。言葉を話す犬もいる。いつも同じ冗談をくりかえす間抜けな刑事たち、デュポンとデュボンは、口ひげの形でしか区別がつかない。そして、何より問題なのは、冒険の内容がどうにも筋が通らないことだ。マーベルやＤＣコミックスなどの米国の漫画も空想上の登場人物をあつかってはいるが、少なくとも、こちらはそもそもの前提となる設定や、その人物の抱える悲劇的な過去（たとえば、Ｘ－メンの宿敵であるマグニートーはホロコーストの生き残りであることが明かされる）、恋愛模様、心理的な背景、政治への傾倒などが描写され、冒険の旅路を読者も理解することができるのだ。しかし、タンタンのシリーズにはそもそも物語の筋書きというものがほとんど存在しないし、中には——『カスタフィオーレ夫人の宝石』のように——わざと物語を描いていない作品さえある。

タンタンに恋人はいない。記者ということにはなっているものの、仕事をしている場面にはめったにお目にかからない。年齢は不詳だ。まあ、たしかに子どもではあるのだろう。年かさのボーイスカウト、というところか。服装も、髪型も、いかにも笑ってしまいそうな恰好だ。ほかの登場人物たちは丹念に描かれているのに、タンタンの顔だけは、わざと極限まで単純化されている。目と口は三つの点、鼻は小文字のc。おそらくはベルギー人であるものの、どこの国の人間かわかるような特徴はなく、だからこそ、タンタンはどこへ行っても異邦人めいて見えるのだろう。両親は登場しないし、家と呼べる場所も（ハドック船長といっしょにムーランサール城に引っ越すまでは）存在せず、ただ旅をしたい、冒険をしたいという以外、これといった感情を見せることもないのだ。こんな人物に、いったいどうして制作に一億三千五百万ドルを注ぎこむハリウッド映画の主人公をまかせられるというのだろうか？

わたしがタンタンの世界に足を踏み入れたのは、いささか奇妙な道筋をたどってのことだった。そもそもは、『アサシンクリード』で大ヒットを飛ばしたばかりのフランスのゲーム会社に協力して、映画の第一作『タンタンの冒険／ユニコーン号の秘密』を素材にしたコンピュータ・ゲームをいっしょに作らないかと声をかけられたのがきっかけだったのだ。普段なら、こんな依頼は考えるまでもなく断っていただろう。わたしはコンピュータ・ゲームをしないし、とりたてて好きでもない。ユニコーン号の甲板にたむろする名前もない海賊たちのとりとめもない会話を書くなどという仕事は、たとえ――初期の草案で――わたしの本についてみなが熱っぽく語りあっているという設定にしてみたところで、さしておもしろいものではなかった。だが、何といっても、スピルバーグはスピルバーグだ。この仕事によって、自分にどんな可能性が開けるのか、わたしはそこに興味があった。

その結果、わたしの前に開けたのは、ウェリントン、そしてピーター・ジャクソンの自宅への扉だった。どうしたわけか、映画第一作が完成に近づいたころ、わたしは続篇の制作に誘われたのだ。さらに仰天したことには、『ユニコーン号の秘密』にいくつか問題が見つかり、物語の流れを整えてもらえないか——いくつか場面を足してもかまわない——と声がかかったのは、偶然にもこのわたしだった。そのとき加えた場面のいくらかは、完成版に残されている。ある男が走っていて、街灯の柱にぶつかるという、ごく些細な場面だ。男は転び、エルジェの画風どおり、頭の周りにはさえずる小鳥たちが小さな輪をなして飛びまわる。しかし、ここには落ちがあるのだ。カメラが引くと、そこはペット・ショップの店先で、飛びまわる小鳥たちはほんものであり、ペット・ショップの店長が、逃げた小鳥たちをつかまえようと網をかまえている、という。

わたしがこんな話をするのは、この映画がスティーヴン・スピルバーグによって作られているからだ。わたしは四十年以上にわたって脚本を書いてきたが、おそらくこれほど誇りに思っている場面もあるまい。ロサンジェルスの映写室でスピルバーグ自身にこの場面を見せてもらったときは、興奮のあまりソファから転げおちそうになったのを憶えている。なにしろ『ジョーズ』、『E.T.』、『インディ・ジョーンズ』シリーズ、『シンドラーのリスト』といった映画を撮った人物が目の前にいるのだ。そして、いまやその作品リストに、わたしの書いた四十秒の場面も加えられたのだから。実のところ、『タンタンの冒険』の映画に関するすべての経験をふりかえって、あれほど記憶にとどめておきたい瞬間はほかにない。あんなすばらしい瞬間は、それから二度と訪れなかったのだ。

とはいえ、ピーター・ジャクソンと仕事ができたことも、わたしにとっては胸躍る経験だった。ウェリントンにあるWETAのスタジオで初めて会った瞬間から、わたしはすぐにピーターが好きになったものだ。文房具の棚が半分ほどの壁を埋めつくす、長い通路を見せてもらったときのことは忘れない。そこは、実はピーターの仕事部屋に通じる隠された入口だったのだ。ボタンを押すと、見えない油圧のバネで奥の壁が大きく開き、その向こうの広々とした空間が目に飛びこんでくる。秘密の扉！　まさに、『タンタンの冒険』シリーズにしょっちゅう登場する仕掛けだ。わたしもロンドンの自宅に、ひとつとりつけてある（はるかに簡便なものではあるが）。ピーターは本当に快活な、何ごとにも動じない、人なつこい性格で、まさかこの人物が映画史上もっとも成功を博した三部作『ロード・オブ・ザ・リング』の脚本、制作、監督をやってのけ、何億ドルも稼ぎ出しているなどという事実は、うっかり忘れそうになってしまうほどだ。身なりにも、住まいにも、何ひとつ映画界の大御所めいたところがない。最初の打ち合わせの後、わたしたちが作業をするのは、いつでもピーターの自宅だった。散らかってはいるものの、いかにもなじみやすく居心地がいい、あの家はいまでも鮮やかに記憶に刻まれている。昼どきになると、アシスタントがウェリントンの宅配業者に注文の電話をかけるのだ。運ばれてくる食べものは、いつもおそろしくまずかった。

エルジェのふたつの作品を次の映画の原作にすることを、わたしたちはすでに決めていた

――『ななつの水晶球』と『太陽の神殿』だ。ラスカル・カパックという皇帝の、まるでツタンカーメンの墓のような墳墓を、学者たちが発見するところから物語は始まる。学者たちが探しているのは魔法のかかった古代の腕輪で、そこから一行はインカ帝国の失われた黄金の都市――たしか、そんなようなものだった――にたどりつくのだ。脚本を書きおえたときには、物語の半分はエルジェの原作に沿っているものの、かなりの部分はわたしの創作となっていた。大がかりなアクション場面をひとつふたつ、中にはアンデス山脈をジェットコースターのような二台の蒸気機関車で走りまわる場面や、黄金の山がまるごと古代のレーザー光線によって融《と》けてしまうという新たなクライマックスまでも書きくわえたのだ。原作どおりの結末――日食が起きる――は、すでに別の大ヒット映画（メル・ギブソン監督の『アポカリプト』）に登場していたため、ここでは使えなかった。

こうした状況で、わたしは《ソーホー・ホテル》の打ち合わせに赴《おもむ》いたというわけだ。初稿を読んでの意見を書きためてあると、ピーター・ジャクソンからあらかじめ聞かされてはいたが、それはとくに驚くようなことではない。この規模の映画の脚本となると、二十回、三十回という書きなおしを経て、ようやく撮影に入ることとなる。その過程のどこかで、おそらくわたしは脚本から降ろされることになるだろう。それは、すでに覚悟ができていた。ただ、いまこの段階で、あっさりお役御免になってしまうのはいやだった。せめて、二、三度の書きなおしを認めてもらえたら。この時点で、映画『ユニコーン号の秘密』はまだ公開されていなかった。わたしはすでに見せてもらっており、そのすばらしさに驚嘆したものだ。スピルバーグはモーション・キャプチャーという技術を駆使し、ジェイミー・ベルとアンディ・サーキスというふたりの俳優を、みごとにタンタンとハドック船長に変身させていた。このふたりは、すでに次作でも起用が決まっている。

指示されていたとおり《ソーホー・ホテル》に十時に着くと、わたしは二階の広い会議室に通された。テーブルにはフィジー・ウォーターのボトルが一本、グラスが三つ。数分後に、ピーター・ジャクソンが姿を現した。いつもながら温かな笑みを浮かべてはいるが、いかにも地球の裏側から飛んできたばかりらしく、疲労の色も濃い。体重をかなり減らしたと見えて、服がぶかぶかだ。ロンドン、天気、最近の映画……肝心の脚本以外のすべてについて、あれこれとおしゃべりをする。そのとき、ふいにドアが開き、スピルバーグが入ってきた。こちらは、いつもたいてい同じ恰好をしている——革のジャケット、ジーンズ、スニーカー、そして野球帽。おなじみの眼鏡とあごひげを見れば、誰なのかはすぐに見てとれる。この人物と同席できるのがどれだけ幸運なことか、わたしはいつも、あらためて自分に言いきかせずにはいられない。スピルバーグこそは、これまでの人生ずっと、わたしがずっと会いたいと願いつづけてきた相手なのだ。

スピルバーグはいきなり本題に入った。これほど映画作り、物語作りにだけ集中している人物に、わたしは出会ったことがない。知りあってまだ日は浅いものの、スピルバーグはいまだ一度もわたしに個人的な質問を投げかけてきたことはないのだ。脚本に書いた言葉以外、わたし自身には何の関心もないのだろうと、いつも感じずにはいられない。まずはどんな指摘から入るのだろうと、ここに来るまでさんざん思いをめぐらせてきた。わたしの書いた物語の流れを、スピルバーグは気に入ってくれるだろうか？　登場人物は印象的に描けている？　アクション場面の配置は、これで問題ないだろうか？　笑いをとりたい場面は、ちゃんと笑える？自分の脚本を監督が開く瞬間は、いつも心臓が止まる思いだ。監督の口から最初に出てくる言葉が、わたしの人生のこれから一年を左右するのだから。

「原作の選択をまちがったな」スピルバーグは口を開いた。

ありえない。どれを土台に脚本を書くか、わたしはウェリントンでピーターとさんざん話しあったのだ。この脚本を書くのに、三ヵ月を費やしてもいる。まさか、そんな言葉を聞かされるはずはないのに。

「いま、何と？」自分が正確にどう聞きかえしたのか、それさえよく憶えていない。

「『ななつの水晶球』と『太陽の神殿』。これは原作に選ぶべきじゃない……」

「どうして？」

「わたしがやりたくないからだ」

ピーターをふりむくと、こちらもあっさりとうなずいた。「わかった」

そういうことなら、これで決まりだ。もはや、ピーター・ジャクソンが監督で、スピルバーグがプロデューサーだろうと、わたしには関係ない。ふたりとも、わたしが書いた脚本のコピーを手にはしているものの、それについて話しあうことはないのだ。物語についても、登場人物についても、アクション場面についても、笑える場面についても。何ひとつ、もう話しあうことはない。

「『太陽の神殿』は第三作に使ってもいいな」ピーターはそう言いながら、脚本を無雑作に手で脇へ押しやった。「それじゃ、第二作の脚本には、アンソニーに何を使ってもらうことにしようか?」

アンソニー! わたしの名前だ。脚本を降ろされたわけではないらしい。

だが、スピルバーグが答えるより早く、またしてもドアが開いた。そして、どれほどわたしが衝撃を受け狼狽《ろうばい》したことか、入ってきたのはホーソーンだったのだ。いつもと同じくスーツに白いシャツという恰好だが、きょうはさらに黒いネクタイを締めている。

葬儀に参列するために。

自分が邪魔しているのがどんな打ち合わせなのか――そして、わたしにとってどれだけ大切な場なのか、まったく気づいていないらしい。まるで自分も招かれているとでもいうように、ふらっと部屋に入ってくると、思いもかけぬ場所で見かけたとばかり、わたしを見てにっこりした。「トニー、あんたを探してたんだよ」

「いまは忙しいんだ」頰に血が上り、熱くなるのをわたしは感じていた。

「わかってる。見ればわかるさ、相棒。だが、忘れちゃいけない。きょうは葬儀なんだ!」

「きみには伝えたはずだ。葬儀には行けない、とね」

「誰が亡くなったのかな?」ピーター・ジャクソンが尋ねた。

ちらりとそちらに目をやると、ピーターはいかにも気遣わしげな顔をしている。テーブルの向かいでは、スピルバーグがやけに背筋をぴんと伸ばし、いささかうんざりしている様子だ。こんな大御所の住む世界では、本来なら約束もしていない人間がふらっと入ってくることはないし、百歩譲ったとしても、せめてアシスタントが案内して連れてくるものだろう。そもそも、スピルバーグの身の安全を考えても、これは問題だ。

「誰というほどのことでもないんだ」わたしはピーターに答えた。ホーソーンがここに姿を現したことが、いまだに信じられない。わたしに身の置きどころのない思いをさせるため、わざとやっているのだろうか？　「言ったはずだ」静かにホーソーンに告げる。「本当に、きょうは行けないんだ」

「そうは言うが、来なきゃだめだ。重要な日じゃないか」

「きみは誰なんだ？」スピルバーグが尋ねた。

初めて気づいたといわんばかりに、ホーソーンはそちらを見やった。「ホーソーン。警察の仕事をしてる」

「警察官なのか？」

「いや。顧問ですよ」わたしは口をはさんだ。「警察の捜査に協力しているんです」

「殺人のね」実際よりもさらに怖ろしげに響かせようとしてか、ホーソーンは最初の音をいやに重々しく発音してみせた。そして、ふとスピルバーグにあらためて目をやり、どこかで見おぼえのある顔だと気がついたらしい。「ひょっとして、おれの知ってる人でしたっけね？」

「わたしはスティーヴン・スピルバーグだ」

「映画関係だったかな?」
わたしはいっそ泣き出したかった。
「そうだ。映画を作っている……」
「あちらはスティーヴン・スピルバーグ、そしてこちらはピーター・ジャクソンだ」どうして
こんな説明をしたのか、自分でもよくわからない。この場をどうにか収拾しなくてはと思って
いたのはたしかだ。ひょっとしたら、ホーソーンがこれを聞いて畏《おそ》れ入り、部屋を出ていって
くれないだろうかと願っていたのかもしれない。
「ピーター・ジャクソン!」ホーソーンは顔を輝かせた。「あの三部作を作った人だ……『ロ
ード・オブ・ザ・リング』を!」
「ああ、そうだよ」ピーターはくつろいだ様子だ。「きみも見てくれたかい?」
「息子といっしょに、DVDでね。息子は感じ入ってましたよ」
「ありがとう」
「まあ、第一部はね。第二部はいまひとつだったらしいですが。何だったかな、題名は……?」
「『二つの塔』だ」ピーターは依然として笑みを浮かべてはいるものの、いささか口もとがこ
わばっているようにも見える。
「おれも息子も、あの木があまり好きになれなくてね。ほら、あのしゃべる木たちですよ。あ
れはちょっと間抜けに見えるから」
「つまり……エントのことだね」

「そんなような名前でしたね。あと、ガンダルフのこともある。死んだとばかり思ってたから、また登場してきたときにはびっくりしたな」しばし考えこむホーソーンを見ながら、次は何を言うつもりか、わたしはいまにも恐怖に押しつぶされそうになっていた。「あの役をやった俳優、イアン・マキューアンだったかな、あの演技はちょっとばかり大げさすぎませんかね」

「サー・イアン・マッケランだ。第一部で、アカデミー助演男優賞にノミネートされている」

「そうかもしれませんがね。でも、結局は獲れなかったんでしょう?」

「ホーソーン氏はロンドン警視庁の特別顧問でね」わたしは割って入った。「氏がいま捜査している事件について、わたしが本を書くことになっていて……」

「『ホーソーン登場』って題名の本をね」ホーソーンが後をひきとった。

スピルバーグは考えこんだ。「うん、その題名はいいな」

「ああ、悪くない」ピーターもうなずいた。

ホーソーンはちらりと腕時計に目をやった。「十一時から葬儀があるんですよ」ふたりに説明する。

「さっきも言っただろう、わたしは行けないんだ」

「あんたは絶対に来なきゃだめだ、トニー。いいか、ダイアナ・クーパーの知人は全員が参列するんだぞ。関係者がお互いにどんな反応を見せるか、それを観察する絶好の機会なんだ。映画でいうなら、脚本の読みあわせってところかな。そんな機会を逃すって法はないだろう!」

「だが、さっきも言ったように――」

「ダイアナ・クーパーか」スピルバーグが口を開いた。「たしか、ダミアン・クーパーの母親じゃなかったか?」

「そう、その女性ですよ。絞め殺されちまってね、自宅で」

「聞いたよ」スピルバーグという人物は、映画史上もっとも血なまぐさい幕開けの『プライベート・ライアン』や、ナチスの非道ぶりを再現した『シンドラーのリスト』といった作品を撮っておきながら、実際にはあまり暴力について語るのを好まない。いつだったか、わたしが『タンタンの冒険2』のための案を語るのを聞いて、その顔からいささか血の気が失せたのを、この目でたしかに見たことさえある。そして、スピルバーグはピーターに向きなおった。「ちょうど先月、ダミアン・クーパーに会ったところでね。『戦火の馬』の話をしに、ちょっと寄ってくれたんだ」

「可哀相にな」ピーターは答えた。「こんなひどいことが起きてしまうとは」

「まったくだ」スピルバーグとピーターはこちらをふりむき、まるでダミアン・クーパーがわたしの生涯通じての友人であり、その母親の葬儀に参列しないとは、人間としてもっとも恥ずべき行いであるとでも言いたげな顔をした。いっぽうホーソーンもちゃっかり椅子に腰をおろし、自分はこの男の良心に訴えかけるべく舞いおりた天使であるといわんばかりの顔をしている。

「きみは参列すべきだと思うな、アンソニー」スピルバーグが口を開いた。

「でも、わたしは事件についての本を書くだけなんですよ。実のところ、その本についても再考の余地ありと思っているくらいで。この映画のほうが、わたしにはずっと重要なんです」

「まあ、第二作については、いまのところそんなに話すべきこともないしな」ピーターが言った。「この件は後日また相談するとして、これから二週間をどこですごすか、考えなおしたほうがよさそうだ」

「電話会議にしてもいい」と、スピルバーグ。

結局、『タンタンの冒険2』について話した時間は二分にも満たなかった。わたしの脚本は手つかずのまま終わった、というわけだ。そして、『ビーカー教授事件』や『めざすは月』、『シドニー行き714便』（宇宙船が出てくる……スピルバーグなら、きっと宇宙船が気に入るはずではないか？）を原作にしたらどうなるか、わたしの考えをふたりに話す機会さえないまま、わたしはお払い箱というわけだ。あまりといえばあまりの仕打ちではないか。世界で最高の映画制作者ふたりと、わたしは打ち合わせをしていたのに。このふたりのために、わたしは脚本を書くはずだったのだ。それなのに、会ったこともない相手の葬儀に参列するために、その場から引きずり出されることになるとは。

ホーソーンは立ちあがった。そもそも、この男がいつ腰をおろしたのか気づいていなかったという時点で、わたしがいかに狼狽していたかはわかってもらえるだろう。「おふたりに会えてよかったですよ」と、ホーソーン。

「こちらこそ」スピルバーグはうなずいた。「どうか、わたしの心からのお悔やみをダミアンに伝えてくれ」

「そうしますよ」

「そう気を揉むことはないさ、アンソニー。きみのエージェントに、また連絡するよ」

だが、ふたりからの連絡が来ることはなかった。それ以来、わたしはどちらとも顔を合わせてはいない。唯一の慰めは、いまのところ『タンタンの冒険』の新作映画が出る気配はないことだけだろうか。『ユニコーン号の秘密』は世界で三億七千五百万ドルの興行収入をあげたが、米国での反響はさほど熱狂的ではなかった。ひょっとしたら、そのせいでふたりは続篇を断念したのかもしれない。あるいは、いま制作中という可能性もある。わたし抜きで。

「すばらしく感じのいい連中じゃないか」廊下を歩きながら、ホーソーンが口を開いた。

「勘弁してくれ！」わたしは爆発した。「葬儀になど行きたくないと、あれほど言ったじゃないか。どうしてこんなところまで来たんだ？　そもそも、わたしがここにいることをなぜ知っていた？」

「あんたの助手に電話したんだよ」

「それで、あの娘がきみにしゃべったのか？」

「まあ、聞けよ」ホーソーンはわたしをなだめにかかった。「あんたは『タンタンの冒険』なんかやりたくないはずだろう。あれは子ども向けだ。そういうものはすべて卒業して、新たな段階に踏み出したんじゃないか」

「だが、スティーヴン・スピルバーグが制作するはずだったんだぞ！」わたしは叫んだ。

「まあ、ひょっとしたら、スピルバーグはあんたの新しい本を映画化してくれるかもしれないしな。殺人事件の話なんだから！　ダミアン・クーパーのことも知ってたし」ホテルの玄関扉を開け、わたしたちは街路に出た。「そうなったら、誰がおれの役を演じると思う？」

11　葬儀

ブロンプトン墓地のことならよく知っている。二十代のころ、わたしはここから歩いて五分のところに部屋を借りていたのだ。夏の暑い午後にはよくここにふらっと散歩に来て、書きものをしたのを憶えている。都会の喧噪や往来から離れ、まるで別世界のような雰囲気を味わえる静かな場所に。ロンドンでも、もっとも印象的な墓地のひとつで――七大墓地《マグニフィセント・セブン》にも数えられている――ゴシック様式の壮麗な墓が建ちならび、天使や聖人の石像がひしめく光景には、誰もが目を奪われずにはいられない。こうした墓や石像はみな、ヴィクトリア朝の人々がその死を悼《いた》むのみならず、記憶を後世にとどめようと建立《こんりゅう》したものなのだ。この墓地には中央を端から端まで貫く道があり、天気のいい日にそこを散歩していると、まるで古代ローマにいるような気分をお手軽に味わうことができる。わたしはよくノートを抱えてベンチに腰をおろし、そのへんを走りまわるリスや、時たま姿を現すキツネを眺めていたものだ。日曜の午後には、木立の向こうにあるスタンフォード・ブリッジ・スタジアムから、サッカーの応援をする人々の歓声がかすかに聞こえてくる。こうしてみると、ロンドンのさまざまに異なる場所が、どれだけわたしの作品に影響を与えていることか。テムズ川は、もちろんそのひとつに数えられる。そしてブロンプトン墓地も、まちがいなく挙げられることだろう。

　ホーソーンとわたしが墓地に到着し、門番のように正門の両側に立つふたつの赤い電話ボックスの間を通りぬけたのは、十一時十分前のことだった。細く曲がりくねった小径《こみち》には杭が立っているが、車――おそらくは霊柩車――を通す必要があるときには、地中に引っこむ仕掛けだ。わたしたちの前にも、何人かの会葬者が小径を歩いている。墓地のこのあたりは寂れていて、記憶にある風景よりも陰鬱《いんうつ》に見えた。台座に立つ、頭のない石像が目にとまる。失った腕を伸ばし、わたしたちを迎えた石像もいた。これらの像を、わたしはｉＰｈｏｎｅで撮影した。数羽の鳩が、草をついばんでいる。

　角を曲がると、ブロンプトン墓地の礼拝堂が行く手に姿を現した。ふたつの翼《よく》を持つ、完全な円形の建物だ。上空から見れば、ロンドンの地下鉄の標識とまったく同じ形をしていることだろう……その意味を考えると、おぼろげな共通点がなくもない。裏側から礼拝堂へ近づいていくと、コンクリート敷きの四角い広場に霊柩車が駐《と》まり、その隣の扉が開いているのが見えた。葬儀社で注文したとおりの、ヤナギの枝を編んだ柩があそこに横たわっているのだろう――想像すると、ふいに胃の中身がせりあがってくるような気がしたが――ダイアナ・クーパー本人を納めて。黒い燕尾服の男性が四人、柩を運び入れるために待機している。

　小径はぐるりと礼拝堂を迂回し、正面の扉へ続いている。張り出し屋根を支える四本の柱の奥の正面扉は、北を向いていた。何人かがかたまって、中へ入っていくのが見える。誰も言葉を交わそうとはせず、まるでこの場にいることにとまどっているかのように、じっとうつむいたまま。ダイアナ・クーパーと会ったこともない、それどころか一週間前までその名さえ聞いたことのなかったわたしが、あそこに加わるのはどうにも奇妙に思えて仕方がない。わたしはそもそも、誰の葬儀にも出ないと決めているのに。わたしにとって、葬儀はあまりに怖ろしく、心乱される場なのだ。しかし、年齢を重ねるにしたがい、当然のことながら、葬儀への招きを受けることも増えてくる。友人たちへのせめてもの思いやりとして、わたしの葬儀の日取りは誰にも連絡しないよう取り決めてあるのだが。

集まった人々に視線を走らせると、見知っている顔もけっこう目につく。アンドレア・クルヴァネクもかつての雇い主と最後のお別れをしようと決心したらしく、わたしたちが礼拝堂の正面へ出たとき、ちょうど扉から入っていく姿が見えた。レイモンド・クルーンズがはおっている真新しい黒いカシミアのコートは、ひょっとしてこの葬儀のためにあつらえたものだろうか。やや若い、あごひげの男を連れているが、あれはおそらく恋人だろう。不安になってかたわらにちらりと目をやると、案の定、ホーソーンは警戒するように目をすがめ、ふたりをじっと見つめているところだった。今回は何も言わずに口をつぐんでいてくれたことが、せめてもの幸いだ。

クルーンズを観察している人間は、ほかにもうひとりいた。おそらく香港系中国人だろうか、波打つ黒髪を肩まで伸ばした、いかにも洗練された男性だ。ドクター・ノオめいた立て襟の白い絹のシャツにスーツ、目がくらむほど磨きあげた黒い靴と、非の打ちどころのない恰好をしている。奇妙な偶然ではあるが、わたしは前に一度、この男性に会ったことがあった。名前はブルーノ・ワンといい、クルーンズと同じく大きな劇場のプロデューサーだ。慈善家としてもよく知られた存在で、王室のさまざまな人々ともファースト・ネームで呼びあい、芸術のためにかなりの寄付をしている。オールド・ヴィック劇場――わたしが理事をしている――の初日にもよく顔を出すのだ。クルーンズに向けるワンの目つきを見れば、ふたりがけっして友好的な関係ではないことは明らかだった。

礼拝堂に入るところで顔を合わせ、わたしはワンに挨拶をした。「ダイアナ・クーパーとはお知りあいだったんですか？」

「とても、とても親しい友人でした」ワンは答えた。つねに柔らかい口調で次に語るべき言葉を探り、まるで詩を暗誦しているかのような話しかただ。「思いやりにあふれた、崇高な人柄の女性でしたよ。亡くなったと聞いたときには言葉を失いました。きょう、ここに来るのも胸が張り裂けるような思いです」

「クーパー夫人も、あなたの劇場に投資していたんですか？」

「いいえ、残念ながら。何度となく誘ってはみたんですよ。ダイアナの芝居を見る目は抜きん出ていましたからね。ただ、悲しいことに、ときどき判断力が鈍ることがあったのもたしかです。そう、ダイアナに欠点があったとしたら、あまりに心が優しすぎたことでしょうか。人を簡単に信じすぎるところがあって。本人に指摘したこともあったんですよ。ほんの数週間前にも、わたしは警告を……」

「何を警告したんです?」ホーソーンが尋ねた。わたしたちの間にすばやく割って入り、わたしを押しのけながら。

ワンは周囲を見まわした。わたしたち以外に人影はない。みな、もう礼拝堂に入ってしまったのだ。「軽率なことは言いたくありませんから」

「そう言わず、ちょっと聞かせてくださいよ」

「あなたには、まだ紹介もされていないんですが!」ワンが警戒するのも無理はない。ホーソーン特有の、どこか不気味な雰囲気は——血色の悪い肌、何かにとりつかれたような目——かなりましに見える日でも、人を後ずさりさせる何かがあるのだ。ましてや、場所が墓地ともなれば、不吉さに拍車がかかる。吸血鬼が葬儀にやってきたとしても、これほど怖ろしげではないかもしれない。

「こちらはダニエル・ホーソーン」わたしは紹介した。「警察の捜査に協力して、この事件を調べているんですよ」

「おたくもレイモンド・クルーンズとは知りあいなんですね?」ホーソーンは尋ねた。ついさっき、ワンがクルーンズに向けた目つきに、やはり気づいていたのだろう。

「知りあいとはいえませんね。まあ、会ったことはあります」

「それで……?」

「ほかのどなたかのことを思いやりのない言葉で評するのは、どうも気が進みませんね」いかにもワンらしい、気を遣ったもの言いだ。「それも、よりによってこんな場で。世界には、ただでさえ思いやりのない言動があふれていると、わたしは思うのですよ。しかし……」深く息を吸い、先を続ける。「レイモンド・クルーンズを当局が捜査しているという話は、あなたがたもいずれ耳にすることでしょう。クルーンズは直近に自分が制作した演劇について、ひかえめに言っても、そう、誇大な売りこみをしていたんですよ」

「ひょっとして、『モロッコの夜』のことですか？」わたしは尋ねた。

「この悲劇がわれわれを永遠に分かつ数週間前のこと、わたしはわが友ダイアナに警告したんです。ただちにダイアナは、しかるべき手を打つ気になってくれましたよ。わたしに言わせれば、当然の権利を行使するにすぎませんがね」

「しかし、その前に絞め殺されてしまったというわけだ」ホーソーンがつぶやいた。

これまで事件と結びつけて考えたことはなかったのだろう、ワンはまじまじとホーソーンを見つめた。「あれは強盗のしわざだと思っていたのですが」

「こちらはそうは思ってないんですよ」

「だとしたら、わたしはいささかしゃべりすぎたかもしれません。ダイアナも、さほどの大金を投資していたわけでもありませんしね。何かをほのめかしたつもりはなかったのです……そんな、物騒なことは」ワンは両手を広げてみせた。「それでは、わたしはこれで。葬儀に遅刻したくはありませんから」そして、急ぎ足で礼拝堂へ入っていく。

わたしとホーソーンは、ぽつんと後に残された。

「これはおもしろい」わたしに話しかけるだけでなく、自分でその意味を噛《か》みしめるように、ホーソーンはつぶやいた。「クルーンズにしてやられたと、クーパー夫人は気がついた。そこで、きっちり落とし前をつけようと決意したが、それより先に、自分が殺《や》られちまったってことか」

「うまい言いまわしだな」

「そいつはどうも。気に入ったんなら、あんたの本で使ってもいいぜ」

近くに二、三人、カメラを手にうろうろしている男たちがいた。ぱしゃりとシャッターを切られ、初めてその存在に気づく。

「くそったれの記者どもが」ホーソーンがつぶやいた。

なるほど、そういうことか。ダミアン・クーパーの姿をカメラにとらえようと、記者たちはここで待ちかまえているのだ。

「きみは、なぜ記者が嫌いなんだ?」ホーソーンが憎むものの一覧に、またしても新顔が加わるのだろうか。

ホーソーンは吸っていたタバコを投げ捨て、火を踏み消した。「別に。連中が犯罪現場を嗅ぎまわるのはいつものことだ。まともな報道がされたためしはないがね」

わたしたちは礼拝堂に足を踏み入れた。

内部は白い円形の空間で、柱が円蓋天井を支えている。ごく高い位置にある窓からは、空しか見えない。四十脚ほどの椅子が並べてあって、わたしたちがそれぞれ席につくころには、その正面に柩が運びこまれてきた。こうしてじっくり眺めてみると、ヤナギの枝で編んだ柩というものは、残念ながら奇妙なほど巨大なピクニック・バスケットに似ている。蓋を二本の革のストラップで留めてあるところまでそっくりだ。蓋の上には、黄色と白の花輪が置かれていた。ジェレマイア・クラークの『トランペット・ヴォランタリー』が、ちょうどスピーカーから流れている。どうにも場ちがいに感じられるのは、もちろん、この曲は普段なら結婚式で使われることが多いからだろう。ひょっとして、ダイアナ・クーパーは自分の結婚式でこの曲を流したのだろうかと、わたしは思いをめぐらせた。

柩がそろそろと二脚の架台に設置されている間、わたしは集まった会葬者を見わたして、その少なさにいささか驚いていた。多く見積もっても、せいぜい二十五人というところだろうか。ブルーノ・ワンとレイモンド・クルーンズはどちらも最前列に、ある程度の距離をとって腰をおろしている。安っぽい黒の革ジャケットを着たアンドレアは、いちばん端の席に。〝ジャック〟メドウズ警部も参列している。心持ち小さすぎる椅子に、いかにも窮屈げに腰をおろし、ちょうどあくびを嚙みころしているところだ。

この一幕で主役を演じるのは、おそらくダミアン・クーパーだろう。本人もそれを自覚しているらしく、特別あつらえのみごとなスーツに鈍色《にびいろ》のシャツ、黒い絹のネクタイという、いかにも主役らしい装《よそお》いだ。かたわらには、黒いドレスをまとったグレース・ラヴェル。しかし、ふたりの周囲には誰もいない。まるで、そのあたりは礼拝堂内の貴賓席であり、一般参列者はふたりの姿を眺めることはできるものの、けっして近くには寄らないでくださいと注意書きがあるかのように。わたしはけっして大げさなもの言いをしているわけではない。そのすぐ後ろの列に坐っているのは、たったふたりだけだった。後になってわかったことだが、ひとりはダミアンのロンドンのエージェントが、代理として送りこんだ弔問客だった。もうひとりは筋骨たくましい黒人男性で、ダミアンの個人トレーナーを務めるかたわら、どうやらボディ・ガード役も兼ねているらしい。

そのほかの会葬者はみなダイアナ・クーパーの友人や仕事仲間で、おそらく全員が五十歳は超えているだろう。一同を見まわすと、さまざまな表情が並んではいるものの——退屈な顔、好奇心に満ちた顔、真剣な顔——誰もさほど悲しげには見えないことに気づく。ただひとり、多少なりとも別れを嘆いているらしく見えたのは、わたしから二つ三つ離れた席の、髪がもつれた長身の男だけだ。司祭が立ちあがり、柩に歩みよると、その男は白いハンカチを取り出し、目を拭った。

司祭は、背が低くぽっちゃりとした女性だった。口角の下がった唇に浮かんだ笑みは、まるで「きょうが悲しい日なのはわかっていますが、みなさんがここに集まったことを心から嬉しく思います」といわんばかりだ。旧来のしきたりを踏襲するよりは、むしろ現代に合ったやりかたを模索しようという考えの持ち主なのだろう。音楽が終わるのを待って前に進み出ると、両手をこすりあわせ、説教を始めた。

「こんにちは、みなさん。きょうはこのとっても美しい礼拝堂にお集まりいただき、とっても嬉しく思っています。ここはローマのサン・ピエトロ大聖堂を模して、一八三九年に建立されました。この素敵な、素敵な女性にみなさんがお別れを告げる場として、とっても特別な、とっても美しい場所ではありませんか。後に残される人々にとって、死はつねに不条理なものです。ましてや、こんなにも思いがけず人生を断ち切られ、非道にもわたしたちから奪われてしまったダイアナ・クーパーに別れを告げるなど、納得できるはずもない、どうしてこんなことになったのか理解できないと、みなさんが思うのも無理はありません」

頼むから〝とっても〟の連呼はやめてもらえないかと、わたしはいつしか念じていた。ダイアナ・クーパーも、〝素敵な、素敵な女性〟などと形容されて、はたして喜んでいるのだろうか。まるで、クイズ番組の特別ゲストでも紹介するような言いぐさに聞こえる。

「ダイアナは、つねに誰かの役に立とうと心を砕いている女性でした。慈善活動でも大きな功績を残しています。グローブ劇場の理事でもあり、もちろん、とっても名高い息子を持つ母親でもありました。きょう、この場に参列するために、ダミアンははるばる米国から駆けつけてくれたのです。あなたがどれほど胸を痛めているかはわかっているけれど、ダミアン、あなたがここに来てくれて、わたしたちはとっても、とっても喜んでいるのよ」

ふりむくと、葬儀社のロバート・コーンウォリスが入口の脇に佇《たたず》んでいるのが見えた。同じく葬儀のために正式な喪服をまとったアイリーン・ロウズに、何ごとか声をひそめてささやきかけている。アイリーンはうなずくと、そっと外に出ていった。わたしはふと、いまだソーホー・ホテルにいるであろうスティーヴン・スピルバーグとピーター・ジャクソンに思いをはせた。いまごろは、一階の《リフューエル》で早めの昼食をともにしているところかもしれない。本来なら、わたしもその場にいたはずだったのに！　自分はなぜこんな場所に無理やり引っぱってこられたのかと、あらためて怒りがこみあげる。
「人間の一生はけっして永遠に続くものではないと、ダイアナ・クーパーにはわかっていました」司祭は説教を続けた。「だからこそ、きょうのこの式も、いましがたみなさんが耳にした音楽も含め、すべてご自分で手配していたのです。式自体、あまり長くならないようにとのご希望だったそうなので、わたしもこのへんにしておきましょう！　次は詩篇第三十四篇の朗読です。ダイアナがこのくだりを選んだのは、死は必ずしも怖れるべきものではないと理解していたからではないかと、わたしは願っています。『正しいものには災いが多い。しかし、主はそのすべてからお救いくださる』とありますね。死はときとして、慰めでもあるのです」
司祭は詩篇を読んだ。続いてグレース・ラヴェルが立ちあがり、前に進み出ると、シルヴィア・プラスの『エアリアル』を朗唱した。

闇の中の動かぬもの
そして空虚に青い
岩の連なりが、遠景が流れる……

その詩を、グレースが完璧に記憶していること――さらに、ひとつひとつの言葉に魂をこめて表現していることに、わたしは感嘆せずにいられなかった。だが、ダミアンは美しい目に奇妙な冷たさをたたえ、その様子をじっと眺めている。わたしの隣では、ホーソーンがあくびをした。

やがて、ついにダミアンの出番がやってきた。立ちあがり、ゆっくりと前に進み出ると、母の柩に背を向け、会葬者たちと向かいあう。語りはじめた言葉はそっけなく、感情がこもっていなかった。

「ぼくはまだ十九歳のときに父を亡くし、そしていま、母をも失いました。父は病死でしたが、母は自宅にいるところを襲われ、しかもそのときぼくは遠く米国にいたかと思うと、なかなかこの現実を受け入れることができません。別れを告げることさえできなかったのを、ぼくはこの先、ずっと悔やむことでしょう。とはいえ、ぼくが米国でしていた仕事を、母が誇りに思ってくれていたのはわかっています。来週にも撮影が始まる新しいドラマも、母はきっと楽しんでくれたことでしょう。『ホームランド』というドラマで、年内には放映されます。母はいつも、ぼくが俳優を続けるのを応援してくれていました。息子はきっとスターになると信じて、ずっとぼくを励ましてくれたんです。ストラトフォードのロイヤル・シェイクスピア・カンパニーにいたときには、ぼくが出演した芝居はすべて見にきてくれました――『テンペスト』のエアリアル、『ヘンリー五世』の主役、『フォースタス博士』のメフィストフェレスが母のお気に入りでしたね。母はいつもぼくを、〝わたしのちっちゃな悪魔〟と呼んでいたものです」ここで、会葬者たちからいかにもほほえましげな忍び笑いが漏れた。「これからも、ぼくはきっと舞台に上がるたび、観客席に母の姿を探しては、代わりに空席に目をとめることになるのでしょう。チケットの再販で、席が埋まってくれるのを願うばかりですが……」今度は、会葬者はいささかとまどいを見せた。これは、冗談だと思っていいのだろうか?

このときの様子は、すべてわたしのiPhoneに録音してあるが、わたしはもう、ここでまともに聞くのをやめた。この挨拶を聞いて、ダミアン・クーパーという人間へのわたしの評価は定まったといっていい。挨拶はさらに二分ほど続き、その後、今度はスピーカーから『エリナー・リグビー』が流れはじめた。礼拝堂の扉が開き、会葬者は歩いて墓地へ向かう。あのもつれた髪の男は、わたしたちのすぐ前にいて、またしてもハンカチで目を拭っていた。

わたしたちは柱廊を抜け、墓地の西側へ向かった。低い塀に沿って雑草の生い茂る草地の一角に、すでに墓穴が掘られている。塀の向こうには、線路が走っているようだ。姿は見えないものの、そちらへ歩くにしたがい、電車の通りすぎる音が聞こえてきた。目の前に、とある墓石が現れる。そこには、〝ローレンス・クーパー　一九四六年四月三日―一九九九年十月二十二日　長く勇敢な闘病の後ここに眠る〟と刻まれていた。クーパー氏は、たしかかつてケントに住んでいたはずだ。おそらくはそこで亡くなったのだろうに、どうしてここに埋葬されることになったのだろうと、わたしは思いをめぐらせた。あたりには日射しが照り注いでいたが、ここにはちょうど二本のプラタナスの木が、心地よい日陰を作っている。暖かく、気持ちのいい日だ。ダミアン・クーパー、グレース・ラヴェル、司祭は、柩とともに最後にここへ来ることになっている。三人の到着を待っていると、メドウズ警部がぶらりとこちらに歩いてきた。まるで慈善団体のリサイクル店で見つけてきたか――あるいは、そこへ持ちこむ途中のようなスーツを着ている。

「で、どうなってる、ホーソーン？」メドウズ警部は尋ねた。

「そこそこやってるよ、ジャック」

「そんなんで、いつか答えにたどりつけるのか？」メドウズは鼻で笑った。「前から思っていたんだが、おまえはあまり早く解決したくないんだろうな。日払いでもらってるんだとしたら」

「だったら、あんたが答えにたどりつくのをのんびり待つことにするかな」ホーソーンが切りかえした。「大金持ちになれそうだ」

「いや、おまえをがっかりさせるのは忍びないんだがね。実は、こっちは解決の目処が立って……」

「本当ですか？」わたしは尋ねた。もしも、ホーソーンより先にメドウズ警部が事件を解決してしまうなどということになれば、この本は大失敗に終わる。

「ああ。もうすぐ新聞にも出るから、ここで話してもかまわんだろう。ブリタニア・ロード周辺の地域で、このところ同じ手口の押込みが三件起きてる。犯人は配達中のバイク便を装ってるんだそうだ。バイクのヘルメットで、顔を隠してな。標的とされているのは、ひとり暮らしの女性の家だ」

「それで、そいつは三件とも相手を殺してるのか？」

「いや。一件めと二件めは、被害者を殴って戸棚に閉じこめ、その間に金目のものを物色してる。三件めは、狙われた女性が賢い対応をしてね。扉を開けなかったんだ。警察に通報してる間に、犯人は逃げた。だが、捜査の目処はついたよ。いまは防犯カメラの映像を徹底的に洗ってる。犯行に使われたバイクはすぐに見つかるだろうし、そこから犯人も割り出せるさ」

「あんたの説だと、ダイアナ・クーパーが絞殺された理由をどう説明するんだ？　ほかの被害者たちと同じく、殴りつけるだけでよかったじゃないか」

ラグビー選手めいたいかつい肩を、メドウズ警部はすくめてみせた。「犯人の思うとおりに進まなかっただけだろう」

木立の向こうから、何かが近づいてきた。ダイアナ・クーパーが葬儀社の四人の男性――柩をかついでいる――によって、永遠の眠りにつく場所へ運ばれてきたのだ。司祭、ダミアン・クーパー、グレース・ラヴェルの姿もある。アイリーン・ロウズは両手を後ろに組み、慎ましく距離を保って最後尾を歩きながら、何もかも順調に進んでいることを確認していた。ロバート・コーンウォリスの姿は見えない。

「いいことを教えてやろうか？　あんたの推理はくそまみれだ」ホーソーンの言葉づかいはひどく耳にさわった――ここはうららかな陽光が降りそそぐ墓地で、いまや花輪を載せた柩がこちらに近づきつつあるというのに。「あんたはこの仕事にとことん向いてないんだな、相棒。ついにその覆面バイク便の男が見つかったら、おれからよろしくと伝えておいてくれ。そいつがブリタニア・ロードには足を踏み入れてないほうに、おれはいくらだって賭けてやる」

「おまえは警察でも鼻つまみのろくでなしだったな」メドウズ警部はうなった。「辞めてくれて、どれだけみんなが大喜びしたことか」

「あんたの達成目標は、おかげで残念なことになってるようだがな」ホーソーンは目をぎらつかせた。「おれが辞めて以来、すさまじく急降下してるそうじゃないか。そうそう、離婚もお気の毒さま」

「誰から聞いた？」メドウズがかみついた。

「あんたの全身に書いてあるぜ、相棒」

たしかに、それは真実だった。メドウズは見るからに尾羽《おは》うち枯らした恰好だったのだ。スーツはしわだらけだし、シャツはアイロンがかかっていないうえ、ボタンがひとつとれており、靴はひどくすり切れていて、それだけでもなかば事情を察することはできた。指にはいまだ結婚指輪があったから、妻は亡くなったか、家を出ていってしまったか、というところに見える。どちらにせよ、ホーソーンの言葉は図星だったようだ。ふたりはここで殴りあいを始めるものと——オフィーリアの墓穴の中で格闘したハムレットとレアティーズのように——わたしはほとんど覚悟した。だが、そこへ柩が到着し、枝のきしむ音をたてながら草地に下ろされた。ここまで柩をかついできた四人の男たちが、柩の取っ手に二本の縄を通し、しっかりと固定していく。アイリーン・ロウズは、その様子を満足げに見まもっていた。

ちらりと視線を向けると、ダミアン・クーパーは周囲の誰にもおかまいなしに、ただじっと中空《ちゅうくう》を見つめていた。グレースもかたわらに立ってはいるものの、どちらもお互いの身体に触れてはいない。腕をからめてさえいなかった。先ほど見かけた記者たちは、いまはいくらか離れたところにいるものの、カメラには望遠レンズが装着されている。これなら、思いどおりの写真を好きなだけ撮ることができたにちがいない。

「そろそろ柩を下ろす時間です」司祭は重々しく告げた。「それでは、みなさん、お墓の周りに集まって。よかったら、手をとりあってもかまいません。とってもすばらしい女性の一生が、いまここで締めくくられようとしています。みなさん、この最後の機会に、しばし故人に思いをはせましょう」

口を開けて待ちうける墓穴の上へ、柩が吊りあげられる。さほど多くない会葬者たちは柩が下りていくのを見とどけようと、墓穴の周りに集まった。ハンカチを手にした男が、またしても目を拭う。気がつくと、レイモンド・クルーンズはブルーノ・ワンの隣に立っており、ふたりが何ごとか静かに言葉を交わすのを、わたしは目にとめた。葬儀社の四人の男たちが、暗い穴に柩を下ろしていく。

そのとき、ふいに音楽が鳴りはじめた。歌だ。子どもの歌。

バスのタイヤはぐるぐるまわる
ぐるぐるまわる
ぐるぐるまわる
バスのタイヤはぐるぐるまわる
いちにちずっとまわってる

か細い音でぽろんぽろんと鳴るその曲を聞き、わたしはとっさに、誰かの携帯の着信音だろうと思った。申しわけなさそうな顔をして、あわてて携帯を取り出すのは誰だろうと、会葬者たちが周囲を見まわす。アイリーン・ロウズははっとして、足を前に踏み出した。墓穴のいちばん近くに立っていたのは、ダミアン・クーパーだ。恐怖と怒りの混じりあった表情を浮かべ、墓穴の中をのぞきこんでいる。そして、穴を指さすと、グレース・ラヴェルに何ごとかささやいた。それを見て、わたしはようやく気づいた。

その曲は、墓穴から聞こえていたのだ。

柩の中から。

二番の歌詞が始まった。

バスのワイパーきゅっきゅきゅとうごく
きゅっきゅとうごく
きゅっきゅとうごく……

柩を下ろしていた四人はその場に凍りついた。このまま柩を地中に下ろし、土をかぶせて音が聞こえなくなるのを願うべきか、それともふたたび柩を地上に戻し、何らかの手を打つべきなのだろうか。そもそも、こんな場ちがいで不謹慎な音楽とともに、亡くなった女性を葬るなどということが、はたして許されるのだろうか？　柩の中にデジタル・レコーダーかラジオのたぐいが入っていて、そこから音楽が流れていることは、いまや明らかだった。もしもダイアナ・クーパーがもっと伝統的な、たとえばマホガニーの柩を選んでいたら、こんな音楽が外に流れ出すこともなかっただろう。それなら、ダイアナも柩の中でそのまま安らかに……まあ、少なくとも音源のバッテリーが切れてしまってからは、安らかに眠ることもできただろうに。だが、ヤナギの枝の柩からは、はっきりと歌声が漏れてくる。阻むものなど、何もないのだから。

うんてんしゅはいうよ「おくにつめて」

墓地の向こう側から、何か様子がおかしいと嗅ぎつけたのだろう、カメラを手にした記者たちが近づいてきた。ダミアン・クーパーは司祭に詰めより、手を出しこそしないものの、猛烈な剣幕でまくしたてた。とにかく誰かに当たらずにはいられず、いちばん手近にいたのが司祭だったということなのだろう。「どういうことなんだ?」すさまじい形相だ。「誰がこんなことをした?」

アイリーン・ロウズは太く短い脚で必死に走り、ようやく墓穴にたどりついた。「ミスター・クーパー……」息を切らしながら口を開く。

「何か、冗談のつもりなのか?」ダミアンは真っ青な顔をしていた。「どうしてこんな曲が流れているんだ?」

「柩を上げて」アイリーンは事態を収拾しにかかった。「地面に下ろすのよ」

「おくにつめて」

「おくにつめて」

「いいか、ぼくはこのいんちき葬儀社を訴えてやるからな、絞りとれるかぎりの賠償金を――」

「本当に、何とお詫びしたらいいか！」どうにかダミアンをなだめようと、アイリーンは言葉をかぶせた。「わたしにも、どうにもわけがわからなくて……」

四人の男たちは、下ろしたときよりも急いで柩を吊りあげた。ようやく穴の縁《ふち》を越えるやいなや、どしんと地面に下ろされた柩が、勢いで横倒しになりかける。中に横たわるダイアナ・クーパーも大きく揺れている光景が、わたしの脳裏に浮かんだ。おそらくは故意に仕掛けられたものだろうが、それははたして会葬者の誰かのしわざなのだろうかと、わたしは周囲を見まわした。悪趣味な冗談？　それとも、何かを伝えようとしているのだろうか？

レイモンド・クルーンズは、かたわらの恋人の腕をつかんでいる。ブルーノ・ワンは手で口を覆い、目を見はっている。アンドレア・クルヴァネクは――見まちがいかもしれないが、笑みを浮かべているようだ。その隣には、ハンカチを握った男が、なんとも判別のつかない表情を浮かべて柩を凝視していた。口もとを覆う手は、いまにも吐きそうなのをこらえているようにも、あるいは笑い出しそうにも見える。男はふいにきびすを返し、この場を去っていった。急ぎ足で小径をたどり、ブロンプトン・ロードに面した出口へ向かう。

うんてんしゅはいうよ「おくにつめて」
いちにちずっといってるよ

音楽が止まる気配はない。最悪の展開だ。歌はなんとも陳腐で、大人が子ども向けにうたうときにありがちな、滑稽《こっけい》におどけた調子が耳にさわる。

「もうたくさんだ」ダミアンは言いはなった。わたしの目にも、すっかり動転してしまっているのが見てとれる。この葬儀で、ダミアンがここまで真に迫った感情を見せたのは初めてだった。

「待って……」グレースは手を差しのべ、その腕をとろうとした。

だが、ダミアンはその手を振りはらった。「ぼくは帰るよ。きみはパブに行ってくれ。アパートメントで待っている」

望遠レンズを不謹慎にも墓石の上に突き出して、カメラマンたちがシャッターを切っている。さっきの個人トレーナー兼ボディガードがその前に飛び出して、どうにか視界をさえぎろうとするのも虚《むな》しく、荒々しい足どりで去っていくダミアンを、レンズは弧を描いて追いかけた。

司祭は途方に暮れ、アイリーンをふりかえった。「どうしたらいいかしら?」

「柩を礼拝堂へ戻しましょう」アイリーンは冷静さを失うまいと努めていた。「急いで」声をひそめ、ぴしりと命じる。

四人の男たちはダイアナ・クーパーの柩をかつぎあげ、草地を横切って墓から遠ざかっていった。早足になりながらも走るまいとこらえ、最低限の威厳は保たなければと懸命になって。だが、そんな努力は無駄に終わった。息を合わせることもできず、お互いにぶつかりあい、つまずいて転びそうになりながらも必死に先を急ぐ姿は、どう見ても滑稽だった。ぽろんぽろんと鳴る歌は、しだいに遠ざかっていく。

クラクションはビービーなるよ……

柩が見えなくなるのを、ホーソーンもじっと眺めていた。頭の中では、何かわたしには思いもつかないことを考えているのだろう。

「ビービーなるよ」節もつけずにつぶやくと、ホーソーンはきびきびした足どりで、柩の後から礼拝堂へ向かった。

12 血の臭い

ほかの会葬者たちが空の墓穴の周りで途方に暮れているのを尻目に、わたしたちは柩の後を追った。あわてて運ばれていく柩は、どこか荒波に揉まれる小舟を思わせた。

この展開を、ひょっとしてホーソーンはおもしろがっているのではないかと、わたしは疑っていた。こんな寒々しい悪意のこもった冗談は——これが冗談だとしたら——意地の悪いところのあるホーソーンに、いかにも受けそうではないか。さらに重要なのは、さっきメドウズ警部が披露してみせた仮説は、このできごとのせいであっさり覆《くつがえ》ってしまったという点だ。ほんの数分前、メドウズはこの事件を、夫人が押込み強盗に出くわしてしまったせいだと片づけていた。だが、いまとなっては、そんな説は論外といっていい。ここまでに起きたすべてのことが、警察が積み重ねてきた経験のはるか埒外に、この事件を押し出してしまったのだ。こうなれば、ホーソーンは大手を振って独自捜査を進めていける。

ふりむくと、メドウズ警部も巨体を揺さぶりながら、わたしたちの後を追ってくるところだった。だが、とりあえず礼拝堂に着くまでの短い時間は、わたしとホーソーンだけで話ができそうだ。

「これはいったい、どういうことだと思う?」わたしは尋ねた。

「何かを伝えようとしたんだろうな」ホーソーンは答えた。

「何かを……誰に?」

「そうだな、ダミアン・クーパーも候補のひとりだ。あの男の顔を、あんたも見ただろう」

「動揺していたな」

「そんな生やさしいもんじゃなかったね。血の気が失せて、まるでシーツみたいに白くなってたじゃないか。いまにも卒倒するかと思ったよ!」

「あれは、やっぱりジェレミー・ゴドウィンに関係があるんだろうな」

「あの子はバスに轢《ひ》かれたわけじゃないけどな」

「それはそうさ。だが、ひょっとしたら事故のとき、バスの玩具を持っていたのかもしれない。あるいは、バスに乗るのが好きで……」

「まあ、あんたの言うことにも一理あるな、相棒。童謡が流れたってことは、たぶんあの死んだ子と関係があるんだろう」ホーソーンはひょいと墓をまたぎ越えた。「ダミアンは帰っちまった。だが、すぐに追いかけていって、話を聞き出してやる。何を言うつもりか楽しみだ」

「ディールの事故から十年か」わたしはひとりごちた。「最初にダイアナ・クーパーが殺された。そして、今度はこれだ。たしかに、誰かが何かを伝えようとしているらしい」

そうこうするうち、礼拝堂にたどりつく。すでに、柩は中に運びこまれている。わたしたちはメドウズ警部が追いつくのを待った。

「おまえがからむと、どんなことも失敗に終わるな」メドウズはうなった。どうやら、ひどい運動不足らしい。この短い距離を歩いただけで、すでに息を切らしている。もう少し食べものに気をつけて、タバコをやめ、運動をしないことには、この警部はほどなくして本格的に墓地に腰をおちつけることになりそうだ。

「あんたの言ってた押込み強盗が、いまの騒ぎをどうやって起こしたのか、ぜひご高説をうかがいたいね」と、ホーソーン。「あのへんでは、バイク便の恰好をした人間は見かけなかったが」

「いまの騒ぎは、事件とは何の関係もないかもしれん。それは、おまえだってわかっているだろう。なにしろ、ハリウッドの有名人がかかわっているからな。ただの悪ふざけさ……心のねじれた人間のな。それだけのことだ」

「たしかに、あんたの言うとおりかもな」まったくそうは思っていないのが明らかな口ぶりで、ホーソーンは応じた。

三人で礼拝堂に入る。柩は元のように架台に載せられ、アイリーン・ロウズが手早くストラップを外しているところだった。司祭——衝撃にいまだ目を丸くしている——と、《コーンウォリス&サンズ》の四人の男が、それをじっと見まもっている。わたしたちが入ってきたのに気づき、アイリーンは顔をあげた。

「この仕事を、わたしはもう二十七年間やっているんです。でも、こんなこと、いままで一度も——一度だって——起きたことはなかったんですよ」

少なくとも、あの童謡はもう鳴ってはいなかった。アイリーンがストラップを外しおえ、ヤナギの枝のきしる音だけが響く中、蓋を開ける。わたしはひるんだ。死後十日のダイアナ・クーパーなど見たくはない。幸い、遺体はモスリンの屍衣に覆われていて、全身の形こそぼんやりと判別できるものの、見ひらいた目や縫いあわせた唇などは見ずにすんだ。アイリーンは柩の中に手を伸ばし、ダイアナ・クーパーの両手の間に置かれていた、鮮やかなオレンジ色をしたクリケットのボールのようなものを取り出すと、それをメドウズ警部に渡した。

メドウズはいかにもいやそうに、それをしげしげと眺めた。「こんなものは知らんが」

「目覚まし時計だよ」ホーソーンが手を伸ばすと、メドウズはほっとした顔で手わたした。たしかに、それはデジタルの目覚まし時計だった。片側に円形の文字盤があり、そこに正確な時刻が表示されるのだ。旧式のラジオのように、音を出す細かい穴が点々と開いていて、スイッチがふたつ並んでいる。ホーソーンがその片方を押してみると、またしてもさっきの歌が鳴りはじめた。

バスのタイヤはぐるぐるまわる……

「止めて！」アイリーン・ロウズが金切り声をあげた。

ホーソーンは言われたとおりにした。「これはＭＰ３再生機能付きの目覚まし時計でね。インターネットでいろんなのが売られてるよ。この目覚ましの気が利いてるところは、子どもの好きな歌をダウンロードして、朝はそれを流して起こしてやれるんだ。うちの息子にも、こんなのをひとつ買ってやったことがある。おれは自分の声を入れてやったんだ、『起きろ、ちび野郎、支度する時間だ』ってね。息子はえらくはしゃいでたな」

「さっきは、どういう仕掛けで鳴り出したんだ？」わたしは尋ねた。

ホーソーンは時計を調べた。「十一時三十分に目覚ましがかけてある。柩にこれを仕掛けた人物は、まさに葬儀の最中にこれが鳴り出すよう狙ったんだ。まさに、すばらしい効果があったな」アイリーン・ロウズをふりむく。「これを柩の中に入れるよう、指示はあったんですかね？」

「とんでもない！」まるで自分が責められているかのように、アイリーンはぎょっとした。

「柩のそばに誰もいなかった時間は？」

「コーンウォリスとじかにお話しされたほうがいいと思います」

ホーソーンはふと間を置いた。「コーンウォリス氏はどこです？」

「きょうは早退《はやび》けしたんです。午後に、息子が出演する学校演劇を参観することになっていて」アイリーンはまじまじとオレンジの球体を見つめていた。「こんなことをする人、うちの社にはいません」

「だったら、誰かよその人ということになる。だからこそ、さっきの質問なんですよ。柩のそばに、誰もいなかった時間はありますか？」

「ええ」認めたくなさそうに、アイリーンは身をよじった。「ご遺体はフラム・パレス・ロードのわが社の施設でお預かりしていました。そこから、きょうここへ運んできたんです。残念ながら、サウス・ケンジントンの事務所にはそれだけの広さがなくて。その施設はハマースミス環状交差点《ラウンドアバウト》の近くにあって、ご遺体を安置する礼拝堂なんです。ご家族や親しいお友だちは、もしもご希望があればそこに来ていただいて、クーパー夫人と最後のお別れができるようになっていました」

「それで、何人がお別れを希望したんですか？」

「ここではお答えできません。でも、訪問者記録はつけていますし、身分を証明するものがなければご対面はできないようになっています」

「墓地ではどうだったんです？」アイリーンが答えないのを見て、ホーソーンはさらにたたみかけた。「われわれがここに着いたとき、柩はここの裏に駐《と》めた霊柩車の中にありましたがね。そこには、ずっと誰かがついていたんですか？」

その質問に答えるよう、アイリーンは柩をかついでいた四人の男のひとりを促した。男はそわそわと足を踏みかえ、うつむいた。「たいていは誰かがそばにいましたが」口の中でつぶやく。「誰もいないときもありました」

「ところで、おたくは？」

「アルフレッド・ロウズ。うちの社の取締役をしています」息を継ぎ、男は続けた。「アイリーンはわたしの妻です」

ホーソーンは陰気な笑みを浮かべた。「なるほど、一族ですべてまかなっているというわけだ！　あなたはどこにいたんですか？」

「墓地に着いて、まず車を駐め、この礼拝堂に入りました」

「全員で？」

「ええ」

「霊柩車の鍵はかけてあったんですか？」

「いいえ」

「これまでの経験では、ご遺体を盗もうなどとする人間はいなかったんです」冷ややかな口調で、アイリーンはつけくわえた。

「まあ、今後は考えなおしたほうがいいでしょう」ホーソーンはアイリーンに近づき、脅すかのようにたたみかけた。「コーンウォリス氏から話を聞く必要があるんですがね。どこに行けば会えます？」

「自宅の住所を教えますよ」アイリーンは夫に向かって手を伸ばし、メモ帳とペンを受けとった。最初のページに何行か走り書きをし、それを破ってホーソーンに渡す。

「どうも」

「ちょっと待った！」このやりとりの間、ずっとかたわらに立ちつくしていたメドウズ警部は、いまになってようやく、自分が何も話していないことに気づいたらしい。とはいえ――その目を見れば――とりたてて発言すべきことなど何も残っていないのは、自分でもわかっているようだ。「その目覚まし時計は押収する」職権をふりかざし、その場の主導権を握りにかかる。「そもそも、それに触れてはいけなかったんだ」自分が最初に目覚まし時計をアイリーンから受けとったのも忘れ、メドウズ警部はつけくわえた。「鑑識がいい顔をしないだろうよ」

「鑑識で何か見つかるとは思えないがな」ホーソーンが口をはさんだ。

「まあ、もしもインターネットで買ったものなら、購入者をつきとめられる見こみは充分にあるさ」

ホーソーンは目覚まし時計を差し出した。メドウズ警部は親指と人さし指を広げ、わざとらしいほど慎重に時計をつまむ。

「幸運を祈るよ」と、ホーソーン。

それが、解散の合図となった。

通夜《ウェイク》ぶるまい――といっても、これは通夜ではないが――は、墓地から歩いて数分、フィンバラ・ロードの角の食事のできるパブで予定されていた。ダミアンが急に帰ってしまう寸前、グレースに言いのこしたのはこのことだ。この軽食会に出なかったのは、けっしてダミアンひとりではなかった――会葬者の半数は、このまままっすぐ帰ることにしたらしい。パブに集まり、小さなソーセージをつまみに白の発泡ワイン《プロセッコ》を飲みながら、古い友人を失ったばかりか、その友人の葬儀がひどい茶番になりはててしまった悲しみを慰めあったのは、グレース・ラヴエルと十人あまりの会葬者だけだった。

ホーソーンはダミアンの話を聞きにいくつもりでいたし、ロバート・コーンウォリスにも連絡を入れ、伝言を携帯の留守録に残していた。とはいえ、まずはここに残った会葬者たちの話を聞いてまわろうと、ホーソーンは判断した。結局のところ、生前のダイアナ・クーパーをよく知る人間でなければ、わざわざ葬儀にまで足を運ぶまい。だとしたら、これはそうした人間が一堂に会する絶好の機会ではないか。フラム・ロードを歩き、店に入るホーソーンの足どりは、見ちがえようもなく弾んでいた。謎により生気を吹きこまれるたぐいの人間なのだろう――その謎が奇妙なら奇妙なほどありがたい、というわけだ。

店に入るとすぐ、グレースが目にとまる。黒い服をまとっているとはいっても、ドレスの丈はかなり短く、黒いヴェルヴェットのタキシード・ジャケットの肩には大げさなほどパッドが入っている。カウンターに寄りかかっている姿は、葬儀の帰りというより、映画の初日に主演女優として挨拶をした後のようだ。話し相手はおらず、わたしたちが近づいていくと、グレースは不安げな笑みを見せた。

「ミスター・ホーソーン！」会えて嬉しかったのは本心のようだ。「わたし、いったい何をしてるんだろうって、自分でもわからなくなってたところなの。ここに来てる人たち、みんなあまりよく知らないのよ」

「誰が来てるんです？」ホーソーンが尋ねた。

グレースは店内を見わたし、指をさした。「あれはレイモンド・クルーンズ。劇場プロデューサーよ。ダミアンが、前にそこの芝居に出たことがあって」

「前に会って、話を聞きましたよ」

「それから、あそこにいるのはダイアナのかかりつけだったお医者さん」グレースは黒の三つぞろいを着た、六十代の鳩胸の男性に会釈した。「たしか、バターワース先生とかいったかしら。隣にいるのはその奥さまよ。あそこの隅に立っているのは、ダイアナの弁護士だったチャールズ・ケンワージー。ダイアナの遺書を預かってる人。あとは知らない人ばかり」

「ダミアンは帰ってしまったんですね」

「ひどく動揺してしまってたから。あの人を動揺させるために、あんな歌を選んで流したのよ。よくもまあ、あんな残酷な悪ふざけができるものよね」

「あの歌を知ってるんですか？」

「ええ、まあね！」先を続けていいものかどうか、グレースはしばしためらった。「あれは、以前に起きたふたりの子どもの怖ろしい事故と関係があって。ティモシー・ゴドウィンのお気に入りの歌だったの。埋葬のときに流したのよ……ハロー・ウィールド墓地でね」

「そんなことを、なぜおたくが知ってるんです？」ホーソーンは尋ねた。

「ダミアンが話してくれたから。あの人、よくそのことを話すの。どれだけつらい体験だったか、授業で語ったこともあったくらい」どうしてか、ふいにグレースは恋人をかばわなくてはという思いに駆られたようだ。「もともと、あまり感情を外に出す人ではないけれど、こんなに年月が経ってしまっても、あの事故はダミアンにとって本当につらいことだったのよ」手にしていたプロセッコのグラスを、一気に空ける。「ああ、なんてひどい一日。きっとひどい一日になるってことは、今朝目がさめたときからわかっていたけれど、まさかこんなことになるなんて！」

ホーソーンはじっとグレースを観察していた。「ダミアンの母親のことを、おたくはあまり好きではなかった、そんな印象を受けたんですがね」

グレースの顔に血の気が上り、頰骨の天辺《てっぺん》あたりが色濃く染まる。「そんなの、嘘よ！　いったい、誰がそんなことを？」

「クーパー夫人に無視されたと、おたくから聞いたんですよ」

「わたし、そんなこと言ってません。ダイアナはアシュリーのほうに気をとられてた、それだけのことよ」

「きょうは、アシュリーは？」

「ハウンズローのわたしの両親のところにいます。これが終わったら迎えにいくの」グレースは空になったグラスをカウンターに置き、近くを通りかかったウェイターのトレイから新しいグラスをとった。

「じゃ、クーパー夫人とは親しかったんですか？」と、ホーソーン。

「そういうわけじゃないけれど」どう答えたものかと、グレースはしばし考えた。「ダミアンとつきあいはじめてすぐ、わたしはアシュリーを妊娠したの。それで、父親になることがダミアンの足枷《あしかせ》になるんじゃないかって、ダイアナは心配になったわけ」自分を抑え、言葉を選ぶ。「こんなふうに言ったら、聞こえは悪いかもね。でも、ダイアナが本当に寂しかったことはわかってあげてほしいの。ご主人のローレンスが亡くなってから、ダイアナには息子しかいなかったんだもの、そりゃ溺愛するでしょう。ダミアンの成功が、ダイアナにとってはすべてだったのよ」

「それなのに、赤んぼうがその邪魔になると？」

「アシュリーは思いがけず授かった子だったのよ、あなたがそういうことを訊きたいのならね。でも、いまはダミアンも娘を愛してる。過去に戻っても、また同じ道を選ぶはずよ」

「おたくはどうなんです、ミス・ラヴェル？　アシュリーがいなかったら、おたくの仕事ももっと成功していたでしょうに」

「なんてひどいことを言うの、ミスター・ホーソーン。わたしはまだ三十歳よ。アシュリーのことは、心の底から愛しく思ってる。ほんの何年か仕事を休んだって、何の影響もないはずよ。こういう生活になって、わたしは本当に幸せなんだから」

グレースはたいして優れた女優ではなかったのかもしれないと、わたしはひそかに思った。いまの演技も、まったく説得力がなかったではないか。

「ロサンジェルスでの生活を満喫してるってわけですか?」ホーソーンは尋ねた。

「そうね、慣れるまでにはしばらくかかったけれど。わたしたちの家は、ハリウッド・ヒルズにあるの。朝がきて目をさますたび、自分がそこにいるのが信じられなくって。演劇学校にいたころから、ずっとわたしの夢だったのよ――目をさまして、丘に並ぶハリウッドの文字を見るのが」

「新しい友人も、さぞかし大勢できたんでしょうね」

「新しい友人なんていりません。わたしにはダミアンがいるんだから」ホーソーンの肩越しに、グレースは店内を見わたした。「ごめんなさい、わたし、ほかのかたたちにも挨拶をしてこないと。一応、みなさんをもてなす側の立場ではあるし、そんなに長居はできないから」

するりと脇を通りぬけ、わたしたちから遠ざかっていくグレースを、ホーソーンはじっと目で追った。その頭脳がめまぐるしく回転しているのが、目に見えるようだ。

「さて、次は?」わたしは尋ねた。

「あの医者だ」

「どうして、また？」

ホーソーンはうんざりした視線をちらりとこちらに投げた。「どうしてって、かかりつけの医者なら、ダイアナ・クーパーを何から何まで知りつくしてるわけだろう。もしも悩みを抱えてたら、医者にうちあけてたかもしれない。ひょっとしたら、あの医者こそが犯人かもしれないしな。わかるもんか！」

ホーソーンは頭を振りながら、さっきグレースが教えてくれた、三つぞろいのスーツを着た男性に歩みよった。「バターワース先生」

「バティモアだ」医師はホーソーンの差し出した手を握った。大柄な身体にあごひげと金縁《きんぶち》眼鏡の、いかにも自ら〝伝統的保守派〟をもって任じているたぐいの人物だ。いきなり名前をまちがえられて機嫌をそこねたようだが、ホーソーンがロンドン警視庁の関係者だと名乗ると、いくらか態度を和らげた。こうした現象はよく見かける。殺人捜査にかかわることに、胸を躍らせる人は多いのだ。もちろん、助けになりたいという純粋な気持ちもあるものの、こうしたことには何か淫靡《いんび》な高揚感がつきまとう。

「結局、墓地でのあの騒ぎは何だったのかね？」バティモア医師は尋ねた。「あんな光景は、さすがのきみも見たことはあるまい、ミスター・ホーソーン。ダイアナも可哀相にな！　生きていたら、どう思ったことやら。あれは、誰かがわざとしたことなのかね？」

「うっかり柩に目覚まし時計を入れる人間もいないと思いますよ、先生」

最後にせめて〝先生〟をつけてくれて、わたしは胸を撫でおろした。それを抜きにすると、ホーソーンの口ぶりには露骨に軽蔑がこもっていたからだ。

「いや、まったくだ。きっと、きみが捜査してくれるのだろうな」

「まあ、クーパー夫人の殺害事件が最優先ですがね」

「あちらの下手人は、もう正体が割れているのだと思っていたよ」

「押込み強盗でしょう」医師の妻が口を開いた。夫の半分ほどの体格で、五十代の厳格そうな女性だ。

「われわれとしては、すべての可能性をあたってみないといけないんですよ」そう説明すると、ホーソーンはまた医師に向きなおった。「おたくはクーパー夫人の親しい友人だったそうですね、バティモア先生。最後に夫人に会ったのはいつか、教えてもらえますか」

「三週間ほど前だ。キャヴェンディッシュ・スクエアのわたしの診療所に、ダイアナが訪ねてきてね。実のところ、けっこう何度も来ていたな」

「最近の話ですか？」

「この数ヵ月だ。不眠に悩んでいたのだよ。あの年齢の女性には多い悩みではあるが――ダイアナは実際に心労の種を抱えていたからな」公の場で口にするのははばかられる秘密をうちあけるにあたり、医師は油断なく左右に目をくばると、声を低めた。「息子のことで悩んでいたのだよ」

「悩んでいたというと？」

「主治医というだけでなく、ダイアナの友人として言わせてもらおう、ミスター・ホーソーン。

悩みというのは、息子のロサンジェルスでの暮らしぶりについてでね。そもそも、最初から渡米には反対していたうえに、ゴシップ欄の悪意に満ちた記事をさんざん読まされていたからな――薬物だのパーティだの、さまざまなことを書きたてられてね。もちろん、すべて根も葉もない噂ばかりだ。新聞というものは、およそ有名人についてたわごとやでたらめばかりを書きたてる。わたしはダイアナに、そう言ってやったのだよ。だが、不眠の症状が出ていたのもたしかだったから、わたしは睡眠薬の処方箋を出した。最初はロラゼパムだったが、あまり効かなかったと言われ、テマゼパムに変更したよ」クーパー夫人の家の洗面台で、その名の薬を見つけたことを、わたしは思い出した。「こちらは効き目があったようでね」バティモア医師は話を続けた。「最後に会ったのは、さっきも言ったとおり、四月の終わりだった。そのときも、また処方箋を出して――」

「夫人が依存症になる怖れはなかったんですかね?」

バティモア医師はいかにも優しげな笑みを浮かべた。「こんなことを言っては何だがね、ミスター・ホーソーン、きみに多少なりとも薬学の心得があれば、テマゼパムで依存症になる危険性はごく低いと知っていただろうにな。それこそが、わたしがこの薬を処方した理由のひとつでもある。唯一の懸念は短期記憶障害の副作用だが、ダイアナの状態にはまったく問題がなかったのだよ」

「葬儀屋を訪問する予定があると、夫人はうちあけていませんでしたか?」

「何だって?」

「クーパー夫人は葬儀屋に出向いてるんですよ。殺されてしまったまさにその当日、自分の葬儀の手配をしてるんです」

バティモア医師は目をぱちくりさせた。「これはまた、驚いたな。ダイアナがそんなことをした理由は、まったく思いあたらんよ。さっきも話した悩みをのぞけば、ダイアナの健康状態が悪化するきざしは何もなかったからな。葬儀屋の手配と事件が重なったのは、ただの偶然としか思えんよ」

「押込み強盗だったのよ」医師の妻は言いはった。

「そうだな、おまえ。強盗が入ると、ダイアナが知っていたはずはない。ただの偶然だ。それ以外の何ものでもないよ」

ホーソーンはうなずき、わたしたちは医師夫妻のもとを離れた。「くそったれのうすのろが」声が届かない距離が開くやいなや、ホーソーンはつぶやいた。

「なぜ、またそんなことを？」

「自分が何を言ってるのか、あの医者はまったくわかってないからだよ」

わたしはめんくらった。

「いまの話を、あんただって聞いていただろう。まったく筋が通ってなかったじゃないか」と、ホーソーン。

「わたしには、筋が通って聞こえたがね」

「あいつはうすのろだよ。あんたの本には、忘れずにそう書いておいてくれ」

「くそったれのうすのろと？　きみは本当に罵詈《ばり》雑言《ぞうごん》が好きなんだな」

ホーソーンは何も答えなかった。

「まあ、そう言ったのはきみだとはっきり書いておくよ」わたしはつけくわえた。「そうすれば、訴えられるのはわたしじゃなくて、きみだからな」

「うすのろなのは真実なんだから、訴えられるはずがないだろう」

次は、弁護士のチャールズ・ケンワージーのところへ向かう。ケンワージーはさっき見たとおり、片隅に立って妻らしき女性と話しているところだった。背は低く、でっぷりとした体格で、カールした銀髪の持ち主だ。妻もよく似た体型だが、さらに太っている。ふたりとも、いかにも普段は田舎暮らしをしていて、きょうははるばるロンドンに出てきたというふうに見えた。いつも新鮮な空気に触れながら馬を走らせている人間らしく、頬が赤いのだ。弁護士はプロセッコを飲んでいる。妻のほうは、フルーツ・ジュースのグラスを持っていた。

「はじめまして。ええ、ええ、わたしがチャールズ・ケンワージーです。こちらはフリーダ」

ケンワージーはこのうえなく愛想のいい人物で、ホーソーンが自己紹介するやいなや、自分が知っていることをすべて話してきかせるのが自分の務めとばかり、あれこれと語りはじめた。亡くなったダイアナとはもう三十年以上のつきあいで、夫のローレンス・クーパー（膵臓《すいぞう》がんでね。まったく、ひどい衝撃を受けましたよ。本当にすばらしい人間だったのに……一流の歯科医でしたし）とは親しい友人でもあったという。ケンワージー自身はいまもケント州――フェイヴァーシャム――に住んでいるが、ダイアナがあの〝怖ろしいできごと〟の後にロンドンに引っ越したときには、自宅を売却するのに手を貸したそうだ。

「あの事故の裁判のとき、クーパー夫人には何か助言をしたんですか？」ホーソーンは尋ねた。

「もちろんですとも」ケンワージーは自分を抑えられないようだった。普通に話すというより、ほとばしる気持ちをぶつけるようにまくしたてる。「ダイアナには何も不利な証拠はありませんでしたからね。裁判官の判断は、まさに妥当としか言いようがありませんよ」

「裁判官とは知りあいなんですかね？」

「ウェストンですか？　一度か二度、会ったことがありますよ。実に公正な男でね。わたしはダイアナに、何も心配することはない、新聞が何を書きたてようと気にするなと言ってきかせましたよ。とはいえ、あの時期はダイアナにとって、本当につらかったことでしょう。ひどくとりみだしていましたからね」

「クーパー夫人と最後に会ったのは？」

「先週でしたよ……まさに、亡くなったその日です。理事会の席でね。わたしたちは、ともにグローブ劇場の理事に名を連ねているんです。ご存じかもしれませんが、あの劇場は慈善活動として育成事業もおこなっていまして。経営を続けていくために、かなりの部分を寄付に頼っているんです」

「そちらの劇場じゃ、どんな劇を上演してるんですか？」

「そりゃ……当然ながらシェイクスピアですよ」

グローブ劇場は、もともとテムズ川南岸に四百年前に建てられたグローブ座を復元したものであり、正式名称は《シェイクスピアズ・グローブ》ということ、主としてエリザベス朝の演劇を当時のままの姿で上演している劇場だということを、ホーソーンは本当に知らないのだろうか。たしかに、とりたてて演劇に興味があるようには見えない——さらに言うなら、文学にも、音楽にも、美術にも興味はなさそうだ。とはいえ、かなりの分野について広い知識を持っているホーソーンのことだから、これは単に、ケンワージー弁護士を苛立《いらだ》たせるためにやっているのかもしれない。

「その日の理事会は、ちょっとばかり揉めたそうですね」

「揉めてはいませんよ。誰がそんなことを？」

ホーソーンは答えなかった。これは、ロバート・コーンウォリスがブロンプトン墓地の区画番号を尋ねるため、ダイアナ・クーパーに電話したとき、受話器の向こうで荒らげた声が聞こえたという件を指しているのだろう。「夫人は理事を辞任したそうじゃないですか」

「ええ、たしかに。でも、それは何か意見の相違があったということではないんです」

「じゃ、なぜ辞任を？」

「それはわかりませんね。ダイアナが言ったのは、しばらく前から辞任を考えていたということと、先に引き延ばすのではなく、もうこの場で辞任するということだけでした。わたしたちはみな、本当に驚きましたよ。ダイアナはずっと熱心な支援者だったし、資金集めも教育活動も、中心となって進めていましたからね」

「何か、夫人の意に沿わないことがあったんですかね？」

「いえ、何も。ひとつだけ言っておきたいのは、ダイアナはそう宣言して、すっかり肩の荷を下ろしたような顔をしたことです。理事として、六年間も活動してきていましたからね。もう充分だと考えたのかもしれません」

弁護士のかたわらで、妻はそわそわしはじめていた。「チャールズ――わたしたち、もう帰ったほうがいいんじゃないかしら」

「そうだな」ケンワージーはホーソーンに向きなおった。「理事会でのやりとりは、これ以上お話しすることはできません。部外秘でしてね」

「それでは、クーパー夫人の遺言については？」

「まあ、それはかまわないでしょう。すぐに公になることですしね。ダイアナは、すべてをダミアンに遺しましたよ」

「聞いた話によると、けっこうな財産だそうですね」

「それについては、何もお話しできませんね。お会いできてよかった、ミスター・ホーソーン」チャールズ・ケンワージーはグラスを置くと、ポケットから車の鍵を取り出し、妻に渡した。「じゃ、帰るとしようか。きみが運転したほうがよさそうだ」

「そうね」

「鍵か……」ホーソーンがひとりごちた。その目は去っていくチャールズ・ケンワージーとフリーダにじっと注がれているものの、夫妻のことはもう頭にないらしい。何か別のことを考えているのだ。フリーダは、いまだ車の鍵を手に持っている。扉をくぐるその瞬間も、その手に鍵が握られているのを見て、わたしはふいにひらめいた。あの鍵がホーソーンの頭脳のどこかにあるスイッチを入れ、見落としていた何かを思い起こさせたのだ。

そして、それが頭の中ではっきりと形をとる。その瞬間を、わたしはまさにこの目で見た。まるで何かで殴られたように、ホーソーンが衝撃を受けたのがわかったのだ。顔から血の気が引いたとまではいえない。もともと血色は悪いのだから。だが、衝撃はその目に表れた——自分が犯したとりかえしのつかない過ちを、ぞっとしながら悟った瞬間の衝撃が。「行こう」ホーソーンは促した。

「どこへ？」

「時間がない。とにかく急ぐんだ」

そう言いながら、ホーソーンはすでにウェイターを押しのけ、店の出口に向かって歩きはじめていた。知りあいを見つけ、別れの挨拶をしようと立ちどまっていたケンワージー夫妻を押しのけ、わたしたちは街路に飛び出した。交差点で足をとめたホーソーンは、いまにも怒りで爆発しそうな気配だった。

「くそっ、どうしてまた、タクシーが一台も通らないんだ？」

たしかに、そのとおりだった。これだけ頻繁に車が行き交っているのに、タクシーは一台として見あたらない——だが、そこに立ってあたりを見まわしていたとき、反対側の車線にタクシーが停まった。買いもの袋を抱えた婦人が手を挙げ、そのタクシーを呼んだのだ。ホーソーンは叫んだ——ひとこと、高く。そして、行き交う車にかまわず、闇雲に道路を突っ切った。

わたしのほうは、もう少し安全に気をくばりながら——角を曲がったら、そこはすぐ墓地なのだ——その後を追う。急ブレーキにタイヤがきしみ、クラクションが鳴らされる中、わたしはどうにか道を渡りきった。ホーソーンはすでにタクシーと婦人の間に割りこんでいる。タクシーの運転手はメーターを倒し、黄色い空車ランプを消した。

「ちょっと、どういうことなの……」婦人は憤然として声をはりあげた。

「警察だ」ホーソーンはぴしゃりと言いかえした。「緊急事態でね」

婦人は身分証を見せろとは要求しなかった。長いこと警察にいたホーソーンは、職権をふりかざす態度も堂に入っていたということだろうか。あるいは、あまりに危なっかしい人物に見えたため、争うのはやめておこうと思われたのかもしれない。

「どちらへ?」車内に転がりこむように乗りこんだわたしたちに、運転手が尋ねた。

「ブリック・レーンへ」ホーソーンが答える。

ダミアン・クーパーの家だ。

このタクシーに乗っていたときのことを、わたしは生涯けっして忘れないだろう。まだ正午をすぎていくらも経っておらず、道路はたいして渋滞していたわけではない。だが、少しでも流れが滞るたび、赤信号に引っかかるたびに、ホーソーンはまるで拷問にかけられてでもいるように身をよじった。わたしのほうはといえば、尋ねたいことが山ほどあった。あの車の鍵に、いったいどんな警告が隠されていたというのだろう? あれを見て、なぜダミアン・クーパーのことを思い出したのだろうか? ダミアンが何らかの危険にさらされているということなのか？　だが、口をつぐんでおくだけの分別は、さすがのわたしも持ちあわせていた。ホーソーンの怒りを自分に向けたくはなかったし、それに――理由はわからないものの――これから起きようとしていることは、ある意味でわたしのせいでもあると、何かが心の奥でささやいていたのだ。

フラム・ロードからブリック・レーンまでは、ひたすら長い道のりだった。ロンドンを西から東へ、はるばる横断しなければならなかったのだ。いっそ、地下鉄に乗ったほうが早かったかもしれない。実のところ、わたしたちのタクシーは何度か地下鉄の駅の脇を通りすぎ――サウス・ケンジントン、ナイツブリッジ、ハイド・パーク・コーナー――そのたびに、ホーソーンがこの先の交通量を計算し、どちらが早いか割り出そうとしているのが見てとれた。ピカデリーに向かって走っていたときには、ついに運転手に鬱憤《うっぷん》をぶつけたほどだ。

「いったい、なぜこんな道を選んだ？　くそいまいましい宮殿を突っ切ればよかったじゃないか」

運転手はホーソーンを無視した。たしかに、ピカデリー・サーカスに向かう道は車が混んではいたが、車でロンドンのどこかへ急ごうとすると、どの道を選んだところで結局はこうなってしまうのだ。わたしは腕時計に目をやった。ここまで来るのに二十五分。もっと、はるかに長い時間だったような気がする。隣では、ホーソーンが何ごとか口の中で毒づいていた。わたしは背もたれに身体を預け、目を閉じた。いったい何が起きつつあるのか、いまだホーソーンは話してくれる気はないようだ。

ついに、タクシーがダミアン・クーパーのアパートメントの前に到着する。ホーソーンはわたしに支払いをまかせ、さっさと車を飛び出していった。わたしは運転手に五十ポンドを手わたすと、釣りは待たずにその後を追い、狭い通路を抜け、二軒の店にはさまれた階段を駆けあがる。上った先は、三階の玄関だ。不吉にも、ドアは半開きになっている。

わたしたちは、中へ足を踏み入れた。

何よりも先に、血の臭いが鼻をつく。わたしはこれまで小説やドラマの脚本で、何十回となく殺人を描いてきたものだ。だが、そこには想像したこともないような現実があった。

ダミアン・クーパーは切り刻まれていた。脇腹を下に横たわった身体の周りには、黒ずんだ茶色の血だまりが広がり、床板に染みこみつつある。伸ばしたままの片手に目をやると、指のうち二本がなかば切断されかかっているのがわかった。自分の身を守ろうと必死にふりまわした手にも、容赦なく刃《やいば》を振るわれたのだろう。五回、六回とダミアンの身体を切り裂いたそのナイフは、いまは胸に突きささったまま残されている。横ざまに顔を切り裂いた傷もあり、ほかのどの傷よりもそれが怖ろしく思えるのは、人はみな真っ先に相手の顔を見るものだからだ。腕や脚を失ったとしても、人は変わらぬ自分でいられる。だが、顔を失ってしまったら、もはや誰も自分を見わけてはくれないだろう。

ダミアンの顔の傷はあまりに深く、片方の眼球がこぼれ落ちているばかりか、めくれた皮がべろりと口もとまで垂れさがっている。ほかの傷は服に隠れてほとんどわからないものの、この顔を見るだけで、どれほど惨《むご》たらしい目に遭ったかは明らかだ。片方の頬を床に押しつけたダミアンの顔は、まるでパンクしたサッカーのボールよろしく、元の形を失って融《と》け崩れているように見える。そこにいるのは、もはやダミアンには見えなかった。服ともつれた黒髪から、そうであろうと判断できるだけだ。

鼻腔《びこう》いっぱいに血の臭いが広がる。掘り起こしたばかりの土のように、ねっとりと濃厚な臭い。血がこんな臭いだとは、これまで考えたこともなかった。だが、いまやその臭いはあたり一面に広がり、窓を閉めきった部屋の中で温められて、ふいに壁が揺らぎ……

「トニー？　しっかりしてくれ！　頼むから！」

どうしたわけか、気がつくとわたしは天井を見つめていた。後頭部が痛む。ホーソーンはわたしの上にかがみこんでいた。何か言おうと口を開きかけ、その言葉を呑みこむ。まさか、自分が失神したなんて。そんなことはありえない。馬鹿げている。きまりが悪すぎるではないか。だが、どうやらまちがいないようだった。

13　死人の靴

「トニー？　だいじょうぶか？」

わたしの視界を覆うように、ホーソーンがかがみこんでいる。心配そうな顔をしているわけではない。あえて言うなら、不思議そうな顔をしていた。まるで、いまだ血を流している惨殺死体を見て失神するのが、いかにも奇妙なことだといわんばかりに。

だいじょうぶなはずはない。ダミアン・クーパー宅の倉庫ふうにデザインしたむき出しの床で頭を打ったうえ、気分も悪かった。鼻腔はいまだ血の臭いでいっぱいだ。ひょっとして、血だまりに倒れこんでしまったのではないかと不安でもあった。顔をしかめ、身体の周りを探ってみる。周囲の床は乾いていた。

「起きるのに、手を貸してもらえるかな?」わたしは頼んだ。

「もちろん」ホーソーンはためらい、やがて手を伸ばすと、わたしの腕をつかんで立ちあがるのを助けてくれた。ためらったのはなぜだろう?　ふと、あることが脳裏にひらめく。ホーソーンと知りあって以来、この事件の捜査をしているときも、ドラマの脚本の手伝いをしてもらっているときも、わたしたちは一度としてお互いの身体に触れたことがなかった。握手さえしたことがないのだ。実のところ、思いかえしてみると、ホーソーンが誰かに触れているところは一度も見たことがない。ひょっとして、不潔恐怖症か何かだろうか?　それとも、単なる人間嫌い?　この男について、いつかは解き明かしたい謎がまたひとつ増えたというわけだ。

血だまりから離れた位置にある革張りのひじ掛け椅子に、わたしは腰をおろした。

「水を持ってこようか?」と、ホーソーン。

「いや、だいじょうぶだ」

「その、吐いたりはしないよな?　なにしろ、現場保存に気をくばらないといけないんでね」

「吐かないよ」

ホーソーンはうなずいた。「死体を見るってのは、気持ちがいいもんじゃないよな。たしかに、これはかなり最悪の部類だ」頭を振ってみせる。「以前おれが見た例では、斬首された死体、目をくり抜かれた死体もあって——」

「その話はけっこう！」何かが胃の奥からせりあがってくる。わたしは深く息を吸いこんだ。

「誰か、よっぽどダミアン・クーパーを憎んでる人間がいたわけだ」ホーソーンはつぶやいた。

「どうもわからないな」わたしはグレースが葬儀の後に話してくれたことを思い出していた。

「これは誰かが計画したことだったんだろう？　柩に音楽の再生機器を入れたのは、あの曲を聴いてダミアンがどう反応するか知っていたからだ。ダミアンが動揺してあの場を去り、ひとりになるのを狙っていたということになる。だが、なぜダミアンを？　これがディールでの事故にかかわることだというなら、ダミアンを責めるのはおかしいじゃないか。車に乗ってさえいなかったのに」

「そこだよな」

わたしは筋道を立てて考えてみようとした。ある女性が不注意な運転をして、子どもを死なせた。十年後、その女性は報いを受けた。だが、なぜ女性の息子までも罰する必要があるというのだろう？　ひょっとして、聖書に書かれているような復讐のつもりなのだろうか——目には目を、というような？　だが、これも意味をなさない。ダイアナ・クーパーはすでに死んでいるのだ。息子を失う苦しみをクーパー夫人に思い知らせたいのなら、母親より先に息子を殺すべきではないか。

「ダミアンの母親は、すぐに警察には出頭しなかった。息子を守りたかったからだ」わたしはつぶやいた。「そのために、いったん事故現場から走り去ったんだ。ひょっとしたら、それで犯人はダミアンをも恨んでいたのかもしれない」

ホーソーンは無言のまましばし考えこんだ――とはいえ、わたしの発言について考えたわけではなかった。「しばらくの間、あんたをひとりにしなきゃいけない。警察には通報したよ。だが、まずはこのアパートメント内を調べる必要があるんでね」

「行ってくれ」

奇妙な話だが、わたしは『インジャスティス』の脚本で、ホーソーンに協力を仰いでいた時期のことを思い出していた。第一話の、動物愛護活動家が農場で死体となって発見される場面について話していたときだ。死体が発見されたとき、警察官や探偵にとって最優先となるのは自分の身の安全を確保することだと、ホーソーンはわたしに話してくれた。いま、ここに迫る危険は？　犯人は、いまだこの建物に潜んではいないだろうか？　自分たちが安全であることを、まずは確認しなくてはならない。それから、犯行を目撃していたかもしれない人間を探す……こうしたドラマによくあるのは、戸棚やベッドの下に子どもが隠れていたというような展開だ。わたしが床に伸びている間に、ホーソーンは警察に通報したのだろう。その後とはいえ、声をかけてくれたのはせめてもの親切というべきかもしれない。

ホーソーンは螺旋《らせん》階段を上り、姿を消した。わたしはひじ掛け椅子に坐ったまま、遺体を見まい、あの怖ろしい傷について考えまいとした。とはいえ、そう簡単なことではない。目をつぶれば、鼻腔に満ちる臭いに意識が向いてしまう。目を開ければ、視界の片隅に血だまりや、投げ出された四肢が飛びこんでくるのだ。わたしは必死に顔をそむけ、どうにか視界にダミアン・クーパーを入れまいとしていた。

そのとき、遺体がうめき声をあげた。

空耳にちがいないと思いながら、わたしは弾かれたようにふりかえった。だが、またしても気味の悪い、ごろごろいうような音があがる。ダミアンの顔はこちらを向いてはいなかったが、その音は、たしかにダミアンから聞こえてきた。

「ホーソーン！」わたしは叫んだ。それと同時に、胃液が喉にせりあがってくる。「来てくれ！」

ホーソーンは階段を駆けおりてきた。「どうした？」

「ダミアンだ。まだ生きている」

ホーソーンはわたしに訝《いぶか》しげな目を向け、それから遺体に歩みよった。「いや、死んでるよ」

そっけなく答える。

「いま、声が聞こえたんだ」

またしても、さっきよりも長いうめき声。わたしの空耳などではなかった。ダミアンは、何か言おうとしているのだ。

だが、ホーソーンは鼻で笑った。「そこにおとなしく坐っていてくれ、トニー。声のことは忘れるんだ、いいな？　死体の筋肉は、いまじわじわと硬直しつつあるんだよ。声帯の周りの筋肉も例外じゃない。それに、胃の中に溜まったガスも、外に出てこようとする。あんたが聞いたのは、その音だよ。よくあることさ」

「なるほど」わたしは心の底から、こんなところに来るんじゃなかったと悔やんでいた。これまでも何度となく思ったことだが、そもそも、こんないまいましい本を書くなどと約束すべきではなかったのだ。

ホーソーンはタバコに火を点《つ》けた。

「上で何か見つかったか？」わたしは尋ねた。

「誰もいなかった」

「きみは、ダミアンが殺されると気づいたんだな」

「その可能性もありうると気づいたんだ」

「どうして？」

ホーソーンは手のひらを窪《くぼ》ませ、そこにタバコの灰を落とした。どうやら、わたしには話したくないらしい。「おれは間抜けだったよ」やがて、ようやく口を開く。「初めてここに来たとき、あんたに注意をそらされちまったからな」

「じゃ、わたしのせいだったというんだね？」

「前にも言ったが、誰かから情報を聞き出してるときには、おれは話に集中したいんだ。そこに口をはさまれると、思考の流れがとぎれて、どこかへ行っちまうんでね」そこで、ふと口調を和らげる。「これはおれのせいだ。両手を挙げて認めるよ。おれが大事なことを見すごしたんだ」

「いったい、何を？」

「ここに時おり母親が来て、テラスの植物に水やりをしてたと、ダミアンは話してただろう。郵便も転送してくれる、と。そのとき思い出すべきだったんだ。ダイアナ・クーパーの家を見てまわったとき、台所にフックが五つ並んでただろう。憶えてるか？」

「木彫りの魚についていたフックだね」

「そのとおり。あそこには、鍵が四つ掛かってた。息子がロサンジェルスにいる間に、ここに水やりに来ていたんなら、クーパー夫人はここの鍵を持ってたことになる。だが、あそこには、そんなラベルの貼られた鍵はなかった」

「何も掛かっていないフックがひとつあったな」

「そうなんだ。誰かがクーパー夫人を殺した。家の中を探しまわった。鍵を見つけた。そして、その鍵を盗んでいったってわけだ」いったん、言葉を切る。いま自分が口にしたことを、あらためて反芻《はんすう》しているようだ。「とにかく、それも可能性のひとつってことさ」

玄関のほうから階段を上ってくる足音がして、一瞬の後、ふたりの制服警官が姿を現した。まず遺体を見て、それからわたしたちに視線を移す。いったい何が起きているのか、探ろうとしているようだ。

「その場から動かないでください」ひとりが口を開いた。「通報したのは？」

「おれだ」ホーソーンが答えた。「ずいぶん時間がかかったな」

「あなたは?」

「ホーソーン元警部、以前は殺人捜査課にいた。すでにメドウズ警部には一報を入れてある。本件は現在捜査中の事件とかかわりがあると、考えてしかるべき根拠がある。そっちも所轄の刑事や殺人課に知らせたほうがいい」

英国の警察官たちがお互いに話しあうときは、奇妙に形式ばって回りくどい言いまわしを使う。たとえば〝電話した〟の代わりに〝一報を入れた〟だとか、〝考えてしかるべき根拠がある〟とか。これはわたしにとって、英国の警察を舞台にしたドラマを書くのに苦労する理由のひとつとなっている。こんな陳腐な決まり文句しか口にしない登場人物に、どうして愛着が湧くだろう。そもそも見た目からして、英国の警察官は米国の同業者たちより退屈だ。白いシャツ、防刃胴衣、そしてあの救いがたい青のヘルメット。銃は持たない。サングラスもかけてはいない。ここに来たふたりは、いかにも若く熱心な警察官たちだった。ひとりはアジア系、もうひとりは白人。どちらも、もうほとんどわたしたちに話しかけようとはしなかった。

ひとりが無線機から状況を報告しているうちに、ホーソーンは室内を勝手に調べはじめた。テラスに出るドアへ歩みよる後ろ姿を、わたしはじっと見まもった。ハンドルに触れないよう、ポケットから取り出したハンカチを使ってドアを開ける。鍵はかかっていないようだ。ホーソーンはテラスに出ていき、わたしもいまだ気分は悪いものの、どうにか椅子から立ちあがってその後を追った。警察官たちは無線での連絡をすでに終え、いまはいかにも手持ちぶさたに見える。テラスに出るわたしのほうへ、ふたりは声をかけるべきか迷っているような視線を投げてよこした。そういえば、わたしはまだ名前も訊かれていない。

午後の外気に触れたとたん、わたしははるかに気分がよくなった。部屋の中と同じく、このテラスも――デッキチェアや鉢植え、バーベキュー用のガスコンロが配置されている――まるでテレビドラマの撮影用セットのように見える。『フレンズ』で、ジョーイやチャンドラー、そのほかの顔ぶれがいつもくつろいでいたバルコニーにそっくりだ。建物の裏側にあって、金属製の非常階段から路地に下りられる。ホーソーンはテラスの端に立ち、下を見おろしていた。靴を脱いでいるのは、足跡をつけないためだろう。いつのまにか、またしても新たなタバコに火を点けている。ホーソーンが一日に吸う本数は、まさに命知らずといっていい――少なくとも二十本、おそらくはもっと多いことだろう。わたしが近づいていくと、ホーソーンはふりかえった。

「犯人はここで待ち伏せしてたんだ。ダミアン・クーパーが葬儀から帰宅したときには、ブリタニア・ロードの家から盗んできた鍵を使い、すでに部屋に侵入してたってわけさ。そしてテラスに出ると、ダミアンの帰宅を待った。すべてが終わると、その男は非常階段を下りて立ち去ったんだ」

「ちょっと待ってくれ。どうしてそんなことがわかる？　そもそも、なぜ犯人は男と決めてかかれるんだ？」

「ダイアナ・クーパーはカーテンの紐で絞め殺された。その息子は無惨にもめった切りだ。犯人はまず男か、あるいはよっぽど、よっぽど怒りくるった女だってことになるな」

「ほかの点については？　犯人がどう行動したか、なぜそんなに確信を持てる？」

ホーソーンはただ、肩をすくめただけだった。

「わたしにこの事件の本を書いてほしいなら、ちゃんと説明してくれないと。さもなければ、こっちで勝手にでっちあげるしかないからな」同じ頼みを、これまで何度くりかえしたことか。

「わかったよ」ホーソーンはテラスの端からタバコを投げ捨てた。ひらひらと回転しながら落ちていく吸殻がやがて見えなくなるまで、わたしはじっと見まもっていた。「まずは、犯人の立場に自分を置いてみるんだ。その場合、自分ならどう考えるかをな。

葬儀を抜け出したダミアンがここへ帰ってくるだろうことを、犯人は知ってた。柩の中のMP3再生装置、あのくだらん〝バスのタイヤはぐるぐるまわる〟の歌を耳にして、ダミアンがここに舞いもどってくるよう仕向けたからだ。あるいは、犯人も墓地にいたのかもな——会葬者として参列してたか、あるいは近くの墓石の陰からこっそりのぞいてたか。だとしたら、ダミアンが恋人に『ぼくは帰るよ』と告げたのも聞こえたはずだ。そして、犯行の計画を立てた。

問題は、ダミアンがひとりかどうか、そのときになってみないとわからないってことだ。結局のところ、グレースもいっしょに帰ってくるかもしれない。ひょっとしたら、司祭を連れて帰ってくることだってありうる。そうなると、どこかで様子をうかがって、ほかに誰もいないことを確かめなくちゃいけない。もしも好機がやってこなかったら、何もせずにさっさとずらかるってわけだ」ホーソーンは親指をひょいと動かしてみせた。「そこの階段を下りればいい」

「ひょっとしたら、犯人は最初からここを上ってきたんじゃないか？」

「いや、それはちがうな。テラスから居間に入るドアには、内側から鍵がかかってる」ホーソーンはかぶりを振った。「犯人は鍵を持ってたんだ。だから、玄関から侵入した。どこか身を隠せる場所を探し、テラスに出たんだ。この場所は完璧だった。窓から中の様子がうかがえて、ダミアンに連れがいるかどうかもわかる。そして、実際にそのときがきてみると、ダミアンはひとりで、犯人の思うつぼだったってわけさ。犯人は居間に戻り……」みなまで言わず、言葉を呑みこむ。

「それで、逃げたのはこの階段からだと言っていたね」わたしは先を促した。

「そこに足跡があるからな」ホーソーンの指さした先を見ると、非常階段の脇に赤い半月形の跡が残っていた。ダミアンの血だまりを踏んだ靴が残した跡だ。脳裏にふと、ダイアナ・クーパーの家の絨毯《じゅうたん》に残っていた足跡の記憶がよみがえる。おそらくは、同じ人物が残したものだろう。

「どちらにしろ、玄関から逃げるわけにはいかなかった」ホーソーンは続けた。「死体の傷を見ただろう。あれだけの血が流れたんだ。犯人も、かなりの返り血を浴びてる。そんな状態で、誰にも気づかれずブリック・レーンをぶらつけると思うか？　おれが見るに、おそらく犯人はコートか何かを上からはおり、この階段を下りて路地づたいに逃げたんだ」

「柩にどうやって目覚まし時計を入れたのか、それももう見当がついたのか？」

「いや、まだだ。それは、コーンウォリスと話してみないとな」ホーソーンは指の間でタバコを転がした。「だが、まだしばらくはここで足止めされることになる。やっとメドウズが現れたら、あんたも事情聴取されるかもしれないしな。余計なことは言うなよ。間抜けなふりをしてりゃいい」ちらりとこちらに視線を投げる。「そんなに難しい演技でもないだろう」

それから二時間あまりにわたって、ダミアン・クーパーのアパートメントにはどんどん人が増えていき、わたしたちふたりは何もすることがないまま腰をおろしていた。最初に到着したふたりの巡査が上司の警部を呼び、その警部が今度は殺人課に連絡したのだ。いわゆるプラスティック紙の防護服、マスクと手袋に身を包んだ五、六人の捜査員たちは、誰が誰なのかまったく見わけがつかない。部屋のあちこちに向けて撮影係が数秒ごとにフラッシュを焚くたび、目もくらむ光に何もかもが動きを止めるように思えた。鑑識の男性と女性がひとりずつダミアンの遺体にかがみこみ、綿棒でそっと手や首のあたりをなぞっている。何をしているのか、わたしは知っていた。もしもダミアンがナイフで攻撃されたとき、犯人と身体のどこかが触れあっていたら、この綿棒によって犯人のＤＮＡが採取できるというわけだ。やがて、遺体の両手にはそれぞれ不透明なビニール袋がかぶせられ、きっちりとテープで留められた。驚くべき速さで、ダミアンの遺体は人間らしさを失っていく――そして、まだこれで終わりではなかった。ついに遺体を運び出す準備にかかると、ふたりの男性が床に膝をつき、ダミアンをポリエチレンのシートで包みこんで、粘着テープで封をする。いまやダミアンの遺体は、どこか古代エジプトのミイラを思わせると同時に、どこかフェデックスの宅配便をも思わせるものに変わりはていた。

玄関から入口の階段までは青と白のテープで封鎖され、立入禁止区域となっている。一、二階や上階の住民たちには、どうやって話を通したのだろうか。わたしはといえば、いまだ事情聴取はされていないものの、紙の防護服をまとった女性に声をかけられ、はいていた靴を持っていかれてしまった。いったいどうしてだろうと、頭をひねらずにはいられない。「あの靴を何に使うんだ？」わたしはホーソーンに尋ねた。

「目に見えない足跡を、これから採取するんでね。あんたの足跡を、そこから除外するんだ」

「それはわかるよ。だが、きみの靴は持っていかなかったじゃないか」

「おれは最初から配慮していたからな、相棒」

ホーソーンはちらりと自分の足もとを見た。いまだ靴下のままだ。おそらく、ダミアンが死んでいるのに気づいて、すぐに靴を脱いだのだろう。

「いつ返してもらえるのかな？」わたしは尋ねた。

ホーソーンは肩をすくめた。

「あとどれくらい、ここで待っていなきゃいけない？」

またしても、答えは返ってこなかった。ホーソーンはさらにタバコを吸いたいのだが、いまや室内で吸うことは禁じられており、そのせいで苛立《いらだ》っているのだ。

しばらくの後、ようやくメドウズ警部が到着し、入口の記録係の書類に署名した。現場に足を踏み入れた瞬間から、現場の指揮をとりはじめるその姿に――ダミアン・クーパー殺害事件の捜査は、メドウズが担当することになったらしい——わたしはこの警部の新たな側面を見たような気がした。冷静に統率力を発揮しながら、現場の責任者に確認し、鑑識チームと話し、メモをとる。やがて、最後にわたしたちに歩みよると、メドウズ警部はいきなり本題に入った。

「おまえたちは、ここで何をしていた？」

「お悔やみを言いに寄ったとこでね」

「黙れ、ホーソーン。おれは真面目な話をしているんだ。被害者がおまえに電話をしたのか？　それとも、ダミアン・クーパーが危ないと、おまえは知ってたってわけか？」

ホーソーンの言うほど、メドウズは頭の悪い男ではないらしい。この質問は、まさに的を射ていた。ホーソーンは知っていたのだ。だが、ここでそれを認めるだろうか？

「いや」ホーソーンは答えた。「電話をもらったわけじゃない」

「だったら、なぜここに来た？」

「なぜだと思う？　葬儀であんな騒ぎが起きて——何か胸の悪くなるような企《たくら》みが進行しつつあるのは明らかだったからな。存在しない押込み強盗を追いかけるのに血道を上げてなけりゃ、あんたにだってそれがわかったはずだ。いったいどういうことなのか、おれはダミアンから話を聞きたかったんだよ。結果として遅すぎたがな」

鍵の件には触れない。自分が過ちを犯したなどと、ホーソーンは認める気はないのだろう。いつの日か、メドウズ警部がわたしの本を読む可能性は忘れているようだ。

「おまえが着いたときには、もうダミアンは死んでたんだな？」

「ああ」

「誰かが立ち去るところは見てないのか？」

「テラスに血まみれの足跡があるから、よかったら見てみるといい。靴のサイズがわかるかもな。犯人はおそらく非常階段から路地へ逃げただろうから、防犯カメラに映像が残ってる可能性もある。だが、おれたちは何も見てない。来るのが遅すぎたんだ」

「だったら、もういい。さっさと失せろ。そこのアガサ・クリスティも、忘れずに連れて帰ってくれ」

〝そこのアガサ・クリスティ〟とは、わたしのことだ。クリスティはわたしの尊敬してやまない作家ではあるが、それにしても腹の立つ言いぐさではないか。

ホーソーンは立ちあがり、わたしもその後に続いて、ふたりとも木の床を靴下で歩きながら玄関に向かう。そのことを口にしようとした瞬間、玄関脇にあったアール・デコのサイドボードから、ホーソーンが黒い革靴を手にとり、わたしに差し出した。わたしの気づかないうちに、いつのまにかそこに靴を置いておいたらしい。「あんたにと思ってね」

「どこから持ってきたんだ？」

「上の階を見てまわったとき、戸棚から拝借してきたんだよ。あいつの靴さ」ダミアン・クーパーのほうをあごで示す。「サイズはあんたと同じじゃないかな」

ためらっているわたしを見て、ホーソーンはつけくわえた。「どうせ、あいつはもう使わないんだ」

わたしは靴をはいてみた。イタリア製の、高級そうな品だ。サイズはぴったりだった。

ホーソーンは自分の靴をはき、わたしたちは玄関を出た。さらに大勢の制服警官の間を通りぬけ、ブリック・レーンに降《お》り立つ。外には警察の車が三台、そしてその隣には、脇に《民間救急車》と記した車が駐《と》まっている。もっとも、内実はけっしてそんな車ではない。実際には、ダミアン・クーパーを遺体安置所に運ぶために呼ばれた黒いワゴン車にすぎないのだ。さらに何人もの警察官たちが、建物の前から舗道にかけて目隠しの仕切りを立て、運び出される遺体が誰の目にもつかないようにしていた。大勢の野次馬は、道の向こう側に足止めされている。道路は閉鎖され、車は通っていなかった。またしても、わたしは自分がかかわってきたテレビドラマのことを思い出さずにはいられなかった。こんなロンドンの中心地でなくとも、これだけの人数のエキストラ、これだけの台数の車を集めて撮影できるほど、予算に恵まれていたことは一度もなかったので。

タクシーが一台、わたしたちのすぐ先で停まった。グレース・ラヴェルが降りてくるのを見て、ホーソーンをひじでつつく。グレースはさっきの葬儀のときと同じ服装で、腕にハンドバッグを掛けている——だが、今度はピンクのワンピースを着たアシュリーが、母親の手をしっかりと握りしめていた。グレースは足をとめ、この騒ぎにはっとして周囲を見まわした。そして、わたしたちに気づき、急ぎ足で近づいてくる。

「何があったの？」グレースは尋ねた。「この警察官たちは？」

「お気の毒ですが、中には入れませんよ」ホーソーンが答えた。「よくない知らせがありましてね」

「ダミアンは……？」

「殺されました」

もう少し柔らかい言いかたもあるだろうにと、わたしは思わずにいられなかった。目の前には、三歳の女の子が立っているのだ。もしこの言葉が聞こえ、意味がわかってしまったら？グレースも同じことを考えたらしい。娘を自分のほうへ抱きよせ、守るようにその肩に腕を回す。「どういう意味？」グレースはささやいた。

「葬儀の後、何ものかに襲われたんですよ」

「死んでしまったの？」

「残念ながら」

「嘘よ。そんなこと、あるはずないもの。あの人は動揺してた。だから、先に帰るって言ったのよ。こんなの、趣味の悪い冗談に決まってる」グレースはドアに目をやり、そしてまたホーソーンに視線を戻した。わたしたちふたりが、そこから出てきたばかりだということに気づいたらしい。「あなたたちはどこへ？」

「中には、メドウズという名の警部がいます。この事件の捜査を担当してる刑事で、おたくの話も聞きたがるでしょう。だが、ひとつ忠告させてもらえるなら、中へは入らないほうがいい。愉快な眺めじゃありませんからね。おたくはご両親のところに寄ってきたんですか？」

「ええ。アシュリーを迎えにね」

「だったら、もう一度そのタクシーに乗って、ご両親のところに戻るといい。メドウズもすぐにあなたの居所を知って、そちらに出向きますよ」

「そんなことをしていいものなの？　ひょっとして、警察はわたしのことを……」

「おたくが事件に関係してるだなんて、誰も思いやしませんよ。おたくはあのパブで、みんなといっしょだったんだから」

「そんなことを心配してたんじゃないわ」グレースは心を決め、やがてうなずいた。「そう、あなたの言うとおりね。中には入りません。アシュリーがいるもの」

「パパはどこ？」このとき初めて、アシュリーが口を開いた。警察官たちや周囲の騒ぎにすっかり混乱し、怯えているようだ。

「パパはここにはいないの」グレースは答えた。「さあ、おばあちゃんとおじいちゃんのおうちに戻りましょう」

「あなただけで帰れますか？」わたしは尋ねた。「よかったら、お送りしますよ」

「けっこうよ。ひとりでだいじょうぶ」

　グレース・ラヴェルという女性をどう判断すべきか、わたしは決めかねていた。わたしはいつも、俳優を前にするとどこかおちつかない気分になる。相手が本心をさらけ出しているのか、それとも、ただ……そう、演技しているだけなのか、どうにも見わけがつかないからだ。いまがそのいい例だった。グレースは、たしかに動転したように見える。目には、涙が光っていた。衝撃を受けているのかもしれない。だが、心のどこかで、これはすべて演技なのではないか、タクシーが路肩に停まったときから、この台詞《せりふ》を準備していたのではないか、そんなささやきが聞こえるのだ。

グレースがタクシーに乗り、ドアを閉めるのを、わたしたちはじっと見まもった。身を乗り出して、運転手に行き先を告げる。一瞬の後、タクシーは発進した。

「嘆きの未亡人か」ホーソーンがつぶやいた。

「きみにはそう見えるか？」

「いや、トニー。トルコの結婚式だって、もっと悲しんでる人間はいるさ。おれに言わせりゃ、あの女はまだおれたちに話してないことがいろいろありそうだ」タクシーはブリック・レーンの入口の信号を抜け、姿を消す。ホーソーンはにやりとした。「あの女、彼氏がどうやって死んだかさえ訊かなかったな」

14　葬儀屋の家

一九五〇年代からウィルズデン・グリーンに建つこの家は、中央の壁を隣家と共有する造りだった。一階は赤レンガ、二階は柔らかい白の漆喰《しっくい》壁、そして切妻の屋根が載っている。まるで、三人の建築家がお互い紹介もされないまま、いっせいに仕事にかかったかのようだ。とはいえ、仕上がりには三人とも満足したのだろう、壁を共有する隣家もまた、鏡で映したかのように同じ構造となっていた。私道は中央を木の柵で区切り、屋根の真ん中に立つ煙突は二軒の共有。どちらの家にもそれぞれ張り出し窓がひとつあり、スナイド・ロードの乱れ敷きの舗道と、道向かいの低い塀を見わたしている。広さは、寝室が四部屋というところだろうか。正面の窓には《ノース・ロンドン・ホスピス》のための慈善ランニングのポスターが貼ってある。車庫は片側が開いていて、明るい緑のボクスホール・アストラ、三輪車、バイクが、いかにも窮屈そうに納まっていた。

玄関口はアーチ形で、中世ふうの扉には分厚い磨《す》りガラスがはまっている。手前には、こんな文字入りの玄関マットが敷いてあった――〝犬には注意無用――飼い主に注意！〟ホーソーンが呼鈴を押すと、鳴り響いたのは『スター・ウォーズ』のオープニング曲の旋律だった。むしろ、ショパンの『葬送行進曲』のほうがふさわしいような気がする。ここは、ロバート・コーンウォリスの自宅なのだから。

扉を開けたのは、こちらがたじろぐほど陽気な女性だった。まるで、この一週間ずっとわたしたちの訪問を待っていたかのようだ。〝あら、やっと来てくれたのね〟といわんばかりの満面の笑みをこちらに向ける。〝どうしてこんなに遅かったの？〟

年齢は三十代なかばだろうか、たるんでみっともないセーター、サイズの合っていないジーンズ（片方の膝に花の刺繍《ししゅう》あり）、ちりちりに縮れた髪と安っぽい大ぶりなアクセサリーという恰好で、中年と呼ばれる領域に自らがむしゃらに突進しているかのようだ。太りすぎではあるが――本人は〝豊穣《ほうじょう》の女神〟くらいのつもりなのかもしれない。片腕には大量の洗濯ものを抱え、手にはコードレスの受話器をつかんでいるが、どちらも自分が手にしていることを忘れているらしい。片方の太股を持ちあげて洗濯ものを支え、肩と耳で受話器をはさみながら玄関の扉を開けようと格闘していた姿が、やすやすと目に浮かぶ。

「ミスター・ホーソーン?」女性はわたしを見て尋ねた。耳に快い、教育のある話しぶりだ。

「いえ」わたしは答えた。「そっちがホーソーンです」

「わたしはバーバラ。どうぞ、入ってちょうだい。家の中はひどい状態だけれど、どうか気にしないでね。六時になったから、子どもたちをベッドに入れようとしてたところなの。ロバートはそっちの部屋にいます。わかっていただけると思うけれど、本当にたいへんな一日だったのよ! 葬儀で何があったかは、アイリーンから聞きました。ひどい話ねえ。あなたがたは警察に協力しているんでしょ。ちがった?」

「警察の事情聴取を手伝っていましてね」

「さあ、こっちよ! そこのローラー・スケートに気をつけて。玄関ホールにものを出しっぱなしにしないでって、子どもたちにはいつも言いきかせているんだけれど。いつか、きっと誰かが首を折るわよ、ってね!」ふと視線を下に落としたバーバラは、洗濯ものを抱えていることにようやく気づいたようだ。「わあ、わたしったら、なんて恰好! ごめんなさいね。ちょうどこれを洗濯機に入れようとしてたときに、呼鈴が鳴ったものだから。いやだ、どんなふうに思われちゃったかしら!」

脱ぎ捨てられたローラー・スケート靴をまたぎ越え、コートや長靴、さまざまなサイズの靴で散らかっている玄関ホールに、わたしたちは足を踏み入れた。椅子の上には、バイクのヘルメットが載っている。家の中では、ふたりの子どもが走りまわっていた。姿が見える前に、まず声が聞こえた――けたたましい金切り声が。一瞬の後、ふたりの幼い少年が現れ、すさまじい勢いで玄関を飛び出していった。どちらも金髪で、四歳と五歳といったところだろうか。ふたりはちらりとわたしたちを見たが、そのまま向きを変え、金切り声をあげたまま姿を消した。

「いまのがトビーとセバスチャンなの。もうじき二階でお風呂に入れるから、そうしたらちょっとは静かになるんだけれど。あなたがた、お子さんはいらっしゃる？　本当にねえ、ここはときどき戦場になるのよ」

この家は、子どもたちに占領されているといってよかった。ラジエーターには服が掛かり、玩具がそこらじゅうに散らばっている――サッカーのボール、プラスティックの剣、ぬいぐるみ、古いテニス・ラケット、ぶちまけられたゲーム用カード、レゴのピース。見ないふりなどできないくらいの惨状だったが、アーチ形のホールを通って居間に足を踏み入れてみると、そこは昔ながらの居心地のいい家庭といった雰囲気があった。暖炉に飾られたドライ・フラワー、海草《シーグラス》を編んだカーペット、おそらくはすでに調律が狂ってしまっているであろうアップライト・ピアノ、ソファに掛けられた毛布、いつの世もけっして廃《すた》れることのない、円柱形の紙のシェードをかぶせたランプ。壁に飾られているのは色彩も鮮やかな抽象画で、デパートで売っていそうな品だった。

「おたくもご主人の仕事を手伝っているんですか、ミセス・コーンウォリス？」バーバラの案内でキッチンに向かいながら、ホーソーンは尋ねた。

「いいえ、まさか！　ねえ、バーバラと呼んでくださいな」洗濯ものの山をどさりと椅子に置く。「夫もわたしも、お互いの顔を見るのは家だけで充分。わたしは薬剤師なんですよ……近くの《ブーツ》の支店で、パートタイムで働いてるの。薬局の仕事も大好きとはいえないけれど、支払いもいろいろかさむでしょ。気をつけて！　そこに、ローラー・スケートのもう片方が。ロバートはこっちよ……」

明るく雑然としたキッチンには、朝食用のカウンターと、素朴な白のテーブルが置かれていた。流しには汚れた皿が積みあがり、そのすぐ隣にきれいな皿も積んである。バーバラはどうやってごっちゃにせずにいられるのだろうと、わたしは訝《いぶか》った。出入りできるガラス戸からは庭が見晴らせるとはいうものの、木の柵に囲まれ、片隅に数本の灌木《かんぼく》が生えた、気持ちばかりの緑の長方形にすぎない。この庭もすっかり子どもたちの植民地となり、トランポリンとジャングル・ジムにほとんど占領された芝生は、いまや息も絶え絶えだ。

ロバート・コーンウォリスはブロンプトン墓地の礼拝堂で着ていたスーツのまま、ネクタイだけ外してテーブルに向かい、帳簿に目を通しているところだった。ここでコーンウォリスを見るのは奇妙な気分だ。仕事場を離れた葬儀屋。もっとも、これが奇妙に思えるのは、目の前の人物が葬儀屋だとわたしが知っているからにすぎない。遺体安置所で死体を縫いあわせる一日をすごした後、こんなにもほのぼのとした家庭的な日常に帰ってくるのは、はたしてどんな気分のものだろうと、わたしは思いをめぐらせた。コーンウォリスもその妻も、死につきまとわれているような気にはならないのだろうか？　子どもたちは父親の仕事について、どの程度まで知っているのだろう？　わたしは自分の作品に、いまだ葬儀屋を登場させたことがない。だからこそ、ホーソーンが仕事について質問してくれないかと願わずにはいられなかった。こうした知識を、わたしはすべて大切に蓄えておくのだ。いつの日か、すばらしく重宝するときがくるかもしれないのだから。

このキッチンも、家のほかの部分と同じく子どもたちに侵蝕されていた。さらなるプラスティックの玩具、テーブルに出しっぱなしの紙とクレヨン、壁にセロテープで貼られた色とりどりのたくり描き。ふと、ハロー・オン・ザ・ヒルの家で見た風景、子どもを失ったジュディス・ゴドウィンの生活のことを思い出す。子どもの存在によって生活の形が定められているのはコーンウォリス家も同じだが、この場合は方向が逆だ。

「はい、ロバートはこちら」バーバラは告げ、それから夫をたしなめた。「あなた、まだそんなことをしてるの？　そろそろ夕食の支度もしなくちゃいけないし、子どもたちを寝かしつける時間だし、家に警察まで来てるっていうのに！」

「いま、ちょうど終わったところだよ」コーンウォリスは帳簿を閉じると、向かいの開いている席を指した。「ミスター・ホーソーン。どうか、おかけください」

「みなさん、お茶はいかが？」バーバラは尋ねた。「茶葉はね、イングリッシュ・ブレックファースト、アールグレイ、ラプサン・スーチョンから選べるわよ」

「いや、けっこうです」

「よかったら、もっと強い飲みものは？　ねえ、ロバート――たしか、まだ冷蔵庫にワインがあったわよね」

わたしはかぶりを振った。

「それじゃ、わたしは失礼して一杯いただくわ。何といっても、やっと週末ですもの……もうすぐ。あなたはどう、ロビー？」

「いや、やめておくよ」

ホーソーンとわたしは、コーンウォリスとテーブルをはさんで向かいあった。ホーソーンが質問を切り出そうとしたそのとき、ふいにふたりの子どもが飛びこんできて、テーブルの周りを駆けまわり、寝る前に何かお話をしてとせがみはじめる。ロバート・コーンウォリスは両手を挙げ、何とか子どもたちをなだめようとした。「いいな、ふたりとも。もうたくさんだ！」子どもたちは父親を無視した。「なんなら、庭でもうひと遊びしてきたらどうだ？　寝る前に、きょうは特別にあと十分間だけトランポリンで遊んでいいぞ！」

ふたりは歓声をあげた。父親が立ちあがり、ガラス戸を開けてやると、子どもたちは庭に飛び出していく。トランポリンによじのぼるふたりを、わたしたちはじっと見まもった。

「何とまあ、可愛らしい」これ以上ないほどの嫌味をこめて、ホーソーンがつぶやいた。

「この時間は、どうにも手がつけられなくなりがちでしてね」コーンウォリスは腰をおろした。

「アンドリューはどこにいる？」半分ほど残った白ワインの壜を片手に、冷蔵庫の前に立つ妻に尋ねる。

「上で宿題をしてるはずよ」

「そう見せかけて、コンピュータでゲームをしているかもな」と、コーンウォリス。「なかなかやめさせられなくて——まだ七歳だと思えば、仕方ないのですが」

「お友だちもみんな同じだものね」バーバラはうなずき、ワインをグラスに注いだ。「いまの子どもたちって、本当にどうなってるのかと思うわ。現実の世界に興味がないんだもの」

しばしの沈黙。この家では、こんな一瞬の静寂も何よりの贅沢に思える。

「葬儀で何があったかは、アイリーンから聞きましたよ」玄関ホールでバーバラが言ったのと同じ台詞《せりふ》を、コーンウォリスは口にした。「わたしがどれほど狼狽《ろうばい》したことか、とうていわかってはいただけないでしょうね。この仕事に就いて、そろそろ八年になります。わたしの前は父が、その前は祖父が会社を切りまわしていたのですよ。しかし、こんなとんでもないことが起きるなんて、まさに前代未聞の事態です」ホーソーンが質問をしようとしたが、それより早くコーンウォリスは続けた。「その場にいなかったことは、本当に申しわけなく思っています。すべての葬儀に立ち会おうと心がけてはいるのですがね、アイリーンがお話ししたと思いますが、きょうは息子の学校で劇の発表会がありまして」

「あの子、もう何週間も、ずっと台詞の練習をしてたのよ」バーバラが大きな声で割りこんだ。「毎晩、ベッドに入る前にね。本当に真剣にとりくんでたんだから」大きなグラスにワインを満たすと、テーブルを囲む椅子のひとつに腰をおろす。「わたしたちが見にこなかったら、絶対に許さないって勢いだったもの。芝居好きなのは血筋かしら……もうずっと、家でもそのことばかり話してて。しかも、本当にすばらしい出来だったんだから。わたしがこんなこと言ったらおかしいかしら？　でも、本当なのよ！」

「わたしはあの場を離れるべきではなかった。離れてはいけないと、わかっていたはずなのに。何かおかしなことが起きるのではないかと、いやな予感がしていたのですよ」

「それはどうしてです？」

コーンウォリスはしばし考えこんだ。「そもそも、クーパー夫人の死からして、何もかもおかしいことだらけだったじゃありませんか。こんなことを言ったら驚かれるかもしれませんが、わたしはこれで、暴力犯罪のあつかいにもそこそこ慣れているんですよ、ミスター・ホーソーン。うちは南ロンドンにも支店がありまして、そちらは警察からお声がかかるのもけっしてめずらしくはありませんからね……ナイフで刺殺されただの、ギャング同士の争いだの。しかし、クーパー夫人の場合は、葬儀の申しこみをしていただいた日に、すぐさまそれが必要となったわけでして……」

「どうも気になるって、あなたは言ってたものね」バーバラはうなずいた。「ちょうど今朝も、着替えながらそう言ってたのを憶えているわ」ふいに、視線を夫の身体に走らせる。「ねえ、どうしてまだそのスーツを着ているの？　さっき着替えるはずじゃなかった？」

バーバラは快活な、愛想のいい女性ではあるものの、けっしておしゃべりをやめようとはしない。こんな女性を妻にしていたら、頭がどうかしてしまいそうだ。妻の最後の質問を無視し、コーンウォリスは先を続けた。「だからこそ、アイリーンには埋葬に立ち会ってくれるよう頼んでおいたのですよ。言うまでもなく、ダミアン・クーパーはちょっとした有名人ですしね、警察も、マスコミも来るでしょうし。アルフレッドにまかせておくのは、どうにも心許なくて。とはいえ、わたしも残るべきでした」

「結局、ダミアン・クーパーとは全然お話しできなかったんでしょ」バーバラはテーブルの上にあった皿を自分のほうへ引きよせ、盛られていたポテト・チップスをひとつかみ取った。庭では、子どもたちがしきりに飛びはねている。二重窓をはさんでいても、そのはしゃいだ笑い声はキッチンにまで聞こえていた。「あなたのお気に入りの俳優さんだったのにねえ」

「まったくだ」

「わたしたち、ダミアンが出た番組はみんな見てるんですよ。ほら、何だったかしらね、あのドラマ？　ジャーナリストのお話よ」

「憶えていないな」

「いやだ、忘れるはずないでしょ。あなた、ＤＶＤだって買ったじゃないの。何度もくりかえし見てたのに」

「『ステート・オブ・プレイ』かな」

「そう、それよ。わたしは途中までしか見てないの。でも、本当にいい俳優さんだわ。ね、わたしたち、お芝居も観にいったじゃないの。オスカー・ワイルドの『真面目が肝心』よ。わたし、結婚記念日にロバートを連れていってあげたの」夫をふりむく。「すばらしい演技だったって、わたしたち、感心したのよね」

「ああ、実にいい俳優だね」コーンウォリスはうなずいた。「だが、だからといって、母親の葬儀をだしに近づくわけにはいかないよ、たとえそんな機会があったとしてもね。それは不謹慎なふるまいというものだ」そして、ちょっとした冗談をつけくわえる。「そんな場でサインを頼むだなんて、とうてい無理な話ですよ！」

「なるほど、では、この知らせを聞いたら驚くかもしれませんね」ホーソーンはポテト・チップスを一枚つまむと、それを証拠のように掲げてみせた。「ダミアン・クーパーも亡くなりました」

「何ですって？」コーンウォリスはまじまじとホーソーンを見つめた。

「きょうの午後、殺されたんですよ。葬儀から、たった一時間かそこらの間にね」

「いったい何の話です？　そんなこと、あるはずがない！」コーンウォリスは心底から動転した様子だった。このニュースはすでにテレビやインターネットに流れているはずだが、この夫婦は子どもたちの相手に忙しく、見るひまがなかったのだろう。

「殺されたって、どうやって？」と、バーバラ。こちらも衝撃を受けているようだ。

「刃物で刺されたんですよ。ブリック・レーンの自宅でね」

「犯人はわかってるんですか？」

「いや、まだです。メドウズ警部からまだ連絡が来ていないとは、驚きましたね」

「わたしどもは何も聞いていないんですよ」コーンウォリスはわたしたちを見つめ、言うべき言葉を探しているようだった。「きょうの葬儀で起きたこと……あれも、何か関係があるのでしょうか？　つまり、そうにちがいないと思うのですよ！　アイリーンから話を聞いたときには、ただの不愉快な悪ふざけだと思ったものですが……」

「誰か恨みを持つ人間のしわざだろうって、あなたは言ってたわね」バーバラが言葉を添えた。

「それが当然の結論だと思ったのだよ。しかし、さっきも言ったとおり、これはもうわたしが経験から判断できるようなことではありませんからね。さらに、ダミアンが殺されてしまったとなれば、この件にもまったく別の角度から光が当てられることとなるのでしょうな」

いったんつまみあげたポテト・チップスを、ホーソーンはまた思いなおして皿に戻した。

「MP3再生機能付き目覚まし時計を、誰かが柩の中に入れた。そして、それは誰かが仕掛けたとおり、十一時半に子どもの歌を流したわけです。今回の事件と関係があるとみて、まずまちがいないでしょう。そんなわけで、あの目覚まし時計がどうやって柩に入れられたか、それをつきとめたいんですよ」

「見当もつきませんな」

「ちょっとは考えてみてもいいんじゃないですかね？」ホーソーンはいまにも切れそうだ。部屋の乱雑さ、飛びはねている子どもたち、ポテト・チップスをつまみにワインを飲んでいるバーバラ、この家のすべてが神経にさわりはじめているのだろう。

まるで救いを求めるように、コーンウォリスは妻を見やった。「わたしどもの会社で働いている人間がやったのではない、それだけはたしかです。《コーンウォリス＆サンズ》の従業員はみな、少なくとも五年以上前からうちで働いておりますし、ほとんどは一族の人間です。アイリーンからお聞きになったと思いますが、クーパー夫人のご遺体はハマースミスにあるわたしどものいちばん大きな遺体安置所へ、病院からまっすぐ運ばれました。そこでご遺体を洗い、目を閉じる処置をしたのです。防腐処置については、夫人はご希望されていませんでした。ご遺体との対面を希望されたかたはいませんでしたし——いたとしても、おかしなことをする機会はなかったはずです。

夫人のご遺体は、ご希望どおりヤナギの枝を編んだ棺にお納めしました。今朝の九時半ごろのことです。わたしはその場におりませんでしたが、柩の担《かつ》ぎ手となる四人が立ち会っていました。そして、柩は霊柩車へ移されました。霊柩車の駐《と》められていた中庭には電動式の門扉があり、街路から部外者が立ち入ることはできません。そして、そこからまっすぐにブロンプトン墓地へ向かったのです」

「では、その間は、つねに誰かが柩を見ていたということですね？」

「ええ。わたしが知るかぎり、柩のそばに誰もいなかったのは、ほんの三、四分間だけのことでしょう——墓地で、礼拝堂の後ろの駐車場に霊柩車が駐めてあったときです。申し添えておきますが、今後はけっしてそのようなことが起きないよう、しっかりと目を光らせていくつもりですよ」

「つまり、目覚まし時計が柩に入れられたのは、その数分の間だったというわけですね」

「ええ。おそらくはそうだと思います」

「柩の蓋は、簡単に開くものですかね？」

コーンウォリスは考えこんだ。「そう、ほんの数秒もあれば。しっかりとした木材で作られた、伝統的な柩でしたら、蓋はねじで固定してしまうのです。しかし、ヤナギの枝を編んだ柩は、二本のストラップで留めるだけですから」

バーバラはワインの最後のひと口を喉に流しこんだ。「ふたりとも、本当にワインはいりません？」

「ええ、けっこうです」わたしは断った。

「そう、じゃ、わたしはもう一杯いただくわね。殺人だの、死だの、そんな話ばっかり！　ロバートの仕事について、わたしたちはふだん家で話さないことにしてるの。子どもたちもいやがるしね。アンドリューの学校では、お父さんの仕事について、クラス全員の前で発表するって授業があったんだけれど、あの子ったら、何もかも作り話でごまかしたのよ。うちのお父さんは会計士です、ってね」バーバラはけたたましく笑った。「いったい、どこからそんなことを思いついたんだか。会計士のことなんか、何も知らないくせにね」立ちあがって冷蔵庫を開け、グラスに二杯めのワインを注ぐ。

バーバラが冷蔵庫のドアを閉めたとき、三人めの少年が、ジャージのズボンにTシャツという恰好でキッチンに入ってきた。さっきのふたりよりも背が高く、黒っぽい髪は乱れたまま額に落ちかかっている。「トビーとセバスチャンは、どうしてまだ庭にいるのさ？」そう尋ねてから、わたしたちに気づいたようだ。「おじさんたちは誰？」

「この子がアンドリュー」バーバラが紹介した。「こちらのふたりは警察官なのよ」

「どうして？　何があったの？」

「あなたが心配するようなことじゃないのよ、アンドリュー。宿題は終わった？」少年はうなずいた。「じゃ、見たければテレビ点《つ》けてもいいわよ」バーバラは息子ににっこりしてみせた。それから、今度は話題を息子のほうに引っぱってくる。「母さんはね、こちらのおふたりに、あなたの劇の話をしてたところなのよ。ね、ピノッキオさん！」

「あまり上手な演技ではなかったがな」コーンウォリスは言った。それから、鼻を伸ばす真似をしてみせる。「おっと、いまのは冗談だ。すばらしかったよ」

いかにも嬉しそうに、アンドリューは胸を張った。「ぼく、大きくなったら俳優になるんだ」きっぱりと宣言する。

「そんな話は後にしなさい、アンドリュー」コーンウォリスは息子の言葉をさえぎった。「それより庭に出て、もうベッドに入る時間だと、弟たちに言いきかせてくれるとありがたいんだがね」

庭では、トビーとセバスチャンはいつのまにかトランポリンを降り、ジャングル・ジムによじのぼっていた。興奮しすぎて歯止めがきかなくなり、お互いに金切り声でののしりあって、もはやあまり正気をとどめていないようにさえ見える。子どもがこんな状態になるのを、わたしも自分の息子たちでさんざん経験してきたものだ。アンドリューはうなずき、父親の言葉にしたがった。

「ひとつ、お尋ねしてもいいですか？」ホーソーンの怒りをかう危険は充分に承知していたが、わたしはどうしても興味を抑えきれなくなった。「事件とはさほど関係ないかもしれませんが、あなたがどうしてこの職業を選んだのか、よかったら聞かせてもらえませんか」

「葬儀屋をですか?」この質問に、コーンウォリスが気を悪くした様子はなかった。「ある意味では、職業のほうがわたしを選んだのですよ。サウス・ケンジントンの店の上に掲げてある看板を、あなたもご覧になったでしょう。わたしどもの会社は一族経営でしてね。たしか曾祖父の父親が起こした事業で、それ以来、ずっと一族に受け継がれてきたのですよ。いとこもふたり、わが社で働いています。アイリーンにはお会いになりましたね。もうひとりのいとこ、ジョージは会計を担当していまして。いつかは、息子の誰かが継いでくれる日がくるかもしれません」

「希望を持つのは素敵なことね!」バーバラが茶々を入れた。

「あの子たちも、いつかは気が変わるかもしれないだろう」

「あなたのように、ってこと?」

「若者たちにとって、いまはけっして生きやすい時代ではないからね。いつか、どうしても職に就かなければならなくなったとき、自分には働き口があると知っておくのもいいだろう」コーンウォリスはわたしたちに向きなおった。「大学を出てから、わたしもいったんは別の道に進みましてね。この地を離れ、いわゆる若気の至りでいろいろとやっていたものです。当時は、心のどこかで葬儀屋になどなりたくないと思っていたのですよ——とはいえ、もしもこの会社に入っていなかったら、わたしの人生はいまとまったくちがうものになっていたでしょうね」

片手を伸ばし、バーバラの手を握る。「妻とも、この仕事のおかげで出会ったのですから」

「わたしの伯父のお葬式だったわね！」

「わたしが進行役を務めるようになって、ごく最初のころの葬儀でした」コーンウォリスはにっこりした。「生涯の伴侶とめぐりあう場としては、あまりロマンティックではないかもしれません。しかし、あの日は悲しみの場から、まさに最高のものが生まれたというわけですよ」

「どっちにしろ、わたしはデイヴィッド伯父さんなんか、あまり好きじゃなかったし」と、バーバラ。

いまや夕闇があたりを包みはじめ、ふたりの幼い少年たちは、家に連れて入ろうとする兄と言いあいになっていた。「もう質問がないようでしたら、そろそろおひきとりいただいてもかまいませんか」コーンウォリスは切り出した。「子どもたちを寝かしつけなくてはならない時間なので」

ホーソーンは立ちあがった。「ご協力いただき、実に助かりましたよ」

はたして本気で言っているものかどうか、わたしは訝しんだ。

「何かわかったら、ぜひ知らせてくださいね」バーバラが頼んだ。「ダミアン・クーパーが殺されてしまったなんて、いまだに信じられないわ。最初に母親、そしてダミアン。次は誰が殺されるのか、つい考えちゃうわよね！」

バーバラは子どもたちを迎えに庭に下り、わたしたちはコーンウォリスの見送りで玄関へ向かった。「そういえばもうひとつ、お話ししておいたほうがいいかもしれないことがありまして」外に出て、薄暗い街灯に照らされた乱れ敷きの舗道に立ったところで、ふいにコーンウォリスが切り出した。「事件に関係あるかどうかはわからないのですが……」

「話してください」ホーソーンが促した。

「実は二日前、電話がかかってきましてね。今回の葬儀の日取りと場所を教えてほしいというのですよ。かけてきたのは男性でした。ダイアナ・クーパーの友人を名乗り、ぜひ葬儀に参列したいというのですが、名前を訊くと答えないのです。正直なところ、その男性は口ぶりから何から——何と言ったらいいのでしょう?——どうにもあやしく思えましてね。異常者とまでは言いませんが、ひどく張りつめた様子だったんですよ。ぴりぴりしているような。どこから電話をかけているかも、教えてはもらえませんでした」

「おたくのところで夫人の葬儀をやると、その男はどうやって知ったんです?」

「それはわたしも不思議に思ったのですよ、ミスター・ホーソーン。きっと、西ロンドンのすべての葬儀社に電話をして、同じ質問をぶつけていたんじゃないでしょうか。もっとも、わたしどもは規模も評判も最高の葬儀社のひとつですから、最初にたまたまうちにかけてきた可能性はありますがね。実をいうと、そのときはあまり深く考えなかったのです。尋ねられたとおり日取りと場所も教えました。しかし、きょう墓地で起きた忌《い》まわしいできごとをアイリーンから知らされて、そう、ふいにその電話を思い出しましてね」

「まさか、相手の番号まではわからないでしょうね?」

「それが、わかっているのですよ。わが社では、かかってくる電話すべての記録を残しておりまして。その男性は携帯からかけてきたので、番号も記録されていました」コーンウォリスはポケットから折りたたんだ紙を取り出すと、ホーソーンに手わたした。「率直に言いますと、これをお渡しするかどうかは、かなり迷ったのですよ。関係ないかたを面倒に巻きこんだりしたくはないですから」

「とにかく調べてみますよ、ミスター・コーンウォリス」

「おそらくは何の関係もないのでしょう。時間の無駄かもしれません」

「時間はたっぷりあるんでね」

コーンウォリスは家に戻り、玄関のドアを閉めた。ホーソーンは渡された紙を開き、中身に目を走らせて、にやりとした。「この番号なら知ってる」

「どうして、また?」

「ハロー・オン・ザ・ヒルで、ジュディス・ゴドウィンがくれたメモの番号と同じでね。アラン・ゴドウィンだよ」

ホーソーンは紙をふたたび折りたたみ、ポケットに滑りこませた。こうなることがずっとわかっていたといわんばかりの笑みを、その顔に浮かべたまま。

15　ヒルダとの昼食

「あなた、新しい靴を買ったのね」翌週の月曜、家を出ようとしたわたしに、妻が声をかけた。「いや、買っていないよ」そう答えて視線を落とすと、わたしがはいているのは、ホーソーンが渡してくれたダミアン・クーパーの靴ではないか。わたしの足にぴったりの、イタリア製の靴——何も考えず、無意識のうちについはいてしまっていたらしい。「ああ、これか！」思わずつぶやく。

わたしの妻は、テレビのプロデューサーをしている。探偵、あるいはスパイにでもなれそうなほど、細かいところにまですばらしく目が届くのだ。わたしは気まずい思いで、しばしそこに立ちつくしていた。妻にはまだ、ホーソーンのことを何も話していない。

「しばらく前に手に入れた靴でね。あまり頻繁にはいてはいないんだ」わたしたち夫婦は、お互い嘘をつかないことにしている。だが、この答えなら、少なくとも嘘ではない。

「どこへ行くの？」

「ヒルダと昼食をとることになっていてね」

ヒルダ・スタークは、わたしの著作権エージェントだ。こちらにも、まだホーソーンのことは話していない。わたしはそそくさと家を出た。

作家と著作権エージェントとは、奇妙な間柄にある。わたし自身、きちんと理解できているかどうか、いまだに自信がない。まず基本として、エージェントは作家にとって必要な存在だ。契約や取引、請求などの手続きにおいて——それどころか、実務や常識にかかわる全般についても——作家というものは、悲しくなるくらい無能なのだから。エージェントは利益の十パーセントと引き替えに、こうした手続きをすべて代行してくれる。売れっ子作家になるまでは、それはごく妥当な料金にすぎないし——いったん売れっ子になってしまえば、手数料がふくれあがろうとけちけちする必要もない。エージェントのしてくれることは、それがほぼすべてといっていいだろう。実際に仕事をとってきてくれるわけではない。前渡し金の額を交渉によって引きあげてくれたとしても、おそらくはエージェント自身が受けとる額のほうがはるかに多いだろう。

エージェントはけっして作家の友人というわけではない——あるいは、おそろしく気が多く、ほかの何十人もの顧客にも、同じようにいい顔をしたがる友人というところだろうか。ときにおずおずと、奥さんやお子さんはお元気ですかなどと声をかけてくることもあるが、実のところ、エージェントはそんなことより、新しい作品の執筆がどれくらい進んでいるかというほうに、はるかに大きな関心を抱いているのだ。ひとつのことしか頭にない人種ともいえ、その興味の対象は、英国の本の売上を調査しているニールセンのチャートと完全に一致している。わたしの本が出版されて一週間が経つと、ヒルダは必ず電話をかけてきて、わたしが嫌がると知っていながら、売上の順位を教えてくれるのだ。「売上がすべてじゃないんだ」と、いつもわたしは答える。これこそが、わたしとヒルダの立ち位置のちがいということなのだろう。

ヒルダがわたしのエージェントになって間もなく、ロンドン・シティ空港で会ったときのことを、わたしはいまでもよく憶えている。わたしのエディンバラでの講演にいっしょに行く予定だったのだが、そもそもヒルダが同行してくれることに、わたしは驚いていた。家庭ですごしたい、家族とともにいたいとは思わないのだろうか？　だが、そんな家族がはたして存在するかどうか、これからもわたしが知ることはあるまい。ヒルダはわたしを家に招いてくれたことはなく、したがって家族に会ったこともないのだ。空港で出会ったとき、ヒルダはセキュリティ・ゲートの向こう側で、携帯でしきりに相手をどなりつけており、近づいてきたわたしに向かって、邪魔をするなと手で合図をした。電話の相手はどこかの出版社だと気づくのに十秒、それがほかでもない、わたしの本を出した出版社だと気づくのに、さらに十秒。ヒルダはいつもの靴にベルト、ジャケット姿で書店《W・H・スミス》の空港支店につかつかと入っていき、そこにわたしの本が置かれていないのに気づいた。そして、出版社に電話をかけ、その理由を説明するよう要求していたというわけだ。

ヒルダとは、こういう人物なのだ。契約を結ぶ前から、その姿はドバイ、香港、ケープタウン、エディンバラ、シドニーといった各地のブック・フェアでよく見かけていた。向こうも、わたしのすべてをすでに知っていたものだ——わたしの最新の作品の売れ行きはどうか、わたしの担当編集者はなぜ辞めたのか、誰がその代わりを務めるようになるのか。わたしにとって、ヒルダはまさに『アラジンと魔法のランプ』の魔神のような存在だった。もっとも、記憶にあるかぎり、わたしは魔法のランプをこすったことはないのだが。こんな人物とはエージェント契約を結ぶしかなく、結局のところ、わたしはそうした。言っておくが、ヒルダが抱えている作家の顔ぶれを見れば、わたしより大物はぞろぞろいる。だが、自分がいちばんの大物だと思わせてくれるところが、ヒルダの才能というものなのだろう。

論理的に考えて、ヒルダはわたしのために働いてくれているのだ、けっしてその逆ではないと、わたしはつねに自分に言いきかせている。それでも、こうして顔を合わせる機会が来るたびに、わたしはどうも緊張してしまうのだ。小柄な身体、いかにも切れ者ふうの服装、きつくカールさせたショートの髪、鋭くこちらを探るような目。ヒルダの何もかもが、その辣腕《らつわん》ぶりを物語っている――こちらに指を突きつけるしぐさも、一語一語を切る話しかたも、感情を表さないところも、服装のセンスも。汚い言葉で毒づく回数は、ホーソーンにも負けてはいない。わたしはヒルダが好きではあるものの、同じくらい怖れてもいた。

いま書いている本のことを、きょうこそうちあけなくてはならないのはわかっていた。この本を売りこむのも、契約を結ぶのもヒルダの役割なのだから。だが、先に話を通さずに、わたしが勝手に決めてしまったことを、ヒルダが喜ばないのもわかっている。だからこそ、わたしはできるかぎり他の話題を先に出して、この件は先延ばしにしていた――『絹の家』の売れ行きの見こみについて、『女王陛下の少年スパイ!』シリーズの新作の可能性について（これまでの巻で何度か登場している殺し屋ヤッセン・グレゴロビッチが活躍する物語を、わたしはひそかに温めていた）、ITVでの『インジャスティス』放映スケジュールについて、『刑事フォイル』の新シリーズを制作するとしたら、どういう展開にするべきかについて。この日のヒルダは、普段と比べてみても、いつになくそわそわとおちつきがなかった。ウェイターがいったん皿を下げたところで、いったい何があったのかと、わたしは尋ねてみた。

「こんなこと、話すつもりじゃなかったんだけれど。でも、あなたもそのうち新聞で目にするでしょうしね。わたしの顧客のひとりが逮捕されてしまったの」

「誰が?」

「レイモンド・クルーンズ」

「劇場プロデューサーの?」

ヒルダはうなずいた。「去年、クルーンズはミュージカル制作のための出資を募ったのよ。『モロッコの夜』という作品だったんだけれど、これが、期待したほど反応がよくなくて」ヒルダはどんな作品であれ、〝完全な失敗〟と評することはない——たとえ、資金を最後の一ペニーまで吐き出すことになったとしても。新作の小説が批評家にどれほど酷評されても、ヒルダはいいほうに解釈できる言葉を一語でも探し出し、〝評価の分かれる作品〟というところに位置づけるのだ。「それで、クルーンズにだまされたと、後援者の何人かが申し立ててね。詐欺罪の疑いがかけられているの」

つまり、葬儀のときにブルーノ・ワンから聞いた話は本当だったということか。わたしは驚いた。そもそも、ヒルダが劇場プロデューサーとも契約していたこと自体、わたしは知らなかったのだ。ひょっとしたら、ヒルダもいくらか出資していて、それを失うはめになったのだろうか。そんなことは、怖ろしくてとても訊けないが。とはいえ、これは例の話を切り出すいいきっかけとなった。まずはつい最近クルーンズに会ったこと、それはダイアナ・クーパーの葬儀という場だったことを持ち出す。そこからホーソーンという人物のこと、わたしが書くことになった本のことまで、すべてをうちあけることができた。

ヒルダは怒りはしなかった。もともと、顧客に対してわめくような人物ではない。とうてい信じられないという顔をした、とするのがより正確な描写だろう。「あなたが何を考えているのか、さっぱりわからない」と、ヒルダ。「子ども向けの本を書くのはやめて、大人向け作家としての地位を確立していこうと、前にじっくり話したじゃない……」

「これは大人向けの本だよ」

「でも、犯罪実話でしょう！　あなたはノンフィクション作家じゃないのに。そもそも、犯罪実話は売れないしね」ワインのグラスに手を伸ばす。「いい考えとは思えないなあ。あと二、三ヵ月で『絹の家』も出版されるのに。わたしがあの本をどれだけ気に入っているか、あなたも知っているじゃない。次はあの続篇を書くということで、お互い納得したと思っていたのに」

「もちろん、それは書くよ！」

「いますぐとりかかるべきよ。読者が読みたがっているのはこっちなんだから。どうして読者がそんな人に興味を持つと思うわけ、その……なんて名前だった？」

「ホーソーン。ダニエル・ホーソーンというんだが、本人がファースト・ネームを使わないんだ」

「みんな、そうよ。刑事って、そういうもの」

「元刑事だよ」

「じゃ、いまは無職の元刑事ってわけ！　『無職の元刑事』か。この本のこと、そんなふうに呼ぶつもり？　題名はもう決めたの？」

「いや」

ヒルダはワインを飲み干した。「いったい、この話の何にあなたが惹かれたのか、さっぱり理解できないなあ。その人のこと、そんなに気に入ったわけ？」

「いや、そうでもない」わたしは認めた。

「じゃ、ほかの誰かにしたら？」

「ホーソーンは、すばらしく頭が切れるんだ」われながら、あまり説得力がある答えとは思えない。

「その事件だって、まだ解決してないじゃない」

「まあ、いまはまだ捜査中だからね」

ウェイターがメインの料理を運んでくる。このところ自分が立ち会った関係者への聞きこみについて、わたしはヒルダにあれこれと話してきかせた。だが、実のところ、聞きこみ中にメモはとっているものの、実際に原稿としてまとめたわけではない。そんなできごとを口頭で説明しようとしても、どうにも曖昧、あやふやで……ときには退屈にさえ聞こえてしまう。アガサ・クリスティの作品のあらすじを、誰かに話してきかせるところを想像してみてほしい。わたしにとっては、まさにそんなふうだったのだ。

ついに、ヒルダはわたしの話をさえぎった。「そもそも、そのホーソーンってどういう人なの？　何か魅力的に思えるところはある？　シングル・モルト・ウイスキーを飲むとか？　クラシック・カーを運転しているとか？　ジャズ、あるいはオペラが好きだとか？　せめて、犬でも飼っていないの？」

「実をいうと、あの男についてはまだ何も知らないんだ」わたしはしょんぼりと答えた。「以前は結婚していて、十一歳の息子がいる。ロンドン警視庁にいたころ、ひょっとして誰かを階段から突き落とすか何かしたのかもしれない。あと、ゲイを嫌っている……理由はわからないんだが」

「その人もゲイなの？」

「いや。だが、とにかく自分のことを話したがらないんだ。わたしにも、何もうちあけようとしないし」

「そんな状態で、どうやって本を書くつもり？」

「ホーソーンが事件を解決すれば……」

「事件によっては、解決までに何年もかかるのよ。あなたはこれから先の人生ずっと、その人を追いかけてロンドンじゅうを歩きまわる気なの？」自分が注文した仔牛肉のカツレツに、ヒルダは怒りをぶつけるかのようにナイフを振るった。「それに、登場人物はみな名前を変えないとだめ。いきなりよそのお宅に押しかけて、その人たちをそのまま本に書いたりしてはいけないのよ」こちらを怖い目でにらみつける。「わたしの名前は、ちゃんと変えてね！　そんな本に登場したくないもの」

「まあ、聞いてくれ。結局のところ、これはおもしろい事件になると思うんだ」わたしは言いはった。「それに、ホーソーンもなかなかおもしろい人物だよ。あの男については、自分でももっと探ってみようと思っているんだ」

「どうやって？」

「この事件で知りあった刑事がいてね。まずは、そこから話を聞いてみるつもりだ」チャールズ・メドウズ警部のことだ。酒でもおごれば、きっと何か話してくれるかもしれない。

「それで、そのホーソーン氏と、お金についての取り決めはしたの？」仔牛肉を頬ばりながら、ヒルダが尋ねた。

これこそは、わたしがずっと怖れていた質問だった。「きっちり半々にしようと提案したんだ」

「何ですって？」放り投げたかと思うほどの勢いで、ナイフとフォークを皿に置く。「そんなの、とうてい正気の沙汰とは思えない。あなたはこれまで、四十冊もの小説を書いてきた。作家として、確固たる地位を築いてきたのよ。いっぽう、向こうは無職の元刑事でしょ。自分の本を書いてほしければ、向こうがお金を払ったっていいくらい。せいぜい、取り分は二割がいいところかな」

「だが、この本の主人公はあいつなんだ！」

「でも、書くのはあなたじゃない」ヒルダはため息をついた。「こんなこと、本気で続けるつもりなの？」

「引き返すには、いささか遅すぎるかな。実のところ、自分でも引き返したいとは思っていないんだ。わたしはあの部屋に入ったんだよ、ヒルダ。切り裂かれ、血まみれになった遺体をこの目で見たんだ」目の前に置かれた自分のステーキの皿にちらりと目をやり、ナイフとフォークを置く。「誰があんなことをしたのか、わたしは知りたいんだよ」

「わかった」ヒルダがこちらに向けた表情には、〝どうせろくなことにはならないけれど、わたしのせいじゃないし〟と書かれていた。「その人の電話番号を教えて。わたしがじかに話してみる。でも、ひとつだけ言っておくけれど、あなたはあと二冊書く契約を結んでいるのよ。そして、少なくともそのうち一冊は、十九世紀を舞台にする約束だから。そもそも、あなたの出版社だって、そんな本に興味を持ってくれるかどうか」

「そっちの見こみも、きっちり半々ってところかな」

「冗談も休み休みにして」

昼食が終わると、わたしは授業をサボる生徒のような気分で、こっそりヴィクトリアに向かった。いったい、どうしてわたしはこんなにも周囲の人々に隠しごとをするようになってしまったのだろう？　妻にはまだ、ホーソーンのことを何も話していない。そして、今度はヒルダにもそれを言わず、またしてもあの男に会うためにこそこそと出かけていくなんて。いまや、ホーソーンはわたしの日々の生活に、このうえなくあやしげな方法でじわじわと食いこみつつある。何よりもまずいのは、わたし自身がホーソーンと会うのを心待ちにし、次に何が起きるかと胸を躍らせていることだ。さっき、ヒルダに告げた言葉は嘘ではなかった。真実を知りたいという気持ちに、わたしはすっかり囚《とら》われてしまっているのだ。

ヴィクトリアという場所を、わたしはあまり好きではないし、そこへ足を運ぶこともめったにない。どうして好きになれるだろう？　ロンドンの中でもバッキンガム宮殿の南側、ヴィクトリアのあたりは、どうにも奇妙で虫の好かない地区なのだ。わたしの知るかぎり、おいしいレストランも見あたらないし、店にはいったい誰が買うのかと思うようなものばかり並んでいる。映画館はなく、劇場はふたつだけ存在するものの、本来あるべきシャフツベリー・アヴェニューから切り離され、孤立しているかのように思えてしまう。ヴィクトリア駅はいかにも古風な建築物で、蒸気機関車が停まっていそうな錯覚さえおぼえるというのに、一歩でも外に出ると、どれも同じような薄汚くいかがわしい通りが無秩序に交差する街角に、途方に暮れて立ちつくすしかないのだ。近年では、山高帽子をかぶった陽気なガイドたちが駅に立ち、旅行者にあれこれと助言してくれる。だが、わたしが旅行者にひとつ助言するなら、悪いことは言わない、どこか別の場所へ行ったほうがいい。

アラン・ゴドウィンが経営しているという、会議や社交行事の企画会社は、そんな一角にあった。バス・ターミナルの近く、まったく食欲をそそらないカフェがひしめく狭い裏通りの突きあたりに位置し、一九六〇年代から風雨にさらされて、いまやすっかりくたびれた建物の三階。わたしが着いたときには雨が降っていて――その日は朝から雲が多かった――舗道のそこここにできた水たまり、水しぶきをはね飛ばしながらかたわらを通りすぎていくバスのおかげで、こんな場所に来ずにすめばどんなによかったか、わたしはため息をつかずにはいられなかった。ドアに掲げられた看板には《ディアボーイ・イベンツ》とあり、いったい何に由来する社名なのか、思いあたるのにしばらくかかる。そう、これは一九五〇年代後半から六〇年代前半にかけて首相を務めたハロルド・マクミランが、政治家にとって怖いものは何かと尋ねられたときの言葉だ――「事件《イベンツ》だよ、きみ《ディアボーイ》、事件《イベンツ》だ」

わたしが通されたのは、狭く不規則な形をした応接室だった。経営があまりうまくいっていないことは、探偵でなくとも、この部屋の状態から見てとれる。家具は高価なものをそろえてあるが、すでにくたびれかかっているし、テーブルに広げてある業界誌はかなり以前のものだ。鉢植えの植物はしおれかけている。受付の女性は退屈げで、それを隠そうともしていない。電話が鳴る気配はなかった。棚には、聞いたこともない団体からの賞が二つ三つ飾ってある。

ホーソーンは先に到着し、すでにその部屋のソファに腰をおろしていた。じりじりと苛立《いらだ》っているその表情は、わたしにとっても最近すっかりおなじみとなっている。すっかり犯罪捜査にのめりこむあまり、次の聞きこみを始めるのが待ちきれず、禁断症状を起こしつつあるかのようだ。「遅いじゃないか」わたしを見て、口を開く。

わたしは腕時計に目をやった。三時五分すぎだ。「変わりないか?」わたしは尋ねた。「週末はどうだった?」

「とくに、何ごともなかったよ」

「何をしていたんだ? 映画でも観たかい?」

ホーソーンはわたしを、不思議なものでも見るような目で見つめた。「どうかしたのか?」

「いや、別に」昼食のときヒルダと交わした会話を、わたしは思い出していた。テーブルをはさんで、ホーソーンと向かいあう。「レイモンド・クルーンズが逮捕されたのは聞いたか?」ホーソーンはうなずいた。「新聞で読んだよ。ダイアナ・クーパーから受けとった五万ポンドの出資金は、まさに巻きあげたに等しい金だったってことだな」

「ひょっとしたら、クーパー夫人はクルーンズについて、何か知っていたのかもしれないな。だとしたら、あの男には殺害の動機があったということになる」

わたしの指摘に耳を傾けるホーソーンの様子を見るに、どうやらこの可能性はすでに考慮の末、退《しりぞ》けられてしまっていたようだ。「あんたはそう思ってるんだね?」

「ありうる話じゃないか」

若い女性が近づいてきて、いかにも頼りない口調で、ゴドウィン氏がお目にかかりますと告げる。女性の案内で短い通路を歩くと、その途中にふたつ部屋があったが、どちらも無人なのが見えた。突きあたりのドアを、女性が開く。「お客さまをご案内しました、ミスター・ゴドウィン」

わたしたちは、部屋に足を踏み入れた。

アラン・ゴドウィンを見た瞬間、わたしははっとした。葬儀で見かけた人物だ。白いハンカチを握りしめていた、もつれた髪の長身の男。いまはデスクに向かい、肩越しにバス・ターミナルの見える窓を背に坐っている。スポーツ・ジャケットに、丸首のセーターという恰好だ。向こうも、入ってきたわたしたちを見て、すぐに気づいたらしい。墓地で顔を憶えられているとわかったのだ。その表情が、すっと暗くなる。

デスクと向かいあうように、椅子が二脚並んでいる。わたしたちは腰をおろした。

「あなたがたは警察官なんですか?」ゴドウィンは、警戒した目でホーソーンを吟味した。

「そう、警察に協力してましてね」

「よかったら、身分証明書か何かを見せてもらえませんか」

「おたくこそ、よかったら話を聞かせてもらえませんかね。ブロンプトン墓地で何をやっていたのか、墓地を出た後、いったい何をしていたのか」ゴドウィンが答えないのを見て、ホーソーンはたたみかけた。「おたくがあそこにいたことを警察はまだ知らないが、このとおり、わたしは知っているんでね。これを伝えれば、警察はまちがいなく躍起になっておたくの話を聞きたがりますよ。実のところ、ここでわたしに話したほうが、おたくにとっちゃはるかに楽だと思いますがね」

ゴドウィンは椅子に沈みこんだように見えた。こうしてじっくり観察してみると、いかにも絶望に打ちひしがれたふうなのがわかる。無理もない。あの事故は、ゴドウィンから息子のひとりを奪い、もうひとりに残酷な後遺症を残した。それをきっかけに何もかもがおかしくなり、家を失い、妻を失い、いまや仕事も行き詰まりかけている。ホーソーンの問いに、きっとゴドウィンは答えることだろう。抗《あらが》う力など、もう残っていないのだから。

「葬儀に行ったからって、何も法律には触れていないはずですがね」ゴドウィンは言いかえした。

「それはどうかな。おたくも、あの音楽を聴いたでしょう。〝バスのタイヤはぐるぐるまわる……〟ってやつを。わたしの記憶が正しけりゃ、あれは改正埋葬法の禁じる〝葬儀における騒擾《そうじょう》、暴行、猥褻《わいせつ》行為〟に相当するんじゃないですかね。さらに、不法侵入罪に触れてる可能性もある。誰かが柩を開け、音響機器を仕込んだんですから。それについて、おたくは何か知ってるんじゃありませんか？」

「とんでもない」

「だが、何があったかは見てたでしょう」

「ええ。もちろんです」

「あれは、おたくにとって何か特別な意味のある歌じゃなかったんですか？」

しばし黙りこんだゴドウィンの目に、絶望の深淵が広がる。「ティモシーを葬ったときに流した歌です」かすれた声で、ゴドウィンは答えた。「あいつの好きな歌だったから」

たとえホーソーンがひるんだとしても、それは一瞬のことにすぎなかった。すぐさま二の矢を放つ。「それで、おたくがあの場にいた理由は？」ホーソーンは問いつめた。「憎んであまりある女の葬儀に、どうして参列したんです？」

「憎んでいたからこそですよ！」ゴドウィンは頰を紅潮させて叫んだ。もともと黒く太い眉毛が、怒りにひきつる。「あの愚かでうかつな女が、おれの八歳の息子を殺した。もうひとりの息子、あんなにやんちゃで誰も彼も笑わせていた子は、いまや何の反応もない置物も同然なんだ。あの女は眼鏡をかけ忘れたばかりに、おれの人生を破滅させたんです。葬儀に出かけていったのは、あの女が死んで嬉しかったから、あの女が埋められるところを見たかったからですよ。それを見とどければ、おれの気持ちにも区切りがつくんじゃないかと思って」

「それで、区切りはついたんですか?」

「いや」

「では、ダミアン・クーパーの死によっては?」ネットを越えてきた球を、ホーソーンは着実に打ちかえしていく。まるでテニスの選手のような張りつめたエネルギー、研ぎ澄まされた集中力で。

ゴドウィンは嘲《あざけ》るように笑った。「おれがあの男を殺したと思っているんですか、ミスター・ホーソーン? だから、墓地を出てから何をしたか訊いたんでしょう? おれはずっと歩いてましたよ、キングズ・ロードからテムズ川沿いに。ええ、言いたいことはわかっています。ずいぶん都合のいい言い訳だと思っているんでしょうね。たしかに、目撃者はいませんよ。おれがどこにいたか、誰も証言しちゃくれないんだ。だが、ダミアン・クーパーを恨む理由がどこにあります? あの車を運転していたわけでもないのに。事故のとき、息子は家にいたんだ」

「母親が事故現場から逃げたのは、息子を守るためかもしれませんがね」

「そりゃ、あの女が勝手にしたことですよ。臆病で自分勝手な行動ではあるが、別に息子のせいじゃない」

その言い分は、わたしが考えていたことと一致していた。アラン・ゴドウィンにはクーパー夫人を殺す動機はあったかもしれないが、息子にまで殺意を抱く理由は思いあたらない。

まるでラウンドの終わりを迎えたリング上のボクサーのように、ふたりはぴたりと動かなくなった。やがて、ホーソーンがまたしても前に踏みこむ。「おたくはクーパー夫人に会いにいきましたね」

ゴドウィンはためらった。「行ってません」

「嘘をついちゃいけない、ミスター・ゴドウィン。行ったことはわかってるんですよ」

「どうして知ってるんですか？」

「夫人が息子に話したからです。おたくのことを怖がってたんですよ。ダミアンによると、おたくは夫人を脅したそうですね」

「そんなことはしていません」ゴドウィンは言葉を呑みこみ、それから、深く息をついた。

「わかりましたよ。たしかに、あの女に会いにいきました。隠さなきゃいけない理由もないでしょう。もう三、四週間前のことです」

「夫人が殺される二週間前でしたね」

「いつだったかは、これから話しますよ。あれは、家を出ていってくれないかとジュディスに言われて二ヵ月後のことでした。おれたちはもう夫婦としてやっていけないと、お互いに悟ったんです。それで、おれはあの女に会いにいったんですよ。ひょっとして、そう、ひょっとしたら、あの女が助けてくれるんじゃないかと思って。向こうもそれを望んでいるんじゃないかとさえ思ったんです」

「助ける？　どうやって？」

「金ですよ！　ほかに何があるっていうんです？」ゴドウィンは息を吸いこんだ。「そう、訊きたいでしょうから、これも話しますよ――何だと思います？　おれはもう、すべてがどうでもよくなっていたんですよ。おれには、もう何も残っちゃいないんだ。この会社も終わりだし。この景気じゃ、どこの企業も金を使いたがらないんですよ――イベントなんかにね。ブラウン首相のおかげでこの国の景気はどん底に落ちこんだし、いまの政権もどうなることやら。誰も彼もが財布の紐を締めてかかる時代には、おれみたいな人間が最初に割を食うんです。

ジュディスとおれも――もうどうにもならなくってね。二十四年間も夫婦として暮らしたあげく、ある朝ふと目覚めたら、もう同じ部屋にいるのも耐えられないってことに気づく、って具合で。まあ、ジュディスがそう言ってたんですがね」ゴドウィンは天井を指さした。「上の階に、居間とキッチン、寝室ひとつの部屋を借りられたんでね、おれはいま、そこで暮らしているんです。五十五歳にもなって、ひと口コンロで卵を茹でたり、ビッグマックの入った茶色い紙袋を抱えて帰ってきたり。いまのおれは、そんな生活を送っているんです。

別に、それくらいのことは我慢できますよ。そんなことはどうだっていいんだ。だが、本当につらいのは……おれがなぜ、あのいまいましい女に会いにいったと思います？　おれたちはもう、家を手放さなきゃならなくなって。ハロー・オン・ザ・ヒルの家をね。もうこれ以上、ローンを払っていけなくなっちまったんですよ。それだって、別にどうだってよかった。ただ、あそこはジェレミーの家なんです。あいつの居場所なんですよ。あいつが安心してくつろげる場所は、あの家しかないんです」ゴドウィンの目に、怒りが燃えあがった。「こんな状況からあいつを守ってやれる方法があるなら、おれは何だってしますよ。自分の誇りをぐっと呑みくだして、クーパー夫人に会いにいったのもそのためでした。夫人には、おれたちを助けてくれるだけの余裕がある。チェルシーのお高い場所に家を持っていて、新聞で読んだところによりゃ、息子もハリウッドで荒稼ぎしているらしいじゃないですか。だったら、ほんのひとかけらでも人間らしい心ってものがあれば、あの女だって自分のしたことの償《つぐな》いをしたいと願うかもしれない、ちょっとばかりポケットに手を突っこんで、おれの家族を助けてくれるかもしれないって思ったんです」

「それで、夫人は？」

「どうしたと思います？」またしても、嘲るような笑み。「あの女は、おれの鼻先でドアを閉めようとしたんですよ。無理やり中に入ったら、今度は警察を呼ぶと脅される始末でね」

「無理やり中に入った？　正確に言うと、何をしたんです？」ホーソーンが尋ねた。

「どうにか話を聞いてくれと、説きふせただけの話ですよ。別に、脅しちゃいない。暴力も振るったりしていません。十分間でいいから時間をくれと、膝をつかんばかりにして頼んだんです」ゴドウィンは言葉を切った。「おれはただ、金を貸してほしかっただけなんですよ。そんな、法外な頼みでもないでしょう？　あのときはまだ、これから売りこむ企画も二件くらいあって、ひょっとしたら、どうにか危機を脱することだってできるかもしれなかった。ただ、ちょっと息をつける余裕がほしかっただけなんです。だが、あの女ははなから耳を貸そうともしてくれなかった。仮にも人間の血が通っていながら、どうしてあんなにも冷酷で、あんなにもそっけない態度がとれるんだろう。そもそも、あんなところにのこのこ出かけていった自分にも、おれはつくづく愛想がつきましたよ。それだけ死にものぐるいだった、ってことですがね」

「あの家の、どの部屋で夫人と話しあったんですか、ミスター・ゴドウィン?」

「入ってすぐの部屋ですよ。居間です。どうしてそんなことを?」

「何時ごろのことでした?」

「昼どきです。正午は過ぎてたな」

「では、カーテンは完全に開き、両脇でまとめられてたわけですね」

「そうですね」この質問に、ゴドウィンはきょとんとした顔をした。

「夫人が在宅だと、どうしてわかったんです?」

「そんなことはわかりませんよ。いちかばちか、行ってみただけです」

「その後で、おたくは夫人に手紙を送りましたね」

ほんの一瞬、ゴドウィンはためらった。「ええ」

ホーソーンはジャケットのポケットに手を伸ばし、アンドレア・クルヴァネクから渡された手紙を取り出した。あれからあまりに多くのことが立て続けに起きたため、こんなものの存在自体、わたしはほとんど忘れかけていたのだが。折りたたまれた紙を、ホーソーンが開く。

「〝こっちはずっとおまえを見てきて、おまえが何を大切にしているのかも知ってる〟」文章を読みあげ、さらにたたみかけた。「脅しちゃいないって話でしたが、これはかなりの脅しに聞こえますがね」

「おれは腹を立てていた、それだけです。深い意味はなかったんですよ」

「投函したのはいつごろ?」

「投函はしていません。あの家に、自分で届けたんです」

「いつです?」

「あの女の家を訪ねた一週間後。木曜日でした。たしか、夕方六時か七時ごろだったはずです」

「夫人が殺される前の週とはね!」

「家には入っていません。玄関のドアの隙間に押しこんだだけです」

「夫人から、何か反応はありましたか?」

「いや。ひとことも連絡はありませんでした」

広げた手紙に、ホーソーンはあらためて目を走らせた。「これはどういう意味なんですかね――〝おまえが何を大切にしているのかも知ってる〟ってのは?」

「だから、深い意味なんかなかったんですよ!」ゴドウィンは拳《こぶし》でテーブルを殴りつけた。「ただの言葉遊びのようなもんです。おれの立場になって考えてみてくださいよ! あの女に会いにいくなんて、愚かな行いでした。手紙を書いたことも。だが、人間ってのは、追いつめられたら愚かなこともしでかすもんなんですよ」

「クーパー夫人は猫を飼ってたんですがね」ホーソーンはたたみかけた。「灰色のペルシャ猫です。家を訪ねたとき、おたくは見てませんかね」

「見ていませんね。猫なんか、どこにも見あたりませんでしたよ――それに、もうこれ以上は何も話すことはありません。結局、身分証明書も見せてもらっていないですしね。あなたがいったい誰なのか、こっちはわからずじまいってわけだ。もう帰ってください」

隣の部屋で電話が鳴った。この事務所に足を踏み入れてからというもの、初めて聞こえてきた音だ。「ここを引きはらう予定は決まってるんですかね?」ホーソーンが尋ねた。

「契約はあと三ヵ月残っています」

「それなら、連絡はつきますね」

がらんとした事務所の中を通りぬけ、わたしたちは雨の降る街路に出た。すぐさま、ホーソーンはタバコに火を点《つ》ける。「明日はカンタベリーに行くよ」唐突な宣言だ。「あんたも来るよな?」

「なぜカンタベリーに?」わたしは尋ねた。

「ナイジェル・ウェストンの居場所をつきとめたんでね」それがいったい誰なのか、わたしはすっかり忘れていた。「ナイジェル・ウェストン勅撰《ちょくせん》弁護士だよ」ホーソーンが説明する。「例の事故の裁判で、ダイアナ・クーパーを放免した判事だ。その後、ディールにも足を伸ばしてみるつもりだよ。あんたも行きたいだろうと思ってね、トニー。海の空気が吸える」

「わかった」そう答えたものの、実のところ、わたしはあまりロンドンを離れたくはなかった。ただでさえ、最近はいろいろな意味でなじみのない領域へ引きずりこまれているというのに。案内人を務めるのがホーソーンだという事実にも、わたしの不安はつのるばかりだった。

「じゃ、そのときに」

ホーソーンと別れ、その通りの端まで歩いたとき、さっき尋ねるつもりだった質問がふと記憶によみがえる。アラン・ゴドウィンは、クーパー夫人が殺されたのを喜んだと言っていた。本人の言葉を借りるなら〝死んで嬉しかった〟と。だが、夫人の葬儀で見かけたとき、ゴドウィンは泣いていたではないか。手にハンカチを握りしめ、ひっきりなしに目を拭って。あれは、どういうことなのだろう？

さらに、別のことも頭に浮かんだ。

〝あの女は眼鏡をかけ忘れたばかりに、おれの人生を破滅させたんです〟

いましがた、怒りに震えるゴドウィンが喉から絞り出した声は、いまだに耳に残っている。だが、別の関係者であるレイモンド・クルーンズはダイアナ・クーパーについて、何かまったく異なる証言をしてはいなかったか。

家に帰りつくとすぐ、わたしは自分がとったメモに目を通し、探していたくだりを見つけた。ホーソーンはこれを見のがしている——だが、これこそはわたしたちの目の前にずっと存在していた、母と息子がともに死ななければならなかった理由にちがいない。これにより、誰が犯人かも導き出せる。実のところ、真実は火を見るより明らかに思えた。

こうなってみると、電車に乗ってカンタベリーへ向かうのが、にわかに楽しみになってくる。ついに、わたしはホーソーンに一歩先んじることができたのだから。

16　メドウズ警部

この本の全体像が見えてきたいま、もっと背景を掘り下げる必要があると、わたしは思いあたった。そろそろチャールズ・メドウズ警部に連絡をとってみる頃合いということだろう。

やってみると、実に簡単なことだった。ロンドン警視庁に電話をかけ、メドウズ警部の名を告げると、あっさりつないでくれたのだ——あれは、おそらくメドウズの携帯にちがいない。電話の向こうでは、ずっと空気ドリルの音が響いていた。わたしが名乗り、こういう理由で会いたいと告げると、最初のうち、メドウズ警部はいかにも警戒した口ぶりだった。あれこれと逃げ口上を並べ、いまにも電話を切りそうな気配だったが、実のところ、それもわたしが金を積むまでのこと。一時間あたり五十ポンドを払うし、パブで話を聞くから一杯おごると持ちかけたのだ。用心ぶかい口調で、警部は提案を呑んだ。もっとも、さほど難しい交渉は必要あるまいと、わたしは最初から踏んでいた。大嫌いなホーソーンの足を引っぱる好機と見れば、あの警部は喜んで乗ってくるだろう、と。

その夜、わたしたちはソーホーの《グルーチョ・クラブ》で会うことになった。ロンドンの中心部にしてくれと言われ、それなら、有名人が集まることで知られる会員制クラブに呼べば、メドウズ警部も感心するだろうと思ったのだ。あそこなら、席を確保できることもわかっている。約束の時間から十分遅れて警部がやってきたときには、わたしはもう上階の静かな片隅に陣どっていた。それにしても、着いていきなりウオッカ・マティーニを注文するとは。逆三角形のカクテル・グラスは、警部の大きく分厚い手に握られると、いかにも間が抜けて見えたものだ。それを三口で飲み干すと、メドウズ警部はすぐさま——遠慮なく——お代わりを注文した。

訊きたいことはたくさんあったのだが、まずはわたしが質問攻めに遭う。どうやってホーソーンと知りあったのか？　なぜあの男の本を書くことになった？　ホーソーンからは金をいくらもらっているのか？　最初に出会った経緯、どうしてこの本を（金をもらわず）書くことになったのかについて、わたしはメドウズ警部に説明した。そして、わたし自身もホーソーンにはいろいろ疑惑を抱いていること、けっして友人と呼べるような関係ではないこともはっきりさせる。

それを聞いて、メドウズ警部はにやりとした。「ホーソーンのような男に、友人などろくにいるはずもないからな。おれがこれまで逮捕した泥棒や強姦魔の中にも、あいつより人好きのする人間はぞろぞろいたよ」

さらに『インジャスティス』でのホーソーンの協力ぶりや、いま捜査中の事件の本を書かないかと、どんなふうにわたしに話を持ちかけてきたかについても話す。わたしが最終的に思いなおすきっかけとなった、ヘイ・オン・ワイでのできごとは省いた。「ただ、いかにもおもしろく思えたんですよ。これまでいろいろな殺人事件を書いてはきたものの、ホーソーンのような人間には会ったことがなかったし」

またしても、警部がにやりとする。「ホーソーンのような人間は多くはないさ、ありがたいことにな」

「いったい、どうしてあなたはあの男が嫌いなんですか？」

「いったい、どうしておれがあいつを嫌ってると思うんだ？　正直なところ、あいつなんぞどうだっていい。ただ、ああいう人間を雇って警察の仕事をさせるなんぞ、とうていまともなことだとは思えないだけでな。もう、警察官でもないのに」

「それなんですが、いったい何があったのか、ぜひ聞きたいですね。どうして警察を首になったんですか？」

「おれと会うってことを、ホーソーンには話したのか？」

「いいえ。しかし、わたしが自分についての本を書いていることは、あの男も知っていますからね。向こうから頼んできたんだから。書く以上は、きみについてもできるかぎりの取材はすると、ちゃんと話してありますよ」

「つまり、きみもいささか刑事めいたことをやってるってわけだ」

「それは、自分でも思いましたね」

わたしたちのこの様子を他人が見たらどう思うだろうと、ふと考えずにはいられない。ラグビー選手のような体型、曲がった鼻、ぺたっと腰のない髪、安もののスーツ。どう考えても、メドウズ警部はこの《グルーチョ・クラブ》ではあまり見かけないたぐいの客だ。ホーソーンと同じく、メドウズ警部にもまた、どこか怖ろしげな雰囲気がただよっている。ウェイターが小枝の形《トウイグレット》のスナックを運んでくると、警部はぐいと片手を皿に突っこむ。その手を引っこめたときには、皿にはもう半分ほどしか残ってはいなかった。

「うちの殺人捜査課について、あいつは何か話してたか？」がりっ、がりっ、がりっ。そこから先の話はすべて、スナックを機械的に嚙《か》みくだく音が合いの手のようにはさまることとなった。

「何も聞いてはいません。実のところ、ホーソーンについては何も知らないに等しいんですよ。どこに住んでいるかさえ知らないんです」

「それなら、ブラックフライアーズのリヴァー・コートだ」わたしの住むクラーケンウェルのアパートメントから、ほんの一キロ半かそこらの場所ではないか。「すばらしく贅沢な場所でね。テムズ川を見晴らせる。どうしてあんなところに住めるのか、事情は知らんがね。あいつの持ちものじゃないんだ」

「そこの電話番号は？」

メドウズ警部はかぶりを振った。「知らんね」

「わたしには、ガンツ・ヒルに住んでいると言っていたんですよ」

「あそこの家は、別れた女房に渡しちまったんだ」

「そうじゃないかと思っていましたよ」わたしは言葉を切った。「別れた奥さんという女性に、会ったことは？」

「一度な。署に訪ねてきたんだよ。身長は百八十センチほど、白人だ」まるで、捜査線上に浮かんだ容疑者を描写しているかのようだ。「なかなかの美人で金髪、あいつより二、三歳下だったかな。いくらか神経質そうではあった。亭主に会いにきたと言われて、おれがあいつのデスクへ案内してやったんだよ」

「いったい、何を話していたんだろう」

「見当もつかないね。ホーソーンの近くに長居する人間はいない。そのときも、さっさと戻ってきたんだ」

「そういう人間といっしょに仕事をするのは、どんなものですか?」

「あいつといっしょに仕事のできる人間はいない。そこが問題なんだ」がりっ、がりっ、がりっ。味わって食べているわけではない。ただ咀嚼《そしゃく》し、呑みこんでいるだけだ。「酒のお代わりをもらえるかな?」

メドウズ警部はグラスを掲げてみせた。わたしはウェイターに合図した。

「ホーソーンがうちの部署に来たのは、二〇〇五年のことだった。それまでは別の分署にいたんだが――サットンやヘンドンのな――あっちでは、もうあの男を抱えておけないって話でね。その理由は、すぐにわかったよ。殺人事件の捜査には、いろんな競争があるというだろう。そのとおり、どの班もひどくいがみあっててね。だが、それはそれとして、どうにかお互い折り合いをつけてるのも本当だ。仕事が終われば、いっしょに飲みにいったりな。助けあえる関係を作る努力もしてるんだよ。

だが、ホーソーンはちがう。あいつは一匹狼だからな。実のところ、一匹狼を好きな人間なんかいない。言っておくが、尊敬されてなかったわけじゃないんだ。仕事にかけちゃおそろしく有能だったし、結果も出してた。うちには『殺人捜査必携』ってものがあってね。聞いたことがあるか？」

「ありませんね」

「まあ、何も秘密の資料ってわけじゃない。読みたきゃ、インターネットで全文ダウンロードできる。二十年ほど前に作られた手引書で、殺人捜査の一般的な流れがまとめてあるんだ。そういうふうに、最初のページにも書いてある。殺人現場における初動から、聞きこみ、検死まで、ありとあらゆる説明が載ってるんだ。まるで熱心なキリスト教徒が聖書を小脇に抱えてるように、その本をつねに持ち歩いてる刑事もいる。おれたちの仕事なんて、そんなもんさ。手順が何より大事なんだ。だが、中には融通の利かなすぎる連中もいてね。おれの知ってる例では、教会の地下に埋められていた人骨が見つかった事件を捜査してた刑事がいる。一九五〇年代に起きた殺人事件だよ。だが、その刑事は、手引書にあるとおり、防犯カメラを調べようとしてね――そんなものが発明される四半世紀も前のできごとだってのに。

ホーソーンの話に戻ると、あいつは何もかも自分のやりかたでやっちまう。ひとことの挨拶もなしにいきなり姿を消すんだ。何か虫の知らせでもあるのか、ただ運がいいだけなのか、どんな手を使ってるのかは誰も知らん。だが、ほぼ必ずといっていい、結局はあいつが正しいんだ。それで、誰もがうんざりさせられる。誰も真似できないような逮捕数の記録を持ってるんでな」

「じゃ、いったいホーソーンの何が気に入らないんですか」

「何もかもさ。来る日も来る日も、あいつのせいで何かしら頭にくることが起きる。上司には無礼だ。誰ともつるまない。酒も飲まん。何も、それを非難しようっていうんじゃない。だが、そんなふうだと、誰も味方ができないだろう。夜も七時になると、すっと姿を消す。女房の待つ家に帰ってたのかもしれないが、手広く遊んでたって噂もある。そんなことはどうだっていいがね。もしも、あいつにもう少し友人と呼べる相手がいたら、面倒を起こしたときに味方になってくれる人間がいただろうに」

「そういえば以前、階段の近くに立つなと教えてくれましたね」

「あんなことを口にすべきじゃなかった。だが、どうしてもホーソーンにちくりと言ってやりたくなってね」三杯めのウオツカ・マティーニが運ばれてくる。メドウズ警部は、またしてもぐいと喉に流しこんだ。「デレク・アボットという六十二歳の男がいてね。引退した教師で、ブレントフォードに住んでいたんだが、《スペード作戦》による逮捕者のひとりとなった。これは五十ヵ国が協力して進めていた、インターネットや郵便による児童ポルノ売買の国際捜査でね。カナダから始まって、最終的に三百人以上の容疑者を拘束してる。アボットは英国での売買の元締めをしていた容疑がかけられ、尋問されることになっていた。パトニーで何をやってたのかは知らんが、とにかくそこで逮捕されたんだ。

うちの署の留置所は三階にある。逮捕されたアボットは、所持品の検査だの何だのが終わって、次は地下の尋問室に連れていかれることになってた。普段なら、職員の誰かが連れていくんだが、その日にかぎって誰も手が空いていなくてね。どうしてそんなことになったか知らんが、ホーソーンがその役をかって出たんだ。あいつはアボットを連れ、廊下を階段へ向かった――そうそう、言い忘れてたが、なぜかホーソーンはアボットに手錠をかけて連れていくことにしたんだ。実のところ、そんな必要はなかった。相手は六十代で、暴力犯罪の記録もないんだからな。まあ、ここまで話せば、何が起きたか推測はつくだろう。どっちにしろ推測するしかないんだ、うちの建物の中でも、ちょうどそこにはカメラがとりつけられていないんでね。ホーソーンがわざと転ばせたと、アボットは証言した。ホーソーンは否定した。事実として残っているのは、アボットが頭から先に十四段の階段を転げおちたこと、後ろ手に手錠をかけられていたせいで、手をついて身を守ることができなかったってことだけだ」

「ひどいけがだったんですか？」

メドウズ警部は肩をすくめた。「首を何ヵ所か骨折してね。下手をしたら、死んでた可能性だってある。そうなったら、ホーソーンもおそらく刑務所にぶちこまれることになっただろう。だが、実のところ、アボットもそれほどおおっぴらに不平を言える立場じゃなかったんでね、まずまず穏便にすませることにはなった。まあ、そうは言っても、完全に揉み消せるわけじゃない。この事故のことはみなが知ってたし、さっきも言ったとおり、ホーソーンを目の敵《かたき》にしてた人間も多かったしな。そんなわけで、あいつは辞めさせられることになった」

この話に、さして驚くべきところはなかった。ホーソーンという人間が、心のうちにある種の暴力性をくすぶらせていることに、わたしはずっと気づいていたからだ。何か、熱く燃えたぎる憤《いきどお》りのようなもの、そのためなら——皮肉にも——法を犯すことさえ辞さないという気質。あの男が誰かを階段から蹴落としたというなら、その相手が小児性愛者だというのは、いかにもありそうな理由だ。レイモンド・クルーンズを訪問したときのホーソーンのふるまいを、わたしは思い出していた。

「ホーソーンは同性愛者が嫌いなんですか?」

「そんなこと、おれが知ってるはずはないだろう?」

「それでも、日々の言動から感じとれるものはあるでしょう。他人とつきあわないといっても、何かにつけて自分の意見を口にする機会はあるはずだ——たとえば、たまたま目にとまった新聞記事や、そのとき流れていたテレビ番組についてね」

「ないね」メドウズ警部はトウィグレットの入っていた皿に目をやった。すでに何も残ってはいない。「きょうび、警察じゃ誰も自分の意見なんか口にしない。ゲイや黒人について何かうっかりしたことを言おうもんなら、その場で首になりかねんからな。このごろじゃ、もう〝労働力《マンパワー》〟なんて言葉も、男女平等に配慮して言いかえなきゃならん。十年前なら、何かまずいことを口走っちまっても、ぴしりと引っぱたかれるくらいですんでた。それだけで、後を引くことはなかったんだ。だが、きょうび、政治的な正しさ《ポリティカル・コレクトネス》は一介の警察官より重要ってわけさ。きみも、それは憶えておいたほうがいい」

「アボットはどうなったんですか?」

「さあな。病院に運ばれて、それ以降は見てないんでね」

「ホーソーンに協力している主任警部がいると聞きましたが」

「それはラザフォードだ。あの主任警部は以前からホーソーンに甘くてな、いまのホーソーンの立場も、そもそもはラザフォード主任警部の思いつきなんだ。言ってみれば、二系統の捜査が並行して進んでるようなもんさ。きみも犯行現場で見ただろう。こっちは何もかもその場に残しておいて、ホーソーンが調べ、推理するのを待ってやらなきゃいけないんだ。ホーソーンのやつは、その結果をラザフォード主任警部に直接報告する。組織をまるまる飛びこえて……」メドウズ警部は、ふいに言葉を呑みこんだ。言うつもりのないことまで口にしてしまったのだろう。「ラザフォード主任警部からは何も聞けんよ。だから、こんな話をしてもきみの時間を無駄にするだけだ」ちらりと腕時計に目をやる。「何か、まだ訊きたいことはあるか？」

「どうかな。何か、ほかに聞かせてもらえる話はありませんか？」

「ないな。だが、そっちこそ、おれに聞かせる話がありそうじゃないか。きみはずっとホーソーンの後をついてまわってる。アラン・ゴドウィンという男からは、もう話を聞いたのか？」

わたしは背筋が冷たくなるような感覚をおぼえていた。ホーソーンの捜査の先回りをするために、メドウズ警部がわたしを利用するかもしれないなどと、それまで夢にも思ってはいなかったのだ。いまとなっては、警部がわたしの誘いに応じたのも、それが真の目的だったのかもしれないと思いあたる。何も漏らしてはいけないことはわかっていた。メドウズ警部がいきなり真犯人を言いあてるなどということになれば、わたしにとっては目も当てられない事態となる。この本も、ここで終わりというわけだ！

それだけではない。わたしの中には、いつしかホーソーンを裏切りたくないという気持ちが芽生えていた。以前ならそんなことを思うはずもないので、この数日間の経験から生まれたものだろう。わたしたちは、ひとつのチームなのだ。わたしたちが――メドウズ警部でも、ほかの誰でもなく――この事件を解決しなくては。「すべての聞きこみに同行しているわけではないんですよ」弱々しい口調で答える。

「そんな話は、にわかには信じられんな」

「つまり……すみません。ホーソーンが何をしているかについては、本当にお話しできないんですよ。それについては、あの男と取り決めを結んでいるので。秘密事項なんです」

年老いた年金生活者をぶちのめした、あるいは子どもを殺した犯人を見るような目で、メドウズ警部はわたしを見つめた。顔を合わせたのはこれで三回めだが、わたしはずっとこの警部を鈍くて無能な、ただのでくのぼうとさえ思ってきた。それは、わたしがつい頭の中で、ポワロに対するジャップ主任警部、ホームズに対するレストレード警部、ウェクスフォード主任警部に対するバーデン警部といった――つまり、けっして事件を解決できない面々と、メドウズ警部を重ねていたからだろう。だが、わたしはこの人物をすっかり過小評価していたようだ。こんなにも危険な存在になりうる相手だったとは。

「きみはあまりものを知らん人間のようだな、アンソニー。だが、さすがに公務執行妨害という言葉は聞いたことがあるだろう」

「ええ」

「警察官の職務執行に対する妨害については、一九九一年制定の警察法に定められてる。きみには一千ポンドの罰金か、あるいは実刑が科せられる可能性があるんだ」

「そんな馬鹿な」まさに、馬鹿げているとしか言いようがなかった。ここはロンドン警視庁内ではない――《グルーチョ・クラブ》だ。しかも、メドウズ警部がここにいるのは、わたしが招待したおかげだというのに！

「おれはきみに、ごく単純な質問をしているだけなんだがね」

「ホーソーンに訊けばいいでしょう」警部の視線を受けとめ、わたしは言いかえした。相手がさらにどう出るか、まったく見通しがつかない。だが、思いがけなくも、ふいにメドウズ警部は緊張を解いた。不吉な雲は通りすぎていったようだ。そんな剣呑《けんのん》なやりとりなど、いまとなってはまったく存在しなかったかのように思えた。

「話すのを忘れてたんだがね」メドウズ警部は切り出した。「きみに会うと知って、うちの息子がえらく興奮してね」

「本当ですか？」わたしはジン・トニックを飲んでいた。ひと口、喉に流しこむ。

「ああ。うちの子は、アレックス・ライダーの大ファンなんだよ」

「それは嬉しいですね」

「実をいうと……」メドウズ警部は突然しおらしい顔になると、抱えてきた革のブリーフケースに手を伸ばした。次に何が起きるかはよく知っている。長年にわたって、こうした流れは何度となく見てきたものだ。警部が取り出したのは、アレックス・ライダーのシリーズ第三作『スケルトンキー』だった。新品だ。きっと、このクラブに来る途中で書店に寄ったのだろう。

「サインをもらえるかな？」

「喜んで」わたしはペンを取り出した。「息子さんの名前は？」

「ブライアンだ」

表紙をめくり、一ページめにペンを走らせる。〝ブライアンへ。きみのお父さんに会って、もう少しで逮捕されそうになったよ。心をこめて〟

わたしはサインをし、メドウズ警部に渡した。「会えてよかったですよ。ご協力に感謝します」

「たしか、一時間あたりの礼金をもらえるという話だったが」

「そうでした」わたしは財布を取り出した。「五十ポンドですね」

メドウズ警部は腕時計に目をやった。「ここに来て、もう一時間十分も経ってる」

「そんなに？」

「それに、ここに来るのに三十分もかかったんだ」

結局、百ポンドを手に、警部は帰っていった。それに加え、わたしはカクテル三杯分を支払い、おまけに本にサインまでさせられたというわけだ。引き替えに、いったい何を得たというのだろう？　これで割に合うのかどうか。

17　カンタベリー

今度ばかりは、わたしもホーソーンと会うのを心待ちにしていた。翌日、キングズ・クロス・セント・パンクラス駅で顔を合わせてみると、ホーソーンもいかにも上機嫌で、すでにふたり分の電車の切符を買っていたうえに、わたしにはひとり分の運賃しか請求しなかった。

テーブルをはさんで向かい合わせに坐り、電車が動きはじめると、わたしが何か話しはじめる前に、ホーソーンはいきなりメモ帳とペン、そしてペーパーバックの本を取り出した。こちらからは逆さまに見える表紙の題名に目をやる。アルベール・カミュの『異邦人』、フランス語から英語に翻訳された作品だ。《ペンギン・クラシック》の中古本で、背綴《せと》じがゆるんでページが外れかけている。わたしは度肝を抜かれた。ホーソーンが本を読むような人間だとは、そもそも思っていなかったのだ――読んだとしても、せいぜいタブロイド紙くらいのものだろう、と。あらためて考えてみても、小説などに興味を持ちそうな人間には思えない。ましてや、一九四〇年代のアルジェリアで実存主義の深淵を探る、無名の若者の生涯に思いをはせるとは。あえて何かホーソーンが読みそうな本はと尋ねられたら、わたしならダン・ブラウンの小説か、あるいはもっと暴力的な作品を選んだことだろう――ハーラン・コーベン、あるいはジェイムズ・パタースンというところだろうか。とはいえ、それも百歩譲っての話だ。ホーソーンは頭が切れ、きちんとした教育も受けている。だが、想像力を羽ばたかせて楽しむ一面があるようには、とうてい見えなかった。

ホーソーンの読書の邪魔をしたくはなかったが、ダイアナ・クーパーとその息子が殺された事件の真犯人について、わたしは自説を披露するのが待ちきれなくてうずうずしていた。沈黙のうちにロンドンの風景が車窓を後ろに流れていき、やがて十五分が経ったころ、わたしはついに我慢できなくなった。ホーソーンはそこまでに三ページ読みすすめていたものの、どうやら文字を追うのに骨を折っているらしいのは、ここまでは終わった、とばかりに勢いよくページをめくる手つきからも見てとれた。

「おもしろいか?」わたしは尋ねた。

「何が?」

「『レトランジェー』だよ」原題を聞いてホーソーンがきょとんとしたので、わたしは翻訳された題名を言いなおした。「『異邦人』だ」

「まあ、悪くはないよ」

「きみは近代文学が好きなんだな」

わたしがまた穿鑿《せんさく》を始めたと気づき、ホーソーンは一瞬の苛立《いらだ》ちを見せた。だが、今回はめずらしく、自分から情報を提供してきた。「おれが選んだわけじゃないんだ」

「というと?」

「うちの読書会の課題なんだよ」

ホーソーンが読書会に参加しているとは！　編みものサークルに入っていると言われるのと同じくらい、どうにもしっくりこない。

「わたしは十八のとき、その本を読んだんだ。かなりの影響を受けたよ。自分をムルソーに重ねてね」

ムルソーというのは、この作品の主人公だ。物語の最初から最後まで、この青年はあてどなくただよう――〝きょう、ママンが死んだ。もしかすると、昨日かもしれないが……〟――アラブ人を殺し、監獄へ入り、死ぬのだ。ムルソーの目に映る荒涼たる世界、その思考の整合性のなさに、わたしは惹かれた。十代だったわたしは、こんなふうになれたらと心のどこかで願ってさえいたのだ。

「真面目な話だがな、相棒。あんたとムルソーは何ひとつ似ちゃいないよ」ホーソーンは本を閉じた。「ムルソーみたいな人間には、しょっちゅうお目にかかるがね。ああいう連中は、中身が死んじまってるんだ。出かけていっちゃ、何かしら馬鹿げたことをしでかすが、自分が生きていけるのは当然の権利だと思いこんでる。おれなら、あんな連中のことを書こうとは思わないな。読む気さえ起きないところだが、まあ、おれの選んだ本じゃないんでね」

「その読書会には、どんな人が入っている？」

「いろんな連中だよ」

わたしは続きを待った。

「図書館に来てる人間の集まりだ」

「その人たちとは、いつ知りあったんだ?」

ホーソーンは答えなかった。窓の外を見ると、線路に沿ってテラスハウスが並んでいる。終わることのない列車の轟音《ごうおん》と家並みを隔てるのは、ちまちまと狭苦しい庭だけだ。そこらじゅうにごみが散らばっている。何もかもが、灰色の埃《ほこり》に覆われている。

「ほかにどんな本を読んだ?」わたしは尋ねた。

「どうしてそんなことを知りたがる?」

「ただ、興味があるだけだよ」

ホーソーンは考えこんだ。しだいに苛立ちをつのらせているのが見てとれる。「ライオネル・シュライヴァーの本だ。同じ学校の先生や生徒たちを殺した少年の話だよ。それが、前回の課題だった」

「『少年は残酷な弓を射る』だな。それはどうだった?」

「うまい作家だよな。こっちにいろいろ考えさせる」ホーソーンはふいに口をつぐんだ。この会話が続く危険を感じとったのだろう。「この事件についちゃ、あんたもいろいろ考えてるんだろうな」

「ああ、実のところ、そうなんだ」願ってもない話のきっかけを振ってもらい、わたしは飛びついた。「誰が犯人か、わたしにはわかったよ」

挑むようでもあり、わたしが失敗するのを待ちかまえているようでもある目つきで、ホーソーンはこちらを見た。「誰なんだ?」

「アラン・ゴドウィンだ」

ホーソーンはゆっくりとうなずいたが、けっして同意しているわけではなかった。「あの男には、たしかにダイアナ・クーパーを殺す立派な動機がある。だが、あの葬儀に、おれたちといっしょに参列してたのを見ただろう。はるばるロンドンを横断してダミアンのアパートメントまで、駆けつける時間があったと思うか？」

「ゴドウィンはあの歌が流れはじめてすぐ、墓地を出ている——それに、柩に目覚まし時計を入れることのできた人間が、ほかにいたと思うか？　あの男の話を、きみも聞いていただろう。あれは、死んだ息子のお気に入りの歌だったんだ」ホーソーンが口をはさもうとするより早く、わたしは続けた。「この事件の動機は、ティモシー・ゴドウィンにまつわるものしかありえない。だからこそ、わたしたちはいま、この電車に乗っているんじゃないか。そもそも単純な話だが、アラン・ゴドウィン以外に、ダイアナ・クーパーを殺す動機のある人間はいないんだ。金を盗む目的で、掃除婦が殺した？　それとも、あのくだらないミュージカルがらみで、レイモンド・クルーンズが手を下したとでも？　馬鹿馬鹿しい！　こんなことを議論していること自体、わたしには信じられないよ」

「おれは議論しちゃいないがね」ホーソーンは淡々と答えた。そして、わたしの言葉を吟味するようにしばし考えこんだ後、悲しげに頭を振った。「事故の起きたとき、ダミアン・クーパーは自宅にいたんだ。事故には関係していない。だとしたら、どこにダミアンを殺す理由がある？」

「その謎も解いたつもりだ」わたしは答えた。「車を運転していたのが、ダイアナ・クーパーではなかったとしたらどうだろう。メアリ・オブライエンは運転していた人間の顔を見ていない。いまのところ、クーパー夫人が運転していたという根拠は、車のナンバーだけなんだ」

「クーパー夫人は自首したじゃないか。自分から警察へ行ったんだ」

「それも、ダミアンを守るためだったかもしれない。運転していたのはダミアンだったんだよ！」考えれば考えるほど、そうにちがいないとわたしは確信していた。「ダミアンは愛しい息子だ。しかも、順調にスターへの階段を上りつつあった。ひょっとしたら酒を飲んでいたか、コカインか何かをやっていたのかもしれない。逮捕されたら、息子の前途が閉ざされてしまう。だからこそ、夫人は自ら罪をかぶったんだ！　そして、自分の罪を軽くするために、眼鏡を忘れただの何だのという話をでっちあげたんだよ」

「だが、そんな証拠は何もないだろう」

「それが、あるんだ」わたしはとっておきの切り札を出した。「レイモンド・クルーンズは夫人が殺された日、昼食をいっしょにとる約束をしていて、駅から出てきた夫人とちょうどいっしょになった、という話をしていただろう。〝道の向こうから手を振る姿を見て〟と、クルーンズは言っていた。つまり、夫人は道の向こうからでも、クルーンズの顔を見わけられた、それだけの視力はあったということになる。眼鏡の件は、夫人の作り話だったんだ」

ホーソーンはわたしに、めったに見せない笑みを向けてくれた。ほんの一瞬ひらめいただけで、すぐに消えてしまう笑みを。「なるほど、あんたもちゃんと注意を向けてはいたんだな」

「ちゃんと聞いていたつもりだよ」用心ぶかく身がまえながら答える。

「問題は、駅から出てきたときは、ひょっとしたら夫人は眼鏡をかけていたかもしれないってことだ」ホーソーンは続けた。その顔はいかにも悲しげで、まるでわたしの仮説をあっさりと論破するのが身を切るようにつらいとでもいうようだ。「そのときの眼鏡の有無については、クルーンズは何も言ってなかったからな。それに、もしも事故のとき運転してたのが夫人じゃなかったとしたら、あの事故をかぎりに運転をやめてしまったのはなぜだ？　家まで引きはらった理由は？　自分が運転してなかったんだとしたら、ずいぶんとひどすぎる動揺っぷりじゃないか」

「息子が事故を起こしたからこそ、わがことのように動揺したのかもしれない。それに、この仮説が正しければ、夫人は従犯なんだ。アラン・ゴドウィンはどうやってか真実にたどりつき、だからこそ、ふたりとも殺さなければならなかったんだよ。あの事故には、ふたりともかかわっていたんだ」

電車は速度を上げた。東ロンドンの建物の並びはしだいにまばらになっていき、そこここに木立や空き地が目につく。

「あんたの仮説には、おれは賛成できないね」と、ホーソーン。「事故の後、警察は当然ながら夫人の視力を検査してるはずだ。それに、そもそも、あんたはいろいろなことを見落としちまってるからな」

「たとえば？」

これ以上は会話を続けるつもりはないとでもいうように、ホーソーンは肩をすくめた。だが、きっとわたしを可哀相に思ったのだろう、考えなおして口を開く。「ダイアナ・クーパーはどんな心境で、葬儀屋へ向かったと思うか？　そして葬儀屋に着いたとき、まず目に飛びこんできたのは何だった？」

「聞かせてくれ」

「おれに訊く必要はないさ、相棒。あんたが見せてくれた、お粗末な第一章に書いてある。もっとも重要なものは何だったのか、きっとあんたも気がつくよ。何もかも、そこに結びついてるんだから」

ダイアナ・クーパーが葬儀屋に着いたとき、まず目に飛びこんできたもの？

わたしはクーパー夫人になったつもりで、バスから降り、舗道を歩くところを想像した。最初に目に飛びこんでくるのは、当然ながら看板だ——《コーンウォリス&サンズ》の名は、ひとつどころか、正面と側面にふたつ掲げられている。あるいは、真夜中一分前で止まった時計に目をやっただろうか。だとしたら、これが何と結びつくというのだろう？　窓には本の形に彫った大理石も飾ってあった——葬儀屋では、よく見かけるたぐいの飾りものだ。さらに、クーパー夫人のそのときの心境とは？　夫人は自分が死ぬのを知っていたと、以前ホーソーンは口にしたことがある。誰かから脅迫を受け、それでも警察に行くことはなかった。なぜだろう？

ふいに、わたしは怒りがこみあげてくるのを感じた。

「いいかげんにしてくれ、ホーソーン。英国の半分を横切って海辺まで、きみはわたしを引っぱりまわしているんだ。少なくとも、これから何をするつもりなのか、話してくれてもいいじゃないか」

「それは前にも話しただろう。裁判官に会いにいくんだよ。それから、事故現場を見にいく」

「つまり、きみはやはりあの事故が関係していると思っているんだな」

ホーソーンはにやりとした。田舎の風景が通りすぎていく車窓のガラスに、その顔が映る。

「日払いで報酬をもらってるかぎり、どんなことだって関係あるさ」

またしても読書に戻ったホーソーンは、それきり口を開かなかった。


〝国王対ダイアナ・クーパー〟の裁判で後者を勝たせた裁判官、ナイジェル・ウェストンは、カンタベリーのまさに中心、片側の窓から大聖堂を、反対側の窓からは聖オーガスティン神学校の遺跡を望む地に自宅をかまえていた。まるで、これまでの生涯を法曹界に捧げてきて、いまや歴史と宗教――歴史のある壁、尖塔、自転車に乗った宣教師たち――に囲まれてすごしたいと願ったかのようだ。豊かな緑に囲まれた、四角く堅牢で均整のとれた家。快適な町に快適な住まいを持ち、快適な生活を送っている人物というわけだ。

ホーソーンは十一時に訪問する約束をとりつけており、わたしがタクシー代を払っている間、ウェストンは戸口に立ってわたしたちを待っていた。引退した法律家というより、音楽家のような風貌だ。いちばん似合うのは指揮者だろうか――痩せぎすで華奢《きゃしゃ》な体格、長い指、銀髪、探るような目。七十代に入り、老齢のためにいくらか縮んだ身体は、太い糸で編んだカーディガンとコーデュロイのズボンに埋もれているかに見える。靴ははいておらず、スリッパを突っかけているだけだ。秀でた頰骨《ひい》越しにじっとこちらを見つめる落ちくぼんだ目は、まるで長机の向こうに坐るふたりの書記官を思わせた。

「入りなさい。快適な旅だったことを願うよ。電車は遅れなかったかね？」

なぜこんなに愛想よく迎えてくれるのだろうと、わたしは訝《いぶか》らずにいられなかった。おそらく、ホーソーンは訪問の理由を明かしていないのだろう。

先に立つウェストンにしたがって、厚い絨毯《じゅうたん》が敷かれ、骨董《こっとう》家具や高価な美術品の並ぶ廊下を歩く。エリック・ギルの素描《そびょう》や、エリック・ラヴィリオウスの水彩画に、わたしは目をとめた――両方とも真作だ。通されたのはこぢんまりとした居間で、窓からは緑の風景が見える。暖炉にはあかあかと炎が燃え――こちらもほんものだ。テーブルには、すでにコーヒーとビスケットが用意されていた。

「きみに会えて本当に嬉しいよ、ミスター・ホーソーン」全員が腰をおろしたところで、ウェストンは口を開いた。「きみの評判は知れわたっておるからな。ほら、例のロシア大使の一件だよ。ベズルコフ事件だ。警察の捜査はすばらしかった」

「裁判では無罪になりましたがね」ホーソーンは指摘した。

「あれは弁護があまりに鮮やかだったからな、わしの見るところ、陪審もそれに引きずられて誤った判断を下してしまったのだ。実際には、あの男が犯人でまちがいあるまいよ。コーヒーはどうかね？」

この裁判官が、まさかホーソーンのことを知っていようとは。ベズルコフ事件とは、はたしてホーソーンがまだ警察にいるころのことか、それとも辞めた後なのか、わたしは思いをめぐらせた。事件の名前そのものにも、どうにも現実感がない。ロンドン警視庁がロシア大使館の事件をあつかうなど、そもそもありうることなのだろうか？

ウェストンはそれぞれのカップにコーヒーを注いだ。室内にはブリュートナーの小型グランドピアノが鎮座しており、高価そうな額に入った写真が五、六枚、蓋の上に並んでいる。そのうち四枚にはウェストンともうひとりの男が写っており、中の一枚は、アロハ・シャツと短パン姿のふたりが腕を組んでいるものだった。まちがいなく、ホーソーンもすでにこの写真に気づいていることだろう。

「それで、カンタベリーにはどんな用件で来たのかね？」ウェストンが尋ねた。

「いまは連続殺人事件の捜査をしていましてね」ホーソーンが説明した。「ダイアナ・クーパーとその息子が殺害された事件です」

「なるほど。その事件は新聞で読んだよ。怖ろしいことだ。きみはロンドン警視庁の顧問を務めているのだったな」

「ええ」

「きみを手放さなかったのは、警察の英断というべきだな！　ディールで不幸にも幼い子どもが生命を落とした事故が、今回の殺人事件に何らかの形でかかわっていると、きみは考えているのかね？」

「まだ、すべての可能性を排除できない段階でしてね」

「なるほど。たしかにああいう事故では、遺族の処罰感情は極限まで高まるものだ。もうすぐ事故の日からちょうど十年を迎えることでもあるし、今回の事件にかかわりがある可能性は充分に考えられる。ただ、あの裁判の記録はきみにもすべて閲覧できるはずだ。それ以外にわしの協力できることがあるかどうか、何も思いあたらんのだがね」

ウェストンの話しぶりは、いまだ現役の裁判官のようだ。すべての言葉は、唇から漏れる前にじっくりと吟味されている。

「実際の関係者からじかに話を聞けるのは、どんなときにも役立つものですからね」

「たしかにな。供述の記録と口頭の証言は異なるということだ。あの一家には会ったのかね？ゴドウィン家の人々に？」

「ええ、会いました」

「あの家族には本当に気の毒だったと思っているよ。当時もそう思い、その気持ちを伝えたものだ。判決は不当だったと、あの一家は思っていたようだが——こんなことは、きみにあらためて言うまでもないと思っているがね、ミスター・ホーソーン——とりわけこうした事故となると、被害者の視点が判決に影響するようなことがあってはならないのだ」

「わかります」

そのとき、ふいに居間の扉が開き、もうひとりの男が顔を出した。さっきの写真で見た男だ。

背は低いながら、見るからにがっちりした体型で、ウェストンよりは十歳ほど若い。手にしているのは、スーパーマーケットのエコ・バッグだった。

「買いものに行ってくるよ」男は口を開いた。「何かほしいものは？」

「キッチンにメモを置いておいた」

「それはもう持ったよ。ほかに何か忘れているものがあったらと思ってね」

「食器洗い機の洗剤を買い足しておいたほうがいいな」

「それはメモに書いてあったよ」

「ほかには思いつかんね」

「じゃ、また後で」男は姿を消した。

「いまのはコリンだ」ウェストンが紹介する。

コリンも、なんとも間が悪いときに居間に顔を出してしまったものだ。わたしはちらりとホーソーンを見やった。いまのところ、その様子に変化は見られないものの、さっきまでとは異なる緊張感があたりにただよっているのはたしかだ。いまの中断が、この聞きこみの行方に影響を与えることになるのはまちがいない。

「おたくの下した判決を、新聞はあまり喜ばなかったようですね」ホーソーンが水を向けた――その目に意地の悪い光がきらめいているのを、わたしは見のがさなかった。

ウェストンはうっすらとした笑みを浮かべた。「わしは、新聞は見ないことにしていてね。新聞が喜ぶかどうかは、事実とは何の関係もないからな」

「クーパー夫人は八歳の子どもを殺し、双子のもうひとりに治ることのない障害を負わせておきながら、ごく生ぬるい処罰で放免となった、これが事実でしょう」

ウェストンの笑みが、さらに薄れる。「一九八八年制定の道路交通法第二条aの定める危険な運転により被害者が死亡したと立証するのは、検察の役割だ。この裁判において、検察は立証に失敗した——とはいえ、それには充分な理由がある。クーパー夫人は交通法規を無視したわけではないし、重大な危機を招くようなこともしていない。薬物やアルコールの摂取もなかった。まだ続ける必要があるかね？　誰かを死なせる意図など、夫人にはなかったのだ」

「眼鏡をかけてなかったじゃないですか」ホーソーンはちらりとこちらを見て、口を出さないようわたしに釘を刺した。

「そう、たしかに不運なめぐりあわせだった——だが、ミスター・ホーソーン、この事故が二〇〇一年のことなのを忘れてはならん。その後、交通法規はまさにこの箇所がより厳しく改正され、わし自身も、それはごく正しい変化だと思っている。とはいえ、改正後の法規に則《のっと》り、あらためてあの事故の審理を行ったとしても、わしはやはり同じ結論に達するのではないかと思うのだよ」

「なぜです？」

「裁判記録を読んでみるといい。弁護士がみごとな論陣を張ったとおり、事故の責任はもっぱら被告人にあるとばかりは言いきれないのだ。ふたりの子どもたちは、走って道路に飛び出した。道向こうのアイスクリーム屋を目当てにな。とっさのことで、乳母はふたりを引きとめることができなかった。乳母を責めることはできんが、もしもクーパー夫人が眼鏡をかけていたとしても、やはりブレーキが間に合わなかった公算は高いのだ」

「それで、夫人を放免するよう陪審に言ってきかせたんですか？」

この問いに、ウェストンは感情を害したようだ。一瞬の間を置いて口を開く。「わしは、そんなことはしていない。率直に言わせてもらえば、きみのもの言いはいささか無礼に思えるがね。実のところ、有罪という評決を出さないよう裁判官が陪審に助言するのは、ごく法律にかなった行いであるし、陪審のほうは、わしの助言を無視することもできるのだ。たしかに、わしが陪審に説示した事件の要点は、いささかクーパー夫人に有利に聞こえたかもしれん。だが、事実のみを考慮してみれば、結論は明らかではないか。被告人は尊敬すべき人物であり、前科もない。さらに、その時点の法律に照らして、明らかな違反は何も犯していない。双子の家族にとって、あの事故が悲劇だったのはたしかだが、だからといって、夫人に拘禁刑を科すのはとうてい妥当な判断ではあるまい」

ホーソーンが身を乗り出す。獲物をしとめにかかるジャングルの猛獣を、またしてもわたしは連想せずにいられなかった。「おたくは以前から夫人を知っていましたね」

ごく単純なそのひとことに、まるで死体置場の扉を勢いよく閉めたかのような重い沈黙が続く。室内の空気が一変し、忍びよる危険をナイジェル・ウェストンが察知した瞬間だ。炎が爆《は》ぜ、熱気が顔にぶつかるような感覚を、わたしは味わっていた。

「何だって？」

「おたくが夫人を知っていたという事実に、つい興味を抱きましてね。ひょっとして、それが判決に何らかの影響を与えたんじゃないかと思ったんですよ」

「きみは何か勘ちがいをしているようだ。わしはクーパー夫人など知らなかった」

ホーソーンはきょとんとした顔をしてみせた。「レイモンド・クルーンズは、たしかおたくの親しい友人ですよね」

「わしは何も――」

「レイモンド・クルーンズですよ、劇場プロデューサーのね。まさか、この名前を忘れたわけじゃないでしょう。ずいぶんと金もうけをさせてもらってるようじゃないですか」

ウェストンは懸命に平静を保とうとしていた。「たしかに、レイモンド・クルーンズはよく知っている。社交と事業の両方でつながりがあるのでな」

「クルーンズの芝居に投資してるんでしたっけね」

「そう、これまで二作に投資した。『Mr.レディMr.マダム』と『真面目が肝心』にな」

「その二作めに、ダミアン・クーパーも出演していますね。初日のパーティで、ダミアンやその母親とも顔を合わせてたんじゃないですか？」

「いや」

「だが、クルーンズとこの裁判について話しあってはいますよね」

「誰からそんなことを聞いた？」

「クルーンズ本人からですよ」

ついに、ウェストンは我慢しきれなくなった。「よくもまあ、わしの家にあがりこんでおいて、そんな言いがかりをつけられたものだな」けっして声を荒らげているわけではないが、憤《いきどお》っているのは明らかだ。その手は、椅子のひじ掛けをきつく握りしめている。皮膚に静脈がくっきりと浮かびあがっているのが、わたしにも見えた。「クーパー夫人とはごくささやかな、人を介したつながりがあるのはたしかだ。わが国のどんな裁判官であれ、その程度の知りあいと法廷で顔を合わせることがありうるのは、いささかなりとも知性を具えた人間なら理解できて当然だろう。きみの論理だと、その場合は裁判官を務めることを辞退すべきとでも言うのかね。〝六次の隔たり〟という理論くらい、きみも聞いたことがあるだろう、友人を六人たどってゆけば、世界はすべてつながっているのだ！　そのつもりになれば、法廷にいる誰であろうと、被告人とのつながりは見つかるものなのだよ。ついでに言うなら、わしはたしかに『真面目が肝心』の初日のパーティに出席したが、たとえダミアン・クーパーとその母親がいたとしても、わしはふたりを見かけてはいないし、口をきいてもいないのだ」

「では、クーパー夫人は裁判中、レイモンド・クルーンズにおたくへの口利きを頼んではいないんですかね？」

「いったい何のために、夫人がそんなことをするのかね？」

「夫人の立場からこの事故を見てほしいと、おたくに頼みこむためですよ。そう頼まれたなら、おたくだって耳を貸すかもしれない。なにしろ、おたくと夫人はどちらも……こういうときには、何という言葉を使うんでしたっけ？」

「知らんね」

「そう、後援者《エンジェル》だ！　おたくとクーパー夫人は、どちらもクルーンズの制作する芝居に投資していたんですからね」

「もうたくさんだ」ウェストンは立ちあがった。「きみの訪問を受け入れたのは、きみの評判を耳にしていて、何かわしにも手助けできることがあればと思ってのことだったのだ。だが、きみはさっきから、不愉快な当てこすりを並べたてているだけではないか。わしはもう、これ以上きみと話しあうつもりはない」

だが、ホーソーンのほうは、まだすべての手札を切ってはいなかった。「レイモンド・クルーンズが刑務所にぶちこまれそうなのを、おたくはご存じでしたかね？」

「出ていけと言っておる！」ウェストンは爆発した。

わたしたちは、言われたとおりにした。


外に出て駅に戻る道すがら、わたしはホーソーンをふりむいた。「いったい何が狙いで、あんなことを言ったんだ？」

ホーソーンはいっこうに動じた様子もなかった。タバコに火を点《つ》け、口を開く。「ちょっとばかり探りを入れてみただけさ」

「ゲイ同士の共謀なんて線を、きみは本当に信じているのか？　レイモンド・クルーンズとナイジェル・ウェストンが、たまたま性的指向が同じだったからというだけの理由で、きみの言

葉を借りるなら〝ゲイ同士のかばいあい〟をしていると？　それがきみの考えていることなら
――正直に言わせてもらうが――それは、きみ自身に問題があるんじゃないかと思うがね」

「たしかに、おれにはいろんな問題があるかもしれないけどな」ホーソーンは答えた。さっきよりも早足になり、こちらを見ようともせずに続ける。「だが、おれはさっき、性的指向についてはひとことも触れちゃいない。金の話をしてたんだよ。いったい何のために、おれたちははるばるここまでやってきたんだ？　事故のことをもっと知りたい、ダイアナ・クーパーとゴドウィン一家のつながりを調べたいからだろう。ナイジェル・ウェストン判事も、そのつながりの一環だ。おれはそこを調べてるだけなんだ」

「あの判事が、クーパー夫人の殺害と何かかかわりがあると思っているのか？」

「おれたちが話を聞く相手は、誰だって何らかの形で夫人の殺害とかかわってるんだよ。殺人事件ってのは、そういうもんなんだ。人は、ベッドで勝手に死ぬこともある。がんで死ぬことも、年老いて死ぬこともな。だが、誰かにナイフでめったやたらに刻まれたり、首を絞められたりしたときには、そこには何らかの人間模様があり、つながりがある――そこを、おれたちは解き明かそうとしてるんだ」ホーソーンは頭を振った。「やれやれ、どうしたもんか！　ひょっとしたら、あんたはこの仕事に向いてないのかもしれないな、トニー。つくづく、ほかの作家と手を組んでりゃよかったと思うよ」

「何だって？」わたしは仰天した。「どういうことだ？」

「言ったとおりだよ」

「きみは、ほかの作家にも打診していたのか？」
「あたりまえだろう、相棒。ほかの作家にゃ断られたんだ」

18 ディール

ディールへ向かう電車の中で、わたしはひとこともホーソーンに話しかけようとはしなかった。通路をはさんで坐ったわたしたちの間には、これまでになかったほどの距離が開いていたのだ。ホーソーンは本に目を落とし、さっきと同じきっぱりした手つきで、よれよれのページをめくりつづけている。わたしはむっつりと窓の外を眺め、いましがた言われたことを反芻《はんすう》していた。こんなことで腹を立てるのは、わたしがまちがっているのかもしれないが、いったいホーソーンが誰に話を持ちかけたのか、それが気になってならない。とはいえ、電車を降りるころには、わたしはもう、きっぱりと気持ちを切りかえることができていた。この話がわたしのところに来た経緯など、いまさら気にしても仕方がない。いまとなっては、これはわたしの本なのだから。重要なのは、書き手としてしっかりと手綱《たづな》を握り、ホーソーンにふりまわされるままでいてはならないということだ。

ディールを訪れるのは初めてだったが、ずっと来てみたいと思っていた地でもあった。少年時代に全巻を愛読していた、海の男ホーンブロワーが活躍する海洋冒険小説のシリーズは、まさにこの地から始まるのだ。また、ジェームズ・ボンドのシリーズ第三作『007／ムーンレイカー』の舞台でもある――ヒューゴ・ドラックスはこの近くにある基地から、最新型の長距離ミサイルを発射し、ロンドンを破壊しようと企《たくら》んでいたのだ。さらに、ここはわたしの大好きな小説、ディケンズの『荒涼館』の舞台のひとつでもあった。主要人物のひとりであるリチャード・カーストンは、この地の部隊に士官として配属されていたのだ。

そもそも、わたしは海辺の町というものが好きだ――とりわけ、行楽シーズンを外れ、灰色の雲に覆われてしとしとと雨の降る海辺の町が。わたしがホーンブロワーのシリーズを読んでいたころ、両親はよく南フランスに出かけており、その間、わたしと妹は乳母とともにデヴォン州インストウに滞在していた。だからこそ、英国の海辺に暮らす人々のもの言いが、そのまわたしの心の奥底に根づいているのだろう。砂丘、スロット・マシーン、桟橋、カモメ、棒の形をしていて、どこを折っても魔法のようにそこの地名が現れるペパーミントのキャンディを、わたしはどれほど愛していることか。そんな町のカフェや喫茶店、濃く出すぎたお茶をポットから注いでいる老婦人たち、チョコレートとキャラメルをかぶせたミリオネア・ショートブレッド、漁網やウィンドブレーカー、お土産用の帽子などを売っている店、こうしたものに対する憧れは尽きることがない。これは、わたしの年齢のせいもあるのだろうか。現代では手軽な休日を楽しむために、誰もがすぐ飛行機に飛び乗ってしまう。だが、海沿いの小さな町というものは、時代に取り残されているからこそ魅力的であるともいえるのだ。

駅を出て、屋根にとまったカモメの鳴き交わす目抜き通りを歩いてみたかぎりでは、ディールは驚くほど味気ない町だった。五月とはいえ、いまだ行楽シーズンは始まっておらず、暗くどんよりとした空が広がっている。巨大なスーパーマーケット《セインズベリーズ》、一ポンドの商品ばかりを並べた、どこにでもある《ポンドランド》、冷凍食品の豊富な《アイスランド》が構成する三角地帯に閉じこめられた暮らしはいったいどんなものだろうと、わたしは思いをめぐらせた。《サー・ノーマン・ウィズダム》パブで一杯やり、《ルーン・ヒン》中華料理店で夕食をとって、《オーシャン・ルームズ》ナイト・クラブ（生協の隣に入口がある）に繰り出すというところだろうか。

海辺に出ると、イギリス海峡ならではの寒々しく陰鬱《いんうつ》な風景が広がっていた。栈橋はひとつだけあるものの、ただコンクリートの道が海に突き出しているだけだ。こんなにもそっけなく、無味乾燥な栈橋がほかにあるだろうか。子どもたちが楽しめるようなものなど――ゲーム機も、トランポリンも、回転木馬も――何もない。ゴドウィン家の両親は、どうしてこんな場所に息子たちを送りこんだのだろうと、わたしは訝《いぶか》らずにいられなかった。もっと楽しめる場所は、ほかにいくらでもあるだろうに。

だが、この小さな町は、しだいにわたしの心をとらえはじめていた。海辺の行楽地ならではの、独特の反骨精神のようなもの、文字どおり本流を外れた片隅を守る意地。海に面した家や別荘の多くは明るい色に塗りたてられ、窓辺の植木箱からあふれんばかりに花が咲きほこっている。見わたすかぎりに広がる礫浜《れきはま》は打ちよせる波に洗われ、広い遊歩道にはそこかしこにベンチが設置されていた。花壇や芝生、木立のある草地もあり、船体を傾けて走る古い釣り船や、走りまわる犬、ゆったりと滑空するカモメが視界に飛びこんでくる。小さな城をかたどった遊具もあり、陽光さえ降りそそいでいれば、ディールは子どもにとってさぞかし胸躍る冒険の地だろうと、わたしは納得しつつあった。どうも、いささか皮肉な見かたがすぎたようだ。もっと子どもの目線を意識しなくては。

最初に訪れたのは、事故現場ではなかった。

ダイアナ・クーパーのかつての家が見たいというホーソーンのため、まずは海辺に出て右に折れる——ディールの隣村、ウォルマーへ向かうのだ。いまだお互いに無言のまま海沿いの道を歩き、古めかしい骨董屋《こっとうや》の前を通りかかったとき、ふいにホーソーンが足をとめ、ウィンドウをのぞきこんだ。さして目を惹くものが陳列されていたわけではない——船の羅針盤、地球儀、ミシン、古びた本や写真といったところだろうか。だが、長い沈黙を破り、ホーソーンは中を指さして口を開いた。「あれはフォッケウルフFw190だ」

指の先には、胴体と翼に黒十字が描かれ、機体番号は〝1〟と記されたドイツの戦闘機の模型が、糸で吊り下げられていた。コックピットには、ごく小さなパイロットの姿がかろうじて見える。子どもたちがよく群がっているのを見かけるプラモデル——《レベル》、《マッチボックス》、《エアフィックス》といったメーカーの製品——のひとつだろうが、この出来から考えると、どう見ても子どもの手によるものではなさそうだ。

「三〇年代に開発された一人乗り単発戦闘機でね」ホーソーンは続けた。「大戦が終わるまで、ドイツ空軍はこれを使いつづけた。連中のお気に入りだったんだよ」

これまでのホーソーンとは、人が変わったかのような話しぶりだ。このちょっとした豆知識は、電車に乗る前に口にしたことの埋め合わせ、休戦の申し入れなのだと、わたしは受けとっておくことにした。興味を惹かれたのは、けっしてフォッケウルフの歴史にではない。ホーソーンが何かに夢中になっているところを、わたしにも垣間見せてくれたという点だ。きょう一日で、ホーソーンは個人的な情報をふたつも明かしてくれた。ひとつは読書会に参加しているということ、そして、もうひとつがこれだ。ふたつを足してみたところで、納得のいく人間像が鮮やかに浮かびあがるわけではないが、それでも大きな一歩にはちがいない。わたしにとっては、何よりありがたかった。

さらに十五分ほど歩くうち、いつしかわたしたちはウォルマーに足を踏み入れていた。やがて、ダイアナ・クーパーのかつての住まいであり、あの事故をきっかけに手放すことを余儀なくされたというストーナー屋敷が目の前に現れる。裏にリバプール・ロード、表にザ・ビーチと二本の道路にはさまれた家で、表から裏へ抜ける私道の入口と出口は、どちらも金属製の門扉で閉ざされている。ダイアナ・クーパーについて、わたしはさほど多くのことを知っているわけではないが、それでもこの屋敷は故人にぴったりの住まいに思えた。実のところ、ここで暮らしているクーパー夫人の姿がまざまざと思い浮かぶほどだ。淡い青をした堅牢な二階建ての家で、煙突が数本に車庫がひとつあり、どこも手入れがゆきとどいている。正面玄関の前には、二体の石のライオンが家を守るように立っていた。その周囲には装飾的に刈りこんだ灌木《かんぼく》や亜熱帯の植物が、狭い幅にきっちりと植えられている。全体の敷地は塀で囲まれていて、堂堂として見えながら、隠れ家のような風情《ふぜい》も感じられた。もちろん、庭木や設備の幾分かは、新しい持ち主が後から付け足したものかもしれない。だが、おそらくはこの姿のままクーパー夫人から受け継いだのだろうと思わせるほど、すべてがしっくりとなじんでいた。

「呼鈴を鳴らしてみるのか?」わたしは尋ねた。わたしたちが立っているのは、リバプール・ロードの側だ。こちらから見るかぎり、屋敷には誰もいないように思えた。

「いや。その必要はないだろう」ホーソーンはポケットから鍵を取り出した。ぶらさがっている札には、この屋敷の名前が書いてある。どういうことなのか、一瞬わけがわからなかったが、次の瞬間、わたしは悟った。ダイアナ・クーパーの家のキッチンから、ホーソーンはこの鍵を持ち出してきたのだ。いつそんなことをしたのか、まったく見当がつかない。証拠品を持ち出すことが許されるとは思えないので、おそらくこの鍵の存在自体、警察は気づいていないのだろう。

がっしりとして重量感のある鍵だ。よくあるエール錠ではない。こうしてみると、正面玄関の鍵ではなさそうだ。それより門扉の鍵らしく見える。ホーソーンは何度か試してみたが、やがてかぶりを振った。「こっちじゃないな」

わたしたちは家の反対側へ回り、ザ・ビーチに面した門扉を試してみた。だが、こちらの鍵も開かない。「つまらんな」ホーソーンはひとりごちた。

「クーパー夫人はどうしてこの鍵をとっておいたんだろう?」わたしは尋ねた。

「おれは、そこが知りたいんだ」

ホーソーンは周囲を見まわし、わたしはまた歩いてディールに戻ることを覚悟した――だが、そのとき、道路をはさんだ反対側のもうひとつの門扉に、ホーソーンが目をとめた。ストーナー屋敷には、海岸に面して飛び地となっている庭園があったのだ。にんまりしながら道を渡ったホーソーンは、またしてもその鍵を試してみた。今度こそ、門扉は開いた。

四方を灌木に囲まれた小さな四角い庭園に、わたしたちは足を踏み入れた。庭園というより、方庭に近い印象だ。こぢんまりと刈りこんだイチイの木々とバラの花壇に囲まれて美しい大理石の噴水があり、それをはさむように木のベンチがふたつ置かれている。地面はヨークストーンを敷きつめた石畳だ。いかにも物語めいた雰囲気で――まるで、童話の一場面にも思える。しばらく使っていないらしい、乾いた噴水に歩みよりながら、悲しみの気配を感じたわたしは、これから見るものを予感していた。

そのとおり、噴水の石造りの枠にはこう刻まれていた――〝ローレンス・クーパー　一九四六年四月三日―一九九九年十月二十二日「眠れば、あるいは夢も見よう」〟――ハムレットの独白として有名な一節だ。

「ダイアナ・クーパーの夫の名だ」わたしはつぶやいた。

「ああ。がんで亡くなった夫を偲《しの》ぶために、クーパー夫人はこの庭を造ったんだ。屋敷を手放さなくてはならなくなったときも、ここにだけは戻ってきたくなるだろうとわかっていたんだな。だから、鍵をとっておいた」

「夫を心から愛していたんだな」

ホーソーンはうなずいた。このときばかりは、いたたまれない思いをふたりで等しく嚙《か》みしめながら、ただその場に立ちつくすしかなかった。「ここを出よう」やがて、ホーソーンがつぶやいた。

ダイアナ・クーパーの人生を変えてしまった事故が起きたのは、ディールの中心にある《ロイヤル・ホテル》のすぐ近くだった。このジョージ王朝様式の美しい建物のホテルに、メアリ・オブライエンはジェレミーとティモシーを連れて滞在していたのだ。あと数分でホテルに戻り、お茶を飲んでベッドに入れるというそのとき、少年たちは車にはね飛ばされた。

メアリが話してくれたことを、わたしは思い出していた。ふたりの少年は、いまわたしたちの背後にある、ゆるやかな傾斜の礫浜を上ってここに出たのだ。栈橋も、すぐそこにある。ディールの街なかでも、ここは道路の幅がひときわ広く、キング・ストリートから丁字路を右に曲がってくる車も、自然に速度が上がってしまう。丁字路の角には、ディールの名を練りこんだペパーミント・キャンディを売り、アーケード・ゲームを置いている店があった。ダイアナ・クーパーの車は、この角を曲がって姿を現したのだ。目の前には、いくつかの店が並んでいた。パブ、ホテル、薬局——ここは《栈橋薬局《ピア・ファーマシー》》と看板が出ている。そして、この薬局の隣にあるのが、例のアイスクリーム屋だ。前面がガラス張りの店がまえで、鮮やかな縞模様の日よけが張り出している。

どんなふうに事故が起きたかは、まざまざと目に浮かぶようだった。向こうから走ってきた一台の車が、路肩に駐めてあった車を避《よ》けながら丁字路をぐいと曲がる。まさにその瞬間を選んだかのように、ふたりの子どもは乳母の手をすり抜けて歩道を突っ切り、ひたすら目の前のアイスクリーム屋だけをめざして道路に飛び出したのだ。ナイジェル・ウェストンの言ったとおりかもしれない。たとえ眼鏡をかけていても、ダイアナ・クーパーのブレーキが間に合うかどうかはぎりぎりだっただろう。事故が起きたのはまさにこの季節で、日付ももうすぐその日を迎える。遊歩道はいまと同じくらい閑散として、午後の太陽もいくらか翳《かげ》りかけていたはずだ。

「どこから始める？」わたしは尋ねた。

ホーソーンはうなずいた。「アイスクリーム屋からだな」

店が開いているのは見てとれた。道を渡り、店内に足を踏み入れる。

店名は《ゲイルズ・アイスクリーム》といい、プラスティックの椅子がメラミン化粧板の床に並ぶ、明るい雰囲気の場所だ。売られているアイスクリームは自家製で、十数種類のアイスの容器が冷凍ケースに並んでいるが、かつては店ももっと繁盛していたのだろう。ケースの中に重ねてあるコーンは、しばらくそこで店《たな》ざらしにされていたように見える。アイスクリームのほか、炭酸飲料やチョコレート、ポテト・チップス、やはり海辺の行楽地ならではの駄菓子の詰め合わせも売られていた。店内の壁にはメニューが貼ってあり、卵、ベーコン、ソーセージ、マッシュルーム、フライドポテトの〝重量級の盛り合わせ《ビッグ・ディール》〟をお勧めしていた。この町に足を踏み入れたとき、どこかできっとこの町の名を使った駄洒落を見ることになるだろうと予想したのを思い出す。

店内のテーブルで、客がいるのは二ヵ所だけだった。片方には老夫婦が坐り、もう片方にはふたりの若い母親が、それぞれ赤んぼうを乗せたベビーカーをかたわらに置いている。日よけとおそろいのドレスとエプロンをまとい、笑顔でカウンターに立つ五十代の女性に、わたしたちは歩みよった。

「何にします？」女性が声をかけてくる。

「ちょっとお話をうかがいたいんですがね」ホーソーンが切り出した。「わたしは警察に協力してるものですが」

「まあ」

「かなり以前にここで起きた事故について、あらためて聞きこみをしてるんですよ。ふたりの子どもが車にはねられた事故です」

「でも、あれはもう十年も前のことなのに！」

「あのとき車を運転していた女性、ダイアナ・クーパーは……亡くなりました。ニュースを読んではいませんか？」

「読んだような気もするけど。でも、どういうことなのか、わたしにはさっぱり――」

「あの事故について、新たな事実が浮かびあがるかもしれませんからね」ホーソーンは余計なおしゃべりを封じにかかった。

「まあ！」女性がこちらに向けた不安げな表情は、まるで何か隠していることでもあるのかと思わせるほどだった。「でも、わたし、いまさらお話しできるようなことは何もありませんけど」

「事故のとき、おたくはここにいたんですか?」

「わたし、ゲイル・ハーコートといいます。ここはわたしの店なんですよ。事故が起きた日には、たしかにここにいました。あの可哀相なふたりの子どもたちのことを思うと、いまでも胸が苦しくなるわ。アイスクリームが食べたい一心で、あの子たちは道に飛び出したんです。そんな必要はなかったのに。うちは閉めてたんだから」

「六月の初めに? それはまた、どうしてです?」

ゲイルは天井を指さした。「水道管が破裂しちゃったんです。店内は水びたしになって、商品もだめになるし、電気系統も全部やられちゃうし。当然のことながら、保険にも入ってなかったんですよ。まあ、保険料を見ればわかってもらえると思いますけどねえ。あの騒ぎで、うちは危うくつぶれるところでした」ため息をつく。「道路に飛び出す前に、あの子たちがちょっとでも立ちどまってくれてたら! まさに最悪のめぐりあわせで、ふたりは飛び出しちゃったんです。事故の音は聞きました。その瞬間は見てないんですよ。店を出たら、道路にふたりが倒れてるのが見えたんです。乳母はうろたえて、どうしたらいいのかわからないようでした。すっかり動転して――でも、あの娘自身、まだ若かったですしね。まだ二十代だったんですよ。ふりむくと、そこに車が停まってました。桟橋のすぐこっち側にね。車は一分ほど停まってて、それから走り出したんです」

「運転席にいた人を見ましたか？」わたしは尋ねた。ホーソーンが怖い顔でこちらをにらんだのがわかったが、そんなことは気にしない。

「頭の後ろだけ」

「じゃ、誰だったかはわからないわけですね？」

「あの女にまちがいなかった！　裁判に出てきた女よ！」ゲイルはホーソーンに向きなおった。「あんなことができる人間がいるなんて、とうてい信じられない。事故現場から逃げるだなんて。あの幼い子どもたちが、そこに横たわってるっていうのに！　なんて性悪女なの！　知ってるでしょ、あの女は眼鏡をかけてなかったんですよ。まともに前も見えてないのに、よくもまあ、ハンドルを握ろうなんて思うもんだわ。あの女は死ぬまで刑務所にぶちこんでおくべきだったし、あの女を放免した裁判官も免職にすべきよ。ほんとに腹が立つったら。正義なんて、この世の中にはもうないんだわ」

その猛烈な勢いに、わたしは毒気を抜かれた。ほんの一瞬ではあるが、何かに乗りうつられたかのような変貌ぶりだったのだ。

「あれから、もう以前のような気持ちにはなれなくてねえ」ゲイルは続けた。「ここで店をやってく楽しみが、あの事故のせいで奪われちゃったようなものなんです。でも、わたしにはほかにできることもないし」ふたりの客が新たに店に入ってきたのを見て、ゲイルはエプロンの紐を結びなおし、また仕事に戻る準備にかかった。「お隣のトラヴァートン氏に話を聞いてみるといいわ。あの人も、あのときお店にいたんです。わたしより、いろんなことを見てるはずよ」手を振ってわたしたちをカウンターの前から追いはらうと、ゲイルはまたぽっちゃりとしてにこやかな、みんなに愛される町のおばちゃんに戻った。「はい、いらっしゃい。何にします?」

「あのときのことは、昨日のように憶えていますよ。四時十五分すぎのことでした。本当に気持ちのいいお天気でね。きょうとは大ちがいですよ。日射しが暖かくて、浜で水遊びをするのにもってこいの日だったな。わたしはちょうど接客をしていて——そのときの客が、後になってみんなの興味を惹くことになるんですがね。謎の男、などと呼ばれて。その客が店を出ていって五秒ほどして、例の事故が起きたんです。音がはっきりと聞こえてきたのは、その客のおかげなんですよ。ほら、入口の自動ドアが開いていたからなんです。車がふたりの子どもをはねる音を、わたしはこの耳で聞きましてね。ぞっとする音でしたよ。あんなに大きな音がするものだなんて、想像もしませんでした。聞いた瞬間、これは怖ろしいことになったと悟りましてね。携帯を引っつかんで、わたしは外に飛び出しましたよ。そのとき店にいたのは、ミス・プレスリーだけでして。ここで生薬《しょうやく》をあつかってくれていた娘なんですが、いまは結婚して、もうこの町にも住んでいないんじゃないかな。とにかく、わたしはミス・プレスリーに店番を頼み、外に出ました。ここにはいろんな市販薬や処方薬を置いていますからね、たとえそんな非常事態でも、店を無人にすることは許されていないんですよ」

《桟橋薬局》は英国の海辺の行楽地によくある、昔ながらの奇妙な店だった。店に入ろうとすると自動ドアが開き、目の前に十数種類もの魔法瓶の棚が現れる。すぐそばには、色とりどりのスカーフが何枚も、わびしく針金から吊り下がっていた。置いていないものはない、そんなふうにさえ思える店だ。店内を見まわすと、ぬいぐるみ、ジャム、チョコレート・バー、シリアル、トイレット・ペーパー、犬の引き紐まで売っている。子どものころよく遊んだ記憶ゲームを思わせる、脈絡のない品ぞろえだ。片隅には文具の棚もあり、フリーマーケットで売っていそうな、趣味の悪い誕生日カードも置いてある。ずらりと薬用植物だけが並んでいる通路もあった。実際の薬局は、奥のいちばん広い一角にある。ディールには海辺で余生を送る年金生活者がよその町より多いのかもしれないが、そうした老人たちが老化によるどんな症状に悩まされていようと、ここに来れば何か有効な薬が見つかるだろう。薬剤師たちはみな白衣をまとい、手の届くところに何百もの薬品の箱、アルミ包装、壜をとりそろえている。

いまわたしたちと話しているのは、その中のひとり、グレアム・トラヴァートンだ。経営者兼店長として働く五十代の男性で、禿頭《はげあたま》に赤らんだ頬、どうにも隙間が気になる二本の前歯の持ち主だった。その熱心な話しぶりに耳を傾けながら、あまりの記憶の鮮明さに、わたしは驚かずにいられなかった。事故当日のことなら、何もかも完璧に記憶にとどめているかのような流暢《りゅうちょう》さに、幾分か作り話も混じっているのではないかと、つい疑ってしまうほどだ。しかし、この店長もまた、これまで何度となく話を聞かれているのだろう——警察にも、記者たちにも。言ってみれば、そのたびに稽古を重ねてきているというわけだ。それに、おそらくは何か怖ろしいできごとが起きたとき、人は幾度でもその経緯を、細かい点にいたるまで心の中で反芻してしまうものなのだろう。

「店の外に飛び出すと、危うくさっきの客にぶつかりそうになりました。その男は、じっと歩道に立ちつくしていたんですよ」トラヴァートンは続けた。「わたしはその客に歩みよりましてね。『何があったんです?』と尋ねました。でも、その客は答えなかった。口をつぐんだまま、じっと黙りこくっていたんです。

それでもね、現場を見れば、何があったかは一目瞭然でしたよ。毎日、店から家へ帰ろうとするたび、その光景は心に刻まれた写真のように浮かびあがるんです。ふたりの子どもが道に倒れこんでいる。おそろいの青い半ズボン、半袖のシャツという姿でね。ひとりのほうは、腕や脚がおかしな方向にねじれている姿を見ただけで、もうだめなんだとわかりました。目は閉じたまま、ぴくりとも動きませんでしたし。乳母は――メアリ・オブライエンという名でしたね――もうひとりの少年のかたわらに膝をついていました。魂が抜けてしまったかのように――まるで、幽霊みたいな姿でしたよ。そして、そこに棒立ちになっているわたしを見あげ、ほんの一瞬、わたしの目をのぞきこんだんです。まるで、どうにかしてと懇願しているかのように。でも、わたしにいったい何ができたでしょう? そりゃ、警察には電話しましたよ。たいていの人間が、わたしと同じようにしか動けなかったでしょうね。

道のちょっと先には、青いフォルクスワーゲンが停まっていました。運転席に誰かが坐っている、と思った次の瞬間、その車は路肩からふいに発進し、スピードを上げて走り去ったんです。嘘じゃない、排気管から煙が上がり、アスファルトをこすったタイヤがけたたましい音をたてる勢いでね。もちろん、それが事故を起こした女性の車だなどと、その時点ではまだ知らなかったんですが、わたしは一応ナンバーを書きとめて、警察に知らせました。そのとき、わたしはふと、さっきの客に目をやりました。その男はふいにきびすを返し、その場から立ち去ってしまったんです。そこの角をキング・ストリートへ曲がり、そのままどこかへ消えてしまったんですよ」

「おたくから見て、それは奇妙に思えたということですか？」ホーソーンは尋ねた。

「奇妙なんてもんじゃありませんよ。どうにも筋が通らない行動じゃないですか。つまりね、そんな事故を目撃してしまったら、あなたならどうします？　その場にとどまって、なりゆきを見まもる人もいるでしょう――ごく人間らしい反応ですよね。あるいは、自分には関係のないことだと割り切って、その場を立ち去る人もいるかもしれない。しかし、その男は、まるで人に見られるのを怖れるかのように、そそくさと逃げ出してしまったんです。そして、何よりここが問題なんですがね。その男は、事故の瞬間を見ているんです。見ていなかったはずはない。まさに目の前で起きた事故だったんだから。それなのに、警察が目撃者の証言を呼びかけたときにも、その男はついに名乗り出なかったんです」

「その男について、ほかに憶えてることは？」

「たいしてありませんがね――そこがまた問題なんですよ。なぜって、その男はサングラスをかけていたんです。どうしてそんな必要があったんでしょう？　もう午後四時半にもなろうとするところで、太陽はだいぶ傾いてました。実のところ、少し雲がかかりはじめてもいたんです。

サングラスなんて必要なかったんですよ――よっぽどの有名人で、誰にも顔を見られたくなかったんなら別ですが。正直な話、ほかには何も憶えていることはありませんね。帽子もかぶっていましたし。ただ、うちの店で何を買ったかは憶えていますよ」

「何を買ったんです?」

「ハチミツをひと壜と、生姜《しょうが》茶をひと箱。フィングルシャムの養蜂場で採れた、地元のハチミツなんです。わたしがお勧めしたんですよ」

「それから、何がありました?」

トラヴァートンはため息をついた。「もう、あまりお話しできるようなことは残っていませんね。乳母はその場に膝をついたままでした。子どものひとりは、少なくとも生きているのがわかりました。その子が目を開くのが見えたんです。父親を呼んでいました。『父さん!』ってね。なんとも胸の痛む声でしたよ。そこへ警察と救急隊が到着しました。通報から、さほど時間はかかりませんでしたね。わたしは店に戻りました。実をいうと、二階に上がって、お茶を一杯飲んだんです。どうにも気分が悪くなってしまってね。こうやってあのときのことを思い出すと、いまでも気分が悪くなりますよ。あの車を運転していた女性は殺されてしまったそうですね。その事件の捜査でいらしたんですか? 怖ろしいことだ。いい気味だなどと言うつもりは、わたしにもさらさらありませんよ。しかし、あんなふうに事故現場から逃げ出すなんて、ねえ? あれだけの大きな事故を起こしておいて! あの事故の裁判で、裁判官の下した判決はあまりに軽すぎたと思いますよ。納得できない人間がいたところで、けっして不思議じゃありませんね」

薬局を出ると、わたしたちは目と鼻の先の《ロイヤル・ホテル》へ歩いた。ホーソーンは黙りこくったままだ。十一歳の息子を持つ父親としては、無理もない。ティモシー・ゴドウィンが亡くなった年齢からたった三歳しかちがわないのだから、いましがた聞かされた話がずっしりと胸に響くのも当然のことだろう。もっとも、わたしの目から見て、ホーソーンはけっして悲しげではなかった。あえて言うなら、先を急いでいるかのように感じられる。

英国の海辺のホテルならではのラウンジに、わたしたちは足を踏み入れた。低い天井、木の床、あちこちに置かれた敷物、坐り心地のよさそうな革張りの家具。意外にもけっこうな混雑ぶりで、見たところサンドウィッチをビールで流しこんでいる老夫婦が多い。ヒーターをがんがん効かせ、ガス式の暖炉を燃やしているせいで、室内は耐えられないほど暑かった。ラウンジを通りぬけ、フロントに向かう。カウンターにいたのは愛想のいい地元の若い娘で、こちらの用件を伝えると、自分は役に立てないけれどと断りつつ、地下のバーにいた支配人を電話で呼び出してくれた。

支配人の名はレンデル夫人（「有名なミステリ作家と同じ名なんです」だそうだ）。このホテルで働きはじめて十二年になるが、事故の日は休みをとっていた。もっとも、メアリ・オブライエンとふたりの少年たちとは、事故の前に顔を合わせていたという。

「本当に可愛らしい子どもたちだったんですよ、とってもお行儀がよくて。三階の家族用客室にお泊まりでした。キング・サイズのベッドがひとつと、おまけの二段ベッドがあるお部屋でね。ご覧になります?」

「いや、けっこう」ホーソーンは答えた。

「あら」レンデル夫人はむっとしたようだったが、気をとりなおして先を続ける。「うちには水曜から泊まりにいらしてたんですが、翌日の木曜にあの事故が起きてしまって。でも、実をいうと、ミス・オブライエンにはお部屋を気に入っていただけなかったんですよ。窓から海も見えませんしね。もともと、間にドアがあって行き来できるツインとダブルのお部屋をご希望だったんですけれど、うちにはそんなお部屋はないんです。そもそも年のいかないお子さんふたりだけを独立したお部屋に寝かせるなんて、そんなこと、うちのホテルでさせるわけにはいきません」レンデル夫人は小柄で痩せぎす、憤然とした表情を浮かべやすい顔をしている。

「正直に申しまして、わたし、あまりミス・オブライエンが好きになれなかったんです。どうも信用ならない気がして。でも、こんなことを言いたくはありませんけれど、結局のところ、その勘はあたっていたってことでしょう。ふたりの子どもの手を、あの乳母はしっかり握っているべきだったんです。それなのに、うっかり道路に飛び出すままにさせておいて、子どもを死なせてしまったんですから。わたしに言わせれば、あの事故で責めを負うべきはクーパー夫人じゃなかったんですよ」

「クーパー夫人を知っているんですか?」

「もちろん、存じておりますとも。うちのホテルにも、よく昼食や夕食をとりにいらしていたんです。本当に素敵なかたで――息子さんも、すっかり有名になられて。ディールはもともと著名人を輩出している土地柄でしてね。かのホレーショ・ネルソン提督や、その愛人のレディ・ハミルトンはもちろん、名優のノーマン・ウィズダムもこのホテルにいらしたんですよ。それに、チャールズ・ホートリーは、よく下のバーに坐っていたんですって」

チャールズ・ホートリー。わたしの記憶にもしっかりと残っている。黒っぽく波打つ髪に丸眼鏡の、ひょろっとした俳優だ。ゲイで友人のいない、酒びたりのスターで、英国ユーモアのとりわけ馬鹿馬鹿しい部分を存分に詰めこんだコメディ映画『キャリー・オン』シリーズに出演しつづけた。白黒の画面に躍るその姿を見たのは、わたしがまだ九歳で、寄宿学校にいたときだ。いつも体育館で上映会があったのを憶えている――『キャリー・オン・ナース』、『キャリー・オン・ティーチャー』、『キャリー・オン・コンスタブル』。一週間のうちでもそのときだけは、わたしの毎日を埋めつくしていた体罰やまずい食事、いじめから逃れることのできる、ご褒美のような時間だった。サンタ・クロースが実在しないと知ることによって、大人への階段を上る子どもがいるのだとしたら、わたしにとっては、チャールズ・ホートリーがけっして陽気な人ではない、陽気だったことなど一度もないのだと悟ったときがそれにあたるだろう。あのチャールズがここのホテルのバーに坐り、ジンをちびちびと舐めながら、通りがかりの若者たちを眺めていたのか。

ふいに、わたしはここを出ていきたくなった。ホーソーンが支配人に礼を述べ、もう質問はないと告げるのを聞いてほっと安堵《あんど》し、いっしょにホテルを後にする。

19　ティブス氏

翌日はホーソーンと会う予定がなかったので、朝食のすぐ後に電話がかかってきたのを見て、わたしは驚いた。

「今夜の予定は？」と、ホーソーン。

「仕事をするよ」わたしは答えた。

「そっちに寄らせてもらいたいんだが」

「うちへ？」

「ああ」

「どうして、また？」

ホーソーンはこれまで、わたしのロンドンのアパートメントを訪れたことはない。わたしはずっと、こういう関係のままにしておきたかった。ホーソーンの私生活に探りを入れているのはわたしであって、その逆を許すつもりはないのだ。そもそも、自分が住んでいる場所さえ、あの男はわたしに明かしていないではないか。実のところ、わざと誤った方向へ導きさえした。ガンツ・ヒルに家があると言っておきながら、実際にはわたしの住まいと川を隔てたすぐ近く、ブラックフライアーズのリヴァー・コートに住んでいたのだ。自分の住まい、自分の持ちものを、ホーソーンが探偵の目で吟味するかと思うとぞっとする。そこから得た情報は、きっと後になってわたしに不利な形で使われることになるのだから。

そんなわたしのためらいを、ホーソーンは電話越しに感じとったにちがいない。「会って話をしなきゃいけない相手がいてね。どっちの縄張りでもない、中立の場所が必要なんだ」

「きみの家じゃだめなのか？」

「うちは不向きだな」ホーソーンは言葉を切った。「ディールで本当は何があったのか、おれは真実をつきとめたんだ。さすがのあんたも、これが事件に無関係だとは言えないだろう」

「誰を呼ぶんだ？」

「ふたりいるんだが、会ってみりゃわかる」ホーソーンは最後のひと押しにかかった。「重要な話なんだよ」

実のところ、今夜はわたししか家にいない。それに、ホーソーンをここに招き入れたら、今度はわたしもそっちに招かれる権利があると説きふせることもできそうだ。テムズ川を見晴らすアパートメントになど、どうしてホーソーンが住むことができているのか、わたしはそれが知りたくてならなかった。メドウズ警部によれば、ホーソーンの持ち家ではないらしいが、それでも中を見てみたい。

「何時に？」わたしは尋ねた。

「五時だ」

「わかったよ」そう答えた瞬間、わたしはすでに後悔していた。「一時間だけ、ここを使ってかまわない——それ以上はだめだ」

「ありがたい」ホーソーンは電話を切った。

その日の午前中は、これまでの捜査の記録を文章にまとめる作業に没頭する。クーパー夫人の家、《コーンウォリス＆サンズ》、アンドレア・クルヴァネクのアパートメント。iPhoneに録音したやりとりは数時間におよび、わたしはそれをコンピュータに移して、ホーソーンの単調ながら相手を誘いこむような語り口に、ヘッドフォンでえんえん耳を傾けることとなった。さらに、撮影した何十枚もの画像にもざっと目を通すうち、これまでの捜査で何を見てきたか、さまざまな記憶がよみがえる。すでに必要な資料は充分すぎるほど集まっているものの、このうちの九割は事件とまったく関係がないのだろう。たとえばアンドレア・クルヴァネクは、父が農作業の事故で亡くなるまでスロヴァキアのバンスカー・シュティアヴニツァですごした自分の子ども時代がいかに幸せだったか、かなりの時間を割《さ》いて語っている。だが、その話を聞いている時点で、おそらくこんな話は初稿にも登場することはないだろうと、わたしにはわかっていた。

こんな仕事のやりかたは、これまで経験したことがない。ふだん小説やテレビドラマの構想を練るときは、どんな設定が必要となるか最初から見えているので、的外れな細部に時間を使うことはないのだ。だが、ホーソーンの頭の中で何が起きているのかわからない以上、どれが事件と関係があり、どれが無関係か、どうしてわたしに区別できるだろう？　第一章を読ませたとき、ホーソーンに警告されたことを思い出してみればいい。扉にバネ仕掛けの呼鈴がついているかどうか、そんな些細な事柄によって、導き出される結論はまったく別の方向へそれてしまいかねないのだ。また、何か重要なことを書き落としてしまうのも、真実ではないことを書いてしまうのと同じくらい致命的な問題になりかねない。そうなると、わたしは自分が訪れた場所で見聞きしたすべてのことを——ダイアナ・クーパーの寝室で見かけたスティーグ・ラーソンの本のことも、キッチンにあった魚の形の鍵掛けのことも、ジュディス・ゴドウィンのキッチンに貼ってあった付箋《ふせん》のことも——ひたすら書き出していくしかないのだ。すさまじい勢いで積みあがっていく情報の山に、わたしはもう、頭がどうかなりそうだった。

アラン・ゴドウィンが犯人にちがいないと、わたしはいまだ信じていた。あの男でなければ、いったいほかに誰がいるというのだろう？　机に向かい、Ａ４用紙の壮大な無駄遣いとしか思えないプリントアウトに囲まれて、わたしはそう自問していた。

まあ、たとえばジュディス・ゴドウィンという可能性はありうる。あの女性には、夫と同じ動機があるのだ。犯行現場を見にいったとき、ホーソーンが犯人像について語ったことを思い出し、わたしはプリントアウトをひたすらめくって、そのくだりを探した。〝犯人は、ほぼまちがいなく男だと思っていい。女が女を絞め殺した事件も聞いたことはあるが——まあ、おれの経験からいって——ごく例外だね〟これは、録音をそのまま書き起こした、ホーソーン自身の言葉だ。それを真に受けて、わたしはこれまで会った女性のすべてを、犯人候補から除外してきたのだ。だが、〝ほぼまちがいなく〟はけっして百パーセントではないし、〝ごく例外〟は不可能という意味ではない。ジュディスが犯人である可能性も、けっして捨てきれないのだ。

あるいは、メアリ・オブライエンという線もありうる――あんなにも献身的にゴドウィン家に尽くし、あれから十年にわたって家族とともに生きてきた女性。そして、ジェレミー・ゴドウィンはどうだろう？　あの青年が、周囲の思っているほど無力ではない可能性もありうるではないか。

そして、グレース・ラヴェルがいる――ダミアン・クーパーと同棲していた女優。あからさまな言葉を使うことは避けていたものの、せいぜい初孫のアシュリーにしか興味がなかったダミアンの母親とは、けっして良好な関係ではなかったようだ。娘が生まれたためにグレースの女優生命は絶たれてしまい、新聞記事を信用するなら、ダミアンも理想的な伴侶とはほど遠かった。薬物、パーティ、コーラスガールたち……こうしたことが積み重なれば、殺人の動機にも容易になりうる。もっとも、ダイアナ・クーパーが殺されたとき、グレースは米国にいたのだが。

いや、それは本当だろうか？

またしてもプリントアウトをひたすらめくり、目当ての箇所を探しあてる。そのときはさして気にもとめていなかったが、いまとなってはきわめて重要に思えるダミアン・クーパーのひとことだ。まだロサンジェルスに戻りたくないと、グレースはダミアンに訴えた。もう少し両親とともにすごしたい、と。それに答え、ダミアンはこう言ったのだ――〝きみはもう、一週間もご両親といっしょにいるじゃないか、おちびさん〟。胸に満足感が広がるのを、わたしは嚙《か》みしめていた。そう、たしかに、わたしは何も見落としてはいなかった！　ひょっとしたら、これはホーソーンもまだ気づいていないかもしれない。一週間というのも、ざっくりと表現しただけとも考えられる。ダミアンより九日か十日も早く、英国に戻っていた可能性もあるのだ。だとしたら、ダイアナ・クーパーが殺された日、グレースは国内にいたことになる。もっとも、葬儀の後、わたしたちはフラム・ロードのパブにグレースを残し、店を出た。あの日の渋滞ぶりからして、グレースがわたしたちの先回りをしてブリック・レーンに着けるとは思えない。

ほかには誰が残っているだろう？　わたしはかなりの時間を費やして、ロバート・コーンウォリスについて――それを言うなら、従姉《いとこ》のアイリーン・ロウズも忘れてはいけない――じっくりと検討してみた。どちらも、柩に目覚まし時計を滑りこませることはできたはずだ。しかし、いったい何のために？　ふたりとも、ダイアナ・クーパーと初めて顔を合わせたのは、殺害されるまさにその日だ。クーパー夫人の死によって何を得られるわけではないし、それは息子についても同じだろう。

それからわたしは、時間も忘れて捜査の記録と向かいあっていた。五時十五分前に呼鈴が鳴る。わたしの仕事部屋は建物の六階にあり、街路からインターコムで呼び出せるようになっているのだ。実のところ、自分の象牙の塔にこもりきりになったまま、誰からも呼び出されたくないときも多々あるのだが。わたしはドアを開くボタンを押し、客を迎えに階段を下りていった。

「いい部屋じゃないか」入ってくると、ホーソーンはそう言った。「まあ、飲みものはいらないと思うがな」

わたしは一応の礼儀として、グラスとともにミネラル・ウォーターとオレンジ・ジュースを並べておいたのだ。飲みものを冷蔵庫に戻している間、ホーソーンは居間をじっくりと見てまわっていた。わたしの住まいの主要部分が集まったこの四階は、仕切りのないひとつの広い部屋となっている。いくつかの本棚――このアパートメントには五百冊ほどの本があるが、そのうちお気に入りのものをここに集めている――キッチン、食事用のテーブル、そして毎日わたしが弾こうとがんばっている、母のものだった古いピアノ。テレビのある一角には、コーヒー・テーブルを囲んでソファがふたつ置かれている。ホーソーンはそこに腰をおろした。すっかりくつろいだ様子だ。

「ディールで何があったのかをつきとめたと、きみは言っていたね」わたしは切り出した。「すると、ダイアナ・クーパーを殺した犯人も明らかになったのかな?」

ホーソーンはかぶりを振った。「いいや、それはまだだ。だが、あんたにもおもしろいと思ってもらえるだろう。それとは別に、いい知らせもあってね」

「どんな知らせだ?」

「ティブス氏が見つかったんだ」

「ティブス氏?」いったいそれは誰だっただろうかと、わたしはしばし記憶をたどった。「猫か?」

「ダイアナ・クーパーの飼ってた灰色のペルシャ猫だよ」

「どこにいたんだ?」

「隣の家に入りこんでた――天窓からな。それっきり、外に出られなくなっちまってたんだ。そこの家族が南フランスから帰ってきて猫を見つけ、おれに連絡してきたってわけだ」

「まあ、いい知らせといえばそうなのかもな」ダイアナ・クーパーの猫がこの事件とどうかかわりがあるのだろうと、わたしは頭をひねった。そのとき、ふと別のことが脳裏にひらめく。

「ちょっと待ってくれ。隣に住んでいたのは、たしか弁護士だったな」

「グロスマン氏だ」

「どうしてその弁護士が、きみに連絡をしてきたんだ？　そもそも、きみのことをなぜ知っている？」

「おれがドアにメモをはさんでおいたからさ。実をいうと、ブリタニア・ロードのすべての家に、メモを入れておいたんだ。猫がどこかで見つかったら、どうしても知らせてほしかったんでね」

「いったい、なぜ？」

「ティブス氏こそは、事件のそもそものきっかけだったからだよ、トニー。最初からあの猫を飼ってなかったら、クーパー夫人も殺されることはなかったんだ。そして、息子もな」

もちろん、こんな話は冗談にちがいない。しかし、目の前のホーソーンからは、意地の悪さとひたむきさが入り混じった、あの独特な気が発散されていて、何を考えているのかまったく読みとれなかった。質問をぶつけてみる間もなく、ふたたび呼鈴が鳴る。

「わたしが出るべきかな？」わたしは尋ねた。

ホーソーンは促すように手を振った。「あんたの家じゃないか」

インターコムに歩みより、受話器をとる。「はい？」

「アラン・ゴドウィンですが」

わたしは興奮が胸に広がるのを感じた。なるほど、ひとりめはゴドウィンか。玄関のある四階まで上ってくるよう告げ、ドアを開くボタンを押す。

ほどなくして、アラン・ゴドウィンが現れた。いささか大きすぎるサイズの、葬儀のときと同じレインコートをはおっている。部屋に入ってきた足どりは、まるで死刑台に向かう人間のようだ。カンタベリーに向かう電車の中では、ホーソーンはあんなことを言っていたものの、きょうここにゴドウィンを呼び出したのは、やはりこの連続殺人事件の犯人として糾弾するためにちがいない、いまからこの場ですべての真相が明らかになるのだと、わたしは確信していた。そこでふと、ここにはふたり来る予定だったのを思い出す。ひょっとして、ゴドウィンには共犯者がいたのだろうか？

「いったい何が望みなんですか？」まっすぐホーソーンに近づいて、ゴドウィンは口を開いた。「おれに話があるとか言っていましたよね。そのまま、電話で話してくれればよかったじゃないですか」周囲を見まわし、部屋の様子に初めて目をとめる。「ここはあなたの家なんですか？」

「いや」ホーソーンはわたしを指さした。「その男の家ですよ」

ゴドウィンはふいに、前回わたしとも顔を合わせているにもかかわらず、わたしについて何も知らないことに気づいたらしい。「あなたは誰なんですか?」問いただすような口調だ。「まだ、名前も教えてもらっていないんですが」

幸い、またしても呼鈴が鳴り、わたしはインターコムに駆けよった。今回は、相手はじっと黙りこくっている。「ホーソーンに会いにきたんですね?」わたしは尋ねた。

「ええ」女性の声だ。

「ドアを開けます。この階まで上ってきてください」

「誰が来たんですか?」ゴドウィンは詰めよったが、その声に恐怖がにじんだことからして、誰なのかはすでに勘づいているのだろう。

「まあ、坐ってください、ミスター・ゴドウィン」ホーソーンは声をかけた。「信じてもらえないかもしれないが、わたしはおたくを助けようとしてるんですよ。何か、ほしいものは?」

「ジュースがありますよ」わたしも口を添えた。

「水をいただきます」ゴドウィンはコーヒー・テーブルをはさんでホーソーンの向かいに坐ったが、警戒して目を合わせないようにしている。

わたしは冷蔵庫に歩みより、さっきホーソーンに言われて片づけた水をふたたび取り出した。それをテーブルに運んできたところに別の足音がして、メアリ・オブライエンが部屋に入ってくる。正直なところ、まったく予想していなかった相手ではあるものの、こうしてみると、ほかの人物などではありえないと、わたしは納得せずにいられなかった。メアリは二歩こちらに踏み出したところで、ふいにその場に立ちすくんだ。ほんの一瞬前までは不安や疑念に苛《さいな》まれていたのだろうが、いまや突然の雷に打たれたかのように見える。アラン・ゴドウィンに気づいたメアリは、その顔をまじまじと見つめていた。ゴドウィンのほうも、同じように呆然とした視線を返す。

ホーソーンは勢いよく立ちあがった。どこか悪魔めいた、これまでわたしも見たことのない歓喜の色が、その目にきらめいている。「たしか、ふたりはお知りあいですよね」

先に口をきけるようになったのは、アラン・ゴドウィンのほうだった。「知っていますとも、あたりまえじゃないですか。いったい、何を言いたいんです？」

「わたしが何を言いたいかは、おたくにもわかってるんじゃないかと思いますがね、アラン。さあ、かけてくださいよ、メアリ。そう呼んでかまいませんね？　ここに集まった顔ぶれは、みな友人同士なんだから」

「どういうことなのか、あたしにはわかりません！」メアリ・オブライエンは懸命に感情を表すまいとしていたが、もう、いまにも泣き出しそうだ。ゴドウィンに目をやり、尋ねる。「どうしてここに？」

「その男に呼び出されたんだ」

ふたりとも、いかにも後ろめたそうな顔をし、怒り、怯えている。ゴドウィンが立ちあがった。「おれはもう帰りますよ。あなたが何の冗談を楽しんでいるんだか知らないが、そんなことはどうだっていいんだ、ミスター・ホーソーン。そんなものに巻きこまれるつもりはないんでね」

「それもいいでしょう、アラン。だが、ここから出ていったら、警察はすべてを知ることになる。おたくの奥さんもね」

ゴドウィンは凍りついた。メアリも、ぴくりとも動こうとしない。この場の主導権を握っているのは、まちがいなくホーソーンだった。

「まあ、坐って」ホーソーンが声をかけた。「おたくらは口裏を合わせ、この十年間、ずっと嘘をつきつづけてきた。だが、それももう終わりです。きょう、ここに集まってもらったのはそのためですよ」

ゴドウィンはふたたび腰をおろした。メアリもその隣に、いくらか距離を空けて坐る。かたわらに腰かけたメアリに、ゴドウィンが唇を動かして「すまない」とささやくのが見え――その瞬間、わたしは悟った。このふたりは愛しあっていて、ジュディス・ゴドウィンもそれを疑っていたのだ。ふたりの女性の間にどこか張りつめた空気がただよっていたのは憶えているが、まさかそんな理由だったとは。

わたしもピアノの丸椅子に腰をおろした。いまや、この部屋で立っているのはホーソーンひとりだった。

「ディールで何が起きたのか、そこを明らかにする必要があるんですよ」ホーソーンは切り出した。「なにしろ、こっちは五回、六回と同じ話を聞かされて、現場まではるばる足を運んだのに、いっこうに事故の全貌が見えてこなくてね。それも当然、おたくらふたりは、ずっと嘘ばかり並べてきたんだから。おたくらがどんな思いをしてたかは、まさに神のみぞ知るというところですな。だが、おたくらにはどうしようもなかった。嘘に閉じこめられたまま、出口が見つからなかったというわけだ。おたくらを気の毒にさえ思いそうになりますよ。まあ、実のところ、そうは思いませんがね」

ホーソーンはタバコの箱を取り出し、一本に火を点《つ》けた。わたしはキッチンで灰皿を探し出し、それをテーブルに置いてやった。

「情事が始まったのはいつです？」ホーソーンが尋ねた。

長いこと、誰も口を開こうとはしなかった。メアリが泣き出す。ゴドウィンはその手を握ろうと腕を伸ばしたが、メアリは手を引っこめた。

もう、これ以上は白を切っても仕方がないと、ゴドウィンは覚悟を決めたのだろう。「メアリがうちで働きはじめてすぐのことでした」口を開き、問いに答える。「おれから誘いをかけたんです。すべてはおれの責任です」

「もう、とっくに終わったことなんです」メアリが静かに言い添えた。「もう、ずっと以前に」

「正直に言わせてもらえば、ふたりの関係はどうでもいいんですよ」ホーソーンが答えた。「知りたいのは事実だけです。ディールであの事故が起きたのは、実際にはおたくらの責任だったという事実――おたくら、ふたりともものね。ダイアナ・クーパーは、たしかに眼鏡を忘れてきたのかもしれない――だが、あの幼い少年たちが車にはねられたのはおたくらのせいだし、それはふたりとも、よくわかっているはずでしょう。あれ以来、ずっとその事実を抱えて生きてきたんだから」

メアリはうなずいた。その頰を、涙が伝い落ちる。

ホーソーンはわたしをふりかえった。「あんたにも、正直なところをうちあけるよ、トニー。いっしょにディールへ行ったとき、おれにはどうにも理解できない点が山ほどあってね。さあ、どこから始めたものかな？　アイスクリーム屋をめざして、子どもたちが道路に飛び出した。だが、その店は閉まってた。それだけじゃない、水道管が破裂して、電気も使えなくなってたんだ。つまり、店は暗かったんだよ。子どもたちは、たしかにまだ八歳だったかもしれない。だが、真っ暗な店でアイスが買えないことくらい、子どもにだってわかるだろう。さらに、子どもたちが車にはねられ、ひとりが死に、もうひとりが道に横たわってたときのことだった。薬局の主人、トラヴァートン氏によれば、その子は父親を呼んでたって話だったな。だが、普通、子どもはそんなことはしない。けがをした子どもは、母親を呼ぶもんだ。だとしたら、いったい何があった？」

ホーソーンは言葉を切った。誰も口を開こうとしない。あまりにみごとなこの場の空気の掌握ぶりに、まるでこの部屋さえも、もともとホーソーンのものであるかのように思えてしまう。強力な磁石のような人格、とでも評すべきだろうか。もちろん、磁石はけっして引きつけるだけでなく、反発も生むのだが。

「では、初めに戻ってみよう。ここにいるメアリは、子どもたちを連れてディールに行くことになってた。母さんは会議だ。父さんはマンチェスター出張。メアリは《ロイヤル・ホテル》に予約を入れたが、家族部屋はご所望じゃなかった。子どもたちにはツイン、そしてその隣に

メ

アリ?」


ダブルの部屋をとりたかったんだ。なぜだと思う?」

「家族部屋は海が見えないと、ホテルの人間は言っていたな」わたしは答えた。

「眺めなんか、何の関係もありゃしないんだ。ほら、おたくから言ってやったらどうです、メアリ?」

メアリはわたしを見ようとはしなかった。ややあって口を開き、まるで機械のように無感情な口調で答える。「あたしたち、ディールで会うことになってました。いっしょに泊まるつもりだったんです」

「そのとおり。乳母とその雇い主。ともに寝てる間柄だ。だが、ハロー・オン・ザ・ヒルの家、家族で暮らす場じゃそうはいかない。だからこそ、海辺ですごす週末を狙ったってわけだ。子どもたちを六時に寝かせたら、あとはひと晩じゅう好きにできる」

「あなたって人は」ゴドウィンが声をあげた。「よくもまあ、そんな……下衆《げす》なもの言いができるものだ」

「ちがったんですか?」ホーソーンは大きく煙を吐き出した。「薬局にいた謎の男ってのは、おたくのことでしょう。薬局で、何をしてたんです? ビールの六缶パックを買いにいったわけじゃない。おたくが薬局に行った理由は、ダイアナ・クーパーの葬儀でしきりに目を拭ってた理由と同じですね」

この男は何をそんなに悲しんでいるのだろうと、あのとき、わたしも訝《いぶか》しんだものだった。

「そう、アレルギーだ!」ホーソーンはまたしてもわたしをふりむいた。「ブロンプトン墓地に行ったとき、あそこにプラタナスの木があったのを憶えてるか？」

「ああ」わたしは答えた。「メモにも残してあるよ。墓のすぐ隣にあった」

「プラタナスは、最悪なアレルギーを引き起こすんだよ。花粉がすぐ鼻先に飛んでくるからな。さて、花粉症によく効く療法をふたつ挙げられるか？」

「ハチミツだ」わたしは答えた。「それから、生姜茶《しょうが》だな」

「そう、《栈橋薬局》でアランが買ったのは、まさにそのふたつだった」今度はゴドウィンに向きなおる。「たいして日射しがまぶしくもないのに、サングラスをかけていた理由も同じでしょう。愛人と会いに、おたくはディールへ出かけていった。だが、花粉症の発作が出てしまったんで、何か症状を和らげるものを買おうと、薬局に入った。トラヴァートンのお勧めの品をいくつか買って店を出た、その数秒後に事故は起きたんです。

事故が起きた原因は、ほかでもない、おたくですよ。子どもたちは浜に接する遊歩道に立ってた。道路に飛び出さないよう、さんざん言いきかされてはいたし、アイスクリーム屋が閉まってるのも見えてたんです。だが、ちょうど子どもたちの目の前で、アイスクリーム屋の隣の薬局から、父さんが出てきた。帽子をかぶり、サングラスをかけてはいても、子どもたちには父親がわかったんですよ。だからこそ、すっかり興奮して、おたくめがけて道路に飛び出したってわけです。まさにその瞬間、ダイアナ・クーパーの車が角を曲がってきて、おたくの目の前で事故は起きた。おたくの息子さんたちは、車にはね飛ばされたんです」

ゴドウィンはうめき、両手に顔を埋めた。その隣で、メアリは静かに涙を流しつづけている。

「ティモシーは即死だった。ジェレミーはその場に横たわり、父さんを呼びました。なぜなら、直前にその姿を見てたからですよ。そのときのおたくの気持ちは、アラン、いったいどんなだったかと思いますね。目の前で、息子ふたりが車にはねられたのに、そばに駆けよることさえできない。本来なら、おたくはマンチェスターにいることになってたからです。実はディールにいたなんて、奥さんにはとうてい説明できませんからね」

「あんなにひどいけがだったなんて、あのときはわからなかったんだ」ゴドウィンはひび割れた声でつぶやいた。「どっちにしろ、おれにできることなんか何もなかった……」

「ひとこと言わせてもらいますがね。そんな言いぐさはくそ食らえだ。おたくはちっぽけな保身なんぞかなぐり捨てて、子どもたちに駆けより、心配してやることができたはずでしょう」

ホーソーンがタバコを揉み消すと、一瞬、灰が真っ赤な光を放った。「とにかく、その瞬間、おたくとメアリの間には、ある種の申し合わせが成立したわけです。トラヴァートンは、メアリが自分の目をのぞきこんだと語っていましたが、あれはただの思いちがいだ。メアリが見つめていたのは、トラヴァートンのすぐ隣に立っていたアランだったんですよ。おたくはアランに、いますぐここから立ち去るようにと、目で語りかけた。そうですね?」

「あそこにいてもらっても、できることなんか何もなかったんです」さっきアランが口にしたのと同じ言葉を、メアリはくりかえした。その顔はまるで死人のように生気が失せ、両方の頬に涙が光っている。瞳はただ中空《ちゅうくう》をぼんやりと見つめるばかりだ。後になって、このときのことを思い出すたび、この一幕が自分の住まいで起きたということに、どうにも胸が悪くなる。

ふたりをここに招き入れたりしなければよかったと、わたしは深く後悔した。

「おたくがゴドウィン家のもとに長年とどまりつづけた理由も、これで理解できるような気がしますよ、メアリ」ホーソーンは締めくくりに入った。「自分のせいでこんなことになってしまったと、おたくにはわかっていたからだ。そうでしょう？ それとも、いまだにアランと寝てるからですか？」

「いいかげんにしてくれ！」ゴドウィンが憤《いきどお》りの叫びをあげた。「おれたちはもう、何年も前に終わっているんだ。メアリがとどまってくれているのは、ジェレミーのためさ。ジェレミーのためだけなんだ！」

「そうでしょう。そして、いまやジェレミーも、メアリがいないとやっていけない。お互い、なくてはならない存在になったというわけです」

「いったい、おれたちにどうしろっていうんです？」ゴドウィンが尋ねた。「あの日からずっと、おれたちはこんなに苦しんでいるのに、まだ充分じゃないとでも？」一瞬だけ目を閉じ、やがて続ける。「あれはただ、運が悪かっただけなんだ。もしも、おれが薬局を出る瞬間がほんの少しでもずれていたら、もしもあの子たちがおれに気づかなかったら……」その口調はひどくゆっくりで、平坦にさえ聞こえた。「あとはただ、ジュディスが最後まで真実を知らずにいてくれたら、そう願うだけですよ。ティモシーを失っただけでも、耐えられない痛手だったのに。そして、ジェレミーもあんなことになって。そのうえ、もしもメアリとおれのことを知ったら……」ゴドウィンはふいに言葉を切った。「ジュディスに話すつもりですか？」

「何も話すつもりはありませんよ。わたしには関係ないことなんでね」

「じゃ、どうしておれたちをここに呼び出したんです？」

「それは、おたくらふたりについて、立てた仮説が正しかったかどうかを確認するためですよ。おたくひとつ、助言しましょうか？　わたしなら、何があったかを奥さんにうちあけますね。おたくはもう家を追い出されてるんだ。結婚も、もう終わってる。だが、この隠しごと、奥さんとの間に抱えてるこの秘密は、言ってみりゃ悪性腫瘍のようなもんですよ。放っておけば、じわじわとおたくを食いつくしちまう。わたしなら、切り離しますがね」

アラン・ゴドウィンはのろのろとうなずき、それから立ちあがった。メアリ・オブライエンもそれに続く。ふたりは玄関に向かったが、出ていく寸前、ふいにゴドウィンはふりかえった。

「あなたはたしかに頭が切れる、ミスター・ホーソーン。だが、おれたちがどんな思いをしてきたか、何もわかっちゃいないんだ。あなたには、感情ってものがない。たしかに、おれたちはひどい過ちを犯したし、それからずっと、毎日そのことを意識しながら生きてこなけりゃならなかった。だが、おれたちはけっして怪物じゃない。犯罪者でもないんだ。おれたちは愛しあっていただけなんだよ」

だが、ホーソーンの心に、その言葉はまったく響かなかったようだ。もともと血色の悪い顔からさらに血の気が失せ、瞳にはいつにも増して荒々しい炎が燃えあがる。「おたくは女と寝たかっただけだ。そのために、女房を欺《あざむ》いた。その結果、ひとりの子どもが死んだんだ」

アラン・ゴドウィンは蔑《さげす》みにも似た表情を浮かべ、じっとホーソーンをにらみつけた。メアりは、すでに部屋を出ていってしまった。ゴドウィンもきびすを返し、その後を追う。部屋には、わたしたちふたりだけが残された。

「あんなにきつい言葉をかける必要があったのか？」長い沈黙の後、わたしは尋ねた。

ホーソーンは肩をすくめた。「あんたは気の毒に思うんだな？」

「どうだろう。そうだな。そうかもしれない」わたしは考えをまとめようとした。「アラン・ゴドウィンは、ダイアナ・クーパーを殺してはいないということか」

「そうだ。ディールでの事故について、ゴドウィンはクーパー夫人を責めてはいないからな。自分自身を責めてるんだ。夫人を殺す理由はない。夫人は事故を構成する一要素にすぎず、原因ではないんだ」

「では、誰が車を運転していたかについても……」

「誰が運転してたにせよ、それはさして重要じゃない。ダミアンだろうと、母親だろうと、いっそ隣家のおかみさんだろうとな。誰だろうと関係ないんだ」

タバコの煙が、室内をただよう。後で、この臭いを妻に説明しなくてはなるまい。わたしはいまだピアノの丸椅子に腰かけていた。わたしが最有力と信じていた仮説は、たったいま、無惨に叩きつぶされてしまったのだ。

「アラン・ゴドウィンではないとしたら、いったい誰が犯人なんだ？」わたしは尋ねた。「次は、誰の話を聞きにいく？」

「グレース・ラヴェルだ」ホーソーンは答えた。「明日、さっそく訪ねてみよう」

20　役者の人生

　グレース・ラヴェルは、いまだブリック・レーンのアパートメントに戻っていないという。それはとうてい責められまい。あの血をすべて洗い流すのは、そう簡単に終わる作業ではないだろうし、暴力の記憶を拭いとるのには、さらに長い時間がかかりそうだ。

　グレースは娘のアシュリーとともに、ヒースロー空港の近く、ハウンズローの両親の家に身を寄せていた。父親は営業部門の責任者として、空港で働いているという。その日、父親のマーティン・ラヴェルは休みをとって自宅にいた。大柄な、威圧感のある男性で、いささかポロシャツが小さすぎるため、引き延ばされた生地と、袖口から盛りあがるたくましい二の腕により、いっそう筋肉が誇示されている。髪は剃《そ》りあげているため、年齢を推しはかるのは難しいが、おそらくは五十代後半といったところだろうか。娘のグレースとはまったく似ていない。いまは孫のアシュリーを抱いているが、立ち居ふるまいに細心の注意をはらわないと、とんでもないことになりそうだ。熊のような抱擁で幼い少女をうっかり窒息させてしまう光景が、ともすれば目に浮かぶ。いつもながら、アシュリーのほうは周囲にまったく関心がなく、布製の絵本にすっかり夢中になっていた。

　こざっぱりした現代ふうの家は、かつて主滑走路に面していたにちがいない区画を開発した住宅地にあり、飛行機が数分おきに離陸するたび、耳をつんざくような轟音《ごうおん》に何も聞こえなくなる。もっとも、グレースと父親はまったく騒音を気にもとめていないようだった。アシュリーはその音が好きなようで、飛行機が通りすぎていくたび、嬉しそうな笑い声をあげる。グレースによると、母親のローズマリー・ラヴェルは地元の中学で数学を教えており、きょうも仕事で不在だという。そんなわけで、部屋の広さに対していささか大きすぎるソファやひじ掛け椅子に、残る五人はそれぞれ腰をおろし、ぎこちなく向かいあうこととなった。マーティンが勧めてくれたコーヒーを、わたしとホーソーンは断った。その後はグレースがほとんど話す側に回り、父親は口をつぐんでかたわらにひかえる。だが、時おり父親が奇妙な怒りのくすぶる視線をこちらに向けてくることに、わたしは気づいていた。

まずは二十分間ほどにわたり、グレースはダミアン・クーパーとの暮らしを語った。どんなふうに出会ったか、ふたりはどんな関係だったか、米国ではどんな生活を送っていたか。これまで何回か顔を合わせたときから、グレースはがらりと印象が変わっていた。まるでダミアンの死によって、ある種の枷《かせ》から解き放たれたように。その話に耳を傾けるうち、グレースはもうかなり以前から、ダミアンを愛してはいなかったことがはっきりと見えてくる。ホーソーンが皮肉をこめて〝嘆きの未亡人〟と評したことを、わたしは思い出していた。そう、それは的確な観察だったというべきだろう。グレースはつねに変わらず女優であり、いまはまさにスポットライトを浴び、見せ場を演じているところなのだ。けっして意地悪な見かたをしているつもりはない。わたしはグレースが好きになっていた。こんなにも自然に人の目を惹きつけて離さない、若い女優が、これまではみすみす自分の人生を奪われていたのだ。はっきり口に出しこそしないものの、ダミアンの死によりふたたび自分の足で歩みはじめる機会が与えられたことを、本人も自覚しているのだろう。

ここに、グレース自身の言葉を記しておく。

「物心ついてからずっと、わたしは役者になりたかったの。学校では演技の授業が大好きだったし、お小遣いを貯めては劇場にも通ってたし。朝いちばんに国立劇場へ出かけていって、十ポンド席の列に並ぶか、最上階のいちばん後ろのチケットを買うのよ。学校の長期休暇のときは、美容院でアルバイトをしてたから、それくらいのお金はありました。それに、母さんも父さんもとっても優しくて。いつも、わたしを支えてくれてたの。わたしがRADAの試験を受けたいと言い出したときには、もう百パーセント応援してくれたのよ」

「わたしはやめておけと言ったんだ！」マーティン・ラヴェルが不機嫌な声で口をはさんだ。

「でも、父さんは受験するわたしに付き添って、いっしょに来てくれたじゃない。最初のオーディションのときは、角を曲がったところにあるパブで待っててくれたのよね」グレースはまた、わたしたちに向きなおった。「そのときわたしは十八歳で、一般教育修了上級レベルを取得したばかりでした。まずは大学に行って、卒業してからRADAを受ければいいと父には言われたけれど、どうしてもそんなに待てなくて。オーディションは四回あって、回を追うごとに難しくなっていったの。最後のなんて、もう最悪だった。その日も数十人集められて、まる一日かけての選考でね。いろいろな実技の授業を受けさせられて、その間じゅう、審査員たちの視線が注がれていること、少なくともこの中の半数は落とされることを意識せずにいられなくて。緊張のあまり吐きそうだったけれど、もちろん、そんな弱気を見せたら落とされるのはわかってました。それから二、三日して、ＲＡＤＡの校長先生から電話がかかってきて——あそこは、全員に校長先生が電話をするの——合格したって告げられたときには、本当に『ああ、どうしよう！　信じられない！』って思ったものよ。わたしの夢が、とうとうかなったんだもの。

でも、もちろん、学費をどう工面するかは大きな問題でした。父は半額出すと言ってくれて、本当にありがたかったけれど……」

「それは、おまえの実力を信じていたからだよ」ついさっきの発言とは矛盾することを、マーティンはつぶやいた。

「……でも、あと半分をどうするかは、自分で考えないといけなくて。地元の自治体にも三年間も奨学金を出してくれるところはなかったし、お金を借りることもできなくて、結局は入学できないんじゃないかと悩んだ時期もあったんです。でも、最後に手を差しのべてくれたのはＲＡＤＡだったの。ある有名な俳優が——名前は教えてもらえなかったけれど——これから演劇を学ぼうという学生を援助しようとしてたんですって。たぶん、わたしが黒人なのも有利に働いたのかもね。多様な人種の学生を集めたいと、ＲＡＤＡが尽力してるのは聞いたことがあるから。とにかく、それで学費を半額出してもらえることになって、その年の九月、わたしは入学したの。

RADAは本当にすばらしいところでした。一分一秒が、もう夢のように楽しくて。ときにはあまりに無防備に、視線にさらされているのを感じるときもあったけれど。とにかく、いつも空気が張りつめてて、課題が山積みでね。わたしたちの同期生は二十八人で、そのうちふたりは——スコットランドの男の子と、香港から来ていた女の子が——途中で辞めてしまって。本当に少人数でお互い仲がよかったけれど、そのぶん傷つくことも多かった。でも、それも訓練の一部なのよ。もうこれ以上は無理、家に帰って泣きたいと思うことも何度となくあったけれど、そのたびに先生に励まされたり、友だちが支えてくれたりして、どうにか卒業できました。RADAを出たときには、自分がたしかに前より強靭《きょうじん》になったって実感できたものよ。

あなたがたが知りたいのはダミアンのことだったわね。まず、わたしたちは同期生として、みんなとっても親しかったことをわかってほしいの。お互い、みんな愛しあってたといってもいいくらい。本当よ。競争に明け暮れることもなかったし——少なくとも卒業間際になって、わたしたちが〝ツリー〟をやらされ、集まったエージェントに値踏みされるときまではね」

「〝ツリー〟というのは？」わたしは尋ねた。

「ああ、ごめんなさい——エージェントを呼んで行う舞台のことなの。学生たちが短い場面や独白を演じ、それを大勢のエージェントが見にくるんです。RADAの創設者である俳優のビアボーム・ツリーの名をとって、そう呼ばれているの」そう説明すると、グレースはまた話の続きに戻った。「最初はね、もちろん、それぞれが小さな派閥を作っていてね。北イングランドから来た女の子三人のグループのことを、わたしたちはみんな、ちょっと怖がってたものよ。

ゲイの男の子もふたりいたかな。中にはちょっと年かさの、二十代後半の学生たちもいて、その人たちは自分たちだけで固まってるほうが居心地がよかったみたい。入学したばかりのときは、わたしは本当にひとりぼっちだった。最初の日、大きな円を作る学生たちに交じってひとり坐りながら、この子たちとこれから三年間をすごすんだ、みんな知らない子ばかりなのにって思ってたのを憶えてる。わたし、すっかり怯えてたのよ！

でも、さっきも言ったとおり、わたしたちはすぐ親しくなったの。最初から目立ってた子がいたとしたら、それはまちがいなくダミアンだった。みんなが知ってる存在であり、みんなが憧れてる存在だったんです。わたしと同い年で、ロンドンにもほとんど来たことはなかったのに――あの人はずっとケントに住んでたから――すばらしく自信にあふれてて、先生たちもみんなダミアンに夢中だったの。別に、スターだ何だともてはやす人はいなかった――そういう雰囲気ではなかったのよ。ただ、いつだってダミアンがいちばんいい役をもらい、いちばんいい評価をもらって、誰もがあの人の親友になりたがってた。でも、どうしてか、親友になったのはわたしだったの。とはいえ、わたしたち、寝てはいなかったんです。まあ、そういうこともあったかな……一度だけ。でも、前にも話したように、わたしたちがそういう関係になったのは、卒業して何年か経った後だったから。

わたしたちはとっても親しかったけれど、ほかにもダミアンのお気に入りの女の子がいて――アマンダ・リーって子でね――でも、それは本名じゃないんだって、ダミアンはいつも言ってたんです。女優のヴィヴィアン・リーに夢中で、自分もそうなりたくて名前を変えたとかって話だった。その子のことは、また後で話しますね。とにかく、ダミアンとアマンダとわたし、それからもうひとり、やっぱりすばらしい役者だったダン・ロバーツって男の子がいたの。ダミアンとダンができてるって思ってた人も大勢いたけれど、それは嘘。わたしたち四人は親友同士で、それは卒業するまで変わらなかった。RADAを出てからは、それぞれが別の道を歩きはじめてしまったけれど、役者ってそういうものよね。わたしの初めての仕事は、グラスゴーの市民劇場でした。ダミアンはロイヤル・シェイクスピア・カンパニーに入ってね。ダンはブリストルで『十二夜』に出たの。アマンダはどうしたか憶えてないけれど、とにかくわたしが言いたいのは、みんながばらばらになっちゃったってこと。

RADAのことなら、もう一日じゅうだって話していられるくらい。いま、いちばん思い出すのは、あの独特な帰属意識ね。いま、いっしょにいるべき人たちと、正しい場所にいる、って感覚。もう信じられないくらい、いろいろな勉強をさせられて——身体の動きの授業、発声の授業、歌の授業——宿題も山ほど出るの。みんな、いつも本当に貧乏でね。思い出すと、おかしくなっちゃう。《シドの店》っていう小汚いカフェに、わたしたち、よく集まってたんです。男の子たちはみんな、そこでソーセージとフライドポテトを山盛りにしたやつを食べてたの、なにしろ安かったから。ときには、《マルボロ・アームズ》でお酒を飲む夜もありました。ほら、オーディションのとき、わたしを待っててくれたパブよ、父さん。でも、たいていは誰もがまっすぐ家に帰り、〝ロイド〟や何かの宿題をやって、死んだように寝てたけれど」

〝ロイド〟がいったい何なのか、わたしにはさっぱりわからなかったが、今回はもう口をはさまないことにした。

「でも、ダミアンのことを知りたいなら、三年のときの『ハムレット』公演の話を抜きにはできません。あれこそは、それまでの積み重ねがすべて目の前に表れた瞬間だったから。本当に、本当に大切な公演だったの——何といっても、演目が『ハムレット』でしょう。ここで主役をもらえたら、卒業後の進路もすばらしく有利になるわけ。大勢のエージェントが見にくることになってたし、演出はリンゼイ・ポスナーだったんです。ロイヤル・コート劇場で活躍してる演出家でね、ヤング・ヴィク劇場であの素敵な『アメリカン・バッファロー』を上演したときには、わたしたちもみんなで観にいったくらい。ダンはきっといい役をもらうって、みんなが思ってた。それまでの二回の公演ではごく脇役しかもらってなくて、きっとこの『ハムレット』で脚光を浴びるために、わざと脇に回してたんだろうって噂だったの。それに、ダンは〝ツリー〟でも思ったほどうまくいかなくて——台詞《せりふ》をいくつか忘れちゃったりしてね。だから、ダンにとってはこれが正念場だったんです。

わたしたちはみんなどきどきして、配役が発表になるのを待ってたの。学生個人の連絡箱が並んでるそばの狭苦しい壁に、いつも配役表が貼り出されるんだけれど、校内に三つある劇場のうち、どこで誰がどんな役を演《や》るのか、みんなで集まってぎゅうぎゅう押しあいながら見たものよ。そのころには、わたしたちみんな、ひどくぴりぴりしていてね。RADAでの三年間が、ついに終わりに近づいてるわけでしょう。エージェントと契約できないまま卒業する、なんてことになったら最悪。だからこそ、最後のいくつかの公演は本当に大事なんです。

とにかく、やっと配役が発表になってみると、ダンはやっぱりハムレット役をもらってました。わたしはオフィーリアで、本当に嬉しかった。アマンダは廷臣のオズリックっていう、本当に小さな役で——そこはわざと性別を変えた配役だったのね。第五幕にしか登場しないんだけれど、アマンダはその年にもう『シンベリン』の公演でイモージェンを演《や》っていたから、それはそれで公平だったわけ。ダミアンはオフィーリアの兄のレアティーズ役だった。本人は充分に満足していたけれど、ダミアンこそがハムレットを演《や》るべきと言ってた人は大勢いたのよ。〝ツリー〟でハムレットの独白『ああ、おれは何たる恥ずべき無頼漢か!』をみごとに演《や》ってのけて、みんなが感嘆してたところだったから。このお芝居は、現代ふうの衣装を着て、GBS劇場で行われることになったの。うちの学校の地下にある劇場で、学校じゅうでもいちばん素敵な場所よ。ヴァンブラ劇場より素敵なんだから。

稽古の期間は五週間。たっぷりあるように聞こえるけれど、信じられないくらいきつかった。そのうえ、一週間前になって、すべてが変わってしまったの——このとき起きたことが、言ってみればわたしの人生を変えてしまったのね。ダンが腺熱にかかって、稽古に来られなくなってしまって。いろんな議論の末、急きょダミアンと役を交換することになったのよ。その結果、わたしはダミアンと、とてつもなく緊迫した場面の稽古を、来る日も来る日も何時間となく重ねることになったんです。いま思えば、あのときわたしは恋に落ちたのかも。舞台の上のダミアンは、そう、まるで……磁力を発してるみたいだった。つまりね、たとえ道ですれちがうだけでも、あの人は人の目を惹きつけるでしょう。でも、舞台に立ち、役を演じてるときのダミアンを見てると、まるで深い淵を――あるいは井戸を――のぞきこんでるみたいな気分になるの。どこまでも透きとおってて、底が知れなくて。リンゼイ・ポスナーはすっかりダミアンが気に入ってね。それで、あの人はロイヤル・シェイクスピア・カンパニーに入ったんです。ポスナーはストラトフォードやバービカン劇場で作品をたくさん上演してて、ダミアンもよく使われてたの。

あのときの『ハムレット』は、いまでもみんなの語り草になってます。おかげでダミアンも、ダンも、わたしも、みんなエージェントと契約できたの。芸術監督はわたしに、いままでに観た最高の舞台のひとつだって言ってくれたくらい。円形の舞台で、大道具はなし、小道具もほとんど使わない演出でね。みんな、いろんな仮面をかぶったの――リンゼイは日本の能の影響を強く受けてたから。ダミアンはもう、非の打ちどころなくすばらしかった。まさに、観客の視線を独り占めだったもの。ダンもとってもいい演技で、第五幕の決闘場面は――剣ではなく、扇を使う演出だったけれど――もう、ふたりの魂の熱さ、猛々《たけだけ》しさに、観客はすっかり息を呑んでた。終わったときには、観客は総立ちで拍手喝采よ。RADAにエージェントを呼んで行う公演で、そんなの、めったにあることじゃないんです。

でも、わたしの記憶に残ってるのは、ほとんどダミアンのことだけ。『ハムレット』がどんなお芝居かは知ってるでしょう。第三幕第一場の終わりのほうで、わたしは涙に暮れるの。『ああ、あれほど高貴なお心が、こうも変わりはてるとは』この場面のすべての苦しみ、すべての狂気は、わたしが一身に引き受けるんです。途中で、ダミアンがわたしの喉もとをつかむところがあって。あの人の顔が目の前に迫り、息が唇にかかったのを憶えてる。ようやく手が離れたとき、わたしの喉にはあざが残ったくらい。後になって、いっしょに暮らすようになったとき、ダミアンはもうわたしとお芝居はしたくないって言ってました——まあ、そのときはもう、わたしはお腹にアシュリーがいて、役者をお休みしてたんだけれど。つまりね、何が言いたいかっていうと、わたしがいちばん愛してたのは、役者としてのあの人だってこと、男としてじゃなくて。男としてのダミアンは、そうね……」

適切な言葉を探しあぐねる娘の代わりに、父親が締めくくった。「ろくでなしだったな」

「父さん！」

「おまえをあんなふうにあつかい、あんなふうに利用して——」

「いつもそうだったわけじゃないのに」

「あの男も、母親も、最初からそうだったじゃないか。親子そろって、どっちもどっちだ」

グレースはたしなめるように父親を見やったものの、反論しようとはしなかった。そしてまた、話の続きに戻る。

「わたしは《インディペンデント・タレント》と契約して、最初の仕事はテレビドラマの『奇術探偵ジョナサン・クリーク』でした。台詞はほんの数行だったけれど——奇術師の助手役だったの——それでも、ちゃんと経歴として書ける仕事よ。ほかのテレビドラマもいくつか出たし——『カジュアルティ』や『ホルビー・シティ』、『ザ・ビル』なんかにね。ベルギーのビール《ステラアルトワ》の広告のお仕事は、すごく素敵だった。ブエノス・アイレスで一週間もすごしたんだもの！　いろんな劇場のお芝居でも、役がもらえるようになってきて。いちばんすばらしかったのは、ジョナサン・ケントが芸術監督をしてた時期のヘイマーケット劇場に出たときかな。ウィチャリーの『田舎女房』やエドワード・ボンドの『ザ・シー』に、いい役をもらって出演したんです。劇評にも、何度か名前を出してもらえたの。エージェントのフィオナ・ブラウンは、わたしもあと一歩で売れっ子になれる、そんな手応えを感じていたみたい。すごい役のオーディションも、少しずつ回ってくるようになってました。

そんなとき、わたしはダミアンと再会したの。あの人は『田舎女房』を観にきたのよ。友だちがフィジェット夫人役で出てたからって理由で、わたしが出演してるとは知らずにね。わたしたち、お芝居がはねた後に楽屋でばったり鉢あわせして、ふたりで飲みにいったわけ。考えてみるとひどいことよね。だって、あれだけよく知ってて、あれだけ親しかった友だちなのに、もう何年も会ってさえいなかったなんて」

「そういう男だ」マーティン・ラヴェルが口をはさむ。アシュリーはすでに布製の絵本を読みおえ、祖父の腕の中ですやすやと眠りこんでいた。幼い女の子をそっとソファに寝かせ、マーティンはさらに続けた。「あの男は自分の名声のことしか頭になかったからな。友人などひとりもいない。おまえも利用されたんだ」

「そんなふうに言わないで、父さん」グレースはやはりたしなめるばかりで、父親に反論しようとはしなかった。「そのころには、ダミアンはかなり有名になってました。サインをほしがる人が列を作らないまでも、みんなが顔を見て誰なのか気づくくらいには。大作映画やテレビドラマにもたくさん出演して、《イブニング・スタンダード》紙の賞ももらってたのよ。ハリウッドの仕事も、もう始めてて。ちょうど『スター・トレック』の撮影に入るころだったの。以前とは人が変わってしまったことは、会ってすぐにわかりました。記憶にあるダミアンに比べて、ずいぶん性格がきつくなってた。まるで、鋼鉄の刃《やいば》をまとってるみたいに。成功してお金持ちになると、誰だってそんなものなのかもしれないけれど――そのころ、あの人はちょうどブリック・レーンのアパートメントを買ったばかりだったし――あれはある種の自己防御だった部分も大きいと、わたしは思ってます。きつくならなきゃ、この世界ではやっていけないのよ。これも、役者の人生の一部なんじゃないかな。

その夜は本当に楽しかった。お芝居は大成功で、まだ興奮の名残《なごり》に包まれてるみたいな気分でした。わたしたち、すっかり飲みすぎちゃって、そのうちRADAのことや、いつもいっしょにすごしてたときのことを話しはじめたの。同期生のうち二、三人と共演したことを、ダミアンは話してくれました。それから、ダンが役者をやめてしまったことも。すばらしい才能の持ち主だったから本当に残念だけれど、そういうことって、けっしてめずらしくはないの。ほんの脇役は回ってくるし、いざというときの代役として待機することもあるけれど、大きなオーディションではなぜかうまくいかなかったりね。ダンは『パイレーツ・オブ・カリビアン』の大役を、もうちょっとでつかむところだった――でも、結局はオーランド・ブルームが選ばれたの。ITVで制作した『ドクトル・ジバゴ』の配役からも、惜しいところで漏れたんですって。アマンダは、ほら、どこかに消えちゃってたでしょう。自分自身のことも、ダミアンはいろいろ話してくれました。『スター・トレック』のギャラで、ロサンジェルスに家を買う頭金も出せるから、もう向こうに拠点を完全に移そうかと思ってる、って。

そのとき、ダミアンは短期連続ドラマの撮影で、英国に三週間だけ戻ってきてたんです。その間、わたしたちはほとんどいっしょにいたの。ブリック・レーンの部屋を見せてもらったときは、なんて素敵なんだろうと思ったわ。わたしのほうは、クラパムの小さな家に、ほかの役者ふたりと暮らしてたから、まるで別世界のようだった。ダミアンの電話は鳴りっぱなしでね。エージェントやマネージャー、広報、新聞記者、ラジオ局なんかからかかってくるの。RADAに入学したとき、わたしが夢に描いてたのはまさにこんな世界だったけれど、ダミアンにとってはそれが現実なんだって、つくづく思い知らされたものよ」

「おまえにとってもそれが現実になるさ、グレース。いまや、あの男は死んでしまったんだから」

「そんな言いかたはひどいわ、父さん。別に、ダミアンがわたしの邪魔をしてたわけでもないのに」

「あの男はおまえを妊娠させたじゃないか。まさに、おまえが成功への道を歩き出そうとしたときにな」

「わたしが選んだ道よ」グレースはわたしたちに向きなおった。「子どもができたとうちあけたら、ダミアンはいっしょにその子を育てたいと言ってくれました。あの人、すごく喜んでね。米国でいっしょに暮らそう、って言われたの。わたしとその子を養うだけの稼ぎはあるから、次の便に飛び乗って、すぐにロサンジェルスへ来てほしいって」

「それで、おたくたちは結婚したんですかね？」ホーソーンが尋ねた。ここまでは、グレースの話にじっと耳を傾けてはいたものの、いつになく口をつぐんだままだったのだ。

「いいえ。結婚はしてません。そんな手続きに意味はないって、ダミアンは考えてたから」

「あの男は自分のことしか考えていなかったからな」父親が言いはった。「自分が束縛されたくなかっただけだ。母親のほうも、負けず劣らず自分勝手だったしな。気にかけるのは大事な大事な息子ひとり。おまえは相手にもされていなかったじゃないか」

「結婚しないという結論は、わたしたちふたりで出したのよ。父さんだって、それは知ってるじゃない。ダイアナだって、そんなにひどい人じゃなかった。ただただ寂しくてたまらない、気の毒なところさえある人で、ダミアンが可愛くてならなかっただけ」グレースはアシュリーに歩みより、目にかかる髪をかきあげてやった。そしてまた、話の続きに戻る。「それで、わたし、ダミアンに言われたとおりにしたんです。あの人は飛行機のチケットを送ってくれて……」

「プレミアム・エコノミーをな。ビジネス・クラスの金を出す気さえなかったんだ」

「……それで、わたしはあの人といっしょに暮らしはじめました。わたしたちのビザは、ダミアンのエージェントがとってくれて。理屈はよくわからないけれど、アシュリーはあちらで生まれたので、この子だけは米国の市民権も持ってるの。わたしが着いたときには、もう『スター・トレック』の撮影が始まってて、あの人とはあまり会えなかったけれど、それは気になりませんでした。いまの家を探すのは、わたしも手伝ったのよ。寝室はたったふたつのこぢんまりした家だけれど、丘のかなり高いところにあって、眺めもすばらしいし、小さなプールまであるの。わたし、あの家が本当に好きだった。内装も、わたしの好きなようにさせてもらったのよ。子ども部屋はアシュリーのために飾りつけて、ほしいものはウェスト・ハリウッドやロデオ・ドライブへ買いにいって。ダミアンは帰りが遅い日もよくあったけれど、週末にはいっしょにいられたし、あっちの友だちにも紹介してもらいました。何もかもうまくいくって、わたしは思ってた」

グレースは視線を落とした。一瞬、その目に悲しみの色が浮かぶ。

「でも、そうじゃなかったの。本当を言うと、わたしのせいだったのよ。どんなに努力しても、わたし、どうしてもロサンジェルスが好きになれなくて。何がいやって、あそこは本当の意味では都会じゃないのよ。どこへ行くにも車に乗らなきゃいけないし、そもそも行きたくなるような場所もないし。もちろん、お店やレストラン、海岸はあるんだけれど、どこへ行っても心は満たされないの。それに、ほら、わたしは妊娠してたから、どうにも暑くてたまらなかった。それで、気がつくとどんどん家にこもってる時間が増えて。さっきも話したとおり、ダミアンの友だちには紹介してもらったんだけれど、そもそもあの人にはそんなに友だちが多くなかったし、みんないつも業界の噂話ばかりしてて、どうしてもわたしは取り残された気分になるしかなかったの。ダミアンの友だちはほとんど英国人、ほとんど役者ばかりでした。なんだかおかしな世界だったな。みんな、自分たちの小さな仲間内にばかりこもってて、けっして意地悪なわけじゃないんだけれど、新しい人間を受け入れたくないのが透けて見えるのよ。それに、わたし、以前の生活が恋しくて仕方なかったの！　母さんと父さんに会いたい、ロンドンに帰りたい、前のように仕事がしたい、そんなことばかり思ってました。

ダミアンとわたしは、喧嘩こそしないものの、いっしょにいても幸せとはいえませんでした。RADAの同期生だったころから比べて、ダミアンはずいぶん変わってしまったように思えたの。それは、あの人があまりに有名になってしまったからかもしれない。家に帰ってくれば、わたしに会えて嬉しいそぶりは見せてくれるし、心通うひとときもあったけれど、それが演技に思えてしまうことも多くて。きょうはこんな有名人に――クリス・パインやレナード・ニモイ、J・J・エイブラムスとかね――会ったと、いつもわたしに話してくれたけれど、こっちはずっと家にこもってるだけだから、それもまた腹が立つの。母親でいたい気持ちも本当だけれど、正直なところ、それだけじゃいやだった。アシュリーが生まれたのは本当に夢みたいだったし、ダミアンも盛大なパーティを開いて、娘を自慢してたものよ。でも、それからというもの、あの人はどんどん遠ざかっていってしまった気がする。『マッドメン』第四シーズンにも出演が決まって、もうあの人の生活はすべてパーティ、試写会、スポーツ・カー、ファッション・モデル、そんなものばかりで埋めつくされてました。わたしのほうは家に閉じこめられたまま、哺乳瓶や乳母車、おしめ《ナッピー》――米国だとおむつ《ダイアパー》って言うのよね――に埋もれてたのに。金遣いも、ダミアンはひどく荒っぽくなってて。庭の手入れや食料品の支払いも、いつもかつかつだった。ハリウッド生活の廉価版《れんかばん》、って感じよね。どこにでもある話だけれど」

「薬物の話もしてやればいい」父親が口をはさんだ。

「コカインとか、そういったものにもダミアンは手を出してました——まあ、けっして特別なことじゃないのよ。あそこにいた英国人は、みんなやってたもの。パーティに行けば、必ず誰かが携帯に手を伸ばし、しばらくするとバイクの宅配便が、小さなビニール袋に入ったものを届けにくる、ってわけ。結局、わたしはパーティには行かなくなった。薬物なんて、それまでもやったことはなかったし、どうにもなじめなかったから」

孫娘がソファの上で身じろぎしたのを見て、マーティンが抱きあげる。アシュリーは気持ちよさそうに祖父の腕に身体を預けた。

「こういう言いかたをすると、ずいぶん悲惨な生活に聞こえるけれど」グレースは続けた。「すべてが終わったいまだからこそ、そう思えてしまうだけ。ロサンジェルスにいたら、なかなか不幸のどん底には落ちないものよ。日射しがきらきら輝いて、庭にはブーゲンビリアが咲きみだれてるんだもの。ダミアンは、けっしてわたしに手をあげたりはしませんでした。悪い人じゃなかったのよ。ただ……」

「……自分勝手な男だったな」マーティンが代わりに締めくくろうとする。

「成功を収めた人だった」グレースは父親の言葉を打ち消した。「そして、その成功に蝕《むしば》まれてしまったの」

「そのあげく、いまや死んでしまったというわけですね」ホーソーンはグレースに、冷たい視線をちらりと投げた。「おたくから見たら、まさに絶好の頃合いに起きた事件でしょうな」

「なんてことを言うの！」グレースは怒りをあらわにした。「そんなこと、わたしは夢にも思ってません。あの人はアシュリーの父親だったのよ。この子は、これから父親を知らずに育っていくことになるのに」

「ダミアンは遺言を遺していましたね」

グレースはたじろいだ。「ええ」

「内容はご存じですか？」

「知ってます。あの人の弁護士だったチャールズ・ケンワージーがダミアンの葬儀にも来てくれたから、そのときに尋ねたの。わたしたちの暮らしが守られるかどうか、アシュリーのためだけにでも確かめておかなくちゃいけなかったから。心配する必要はありませんでした。ダミアンは、すべてをわたしたちに遺してくれてたのよ」

「生命保険もかかっていましたね」

「それは知りません」

「わたしは知ってるんですよ、グレース」いつものスーツ姿で足を組み、腕も組んで、いまやホーソーンは心底くつろいだ様子のまま、どこまでも容赦なく相手を追撃しにかかった。その暗い目に釘付けにされ、グレースは身じろぎさえできないようだ。「六ヵ月前、ダミアンは生命保険に加入しています。わたしの知るかぎり、おたくには百万ポンド近い金が入るわけだ。そのほかにブリック・レーンのアパートメント、ハリウッド・ヒルズの家、そしてアルファ・ロメオ・スパイダー……」

「何が言いたいのかね、ミスター・ホーソーン？」マーティンがとがめる。「うちの娘がダミアンを殺したとでも？」

「おかしいですか？　さっきからの話を聞いていれば、おたくもさほど悲しんではいないようですが。それに、正直なところ、わたしがグレースの立場なら、迷う余地はありませんがね」ホーソーンはまた、グレースに向きなおった。「おたくが帰国したのは、ダミアンの母親が殺される前日だったようですが……」

捜査記録を読みなおしたときの発見を、わたしはまだ告げていなかったのに。わたしの助力なしに、ホーソーンが自力でそれに気づいたと知って、わたしはがっかりした。

「帰国して、クーパー夫人とは会ったんですか？」ホーソーンは尋ねた。

「訪ねていくつもりではいたの。でも、飛行機に乗ったらアシュリーが疲れてしまって」

「またしてもプレミアム・エコノミーに乗ってしまったとみえますね！　じゃ、クーパー夫人を訪ねてはいないんですか？」

「いません！」

「グレースはここに、わたしといたよ」父親が口をはさんだ。「必要なら、法廷で宣誓したっていい。それに、ダミアンが殺されたときには、娘はまだダイアナの葬儀の場にいたんだからな」

「では、そのときおたくはどこにいたんです、ミスター・ラヴェル？」

「わたしはアシュリーを連れて、リッチモンド・パークにいたよ。鹿を見せてやったんだ」

ホーソーンはグレースに向きなおった。「RADAの話のとき、たしかアマンダ・リーと名乗っていた女性のことで、何かまだ話したいことがあると言ってましたね。聞かせてもらえますか?」

「アマンダはダミアンの最初の恋人だったの。でも、卒業直前に別れちゃって。実をいうと、アマンダはダミアンを振って、ダン・ロバーツに乗りかえたんじゃないかと、わたしは思ってます。『ハムレット』の稽古が始まる直前、ふたりがキスしてるのを見ちゃったの。それも、本気のキスよ! ふたりとも、お互いに夢中みたいに見えました。

アマンダは、あのお芝居で廷臣オズリックを演じたの。それは、さっきお話ししたわね。卒業してからも、そこそこ順調だったみたい。大きなミュージカルにふたつも出演してね、もともと、アマンダはミュージカルが得意だったから。『ライオン・キング』と『チキ・チキ・バン・バン』よ。でも、その後、ふいに消えてしまったの」

「つまり、役者をやめたということ?」わたしは尋ねた。

「ちがうのよ。本当に消えてしまったの。ある日、散歩に出たきり帰ってこなかったんですって。いろんな新聞にも載ってました。アマンダに何があったのかは、誰も知らないの」

マーティン・ラヴェルの家を出てすぐ、わたしはiPhoneのグーグルでざっと検索し、五年前の新聞記事を探し出した。

いる。

《サウス・ロンドン・プレス》紙——二〇〇六年十月十八日
女優の行方不明事件　両親が情報提供を呼びかけ

ストリーサムの自宅を出た後に行方不明となった女性（二十六歳）を、警察が捜索している。

女性の名はアマンダ・リー、『ライオン・キング』『シカゴ』を含むウェスト・エンドの著名なミュージカル数作に出演したこともある女優。細身の体型に長い金髪、薄茶色の瞳、そばかすがあるという。

ミス・リーは木曜の夜、自宅のアパートメントを出た。当時の服装は、瀟洒《しょうしゃ》な灰色の絹のパンツ・スーツに、エルメスの紺のケリー・バッグ。金曜、ライセウム劇場の夜公演に姿を現さなかったため、警察に届け出があった。最後に目撃されてから、きょうで六日が経過している。

インターネットの複数の出会い系サイトの関係者に、警察は事情を聞いている。ミス・リーは独身で、これまでもネットで知りあった男性と何度か会っており、今回も待ちあわせ場所に向かっていた可能性がある。当夜、娘を見かけた人物はぜひ連絡してほしいと、両親は広く呼びかけている。

この記事を見せると、まさにこれを予想していたといわんばかりに、ホーソーンはうなずいた。「いったい、どうしてこのアマンダ・リーに、きみは興味を持っているんだ？」わたしは尋ねた。

　ホーソーンは答えない。同じ家、同じ庭の並ぶ住宅地の真ん中に、わたしたちはいまだ立ちつくしていた。周囲の光景に原色の彩りを添えるのは、ほんの数台の車だけ。そのとき、またしても別の飛行機が車輪を下ろしたまま、すさまじい音をたてて頭の上を通過していった。巨大な機体にさえぎられ、陽光が陰る。飛行機が通りすぎるのを待って、わたしはまた口を開いた。「アマンダ・リーもやはり殺されたのだと、きみは言うつもりか？　だが、この女性は事件と何の関係もないだろう。ついさっきまで、名前も聞いたことがなかった人物なんだから」

　ホーソーンの携帯が鳴った。片手を挙げてわたしを制すると、もう片方の手でポケットを探り、電話に出る。会話は一分ほど続いたが、ホーソーンはほとんど何も話さなかった――「ああ」をほんの二、三回、そして「そうだ」「わかった」。やがて電話を切ったホーソーンの顔には、厳しい表情が浮かんでいた。「メドウズからだ」

「何があった？」

「おれはまたカンタベリーに行かなきゃならない。メドウズが話したいというんでね」

「どうして？」

　ホーソーンがこちらに向けた目つきを見て、わたしはどうにもおちつかない気分になった。

「昨夜、誰かがナイジェル・ウェストン宅に放火した」ホーソーンが答える。「郵便受けからガソリンを流しこみ、火を点《つ》けたんだ」

「何ということだ！　ウェストンは死んだのか？」

「いや。あの判事も、男友だちも無事だよ。ウェストンは入院した。煙を吸いこんじまったらしいが、深刻な症状ではないらしい。すぐに回復するだろう」腕時計に目をやる。「次の電車に飛び乗らないとな」

「いっしょに行くよ」わたしは申し出た。

ホーソーンはかぶりを振った。「いや。その必要はなさそうだ。おれがひとりで行く」

「どうして？」またしても沈黙。わたしはさらに押してみた。「この火事の責めは誰が負うべきか、きみは知っているんだろう？」

わたしを見たホーソーンの目には、またしてもあのおなじみの冷ややかな色が浮かんでいた。わたしとはまったく別の方向からこの世界を観察し、これからもけっしてわたしと親しくなれることはないと告げるような目。

「ああ、知ってる」ホーソーンは答えた。「あんただよ」

21 RADA

ホーソーンがどういう意味でそんな言葉を口にしたのかはわからないが、それについて考えれば考えるほど、わたしは憂鬱《ゆううつ》になるばかりだった。ナイジェル・ウェストンの自宅に放火されたからといって、それがどうしてわたしのせいだというのだろう？　実際に訪ねていくまで、わたしはウェストンがあそこに住んでいることさえ知らなかったし、ホーソーンがあいかわらず年長者への気配りもなく突っかかっていく間、ひとことも口をはさまず脇にひかえていただけなのに。ウェストンを訪問することさえ、誰にも話してはいない——まあ、妻、わたしの助手、そして息子のひとりをのぞいては。あれは、ホーソーンがわたしに八つ当たりしただけなのだろうか？　だとしたら、さほど驚くにはあたらない。予期していなかったことが起きて、いちばん手近にいた相手に怒りが向いたというだけなのだ。

こうなると、いま捜査線上に残っているのは誰なのだろうと、わたしは思いをめぐらせた。昨日わたしのアパートメントで、ホーソーンはたしかに容疑者リストからアラン・ゴドウィンを外した。そして、ウェストン元判事もまた、同じくリストから外されたのではなかったか。たしかにウェストンはクーパー夫人とつながりがあり、その上で夫人を放免とする判断を下したのは引っかかるが、かといって、何か法に触れることをした証拠は何もないのだ。だが、今度はそのウェストンが襲われるとは！　クーパー夫人、そしてダミアンが殺された事件とあの交通事故は、結局のところ何の関係もなかったのだと、わたしもようやく納得しかけたというのに、またしても逆方向に引きもどされてしまったではないか。

ダイアナ・クーパーは交通事故を起こしてティモシー・ゴドウィンを死なせ、ジェレミーに障害を負わせた。それなのに、息子のダミアン・クーパーを守りたい一心で、事故の現場からいったんは逃げたのだ。ウェストン元判事は、そんなクーパー夫人をごく軽い処分のみで放免した。いまや、その三人全員が襲われ……ふたりが生命を奪われたのだ。これが偶然であるはずはない。

だが、そうなると別の疑問が湧いてくる。RADAでダミアン・クーパーとともに学び、奇妙にも姿を消してしまったアマンダ・リーは、いったいこの構図のどこに組みこまれるというのだろう？　もちろん、この女性こそ、まったく関係ない可能性もある。グレース・ラヴェルの両親の家を辞した後、アマンダ・リーについてiPhoneで検索してみたのはこのわたしだが、ホーソーンはあの新聞記事を読んでも、それについてひとことも語ることはなかった。つまり、結局のところアマンダが関係あるのかどうか、わたしにはまったく判断がつかないのだ。


ふと気がつくと、わたしは自分自身にほとほとうんざりしていた。

昼下がり、わたしはホーソーンと別れ、地下鉄のハウンズロー・イースト駅の隣にある、安っぽくけばけばしいカフェにひとり腰をおろしていた。ホーソーンは地下鉄に乗り、わたしはここで、鏡や色とりどりのメニュー、大昔の番組の再放送を流している大画面テレビに囲まれている。トーストをふた切れと紅茶を頼んだものの、実のところ、そんなものを飲み食いしたいわけではない。いったい、わたしはどうしてしまったのだろう？　ホーソーンと初めて会ったとき、わたしは売れっ子の作家だった。五十ヵ国で放映されているテレビドラマの脚本を書いていて、妻はその番組のプロデューサーだ。ホーソーンは、わたしたちに雇われている立場だった。わたしの脚本に使える情報を提供しては、十ポンドから二十ポンドの時給を受けとっていたのだ。

だが、ここ二週間ほどのうちに、すべてが一変してしまった。わたしは自ら無口な相棒、自分の本の脇役という立場を甘んじて受け入れてしまったのだ！　さらに悪いのは、いまやわたしはホーソーンに説明してもらわないかぎり、自力では手がかりひとつ発見できないのだと、すっかり思いこんでしまっていることだった。いくら何でも、わたしはもう少し頭の切れる人間ではなかっただろうか。あまりに長いこと、わたしはおとなしくホーソーンの後ろを歩きすぎていたようだ。こうして別行動となったからには、いまこそわたしが主導権を握りなおす好機にちがいない。

お茶の表面には、うっすらと油膜が張っている。トーストには、車からにじみ出た油のようなしろものが塗りたくってあった。皿を脇へ押しやり、iPhoneに手を伸ばす。きょうはもうホーソーンと顔を合わせることはないのだから、この新しい疑惑の人物――アマンダ・リーについて、たっぷり調べる時間がある。奇妙なことに、《サウス・ロンドン・プレス》紙の記事に、顔写真は掲載されていなかった。いったい、どんな見かけの女性なのだろう。ネットをいくら検索しても、写真は見つからなかったし、そもそもアマンダの名前が出てくるページ自体、二つ三つしか存在しなかった。ふいに姿を消し、それきり見つからなかった女性。つまりはそういうことだ。両親はいまだに嘆き悲しんでいることだろうが、世間の関心はすでに薄れてしまっている。

アマンダについて、わたしはもっと知りたかった。もしも、わたしがずっと見当ちがいの方向――つまり、ディールの交通事故のほう――を向いていたのなら、これは軌道修正するいい機会ではないか。アマンダ、ダミアン、そしてダイアナ・クーパーを結びつける事件がかつてRADAで起き、それがついに殺人へつながったのだとしたら、いったいどんな可能性が考えられるだろう?

その問題について考えをめぐらせるうち、わたしはふと、自分にはもってこいの伝手《つて》があることに気づいた。つい昨年、RADAは時おり俳優や演出家、脚本家などを招き、学生たちと対話させる催しを開く。つい昨年、わたしもあの学校に招かれて、学生全員を前に、役者、脚本家、脚本の奇妙な三角関係について語ったのだ。一時間の講義でわたしが伝えたかったのは、いい役者は脚本家が意識していなかったものを脚本から拾いあげ、下手な役者は脚本家が勘弁してくれと願う余計なものを脚本につけくわえる、ということだった。また、登場人物像がどうやって固まっていくか、その過程についても話した。たとえば『刑事フォイル』の主人公、クリストファー・フォイルは、マイケル・キッチンが演じることに決まるずっと以前から、たしかに脚本のページ上には存在していた。だが、実際にその造形が掘り下げられていったのは、配役が決定されてからのことだったのだ。一例を挙げるなら、マイケルはそもそもの最初から、フォイルはけっして質問をしないことにしたいと言いはった。わたしにとっては脚本が書きにくくなるし、そもそも質問をしないなど、刑事にはあまりにそぐわない特徴ではないだろうか。だが、これはけっして愚かな提案などではなかったのだ。物語の流れの必要に応じて、質問せずに情報を手に入れる独自のやりかたを、わたしたちはいくつも編み出していった。容疑者を油断させ、つい思った以上に口を滑らせてしまう、フォイルはそんなすべを心得た刑事なのだ。

こうして年月を重ね、フォイルの造形はより深みを増していった。

ほかにも、さまざまなことをわたしは話してきかせたが、どれだけ学生たちのためになったかはわからない。だが、わたしのほうは心から楽しんだ。作家にとって、書く作業について語るのはまたとない機会なのだ。

わたしを招いてくれたのは、ＲＡＤＡの副校長のひとりだった。名前を出したくないと本人が希望しているから、ここではリズと呼ぶことにしよう。そのカフェから、わたしはリズに電話をかけた。幸い、その日の午後はＲＡＤＡにいるから、三時から一時間なら時間をとってくれるという。リズは洗練された、なかなか意志の強い女性で、わたしより二、三歳上だろうか。自分自身も俳優として修業したものの、後に脚本や演出に回る。だが、あるときマスコミからこっぴどく攻撃され、それに懲りて学校に戻り、教壇に立つようになったのだ。原因となったのは、英国のシク教徒をあつかった演劇で、リズが演出をしていた。配慮を尽くしていたにもかかわらず暴動が起き、ふたりの地方議員（リズによると、脚本を読んでもいなければ、芝居を観てもいなかった連中だそうだ）に煽られて、騒ぎはさらに激化したという。芸術監督は保身に走り、全面降伏した。公演は中止となり、リズの味方になってくれるものは誰もいなかった。そのせいか、これだけの年月が経っても、いまだにリズは匿名の存在でいることを好む。

ガウアー・ストリートに建つＲＡＤＡの本館は、いかにも奇妙な場所だ。アラン・ダーストによる一九二〇年代の彫刻、悲劇と喜劇の像が掲げられている正面の入口は、見るものによっては印象的でもあり、また、まったく目立たなくもある。幅の狭い扉をくぐってみると、そこは三つもの劇場をはじめ、いくつもの事務室、稽古場、舞台美術の作業場などがすべてそろった建物だとは、とうてい信じられないほど狭い。白い通路と階段がまるで迷路のように配置され、そこらじゅうで自在ドアが揺れているため、初めてここを訪れたときには、いささか実験室のネズミのような気分になったものだ。今回は、なかなかお洒落な一階のカフェで、わたしはリズと顔を合わせた。

「ダミアン・クーパーのことなら、よく憶えているわ」リズは口を開いた。目の前にはそれぞれカプチーノのカップ、周囲にはいまの三年生の白黒写真がずらりと飾られている。近くのテーブルには何人かの学生が、おしゃべりをしたり、脚本を読んだりしていた。学生たちの耳をはばかり、リズが声をひそめる。「あの子はきっと成功するだろうって、わたしはいつも思っていたの。まあ、生意気で鼻持ちならない子ではあったけれどね」

「きみが当時もここで教えていたとは知らなかったよ」

「二〇〇〇年のことよ。わたしはまだ入ったばかりでね。ダミアンは、たしか二年生だったんじゃないかしら」

「きみは、ダミアンをあまり好きじゃなかったんだな」

「そういうわけじゃないのよ。誰に対してであれ、学生たちに対する感情は表に出さないようにしているしね。この学校が厄介なのは、学生たちがみな、やたら繊細すぎることなのよ。うっかりすると、すぐに依怙《えこ》贔屓《ひいき》だと糾弾されるの。だから、とにかく事実だけを話すわね。あの子はとてつもない野心家だった。役をもらうためなら、自分の母親だって刺しかねないくらい」そう言っておいて、ふとリズは考えこんだ。「こんな状況で使うべき比喩じゃなかったわ。でも、わたしの言いたいことはわかるでしょ」

「ダミアンの出た『ハムレット』は観た？」

「ええ。すさまじくいい演技だった。認めるのが悔しいくらいよ。あのハムレット役は、もともと別の子が演《や》るはずだったんだけれど、腺熱にかかってしまってね。あの年は学内で腺熱が大流行して、一時期はもう、十六世紀のロンドンの大疫病もかくやというありさまだったんだから。言うまでもなく、ダミアンはそもそもの最初から主役を演《や》りたかったのよ。〝ツリー〟でハムレットの独白を演《や》ったのも、つまりはそのために実力を誇示したということ。そうね、あなたの言うとおりかもしれない――ついさっきのあなたの指摘よ。わたし、あの子が好きじゃなかった。何か、周囲の人を巧みに操ろうとするところがあって、どこか気味が悪かったの。それに、あのディールでの件もあったしね」

「ディールでの件というと？」俄然、わたしは興味をそそられた。あの事故とこの演劇学校との間に、ホーソーンも知らず、わたしたちふたりとも見すごしていた何らかのつながりがあるのだろうか？

「まあ、演技の授業でそのことを使った、ただそれだけの話なんだけれどね。〝衆人環視の孤独〟という訓練の授業で、それぞれが自分にとって何か意味のあるものを授業に持ってきて、同期生たちの前でそれについて話すのよ」しばし間を置く。「ダミアンが持ってきたのは、プラスティックで作られたロンドンのバスの玩具だった。そして、わたしたちに子どもの歌を流して聞かせたの——〝バスのタイヤはぐるぐるまわる〟って歌、知ってるでしょ？　ダミアンのお母さんが運転していた車に轢《ひ》かれ、幼い男の子が亡くなって、その子のお葬式で流れた歌なんですって」

「気味が悪いというのは？」わたしは尋ねた。

「実をいうと、その後ちょっとダミアンと口論になったの。あの子もずいぶんむきになってね。あの歌を聴くと胸が張り裂けそうになるのに、どうしても頭から離れないんだって——たしか、そんなことを言っていたわ。でも、わたしに言わせると、実のところあの事故も、ダミアンにとってはさほど堪《こた》えるできごとではなかった気がしてね。まるで、小道具のように使っただけ、という印象だったの。同期生の前で独白した内容も、ずいぶん自己中心的だった。まあね、たしかに演技の訓練の小道具にすぎないわけだけれど、この場合、実際に八歳の子どもが亡くなっているわけでしょ。ダミアンのお母さんばかりに責任があったわけではないにしても、加害者という立場なのは変わらないんだし。そんなものを授業で使うのはどうかと思うって、わたし、あの子に言ったのよ」

「アマンダ・リーという女性についても聞かせてもらえるかな？」

「ダミアンに比べたら、ちょっと印象が薄いわね。才能はあったけれど、もの静かな子だった。ダミアンとしばらくつきあっていて、ずいぶん仲がよかったのを憶えているわ。でも、残念ながら、ここを卒業してからはあまり仕事に恵まれなくてね。ミュージカルを二つ三つ、それくらいかな」リズはため息をついた。「そういうことも、ときどきあるのよ。この先がどうなるかなんて、誰にも予測はつかないものね」

「そして、姿を消してしまったんだったね」

「その件は新聞にも載ったし、実際にここに警察が来て、いろいろ尋ねていったりもしたのよ。とはいえ、姿を消したのは、ここを卒業して何年か経った後のことでしょ。ファンに会いにいったんじゃないかって話もあったの……ほら、その相手がストーカーだったたってことね。でも、後になって警察は方針を変えて、会う予定だったのはおそらく交際中の男性だったたってことになったの。アマンダはおめかししていたし、同居していた友だちが、出かけていくときは上機嫌だったたって証言したから。南ロンドンのどこかで、誰かと共同生活をしていたのよ」

「ストリーサムだね」

「そうそう、そこ。とにかく、アマンダは出かけていったっきり、二度と姿を現さなかった。あの娘がもっと有名だったら、あるいは、以前ダミアン・クーパーとつきあっていたことを誰かが探りあてていたら、もっと話題にもなったんでしょうけれど。そのときはもう、ダミアンはかなり有名になっていたから。でも、まあ、ロンドンで行方がわからなくなる人はたくさんいるものね。アマンダも、そのうちのひとりだったというだけ」

「写真を持っていると言っていたね」

「ええ。近ごろはめっきり写真を残さなくなってしまったから、あなたは運がよかったのよ。ほら、いまはみんな、携帯で写真を撮ってしまうでしょ。まあ、この写真が残っていたのは『ハムレット』のおかげだけれど」持ってきた大ぶりなキャンバス地のバッグを、リズはテーブルに載せた。「これは、ここの事務室で見つけたの」

中から額に納めた白黒写真を取り出すと、コーヒー・カップの間に置く。写真に目をやったわたしは、窓から二〇〇二年をのぞきこんでいるような気分になった。五人の若い役者が何もない舞台に立ち、カメラに向かって、いささか大げさすぎるほど深刻な顔でポーズをとっている。ダミアン・クーパーは、すぐにそれとわかった。九年という歳月を経ても、さほど変わってはいなかったからだ。たしかに、当時のほうがいくらか華奢《きゃしゃ》で、可愛らしさが残ってはいるが……まさに〝生意気〟という言葉が頭に浮かんでくるような青年だ。カメラをまっすぐに見すえる目は、この自分を無視できるものならしてみろとばかりに、傲然とこちらをにらみつけている。黒いジーンズに黒い開襟のシャツという恰好で、手にしているのは日本の能面だ。オフィーリア役のグレース・ラヴェルと、レアティーズを演じた青年は、その両脇に立っている。ふたりとも、広げた扇を頭の上に掲げていた。

「これがアマンダよ」リズが指さしたのは、長い髪を後ろで結び、その後ろに立っている娘だった。男性役を演じたため、まとっている服はダミアンと同じだ。正直なところ、この写真のアマンダを見て、わたしはがっかりした。いったい何を期待していたのか、自分でもよくわからないが、そこに写っていたのはあまりに普通の女性だったのだ……可愛らしく、そばかすがあり、髪をポニーテールに結って。立っている位置は集団のごく端で、枠の外からこちらに近づいてくる男性のほうに顔を向けている。

「この男性は?」わたしは尋ねた。

写真にぎりぎり入るか入らないかくらいの位置にいるため、男性の顔ははっきりわからない。眼鏡をかけた黒人で、花束を手にしている。写真のほかの顔ぶれよりは、明らかに年長だ。

「さあ、誰かしら。たぶん、学生の家族でしょ。これは初回が終わった後に撮ったんだけれど、あのときGBS劇場は満席だったから」

「知っていたら教えてほしいんだが、もしかして……」

アマンダとダミアンの関係について、何かを尋ねようとしていたわたしは、ふいにある顔に目がとまり、言葉を途中で呑みこんだ。写真の中のひとりが、実は自分の知っている人物であることに気づいたのだ。けっして人ちがいなどではない。自分がごく重要な事実を発見したこと、今度にかぎっては、ついにホーソーンに先んじたことを悟って、興奮がこみあげる。あの男が知らない事実を、わたしがつかんだのだ！　グレース・ラヴェルの両親の家を辞したとき、ホーソーンは八つ当たりなのか、わざとわたしを嘲《あざけ》るようなもの言いをしてきた。そもそも、この事件を捜査している間じゅう、わたしに対する態度はぎりぎり軽蔑に近い無関心だったではないか。カンタベリーから帰ってきたホーソーンに、このわたしが重要な見落としを指摘してやれたら、どんなに痛快だろう。わたしはもう、口もとがほころぶのを抑えきれなかった。長いこと傍観者として口をはさむことも許されず、あの男の後につきしたがってロンドンじゅうを回らされたのだから、これこそはまさに甘美なる仕返しといっていい。

「リズ、きみは本当にすばらしいよ。これは、借りていくことはできないんだろうね？」写真を指して尋ねる。

「ごめんなさい。この建物から持ち出すことは禁じられているの。でも、よかったら、写真を撮っていくといいわ」

「それは助かるな」わたしのiPhoneは会話を録音するため、テーブルの上に置いてあった。手にとって額入りの写真をカメラに収めると、わたしは立ちあがった。「いろいろとありがとう」

RADAを出ると、わたしは三本の電話をかけた。まず最初に、面談の約束をとりつける。次は、仕事場で待機していた助手に電話をし、きょうの午後はそちらに戻らないと告げた。最後は妻の留守電に、夕食にちょっと遅れるかもしれないと伝言を残す。実のところ、わたしは夕食を完全に食べそこなうことになるのだが。

22 仮面を外す

ガウアー・ストリートから地下鉄に乗って西ロンドンへ向かい、ハマースミス環状交差点《ラウンドアバウト》から五分のところに建つ、赤レンガ造りの四角い建物へ歩く。ちなみにこの建物は、いまはもう存在しない。すでに取り壊され、代わりに真新しいオフィス・ビル——エルシノア・ハウスが建った。奇妙な偶然ではあるが、《ハーパーコリンズ》社はこの建物に入っている。わたしの著作を米国で刊行してくれている出版社だ。

その日わたしが訪ねていった建物は、慎ましく目立たないことを意識した造りで、窓には磨《す》りガラスがはめられ、看板はいっさい出ていなかった。正面の呼鈴を鳴らすと、怒ったようなブザーが鳴り、建物の内側のどこかから電子錠を解除するかちりという音が聞こえた。中に足を踏み入れると、そこは何の装飾もない壁にタイルの床という空間で、無人の受付から防犯カメラだけがこちらを見ている。どこか診療所か病院の、おそらくは最近になって閉鎖されたばかりの建物めいた印象だ。最初、そこには誰もいないように思えたが、ややあってわたしを呼ぶ声がした。そちらへ歩いていくと、角を曲がったところの部屋で、この葬儀社の経営者であるロバート・コーンウォリスがふたり分のコーヒーをいれているところだった。この部屋も建物のほかの部分と同じように、何ひとつ目立つところはない。仕事机がひとつ、いかにも実用的な椅子が何脚か——座面に詰めものはしてあるが、とうてい坐り心地がよさそうには見えなかった。部屋の隅には折りたたみ式のテーブルがあり、そこにコーヒー・マシーンが置いてある。壁にはカレンダーが掛けてあった。

ここは、二度目に顔を合わせたとき、コーンウォリスが話の中で触れていた施設だ。この葬儀社の客は、まずサウス・ケンジントンの事務所を訪れて打ち合わせをするが、実際の遺体はここに運ばれてくる。このどこかには、アイリーン・ロウズが言っていた礼拝堂があるのだろう。まちがいなく、ここではない——この部屋には、魂を慰めるものなど何も見あたらなかった。誰かほかの人間の気配はないかと、わたしは耳をすませた。ふたりだけで顔を合わせることになるとは予想外だったが、もう夕方も近いし、ほかの従業員は帰ってしまったのだろう。

実のところ、わたしが電話したのは事務所のほうだったのだが、どうしてもこちらの施設に来てほしいと、コーンウォリスから言ってきたのだ。

名前を呼んで迎えられ、椅子に腰をおろす。以前、二回にわたって顔を合わせたときよりも、コーンウォリスは温かくくつろいだ態度だった。スーツを着てはいるものの、ネクタイは外し、シャツのボタンも上からふたつ外してある。

「あなたがどなたなのか、ずっと存じあげなくて」わたしにコーヒーのマグカップを差し出しながら、コーンウォリスは口を開いた。電話をかけたとき、わたしは自分の名を名乗ったのだ。

「作家でいらしたんですね！　実をいうと、本当に驚きましたよ。わたしどもの事務所に――そして、わが家にも――いらしたときには、てっきり警察のお仕事をされているかたとばかり思っていましたから」

「ある意味では、たしかにそのとおりなんですがね」

「いえいえ。つまり、あなたは刑事さんだとばかり思いこんでいたのですよ。ミスター・ホーソーンは、きょうはどちらに？」

わたしは出されたコーヒーをすすった。わたしの好みを尋ねずに、すでに砂糖が入っている。

「いまはちょっとロンドンを離れています」

「それで、あなたを代わりにこちらへよこしたということですか？」

「いいえ。実のところ、わたしがいまここに来ていることは、ホーソーンは知らないんですよ」

コーンウォリスは考えこんだ。どうにもとまどっているようだ。「お電話では、これから書く本の取材をされているということでしたね」

「ええ」

「しかし、それはいささか変則的な形ではありませんか？　警察の捜査、殺人事件の捜査というものは、秘密裏に行われるとばかり思っていましたよ。すると、あなたの本にわたしも登場するのでしょうか？」

「するかもしれませんね」わたしは答えた。

「それは喜んでいいものかどうか、困りましたな。ダイアナ・クーパーとそのご子息の件はあまりに外聞が悪く、わたしどもとしては、会社とあの事件を結びつけられたくはないのです。忌憚《きたん》のないところを申しあげますと、あなたの本に名を連ねることに、あの事件の関係者はひとりならず異議を申し立てる気がしますがね」

「事前にみなさんの許可をとりますよ。どうしても名前を出したくないということなら、もちろん仮名を使うこともできますしね」たとえ実在の人々であろうと、その名の使用権が登録でもされていないかぎり、わたしが本に書くのを止めることはできないのだとつけくわえてもよかったが、ここでそれほど喧嘩腰になる必要もなかろう。「あなたの名前も仮名にしておきましょうか？」わたしは尋ねた。

「恐縮ですが、そう願えれば」

「たとえば、ダン・ロバーツなんて名前もいいでしょう」

コーンウォリスはしげしげとわたしを見つめた。その顔に、ゆっくりと笑みが広がっていく。

「その名前は、もう何年も使っていなかったのですがね」

「そうでしょうね」

コーンウォリスはタバコの箱を取り出した。喫煙者だとは知らなかったが、そういえば、事務所に何か灰皿があったのを思い出す。タバコに火を点《つ》けると、コーンウォリスは怒ったように手を一閃させ、マッチの炎を消した。「さっきのお電話は、RADAからかけているというお話でしたね」

「ええ」わたしは答えた。「きょうの午後はあそこにいたんですよ。知人に会って……」わたしは副校長の名前を出した。コーンウォリスに、心当たりのあるらしい様子はない。「かつてRADAにいたという話は、前には聞かせてもらえませんでしたね」そうつけくわえると、すでに半分まで飲んだコーヒーのマグカップを置く。

「お話ししたはずですが」

「いや、聞いていません。ホーソーンがあなたから事情を聞いた二回とも、わたしはその場にいたんですよ。RADAに在籍していたことだけじゃない、ダミアン・クーパーと同期だったということも、あなたは黙っていた。ダミアンと同じ舞台に、あなたは立っていたんですね」

おそらく否定するにちがいないと思ってぶつけてみたのだが、コーンウォリスはまったく表情を変えなかった。「わたしはもう、RADAの話はしないことにしているのですよ。わたしにとって、さほどなつかしい気持ちでふりかえりたい時代ではありませんし、あなた自身からうかがった話から判断して、そもそも事件に関係があるとは思えませんでしたからね。サウス・ケンジントンの事務所にいらっしゃったとき、あなたがはっきりと示していたじゃありませんか、あなたの捜査は――もとい、ミスター・ホーソーンの捜査は――ディールで起きた交通事故との関連を探っていると」

「だとしても、関係ないとはかぎらないでしょう」わたしは言いかえした。「ダミアンがそのことを話したとき、あなたもその場にいたんですか？　演技の授業で、事件のことを題材にしたと聞きましたが」

「ええ、実のところ、いましたよ。とはいえ、言うまでもありませんが、もうずいぶん昔のことですからね。あなたがその話題を持ち出すまで、すっかり忘れていました」コーンウォリスは立ちあがり、仕事机の端に腰をもたせかけて、わたしのすぐ上からこちらを見おろした。室内には安っぽい蛍光灯があり、コーンウォリスの眼鏡にその光が反射している。「ダミアンは小さな赤いバスの玩具を持ってきて、あの曲を流したのですよ。そして、ディールで何があったか、その事件が自分にどんな印象を残したかを語ったのです」記憶をふりかえるように、ロバート・コーンウォリスはしばし間を置いた。「いいですか、ダミアンの母親はふたりの子どもを車ではね、そのうちひとりは死んでしまったというのに、真っ先に心配したのは息子の将来だったことを、ダミアンは心から誇らしく思っていたのですよ。何とまあ、驚くべき母子ではありませんか？」

「あなたはダミアンといっしょに舞台に立っていた。本来は、あなたがハムレット役だったんだ」

「能を取り入れた演出でね。日本の伝統演劇ですよ。仮面、扇、共有体験。馬鹿げた話です。われわれはみな、自信過剰で頭でっかちな子どもでしたから。しかし、そのときはそれがとてつもなく重要に思えたのですよ。いまとなってはとうてい想像もつかないほどにね」

「あなたにはすばらしい才能があったと、誰もが言っていましたよ」

コーンウォリスは肩をすくめた。「役者になりたいと思っていた時代もありました」

「しかし、あなたは葬儀屋になった」

「わが家に訪ねてきていただいたときに、その話はしましたね。わたしにとっては、これが一族の家業なのです。父も、祖父も……憶えているでしょう?」ふと、コーンウォリスは何かを思いついたようだった。「お見せしたいものがありましてね。きっと、興味を持っていただけると思うのですが」

「というと、どんな?」

「ここにはありません。隣の部屋に……」

コーンウォリスは立ちあがり、後に続くであろうわたしを待った。当然ながら、わたしもそのつもりだった。だが、ふと、自分が立てないことに気づく。

実のところ、そんな呑気な話ではなかった。この瞬間は、まちがいなくわたしの人生でもっともすさまじい恐怖に襲われた瞬間だろう。身体がまったく動かない。脳は足に信号を送っているのに——「立ちあがれ」と——足にはその声が聞こえていないのだ。腕はまったくの異物と化してしまったかのように、身体からぶらさがってはいるものの、神経がつながっていない。

頭はいまやラグビーのボールのように肩の上に乗っているだけだし、その下の身体は役に立たない筋肉と骨の寄せ集めに変わりはて、その寄せ集めの内側で、いっそこの壁を破って逃げ出そうとしているかのように、心臓が必死の早鐘を打っている。この一瞬の、内臓が喉からこみあげてくるほどの恐怖は、とうてい言葉で言いあらわせない。自分が何らかの薬物を盛られたこと、いまやとてつもない危険な事態におちいってしまったことを、わたしはようやく悟っていた。

「どうかしましたか?」いかにも心配そうな表情を浮かべ、コーンウォリスが尋ねた。

「わたしに何をした?」自分の声さえ、いつもの声には聞こえない。口を動かそうとしても、思うように言葉が出てこないのだ。

「さあ、立ってください……」

「立てないんだ!」

それを聞いて、コーンウォリスは笑みを浮かべた。世にも怖ろしい笑みを。

ゆったりとした足どりでこちらに歩みより、わたしを見おろす。ハンカチを取り出すと、コーンウォリスはひるむわたしに手際よく猿ぐつわを嚙《か》ませた。そうなる前に叫び声をあげておくべきだったと、ようやくわたしは気づいたが、叫んだところで何も変わらなかっただろう。自分たち以外の人間が立ち入らないよう、コーンウォリスはすでに手配していたのだ。

「ちょっと取ってくるものがありましてね。すぐに戻りますよ」

コーンウォリスはドアを閉めようともせず、部屋を出ていった。わたしは椅子にかけたまま、自分の身体の新しい感覚を——というより、感覚のなさを——確かめた。何ひとつ感じない——つのる恐怖をのぞいては。せめて荒い呼吸を抑えようと努める。心臓は、いまだ激しく打ちつづけていた。ハンカチが喉の奥を圧迫し、息が詰まりそうだ。恐怖で頭が混乱し、あまりに明らかなことさえも、いまだはっきりと把握できていなかった——自分が軽率にもこの〝死の家〟に自ら足を踏み入れてしまったこと——そして、その結果、わたし自身の死もすぐ目の前にあるということを。

車椅子を押しながら、コーンウォリスは部屋に戻ってきた。ひょっとしたら遺体を運ぶためのものなのかもしれないが、それよりも、おそらくは息をひきとった親族に最後の別れを告げようと、ここを訪れるお年寄りのために用意してあるのだろう。低く口笛を吹きつづけるコーンウォリスの顔には、どこか不気味に空《うつ》ろな表情が浮かんでいた。いつもの薄い色つきの眼鏡は、いまはもう外している。そのきらきらと輝く目、きれいに手入れされたあごひげ、薄くなりかけた髪は、すべて仮面にすぎなかったのだ。そう思ってみると、その仮面に隠されていた怖ろしい素顔が、いまや透けて見えはじめている。わたしが動けないことを、コーンウォリスは知っている。この男がわたしのコーヒーに何かを入れた。そして、何と愚かなことか、わたしはみすみすそれを飲んでしまったのだ。わたしはもう、自分に向かってわめきちらしたかった。この男こそがダイアナ・クーパーを絞殺し、その息子を切り刻んだ犯人なのだ。だが、いったいどんな動機で？　そして、いったいなぜ、わたしはそのことに気づかなかったのだろう——こんなところへ自ら足を踏み入れてしまう前に——いまとなってみれば、あまりに明らかに思えるのに。

コーンウォリスはこちらに顔を寄せた。ほんの一瞬、キスをされるのかと思い、わたしはぞっとして身体をこわばらせたが、コーンウォリスはただわたしを抱えあげ、車椅子にどさっと移しただけだった。八十五キロほどの重さの人間を持ちあげて息が切れたのか、しばし呼吸を整える。やがてコーンウォリスは自分の服を手で払い、わたしの脚を前にそろえると、依然として口笛を吹きながら、車椅子を押して部屋を出た。

開けっぱなしのドアの前を通りすぎると、中の礼拝堂の様子が目に入る。ロウソク、木の羽目板、十字架や七本枝の燭台といった宗教的な聖具を利用者の必要に応じてとりつけられる祭壇。通路の突きあたりには、柩を載せられる大きさの業務用エレベーターがあった。コーンウォリスはわたしの車椅子を押してエレベーターに乗りこみ、ボタンを押す。後ろでドアが閉まった瞬間、わたしはそれまでの人生から完全に切り離されてしまったのを悟った。がたんとエレベーターが揺れ、下降を始める。

ドアが開くと、そこは広々とした作業室だった。低い天井に、さらに多くの蛍光灯が等間隔に並んでいる。目に入るものすべてが新たな恐怖をかきたてて迫ってくるのは、わたしがいま、あまりに無力だからだろう。部屋の奥には、銀色の扉が六つ輝いていた。三つの仕切りにそれぞれ人間ひとりの遺体を収納できる冷蔵庫がふたつ並べてあるのだ。正面には簡素な手術室のような設備があり、車輪のついた金属製寝台、黒っぽい液体の入った壜の並んだ戸棚、メスや針、ナイフをずらりと並べた台などがそろっている。コーンウォリスはエレベーターを背に、その手術設備に向かってわたしの車椅子を停めた。レンガの壁には、白い塗料が塗ってある。床には灰色のビニール・シートが敷きつめてあり、片隅にバケツとモップが置かれていた。

「あなたがここに来なかったら、どんなによかったかと思いますよ」コーンウォリスの口調は、依然として礼儀正しくおちついていた。自分が演じることになった役割にはこれがふさわしいと、何年もの間に身につけてきた演技なのだろう。それが演技にすぎなかったということを、ようやくわたしは悟っていた。だが、いまやその仮面がはがれ、みるみるうちにロバート・コーンウォリスはその素顔をあらわにしつつある。

「あなたに含むところがあるわけではありません。危害を加えたりなど、けっしてしたくはないのですよ。しかし、こんなところまでのこのこ出かけてきたのはあなただ、わたしの過去に図々しくも首を突っこんできやがって！」その声はみるみるひきつれて、ついに言葉づかいが乱れたときには、もはや甲高いわめき声に変わりはてていた。いくらか自制心をとりもどして、コーンウォリスはふたたび口を開いた。「どうしてRADAのことを嗅ぎまわる必要があったのですか？　過去のことをほじくり返さなくてはならない理由が、いったいどこに？　あなたがわざわざここに来て、愚かな質問を重ねたために、わたしは何らかの手を打たねばならなくなってしまった――こんなこと、したくはなかったというのに」

わたしは言いかえそうとしたが、口をふさぐハンカチのせいで言葉が出てこなかった。コーンウォリスが手を伸ばし、猿ぐつわを外す。ふたたび声が出るようになるやいなや、わたしは口を開いた。「ここに来ることは、妻に知らせてある。助手にもだ。もしもわたしに手を出したら、きみはもう逃げられないんだ」

「それもまあ、あなたが発見されればの話でしょう」こともなげな口調で、コーンウォリスは答えた。「そんなことはどうでもいい。あなたの話など、もうひとことも聞きたくないのです。どう言われたところで、もう何も変わりはしないのだから。ただ、こうなった理由だけは説明しておきましょう」

コーンウォリスは指先をこめかみに当て、中空《ちゅうくう》を見つめて考えをまとめにかかった。わたしのほうは車椅子に納まったまま、心の中で悲鳴をあげるばかりだった――わたしは作家なんだ。こんなことが、わたしに起きるはずはない。こんなつもりは、これっぽっちもなかったというのに。

「わたしの人生がどんなものだったか、あなたに想像がつきますか？」ややあって、コーンウォリスはようやく口を開いた。「わたしがこの仕事を楽しんでいるとでも？　来る日も来る日も事務所に坐って、いかにも不幸そうな人々がやってきては、自分の不幸な母親が死んだ、父親が死んだ、祖母が死んだ、祖父が死んだという話を並べたてるのを聞かされて、葬儀やら火葬やら棺やら墓石やらの手配をさせられる。世間の人々はまばゆい陽光を浴び、それぞれの人生を満喫しているというのに。人々の目に映るわたしは、スーツ姿でいつも沈痛な表情を浮かべ、あたりさわりのないことしか口にしない退屈な人間なんだ――『ご愁傷《しゅうしょう》さまです』『お気の毒に』『ティッシュをお使いになりますか？』とね――だが、いつだって心のうちでは、そんな客の顔を殴りつけてやりたかった。これは本当の自分じゃない、こんな人間になりたかったわけじゃないと叫びながら。

《コーンウォリス&サンズ》。そういう家にわたしは生まれてきたのです。父も葬儀屋。祖父も葬儀屋。そのまた父も葬儀屋。おじもおばも、みな葬儀屋だった。子どものころ、知っている大人はみな黒服でしたよ。外に出れば、葬儀馬車を曳《ひ》く馬を見せてもらえた。それが、わたしへのご褒美だったんだ。夕食をとる父親を見て、わたしはいつも心の中で、父さんは一日ずっと死人とすごしていたんだと思っていたものです。わたしを抱きあげてくれる手は、ずっと死肉に触れていた手なんだ、とね。死は父にまとわりつき、わたしの家に入りこんでいた。家族みなが、死に感染していました。死こそは、われわれ一族の日常だった！　何よりも怖ろしいのは、自分もいつかは父とまったく同じ生活を送るのだとわかっていたことでした。それが、わたしのために用意された道だったのですよ。疑問の余地など、どこにもなかった。われわれは《コーンウォリス&サンズ》の人間で——わたしはまさに、コーンウォリス家の息子《サン》だったのですから。

学校では、いつもからかわれていました。誰もがコーンウォリスという名を知っていましたからね。バス停に向かうと、その途中にうちの事務所があって、おまけにジョーンズだのスミスだのというありきたりな名前でもない。わたしはみなに〝葬儀屋の子〟と……〝死人の子〟とさえ呼ばれていましたよ。おまえの父さんは、死人を見て興奮するのか……おまえはどうだ、とまで訊かれてね。服を脱がせると、死人の裸はどんなふうに見えるのか、みんなが知りたがりました。死人も勃起するのか？　爪は伸びる？　教師たちの半数は、わたしのことを不気味だと思っていたものです——わたしの人となりを見てのことではなく、うちの一族の職業からね。ほかの子どもたちは、みな大学の話や、将来の仕事の話で盛りあがっていました。誰もが夢を持っていた。未来を。だが、わたしに未来はなかった。わたしの未来には、文字どおり死が待っているだけだったのです。

とはいえ——おかしな話ではありますが——わたしにも夢があったのですよ。奇妙なことも起きるものです、そう思いませんか？　ある年、学校の演劇で、わたしも役をもらったのです。たいした役ではありませんでした。『じゃじゃ馬ならし』のホーテンシオでね。しかし、蓋を開けてみると、これが実に楽しかったのですよ。わたしはシェイクスピアが大好きになりました。言葉の豊饒《ほうじょう》さ、ひとつの世界をみごとに作りあげる巧みさ。衣装を着て舞台に立ち、スポットライトに照らされて、わたしはどれだけ胸を躍らせたことか。自分以外の人物になる喜びを、あのときわたしは見出したのでしょう。十五歳のわたしはどうしようもなく役者になりたいと願い、その思いはどんどんふくらんでいきました。ただの役者ではない。有名な役者にならなくては。ロバート・コーンウォリスのままでいたくはない。ほかの人間になるのだ。自分はそのために生まれてきたのだ、と。

わたしがRADAのオーディションを受けたいと話すと、両親は渋い顔をしたものです——しかし、それからどうなったと思います？　そのまま受けさせてくれたのですよ。なぜなら、わたしがオーディションに受かる望みがあろうとは、両親はこれっぽっちも思っていなかったからです。わたしのことを陰で笑いつつ、一度やってみればわたしの気もすんで、役者などという夢を忘れ、伝統の家業に戻ってくるだろうと高をくくっていたのですよ。わたしはRADAを受けるだけではなく、両親には秘密でウェバー・ダグラス演劇アカデミー、セント《C》ラル演《S》劇《S》学《D》校、ブリストル・オールド・ヴィック演劇学校にも願書を出しました。しかし、実のところ、そんな必要はなかったのですがね。なぜって、わたしには才能があったからです。すばらしい才能が。演技をするとき、わたしには新たな魂が吹きこまれるのですよ。RADAにはらくらく合格しました。オーディションを受けたときから、この自分を落とせるはずがないと、わたしには確信があったのです」

わたしは何かを言おうとした。だが、言葉にならない声が漏れただけだった。薬物はすでに喉までも麻痺させ、もう話すことはできなくなっていたのだ。おそらく、わたしは必死に命乞いをしようとしたのだろうが、どちらにせよ、それは時間の無駄にすぎなかった。コーンウォリスは眉をひそめると、手術器具を載せた台に歩みより、一本のメスを手にとる。そのままこちらに近づいてくるのを、わたしはまじまじと見ているしかなかった。ちかちか光る蛍光灯が、銀の刃《やいば》に反射する。次の瞬間、コーンウォリスはためらいなく、そのメスをわたしに突きたてた。

自分の胸から突き出すメスの柄を、わたしは呆然と見つめた。奇妙なことに、さして痛みは感じない。血もさほど流れ出してはいなかった。そんなことより、わたしはとにかく、いま起きたことが信じられずにいたのだ。

「あなたの話など聞きたくないと言ったでしょう！」コーンウォリスはまたしても激昂し、声が甲高く上ずった。「わたしの聞きたい言葉など、あなたはひとことだって口にできはしないんだ。だから、黙れ！　わかったか？　黙っていろ！」

憤《いきどお》りを抑えると、コーンウォリスはまた、何ごともなかったかのように話を続けた。

「RADAでは最初の日から、わたしは本来の自分のまま、発揮すべき能力を発揮することによって、みなに受け入れられることができました。ロバート・コーンウォリスという名は最初から使わなかったし、家族の話もしないと決めていたのです。代わりに、ダン・ロバーツという名を使うことにして……本名かどうかなどということは、誰も気にしていませんでした。これを、そのまま芸名にすればいいだけのことですからね。もはや、誰もわたしを〝葬儀屋の子〟などと呼ばなかった。わたしはアンソニー・ホプキンスになれる。ケネス・ブラナーにも。デレク・ジャコビにも。イアン・ホルムにも。学校にはこうした名が掲げてあり、わたしもいつか、きっとその中のひとりになろうと心を決めていました。あの建物に入るたび、わたしはようやく自分自身を見つけたという感覚を、あらためて味わうことができたものです。いま思えば、あれはわたしの人生でもっとも幸福な三年間でした。わたしの人生で、幸福なのはあの三年間だけだったのですよ！

同期には、ダミアン・クーパーがいました。あなたのつきとめたとおりにね――ただ、誤解はしないでいただきたい。わたしはダミアンが好きでした。そもそもの最初は、その才能に心から感嘆したものです。しかし、それはあの男がどういう人間なのか、わたしが知らずにいたためでした。わたしはダミアンを友人と――親友だとまで――思い、あの男がどれほど冷酷な野心家で、こっそり策をめぐらす卑劣漢かということに、まったく気づいていなかったのですよ」

わたしは視線を落とし、忌《い》まわしくも胸に突っ立ったままのメスに目をやった。いまや、その周囲には手のひらほどの赤い染みが広がっている。傷口は、ずきずきと脈打つように痛みはじめていた。吐き気がこみあげてくる。

「さまざまなことが表面化したのは、三年めの最終学年でした。そのころには、もうかなり競争が激しくなっていましてね。われわれはみな、お互いに友人のふりをしていました。何かあったら、喜んで手を貸すふりをね。しかし、実のところ、エージェントを招いて行う〝ツリー〟や卒業公演ともなると、もはやきれいごとではすまない段階だったのですよ。同期生全員がひとりの例外もなく、それでエージェントと契約できるなら、親友だって非常階段から喜んで突き落としていたことでしょう。言うまでもなく、誰もが講師たちにおべっかを使うようになっていました。ダミアンはそういうことがうまくてね。にっこり笑って口あたりのいい言葉を並べながらも、その間じゅう、目は油断なく目当てのものに狙いをつけているのですよ。そのあげく、ダミアンはいったい何をしたと思います？」

わたしの返事を待つかのように、ここで言葉を切る。だが、わたしはもう、声を出すのが怖かった。コーンウォリスはこちらをじっと見ていたかと思うと、いきなり二本めのメスをつかみ、わたしが叫ぶのもかまわず、今度は肩にそれを突きたてた。突きささったままのメスから手を離すと、甲高い声でわめく。「何をしたと思うか訊いているんだ！」

「きみを裏切った！」わたしは必死に言葉を絞り出した。何を言っているのか、自分でもよくわからないまま、とにかく何かを言わなければと必死だったのだ。

「そんな言葉では、とうてい言いつくせませんね。わたしがハムレット役をもらったのを見て、ダミアンはひどく腹を立てました。その役を与えられるのは自分だと信じていたからです。すでに自分の〝ツリー〟でも、ハムレットの独白を演《や》っていましたしね。自分がどれだけみごとに演じられるか、みなに見せびらかしたのです。しかし、それはわたしの見せ場だった。わたしがもらった役だったのです。卒業公演こそは、自分に何ができるのか、わたしが世界に示す機会だったというのに、ダミアンはあばずれの恋人と共謀して、わたしを陥《おとし》れた。そう、ふたりは共謀していたんだ。わざとわたしに病気をうつし、稽古できないようにさせておいて、配役を変更させたのです」

わたしにはもう、コーンウォリスが何の話をしているのか理解できなかったし、そんなことはどうでもよかった。まるで闘牛場の牛のように、身体には二本の刃物が突きたてられ、痛みはいや増すばかりだ。わたしはもう、このまま殺されてしまうのだろう。わたしの言葉を待つかのように、コーンウォリスは黙ってこちらを見ている。何も言わずにいたら、さらに怒りをかきたててしまうのではないかと怖れ、わたしはつぶやいた。「アマンダ・リー……」

「アマンダ・リー。そう、そんな名前でしたね。ダミアンはあの女を使って、わたしを陥れたのです。しかし、結局はあの女にも、自分がしたことの報いを受けさせてやりましたがね」コーンウォリスはくすくすと笑った。こんなにもあからさまに精神のたがが外れてしまった人間のありさまを、わたしはこれまで見たことがない。「さんざん苦しんだあげく、あの女はこの世から消えてしまいました。どこへ行ったと思います？　知りたいなら教えてあげますよ――見つけるなら、七つの墓を掘りかえさないといけませんがね」

「きみはダミアンも殺した」かすれた声で、わたしはつぶやいた。ありったけの力を振りしぼらないと、言葉が出てこない。わたしの心臓はもう、いまにも爆発しそうな勢いで脈打っている。

「ええ」コーンウォリスは手を組み合わせ、まるで祈りでも捧げているかのように頭を垂れた。ここに至ってもなお、この男のしぐさにはどこかわざとらしいものが感じられる。コーンウォリスにとって、これはたったひとりの観客に向けた演技なのだろう。「稽古場でのわたしのハムレットはすばらしかったと、みなが言ってくれました。このわたしが、ハムレットを演《や》るべきだったのです。しかし、わたしは病に倒れて役を変えられ、結局はレアティーズを演《や》ることになりました。レアティーズ役も、わたしはみごとにやってのけましたよ。しかし、レアティーズが登場するのは、たった五、六場面でしてね。舞台に立っていない時間のほうが、はるかに長いのです。台詞《せりふ》は全部で六十行ほど。それだけなのですよ。公演が終わってみると、わたしは希望していたエージェントから契約をもらえませんでした。卒業しても、希望していた仕事はもらえなかった。さんざん努力はしましたよ。つねに身体をいい状態に保ち、演技の講座にも通いました。オーディションもたくさん受けてね。しかし、歯車が嚙みあうことはありませんでした。

ブリストル・オールド・ヴィック劇場で『十二夜』のフェステを演《や》ったときには、ついにここから何かが始まるのだと思いました。しかし、結局は何も起きなかったのです。惜しいところまでは何度も行ったのに！　『パイレーツ・オブ・カリビアン』のオーディションでは、最終候補の三人にまで残りましたが、役を勝ちとったのは別の役者でした。テレビドラマや新作の芝居にも応募して……いつだって、ここから何かが始まると思っていたのに、いつだって何も起きないまま、わたしはじわじわと年をとり、貯えは減っていったのです。何ヵ月もの空白が何年にもなったころ、わたしは自分の中で何かが折れたのがわかりました。ほかならぬアマンダとダミアンの手によって、折られてしまったのですよ。役者にとって、仕事がないというのはがんを患っているのと同じです。その期間が長くなればなるほど、手のほどこしようがなくなっていく。その間じゅう、わたしのいまいましい家族どもは、わたしが失敗して古巣に戻ってくるのを、じっと待ちかまえていたのです。いっそ、早く行き詰まるのを願っていたかもしれません。

そうなると、すべては悪いほうへ転がるばかりでね。エージェントからは契約を解除されました。わたしは酒に溺れる毎日でしたよ。汚い部屋で目をさまし、ポケットに金はなく、自分にはもう何も残っていないのだと思い知らされる日々。やがて、わたしは観念しました。もはや、わたしはダン・ロバーツではない。ロバート・コーンウォリスなのだと。黒いスーツを着て、サウス・ケンジントンで従姉《いとこ》のアイリーンとともに働く——そういうことです。夢の終わりですよ」

コーンウォリスは言葉を切った。またしてもメスを手にするつもりかと、わたしはひるんだ。すでに二本のメスを突きたてられた傷口が、燃えるように痛む。だが、コーンウォリスは自分の人生をふりかえるのに夢中で、もはやわたしを痛めつけることに興味はなさそうだった。

「実のところ、わたしは葬儀屋としてすばらしく優秀でした。世間はこれを血筋というのでしょうか。いつだって、わたしはこの仕事がいやで仕方なかったものですが、逆に考えてみるなら、楽しげな葬儀屋など存在しませんからね。おそらくは、つねにみじめな気分でいたからこそ、わたしはこの役柄に向いていたのかもしれません。歌の文句にあるように、わたしは与えられた人生を生きることにしました。バーバラとは、あいつの伯父の葬式で出会って——ロマンティックじゃありませんか？——そのまま結婚しましたよ！　あいつを愛したことなど一度もなかった。ただ、自分のすべきことをこなしていっただけの話です。三人の息子が生まれ、よき父親であろうと努力はしてきましたが、息子たちでさえも、自分とは関係のない異物としか思えませんでした。ほしいと願ったことなどない。こんなもの、わたしは何ひとつほしくはなかったんだ」コーンウォリスはうっすらと笑みを浮かべた。「息子のアンドリューが役者になりたいと言い出したときには、思わず笑いたくなりましたがね。そんな考えを、どこから拾ってきたんだか。当然ながら、そんな希望をかなえさせるつもりはありません。あの子があんな地獄に落ちないように、どんな手を使ってでも守りますよ。

さて、わたしはこの九年間、こんなふうに生きてきたわけです。アマンダについては、ついに尻尾をつかまえて、報いを受けさせてやりました。ある日、何もかももう我慢ができなくなって、わたしはアマンダの行方を探り出し、夕食に誘ったのです。人を殺したのは初めてでしたが、正直なところ、心底から満足を味わうことができましたよ。あなたから見れば、わたしは頭がどうかしているのかもしれない。しかし、それはあなたが理解していないにすぎないのですよ、あの女が、あの女とダミアンが、いったいわたしに何をしたか。ダミアン・クーパーは次々と賞を獲り、みるみる有名になっていって、やがて米国で映画の撮影に参加するようになりました。あの男こそは、わたしがもっとも決着をつけたいと願っていた相手だったのです。しかし、それは夢物語だろうと思っていました。あの男はもう、わたしの手の届かないところへ行ってしまったのだと。いまのわたしに、どうやってダミアンに近づけるというのでしょう?

そんなとき、あの男の母親が、ふいにわたしの葬儀社を訪れたのです。わたしがどんな気持ちだったか、わかってもらえますね。マザーグースの歌にある〝ぼくのお部屋へいらっしゃい、クモがハエに呼びかけた〟というやつですよ! ダミアンの母親だということは、すぐに気づきました。クーパー夫人は何度となくRADAに顔を出していたし、『ハムレット』公演のときにも来ていましたしね。わたしの演技を褒めてさえくれていたものですよ。そのクーパー夫人が目の前に坐り、自分の葬儀の手配をしている! わたしが誰かは気づいていませんでしたが、それも当然のことでしょう。RADAを卒業して以来、わたしはずいぶん変わってしまいましたからね。髪も薄くなり、ひげを生やし、眼鏡もかけるようになりました。そもそも、葬儀屋の顔をまともに見る人間など、どこにいるというのでしょうか? われわれは、しょせん記号にすぎないのですよ。死をあつかう人間は影のうちに生きる。われわれがそこにいることなど、誰も知ろうとはしないのです。クーパー夫人もまた、わたしとあれこれ会話を交わし、ヤナギの枝を編んだ棺を選び、音楽や詩篇を指定したものの、目の前のわたしがただただ驚きに打たれていることには、いっこうに気づきませんでした。

いいですか、そのときわたしの脳裏には、すばらしい思いつきが浮かんでいたのですよ――クーパー夫人を殺せば、母親の葬儀に帰ってきたダミアンをも殺すことができる！　ほんの一分ほどのうちに、わたしはそのことに気づきました。そして、まさにそのとおり実行したのです。クーパー夫人の残していった住所を見て、その家を訪ねていき、夫人を絞殺する。そして、その十日後、ダミアンのお洒落なアパートメントで、あの男をめった切りにしてやりましたよ。わたしがどれほどその瞬間を楽しんだことか、あなたにはとうてい想像がつかないでしょう。葬儀では、ダミアンとできるだけ顔を合わせないよう注意しました。直接のやりとりは、すべてアイリーンにまかせてね。ついにダミアンと対決し、わたしが名乗ったときのあの男の顔を、あなたにも見せたかった！　わたしが自分を殺しにきたのだと、ナイフを取り出す前から、ダミアンにはわかっていたのですよ。殺される理由に心当たりがあったということです。心残りがあるとすれば、もっと長引かせてやりたかった、それだけですね。もっと、もっとダミアンを苦しめてやりたかったのに」

話の続きを、わたしは待った。まだまだ説明されていない部分はたくさん残っていたし、こうして語りつづけているかぎりは、とりあえずわたしが攻撃されることはないのだ。だが、ここでふいに沈黙が訪れる。もう語るべきことなど残ってはいないのだと、おそらくはこのとき、わたしとコーンウォリスは同時に気づいたのだろう。わたしの脚も腕も、いまだにまったく動かない。いったいどんな薬物を盛られたのだろうかと、わたしは思いをめぐらせた。だが、身体が麻痺しているからといって、けっして感覚が鈍っているわけではない。胸と肩はいまも焼けつくように痛んでいたし、シャツはすでに血まみれになっている。

「いったい、わたしをどうするつもりだ？」懸命に、わたしは言葉を絞り出した。

コーンウォリスはのろのろと視線をこちらに向けた。

「この件に、わたしはそもそもいっさい関係がないんだ。わたしはただの作家でね。こんなことにかかわったのは、自分についての本を書いてくれとホーソーンから頼まれたからにすぎない。もしもきみがわたしを殺したら、ホーソーンはきっと真相をつきとめる。おそらくは、もうつきとめているのかもしれない」わたし自身は、これまでの話を理解するのにも必死に頭を働かせなくてはならなかったが、とにかくいまはコーンウォリスにいろいろと話しかければ話しかけるだけ、生きのびる可能性も広がるような気がしていた。「わたしには妻とふたりの息子がいる。きみがダミアン・クーパーを殺した気持ちはよくわかるよ。あの男は卑劣なやつだった——わたしもきみと同意見だ。だが、わたしを殺すとなると、それはまた別の話となる。わたしはこの件に、いっさい関係していないんだ」

「もちろん、殺すに決まっているでしょう！」

コーンウォリスが三本めのメスを引っつかむのを、わたしは心臓が縮みこむような気分で見つめていた。あのメスこそが、わたしの息の根を止める凶器となるのだろう。いまやコーンウォリスは見るからに正気を失い、顔は土気色に変わり、目は焦点が合わなくなっていた。「これだけのことをすべて話したあげく、わたしがあなたを生かしたまま帰すとでも思っているんですか？　悪いのはあなただ！」その言葉を強調するかのように、手にしたメスで空気を切り裂く。「あなた以外には、誰もＲＡＤＡのことを知らないし……」

「ここに来る前に、いろいろな人に話してきたぞ！」

「そんなことは信じられませんね。どちらにせよ、そんなことはもう、どうでもいいのです。あなたはずっと、あの間抜けな子どもの本にかかりきりになっていればよかったんだ。こんなことに首を突っこむべきじゃなかった」

コーンウォリスは慎重な足どりで、こちらにじわじわと近づいてきた。

「心からお気の毒には思っていますよ……」わたしに語りかける。「しかし、これはあなた自身が招いたことなのです」

この最後の一瞬、コーンウォリスは熟練の葬儀屋が新規の客を迎えるにふさわしい、いかにも沈痛な表情を浮かべていた。メスを持った手が、斜めに振りあげられる。その視線はわたしの身体を這いまわり、どこに一撃を加えるべきか吟味していた。

そのとき、存在すら気づいていなかったドアが勢いよく開き、部屋に何ものかが飛びこんできて、わたしの視界の片隅にちらりとその姿を見せた。全力を振りしぼり、そちらへ首を向けてみる。ホーソーンだ。まるで盾のように、レインコートを身体の前にかまえている。どうしてここがわかったのか、まったく見当がつかなかったものの、あの男の姿を見て、これほど嬉しかったことはない。

「武器を置け」ホーソーンの声だ。「すべては終わったんだ」

コーンウォリスはわたしの目の前、二メートルと離れていない場所に立っていた。ホーソーンに向けていた視線を、こちらに戻す。いったいどうするつもりなのだろうと、わたしは固唾《かたず》を呑んで見まもった。コーンウォリスが心を決めた瞬間は、はっきりと見てとれた。メスを置きはしない。その代わり、刃を自らの喉に向け、迷いなく真一文字に切り裂く。

次の瞬間、大量の血が噴き出した。刃を握る手を伝い、胸を濡らし、足の周りに血だまりを作る。それでもなお、コーンウォリスはその場に立ちつくしていた。その顔に浮かんだ表情は、今日《こんにち》にいたるまで、わたしの悪夢にくりかえし現れる。歓喜に満ちた、勝ちほこった顔とでも呼ぶべきだろうか。やがて頽《くずお》れた身体はびくびくと痙攣《けいれん》し、床の血だまりがさらに広がった。

そこから先は、わたしは見ていない。ホーソーンがわたしの車椅子をつかみ、ぐいと向きを変えさせたからだ。その瞬間、どこか遠くの地上から、あの心安らぐパトカーのサイレンの音が聞こえてきた。

「あんたときたら、こんなところでいったい何をしてるんだ？　まったく、呆れたね！」

ホーソーンはかたわらにしゃがみこみ、身体に突きたった二本のメスに目を丸くしながら、なぜわたしが椅子から立ちあがらないのだろうと訝《いぶか》っているようだった。正直に告白するなら、ワトスンがどれだけシャーロック・ホームズを崇拝し、ヘイスティングスがどれだけエルキュール・ポアロに感嘆していたとしても、この瞬間わたしの胸に広がったホーソーンへの愛にはとうていかなうまい。気を失う寸前、わたしは心から、ホーソーンを味方に持つ自分の幸運に感謝していた。

23　面会時間

いま思えば、この物語を一人称で書くことにしたのは失敗だった。わたしはけっして死なないと、読者にはずっとわかっているわけだから。一人称の語り手が殺されないというのは、文学のお約束のようなものだ。もっとも、わたしの大好きな映画のひとつ『サンセット大通り』は初《しょ》っぱなからそうしたお約束をすべて破っているし、『ラブリー・ボーン』を始めとして、小説にもそんな作品がいくつかある。わたしがこの章までどうにか生きのびて、フラム・パレス・ロードをちょっと下ったところにあるチャリング・クロス病院の救命救急センターで意識をとりもどすことになるという展開を、どうにか読者の目から隠しおおせる方法が見つかればいいのだが、それは望み薄というものだろう。まあ、そこまで読者をはらはらさせる必要もあるまい！

ひとつの事件捜査で二度までも失神することになり、わたしはいささか恥じ入っていた。もっとも、医師によると、今回の失神はわたしが臆病だからというより、盛られた薬物の影響が大きかったらしい。薬物の正体はフルニトラゼパムで、いわゆるデート・レイプ・ドラッグとしてよく知られている。コーンウォリスがどうやってそんな薬品を手に入れたのかはわかっていない——妻のバーバラは薬剤師だったから、そちらの伝手《つて》を頼ったのだろうか。そういえば、バーバラと子どもたちがどうなったのかはわからずじまいだ。ずっと結婚生活を送ってきた相手が異常者だったと知らされるのは、けっして愉快なことではあるまい。

わたしは経過観察のため救命救急センターにひと晩だけ入院することとなったが、医師の診断によれば、さほど深刻な状態ではなかった。二本のメスが突きたてられた傷はひどく痛んだが、それぞれ二針縫うだけですんだ。薬物の影響も、八時間から十二時間で消える見こみだという。

何人かが面会に訪れた。最初に顔を出したのは、忙しい番組制作のスケジュールを中断し、処置の終わったわたしが移された三階の病室に駆けつけてくれた妻だった。わたしを見て、妻はむしろ腹立たしげな顔をしていた。「いったい、どういうつもりだったの？」ぴしりと問いただす。「もう少しで殺されるところだったのよ」

「いや、まったくだ」

「まさか、本当にこの話を書くつもりじゃないでしょうね？　自分が間抜けに見えるだけじゃないの！　いったい、どうしてあんな建物にのこのこ入っていったりしたのよ？　あの男が犯人だとわかっていたなら……」

「あそこに、ほかに誰もいないとは知らなかったんだ。それに、あの男が犯人だとは思っていなかった。ただ、まだ隠していることがあるんじゃないかと思っただけなんだ」

それは本当だった。わたしはリズに写真を見せてもらい、そこに若き日のロバート・コーンウォリスが写っていることに気づいた。だが、もしもアラン・ゴドウィンが犯人ではないのなら、この二件の殺人を犯したのはグレースの父親、マーティン・ラヴェルにちがいないと、わたしは頭のどこかで決めこんでしまっていたのだ。マーティンもまた、あの写真に写っていた。端ぎりぎりのところで、花束を手にしていた人物だ。グレースの父親には、ダミアン・クーパーの死を望むもっともな理由があった。娘を守り、俳優として再出発させるためなら、どんな手段をも辞さないだろう。そんな自分の推理を正しいと思いこみ、すべての可能性を考えてみなかったために、わたしはもう少しで殺されるところだったのだ。

「だいたい、そんな本を書いているって、どうしてわたしに話してくれなかったの？」妻は尋ねた。「いつもなら、わたしに隠しごとなんかしないのに」

「わかっているよ。すまなかった」わたしはすっかり恥じ入っていた。「きみに話したら、とうてい賛成してもらえないとわかっていたんだ」

「あなたを危険にさらすような企画に、賛成できるはずがないでしょ。ほら、見てごらんなさい――集中治療室に入れられるようなはめになって！」

「とはいえ、結局は四針縫っただけだよ」

「それは、あなたが幸運だっただけのことよ」そのとき、妻の携帯が鳴った。画面にちらりと目をやり、妻は立ちあがった。「これ、持ってきておいたから」

妻が持ってきた本は、ベッドに置いてあった。『反逆の意味』レベッカ・ウェスト著。『刑事フォイル』のために、わたしが読んでいた本だ。「新シリーズについて連絡がほしいって、ITVから伝言よ」

「次に書くよ」わたしは請けあった。

「忘れないでね、死んじゃったら書けないんだから」

息子たちはふたりとも思いやりあふれるメールを送ってよこしたが、見舞いには来なかった。昨年、ギリシャでわたしがバイク事故を起こしたときも、やはり同じだったのを思い出す。わたしが病院のベッドに横たわっているのを見るのがいやなのだろう。

いっぽう、ヒルダ・スタークは病室に顔を出してくれた。そういえば、前回いっしょに昼食をとって以来、まったく連絡をとっていない。これから英国映画テレビ芸術アカデミーの試写会に行く途中だとのことで、ヒルダは病室に駆けこんでくると、椅子にちょこんと坐り、わたしの様子をじっくりと吟味した。「具合はどう?」

「もうだいじょうぶだ。いまここにいるのも、ただ経過観察のためなんだよ」

ヒルダは疑っているような顔だ。

「薬を盛られたからね」説明をつけくわえる。

「ロバート・コーンウォリスという男に襲われたの?」

「ああ。そして、あの男は自殺した」

ヒルダはうなずいた。「まあ、たしかに、あなたの書く本にとっては、手に汗握る結末よね。

そうそう、それについてお知らせがあるの。いいお知らせと、悪いお知らせ。《オリオン》はこの本を出す気がないみたい。企画内容を説明したんだけれど、興味を持ってもらえなくて。それより、前に契約した三冊の残り二冊を早く書いてほしいそうだから、この本にとりかかるのも、しばらく先になりそうね」

「いいお知らせのほうは？」

「《ハーパーコリンズ》はもう、米国での版権を押さえたそうよ。セリーナ・ウォーカーっていう腕利きの編集者と話したんだけれど、セリーナはあなたの作品が大好きで、この本も楽しみだって。次は向こうから契約内容を提示してくることになっているの」

これから先、自分が書く本が目の前に積みあがっている光景が、ふと目に浮かぶ。執筆のために机に向かっていると、わたしはときどき、自分の後ろに荷物をいっぱいに積んだトラックがいるように感じるときがある。エンジンがうなるのが聞こえ、そして、あるときふいに、積んできた荷が下ろされるのだ……何百万もの言葉が。とめどなく流れおちる言葉たちを眺めながら、あとどれだけ残っているのかと、わたしは思いをめぐらせる。とはいえ、それを押しとどめる力など、わたしにありはしない。つまり、言葉こそはわたしの生命ということなのだろう。

「警察にも連絡しておいたから」ヒルダは続けた。「今回の事件について、もちろんある程度は新聞に載ってしまうけれど、あなたの存在はできるだけ伏せておくようにしてもらったの。そもそも警察のほうも、あなたがこの事件にからんでいることに、ちょっと困惑しているみたい。とはいえ、何よりも重要なのは、この事件についての詳細が、あなたが書く前に世間に広まらないようにすることだから」もう帰ろうと、ヒルダは腰をあげた。「そうそう、そういえば」まるでふと思いついたかのような口調でつけくわえる。「ホーソーン氏とも話したわよ。題名は『ホーソーン登場』で、利益配分はきっちり半々ってことになったから」

「待ってくれ！」わたしは仰天した。「そんな題名にするつもりはないし、たしかきみは、そんな契約は絶対に呑まないと意気ごんでいたじゃないか」

まるでわたしが何かおかしなことを言ったような目で、ヒルダはこちらを見た。「いい、これはそもそも、あなたが同意した内容なのよ」ぴしりと指摘する。「それに、向こうはいっさいの変更を受けつけないそうだから」どこかそわそわした口ぶりだ。ひょっとして、ホーソーンはヒルダについて何かをつかんでいて、それを交渉に使ったのではないかと、あらぬ疑念が湧きあがる。「とにかく、この件についてはセリーナの連絡を待って、また相談しましょう」ヒルダは言葉を切った。「何か必要なものはある？」

「だいじょうぶだ。明日には家に戻れるしね」

「じゃ、そのころまた電話するから」わたしが返事をする間もなく、ヒルダは病室を出ていった。

最後の見舞客がやってきたのは夜遅く、面会時間をとうにすぎたころだった。制止しようとする看護師に、ぴしりとこう言いかえす声が響き——「心配いらない。わたしは警察官だ」——まもなくベッドの足もとに、ホーソーンが姿を現した。手には、しわだらけの茶色い紙袋が握られている。

「やあ、トニー」

「やあ、ホーソーン」奇妙な話ではあるが、わたしはホーソーンに会えたことが心の底から嬉しかった。胸のうちから湧きあがってくる温かい気持ちは、論理や理性ではとうてい説明できない。いまこの瞬間、わたしは誰よりこの男に会いたかったのだ。

さっきヒルダが坐っていた椅子に、ホーソーンは腰をおろした。「具合はどうだ?」

「だいぶよくなったよ」

「あんたにこれを持ってきたんだ」紙袋を差し出す。わたしは袋を開けてみた。中には、ブドウの大きな房がひとつ入っていた。

「ありがとう」

「健康飲料《ルコゼード》と迷ったんだが、あんたはきっとこっちが好きだと思ってね」

「嬉しいよ」ブドウを脇に置く。警察の捜査がらみということで、わたしには個室が与えられていた。照明は薄暗い。ベッドに横たわるわたし、そして椅子にかけたホーソーン、室内にはそのふたりだけだ。「ハマースミスでのことだが」わたしは切り出した。「きみが来てくれて、どんなにありがたかったことか。ロバート・コーンウォリスはわたしを殺そうとしていたんだ」

「あいつは完全におかしくなってたな。あんたも、あんなふうにひとりで乗りこんでいっちゃまずいだろう、相棒。まずは、おれに電話すべきだったな」

「あの男が犯人だと、きみにはわかっていたのか?」

ホーソーンはうなずいた。「すぐにでも逮捕するつもりだったよ。だが、先にナイジェル・ウェストンの件を片づけなきゃならなかったからな」

「ウェストン判事はどうだった？」

「家が焼けて、ちょっとばかり不機嫌ではあるがね。それ以外は元気なもんだ」

わたしはため息をついた。「わたしには、いったいどうなっているのかまったくわからないんだ。コーンウォリスが犯人だと、きみが最初に気づいたのはいつだった？」

「そんな話を、いま聞かせてだいじょうぶなのか？」

「聞かせてくれないと、今夜はとうてい眠れそうになくてね。ちょっと待った！」わたしは自分のｉＰｈｏｎｅに手を伸ばした。それだけの動作でも、胸と肩の傷に響き、思わず顔をしかめる。だが、この話はどうしても記録しておかなくては。わたしは録音を開始させた。「そもそもの最初から話してくれ。何ひとつ抜かさずにね」

ホーソーンはうなずいた。「わかった」

以下に記すのは、ホーソーンが語ったそのままの言葉だ。

「この事件にとりかかるとき、これは〝泥沼案件〟だって、おれはあんたに言っただろう。メドウズやほかの連中には、こういう事件はとうてい理解できないんだ。ある女が葬儀社に入っていき、自分の葬儀をきっちり手配して、六時間後に死んだ。これが事件の要点だ。もしも女が葬儀屋に行ってなかったら、この殺人事件には何ひとつおかしなところはない。その場合、犯人はまさにメドウズが追いかけようとした押込み強盗だったかもな。だが、実際には、ふたつの奇妙なできごとが連続して起きてる。残念ながら、そのふたつがどう関係しているのか、おれたちには読みとれなかったってわけだ。

そうはいっても、ダイアナ・クーパーがなぜ《コーンウォリス&サンズ》に行ったのか、その理由は、おれにははっきりと見えてた。あんたにもカンタベリーへ向かう電車の中で話したよな、そのときの夫人の心境を考えてみるべきだって。クーパー夫人はひとりきりで生きてきた女だ。亡くなった夫を偲《しの》び、たびたびかつての家に足を運んで、夫を追悼《ついとう》するために造った庭を訪れてた。信用できる人間は誰もいない。レイモンド・クルーンズには大金をだましとられたばかりだ。最愛の息子は、さっさと米国に移住しちまった。親しい友人はほとんどおらず、殺された後も発見されるまでに二日かかったばかりか、やっと見つけてくれたのは掃除婦だ。いったいどれほど寂しくみじめな日々だったか、捜査のごく最初から、おれは想像せずにいられなかったよ。だからこそ、夫人は考えたんだ、いっそ……」

わたしは鋭く息を吸いこんだ。「自ら生命を絶とうと？」

「そのとおり。洗面台の戸棚に何があったか、あんたも自分の目で見たじゃないか。テマゼパムが三箱。夫人の目的には充分すぎる量だ」

「だが、医師の話も聞いたじゃないか！　夫人は不眠に悩んでいたと」

「それは、夫人が医師にそう訴えたってだけのことさ。そうして処方してもらった睡眠薬を、夫人は服《の》まずに溜めてた。もうこんな人生に未練はないと思いかけてたところに、今度は飼ってた猫が行方不明ときた。おれの見るところ、ティブス氏がいなくなったことが、夫人にとってはとどめの一撃になっちまったんだろうな。しばらく前にアラン・ゴドウィンが家に押しかけてきて、夫人を脅してもいる。アランからの手紙を読んで、夫人はきっと、ティブス氏が殺されちまったと思いこんだんだ。ほら、〝おまえが何を大切にしているのかも知ってる〟と書いてあったしな。ティブス氏が姿を消したのが決定打となって、夫人は心を決めた。とはいえ、あれだけ几帳面できっちりした性格の女だ、死ぬとなったら自分の葬儀まで、ぬかりなく手配しておきたいだろう。だからこそ、《コーンウォリス&サンズ》に行った同じ日に、グローブ劇場の理事も辞任したってわけだ」

当然のことといわんばかりの口調だ。「だから、夫人は自分が死ぬことをわかっていたんだな」わたしはつぶやいた。「自ら幕を引くつもりだったってことか！」

「そのとおり」

「だが、遺書はなかった」

「見ようによっちゃ、遺書はあったんだ。自分の葬儀に夫人が何を選んだか、あんたも見ただろう。まず最初に、ビートルズの『エリナー・リグビー』だ。こんな寂しい人たちは、みんなどこから来るんだろう？　とか何とかいう歌だっけな。あれは、まさに助けを求める叫びってやつじゃないか。それに、シルヴィア・プラスの詩に、ジェレマイア・クラークの曲。どっちも作者が自殺してるのは、まさか偶然じゃないだろうよ」

「あの詩篇も？」

「詩篇第三十四篇だったな。〝正しいものには災いが多い。しかし、主はそのすべてからお救いくださる〟これは自殺者のための言葉なんだ。あんたも牧師に訊いてみりゃよかったのに」

「きみは訊いてみたんだろうな」

「もちろんだ」

「それから、夫人が葬儀屋に着いて、まず目に飛びこんできたものというのは？」わたしは尋ねた。「そこが重要だと、きみは言っていたな」

「ああ。窓辺に大理石でできた本が飾られてただろう。あそこには引用文が彫られていたな」

〝悲しみはひとりで来ることはない、大軍となって攻めよせる〟あの台詞《せりふ》なら、わたしもそらで言えた。

「あれは『ハムレット』の台詞だろう。シェイクスピアについちゃ、おれはさほど詳しくないが——むしろ、あんたの得意分野だな——それでも、この事件のそこかしこに、こいつの作品は奇妙なほど顔をのぞかせてた。ダイアナ・クーパーの家でも、冷蔵庫に引用文のマグネットが貼りつけられてたし、階段にはプログラムが飾ってあったしな。それに、ウォルマーで見た噴水にも、やっぱり台詞の引用が彫りつけてあっただろう」

「〝眠れば、あるいは夢も見よう〟これも『ハムレット』だな」

「そのとおり。つまり、葬儀屋に足を踏み入れたとき、夫人は『ハムレット』のことを思い浮かべてたわけだ——窓辺にあの本があるのを見かけたからな——これは後に意味を持ってくるようになる。だが、まずは先に、ロバート・コーンウォリスがクーパー夫人に気づいた。たしかに夫人は名前を見てもそれとわかるが、おそらく、息子自慢をしたんじゃないかとおれは見るね。その結果、コーンウォリスは正気のたがが外れちまった。実のところ、あの男はそれ以前からずっとおかしかったわけだが。

コーンウォリスがＲＡＤＡでダミアンと同期だったことは、あんたももう知ってるよな」ホーソーンは椅子の背にもたれかかり、すっかり種明かしを楽しんでいるようだ。「あの事務所で見た台皿を憶えてるか？　最優秀葬儀社賞、ロバート・ダニエル・コーンウォリスって字が入ってたよな。コーンウォリスはファースト・ネームとセカンド・ネームの順番を入れ替え、ダン・ロバーツって名を作りあげたんだ」

「そのことは、コーンウォリス本人が話していたよ。一族が葬儀屋を経営していることを、誰にも知られたくなかったんだ」

「おかしな話だが、役者って連中は、お互いどんな名前を名乗ろうと、たいして気にしないんだろう。さて、何年か先に話を進めると、この芸名を使ってたことは、コーンウォリスにとってはきわめて都合がよかったことになる。役者になろうともがき、結局は挫折したことを、コーンウォリスはおれたちに知られたくなかったんだ。ＲＡＤＡとのつながりを嗅ぎつけられたくなかったんだよ」

だが、わたしは嗅ぎつけた、と心の中でつぶやく。その事実が持つ意味を完全には理解していなかったにせよ、わたしはＲＡＤＡとあの男の関係を見破ったのだ。あのとき、すぐにホーソーンに電話してさえいれば、結果はまったくちがっていただろうに！

「コーンウォリスの家を訪ねたとき、あの男は自分が二十代に何をしていたか気づかれまいと、慎重に言葉を選んでた」ホーソーンは続けた。「〝若気の至りでいろいろと〟とかごまかしてたが、ここは単純な算数の問題だったな！　コーンウォリスは三十代なかばだ。葬儀屋を継いでからそろそろ八年だと言ってただろう。そうなると、継ぐ前に少なくとも二年くらいは空白期間があるわけだ。それから、おれたちがあの家にいたときに、息子のアンドリューが将来は俳優になりたいと宣言しただろう。あのとき、バーバラ・コーンウォリスはこうも言ってたな――『芝居好きなのは血筋かしら』あれは、息子の好みが父親譲りだと言いたかったんだ。それに、二階から下りてきたアンドリューが自分の話を始めたとたん、父親はすぐに話をさえぎっただろう――『そんな話は後にしなさい』ってね。アンドリューは父親が演劇学校にいたことを知ってた。だからこそ、コーンウォリスはその話が出るのを怖れたんだ」

「そうか、そういうことだったのか」すべての断片があるべき場所に収まっていく感覚を、わたしは味わっていた。「あの『ハムレット』公演！　あれは、ロバート・コーンウォリス――いや、ダン・ロバーツというべきかな――にとって、待ちに待った晴れ舞台だったんだ。有力なエージェントが詰めかける卒業公演で、あの男は主役を手に入れた。だが、ダミアンがそれを横取りしたんだよ」

「どうやって横取りしたのかは、コーンウォリスから聞いたか？」

「いや」わたしは記憶をたどった。「ダミアン・クーパーは、当時アマンダ・リーとつきあっていた。だが、グレースによるとふたりは別れ、稽古の始まる直前、アマンダがダンとキスしているのを見たという話だったな」ふいに、頭の中ですべてがつながる。「別れたというのは嘘だったのか！」わたしは叫んだ。「ダミアンがアマンダにやらせたんだ！」さらに、別の記憶がよみがえる。「友人のリズから聞いたんだが、あのとき、ＲＡＤＡでは腺熱がひどく流行していて……」

「腺熱は〝キス病〟とも呼ぶからな」と、ホーソーン。「アマンダは、わざとウイルスをダンにうつしたんだ。その結果、ダンは役を降ろされた。代わりにダミアンが主役の座に就き、その後の展開は知ってのとおりさ。だが、ロバート・コーンウォリスはけっしてふたりを許さなかった。四年後、ついにコーンウォリスはアマンダを見つけ、殺しちまった」

「あの男はアマンダの身体を切断し、その後に請け負った七件の葬儀の柩に、一部分ずつ紛れこませて埋葬したんだ」コーンウォリスの言葉を、わたしは思い出していた。

ホーソーンはうなずいた。「死体を始末するには、葬儀屋ってのは便利な職業だよな」

「それにしても、夫の様子が何かおかしいと、コーンウォリス夫人がずっと気づかなかったのは驚きだ」

「バーバラ・コーンウォリスは、ずっと逆の勘ちがいをしてたんだ」ホーソーンは説明した。「夫はダミアンの出た番組をすべて見てると言ってただろう。ＤＶＤを何度もくりかえし見てる、って。バーバラは、夫がダミアンのファンだと思いこんでた。まさか恨みに悶々としてるとは、夢にも思わなかったんだ。実のところ、コーンウォリスの頭にあったのは、自分の挫折した役者人生のことだけだった。成功した舞台はただひとつで、子どもたちもそれにちなんで名付けをしてるくらいだからな」

「トビー、セバスチャン、アンドリュー。三人とも、『十二夜』の登場人物の名だな」いったい、どうしてわたしはいままで気づかなかったのだろう？

「RADAを卒業してから、あの男が立った舞台はそれだけだからな。来る日も来る日も、ダミアン・クーパーを殺すことだけ夢見てたんだろう。人生でうまくいかなかったことは、すべてダミアンのせいにしてな」

「そんなとき、ダイアナ・クーパーが事務所にやってきたってわけか」

「そのとおり。コーンウォリスはダミアンに手が出せなかった。なにしろ、相手は米国にいる。そのうえ有名人だ。いつだってボディ・ガードを連れてる。だが、葬儀となると話は別だ――何年にもわたって夢に見た、復讐の絶好の機会となる。だから、まずは母親を殺したんだよ。ダミアンを手もとに引きよせる、ただそれだけのためにな」

「コーンウォリス本人も、そう話していたよ」

思いがけず、ホーソーンはにやりと笑った。「あの目覚まし時計を柩に入れたのは、内部の人間に決まってた。考えりゃわかることさ。簡単に開けられる種類の柩だと最初から知ってなきゃ、あんなことはできないんだから。柩を開ける機会がいつ訪れるか、それも正確に知ってなきゃいけない。つまり、指示を出す立場のコーンウォリスなら、いつだってその機会をつかめたってわけだ。ダミアンにとってあのバスの歌がどんな意味を持つのか、それもコーンウォリスはよく知ってた。演技の授業で、本人の口からすべて聞いてるからな。おそらく、コーンウォリスは墓地のどこかに隠れ、一部始終を盗み見てたんだろう。ダミアンがひとりでアパートメントに帰ったら、そこで襲撃するつもりで――そして、すべては目論見どおり進んだ。ほら、葬儀の後、おれがコーンウォリスに電話したのを憶えてるだろう。あのとき、やつはおそらく、すでにダミアンのアパートメントのテラスに潜んでたんだ。そこへ、ダミアンがひとりで帰宅する。映画『サイコ』の再演だ！」ホーソーンは見えないナイフを振るってみせた。

「しかし、どうしてそんなに早くアパートメントに先回りできたんだ？」わたしは尋ねた。コーンウォリスが墓地を出たのは、ダミアンとほとんど変わらない時刻だっただろうに。

「バイクに乗ったからさ。やつの家の車庫に駐《と》めてあったのを、あんたも見ただろう？　しかも、バイク乗りらしく革の上下を着こんでたから、返り血もじかに浴びずにすんだ。ダミアンを殺してから革服を脱ぎ、どこかに捨てたか、あるいは家に持ち帰ったんだ。なかなか頭の切れるやつだったよ。あの日の夕方、おれたちの目の前で、どうしてまだスーツを着てるのかって、かみさんはあいつに尋ねてたよな。あれは、おれたちが来るのを知って、自分のスーツには血の染みひとつないことを見せつけたかったからなんだ。学校の演劇を参観する。家に帰る。お茶を飲む。だが、まさにその同じ日、あいつはかつての親友をめった切りにしてたってわけさ」

わたしはベッドに横たわったまま、ホーソーンの言葉をじっくりと噛みしめていた。すべての謎がすっきりと解けたように思えたが、それでもまだ釈然としない部分は残る。「結局、ディールの事故は何の関係もなかったのか？」

「ああ」

「だったら、ナイジェル・ウェストン判事の家に放火したのは誰なんだ？　いったいなぜ、あれはわたしのせいだなどと言った？」

「なぜって、本当にあんたのせいだからさ」ホーソーンはタバコの箱を取り出したが、ここが病院だということを思い出し、またポケットに突っこんだ。「最初にロバート・コーンウォリスから話を聞いたとき、あんたはあの男に、ダイアナ・クーパーはティモシー・ゴドウィンについて何か言ってなかったかと尋ねただろう」

「あのときは、きみにずいぶん怒られたよ」

「初心者のやらかしがちな失敗だったな、相棒。あんたはコーンウォリスに、おれたちがディールでの事故に興味を持ってると教えてやったことになるんだ。それを聞いて、あいつはあの事故を使い、おれたちの目をくらまそうと考えた。〝バスのタイヤはぐるぐるまわる〟の歌を使おうと思いついたのも、同じくあんたの言葉がきっかけさ。あの歌を流せば、ダミアンを動揺させるだけでなく、おれたちの目をそらす役にも立つ。さらに、ウェストン判事の家に放火したのは、すばらしい思いつきだったな。あの判事はダイアナ・クーパーを放免した人物だって理由で、目くらましの攻撃を受けるはめになったんだ。だが、おれはあんたにずっと言ってただろう――夫人が殺されたのは、事故からちょうど十年の記念日じゃなかった。九年と十一ヵ月しか経ってなかったんだよ。もしも本当にアラン・ゴドウィンかそのかみさんが、ダイアナ・クーパーにあの事故のつけを払わせようとしたんなら、普通は事故の起きたその日を狙うもんだろう」

「だったら、ダイアナ・クーパーが携帯から息子に送ったメッセージは、いったいどういう意味だったんだ？」

　ホーソーンはゆっくりとうなずいた。「まずは最初の殺人に戻ろう。あれは周到に計画されたものじゃなかった……言ってみりゃ、出来心みたいなもんだ。コーンウォリスの事務所にクーパー夫人がやってきた。そこで、夫人の住所もわかった。ひょっとしたら、自分はひとり暮らしだと、夫人のほうからうちあけたのかもな——まちがいなく、コーンウォリスはできるだけ情報を引き出そうとしただろうし。とはいえ、後から家を訪ねていくには、何か口実が必要だ。夫人が事務所でひとりきりになった瞬間はないかと、おれが尋ねたのを憶えてるか？　あれは、あの事務所で夫人がどんな行動をとったか、正確につかみたかったからなんだ。その結果、夫人はトイレに立ったことがわかった。おそらく、夫人が席に残していったハンドバッグから、コーンウォリスはあれをかすめ取ったんだ」

「何を？」

「クレジット・カードだよ。居間のサイドボードの上に置いてあっただろう。いったいなぜこんなところにクレジット・カードがあるのか、おれは不思議に思ったもんだ。五時少しすぎ、コーンウォリスはグローブ劇場にいるクーパー夫人に電話をかけた。何の電話だったか尋ねると、旦那の墓地の区画番号を知りたかったとか何とか、嘘っぱちを並べてたけどな。そんなこと、いきなり夫人に電話したって、すぐにわかるとはかぎらない。それより、墓地の事務室に電話したほうが早いに決まってる。これは嘘だと、おれにはぴんときた。実際には、コーンウォリスは夫人に電話をかけ、夫人の置き忘れたクレジット・カードを見つけたので、後でそちらに届けに寄ると、いかにも何気ない様子で愛想よく告げたんだ――『いえいえ、お気づかいなく、クーパー夫人。たいした手間ではありませんから』ってね。

そんなわけで、その日の夕方、コーンウォリスはクーパー夫人の家を訪れた。もう夕めしも近い時間で、家にはほかに誰もいなかったが、夫人はもちろんコーンウォリスを居間に通しちまったんだ。『ほら、お忘れになったクレジット・カードですよ！』コーンウォリスはカードをサイドボードに置き、そのまま雑談を続けた。だが、そのとき、ふいにクーパー夫人は気づいたんだ。葬儀屋の窓辺に『ハムレット』の引用があるのを、夫人は見ていた。自宅の階段にはシェイクスピアの芝居のプログラム、冷蔵庫には台詞の引用のマグネットもある、そういうものも記憶を呼びさます助けになったのかもな。とにかく、ふいに夫人は、以前ロバート・コーンウォリスに会ったことがあるのを思い出したんだ。もう何年も昔の話だし、そのときは、せいぜいちらっと言葉を交わした程度にすぎなかっただろう。あれから、コーンウォリスはずいぶん変わった。いまや黒いスーツを着た葬儀屋だ。だが、目の前にいるのはあのダン・ロバーツだと、夫人ははっと気がついたんだ。ひょっとしたら、コーンウォリスの物腰にどこか不気味なところがあったんだろう、夫人は怯えた。この男は自分に危害を加えにきたと勘づいたんだよ。

夫人はどうしたか？　騒ぎたてたりしたら、相手はすぐに襲いかかってくるだろう。コーンウォリスが完全におかしくなっちまってるのを、クーパー夫人は見てとったのかもな。だからこそにっこりして、何か飲みものを持ってきましょうかと尋ねた。『では、お言葉に甘えて。水を一杯いただけますか』そう言われて、夫人はキッチンへ向かった——その隙に、コーンウォリスはカーテンの紐を外し、夫人を絞め殺す準備にかかった。夫人のほうは、あわてて息子に携帯からメッセージを送ったんだ」

このときばかりは、ホーソーンが種明かしをする直前に、わたしは真実にたどりついた。

「スペル自動修正機能が働いたのか！」思わず叫ぶ。

「そのとおりだ、相棒。『損傷《レアスレーテッド》の子に会った、怖い』じゃない——『レアティーズの子に会った、怖い』だったんだよ。クーパー夫人は、ダン・ロバーツって名自体は思い出せなかった。だが、とにかく息子に、いま自分の居間に誰がいるのかを知らせたかったんだ。夫人はあわててメッセージを打った——恐怖に震える指で。最後のピリオドを打つ時間も惜しんで、そのまま送信したんだ。

だから、夫人は自分の打ったスペルが自動修正されて、〝損傷の子〟になってるのに気づかなかった。この文章を見たときから、おれはどうも変だと思ってたんだよ。どんなに急いでたとしたって、ジェレミー・ゴドウィンのことを〝損傷の子〟なんて呼ばないだろう。せいぜい〝重傷の子〟くらいかな。〝けがをした子〟なら、もっと簡単だ。だが、おれたちは脳を損傷したという昔の記事をたまたま読んでたから、不運にもまちがった結論に飛びついちまったんだ」

それははたして本当だろうかと、わたしは訝《いぶか》った。ホーソーンはロンドン警視庁から日払いで雇われている。捜査の範囲を広げ、多くの場所を回るほど、報酬は増えていくのだ。ひょっとして引き延ばしを図ったのかもしれないが、すべての可能性をあたってみることが、探偵としての興味にもかなうのだろう。

ホーソーンは話を続けた。「息子にメッセージを送ってしまうと、夫人は水の入ったグラスを手に、居間へ戻った。おそらく、もう帰ってくれとコーンウォリスに告げるつもりだったんだろう。ダミアンに状況を知らせて、夫人もちょっとばかり怖さが薄らいだんじゃないかな。だが、先手を打ったのはコーンウォリスだった。夫人が水の入ったグラスを置いた瞬間、カーテンの紐を首に巻きつけ、絞め殺したんだ。夫人が息絶えると、家の中を荒らしまわり、いくつかの品を盗んで、強盗のしわざに見せかけた。そして、家を出ていったってわけだ」

病院というのは奇妙な場所だ。わたしが運びこまれたとき、このチャリング・クロス病院は明るく、忙《せわ》しなく、そこらじゅうで大騒ぎがくりひろげられていたものだ。だが、面会時間をすぎると、まるで誰かにスイッチを切られたかのように、ふいに何もかもが動きを止めてしまう。照明は薄暗い。廊下は静まりかえっている。静かすぎて居心地が悪いほどだ。わたしは疲れていた。傷口はまだうずいていたし、手足はどうにか動かせるものの、動かす気にもなれない。ひょっとしたら、まだショック状態が続いているのだろうか。

そろそろ引きあげる潮時だと、ホーソーンも見てとった。

「入院はいつまでだ？」

「明日には家に戻るよ」

ホーソーンはうなずいた。「おれが間に合って、あんたは幸運だったよな」

「わたしがあの遺体安置所にいると、どうしてわかった？」

「あんたの助手に電話したんだ。そうしたら、あんたの行き先を教えてくれてね。聞いたときにゃ、とうてい信じられなかったよ。あんたのことが心配でね」

「ありがとう」

「ほら、あんたがいなくなっちまったら、誰がこの本を書いてくれるんだ？」ふいに、ホーソーンがおどおどした顔になる。これまで一度も見たことのない表情に、わたしはふと、大人になったいまもこの男の中に潜んでいる、かつての少年の姿を垣間見たような気がした。「なあ、相棒、ずっと言おうと思ってたんだ……あんたに嘘をついちまったって」

「いつ？」

「カンタベリーに行ったときだ。あんたにいろいろ文句を言われ、ついかっとしちまってね――だが、この本については、おれはほかの作家に声をかけたりはしてない。話を持ちかけたのは、あんただけだったんだよ」

長い沈黙。何を言えばいいのか、わたしにはわからなかった。

「ありがとう」ややあって、それだけをつぶやく。

ホーソーンは立ちあがった。「あんたのエージェントからも連絡をもらったよ」てきぱきした口調で続ける。「なかなかいい人じゃないか。出版はしばらく待たなきゃいけないらしいが、前渡し金はしっかりとってくれるそうだ」口もとに、ふと笑みが浮かんだ。「少なくとも、こんなふうに片づいた以上、あんたにも書く材料がいろいろとそろったよな。いい本になると、おれは思うよ」

ホーソーンは病室を出ていき、わたしはベッドに横たわったまま、いまの言葉を噛みしめていた。〝いい本になる〟か。あの男の言うとおりだ。この事件の取材にとりかかって以来、わたしはいま初めて、たしかな手応えを感じていた。

24　リヴァー・コート

わたしは退院し、仕事を始めた。

これまでの仕事とは、進めかたがまったくちがってくるのはわかっていた。いつもなら、小説の構想を思いつくと、書きはじめるまでに少なくとも一年は頭の中で寝かせることにしている。殺人事件をあつかう作品なら、出発点はその殺人自体だ。誰かが別の誰かを、何らかの理由によって殺す。軸となるのはここなのだ。まずはその主要な人物像を作りあげ、その周囲の世界をじっくりと肉付けし、さまざまな容疑者をつなぐ糸を張りめぐらせ、それぞれの人物に背景を与え、人間関係を紡《つむ》ぎあげていく。散歩しているときも、ベッドに横たわっているときも、風呂に浸かっているときも、いつも頭の中には、そうした作中人物たちが動きまわっているのだ——それでも、物語がはっきりとした形をとるまでは、けっして書きはじめることはない。結末がどうなるかわからないまま小説を書きはじめることはありますかと、わたしはよく質問を受ける。だが、わたしに言わせれば、それはどこに向かって橋を架けるかもわからないまま、橋の建設を始めるようなものだ。

今回の場合、すべての材料はすでに与えられているため、わたしの仕事は何かを作りあげるというより、それらの材料をどう配置するか考える部分のほうが大きい。実のところ、与えられた材料の中には、あまり歓迎できないものもいくつか交じっていた。そもそも、正直なところ、自分で選べるものなら性根の腐ったハリウッドの俳優について書こうなどとは思うまい。そんな人間はうんざりするほどたくさん知っているし、ときにはいっしょに仕事をしなくてはならないことさえあるのだから。だが、残念ながら実際に殺されたのはダミアン・クーパーで、その母親、恋人、葬儀に参列したさまざまな関係者をどう物語に組みこんでいくか、わたしは苦労することとなった。さらに、どの関係者ともちらっとしか顔を合わせていないのも、いざその人物について書くとなると不安が残る。レイモンド・クルーンズ、ブルーノ・ワン、バティモア医師といった人々は、ほんの端役《はやく》としてしか物語に顔を出さないうえ、実際に言葉を交わしたのはほとんどホーソーンだったため、わたし自身は相手の人となりについてほとんど知ることができなかったのだ。こうした場合、多少はわたしの創作を加えてもかまわないだろうか？　事件が解決してみると、ディールでのさまざまなできごとは、ほとんど関係なかったことになる。それでもやはり、この事件を構成する一部分として残しておいてもいいものだろうか。

わたしが向きあわなくてはならなかった問題は、突きつめればこうなる――どこまで事実にこだわるべきなのだろうか？　関係者のうち、何人かは名前を変えなくてはならないことはわかっている。だとしたら、事実関係についても多少の変更は許されるのでは？　カードを使って情報を整理したりするのは大嫌いなわたしではあるが、今回はすべての聞きこみ、すべてのできごとに見出しをつけ、ダイアナ・クーパーが葬儀社を訪れたところから始まって、わたしがこの事件にかかわるようになったきっかけ、クーパー夫人の家を訪れたときのことなど、時系列に沿って机にずらりと並べてみた。これだけの材料があれば、たっぷり九万語以上は書けそうだ。実のところ、中にはいくつか――わたしが人生の何時間かを費やした場面ではあるが――切り捨ててしまってかまわない要素もある。アンドレア・クルヴァネクがえんえんと語る少女時代の話や、レイモンド・クルーンズの会計士から話を聞いた退屈な午後などは、その恰好の例というべきだろう。

　自分のメモ帳に目を通し、ｉＰｈｏｎｅの録音を聞きなおしてみると、自分がそれほど無様な能なしというわけでもなかったことがわかり、わたしはほっとした。ロバート・コーンウォリスが最初に登場する場面で、わたしは〝誰もが描く葬儀屋像にぴったり当てはまる、そのまま舞台で演じることさえできそうな人物〟と記している――後から考えてみれば、まさにこれは的を射た描写だったわけだ。また、コーンウォリス本人に、どうしてこの職業を選んだのかと尋ねてもいる。これは、まさに事件の本質を突いた質問だったではないか。全般的に見て、わたしはまあ悪くない健闘ぶりを見せているといっていい。コーンウォリスの家の車庫に駐《と》めてあったバイクにも、玄関ホールにあったバイク用ヘルメットにも、クーパー夫人宅の冷蔵庫のマグネットにも、水のグラスにも、鍵のフックにもちゃんと目をとめてはいた……実のところ、重要な手がかりの七十五パーセントは、すでにメモ帳に書きとめてあったのだ。ただ、それがなぜ重要なのか、理由をつかめていなかっただけで。

それから二日間で、わたしは最初の二章を書きあげた。この本をどんな〝声音〟で語るべきか、その最適な答えを探りながら。もしも本当に自分を作中に登場させるなら、でしゃばりすぎて読者の邪魔になるようなことは、けっしてあってはならない。だが、ためらいがちに書きすすめた初稿（最終的には第六稿まで書くこととなったが）を読みなおしてみると、それよりもはるかに大きな問題が目についた。ほかならぬホーソーンのことだ。外見や口調を再現するのは、それほど難しいことではない。わたしがあの男をどう思っているのか、それもかなり率直に述べられている。問題は、ホーソーンについて、わたしがどれだけ知っているのかということだった。

- 別居している妻がいる——妻はガンツ・ヒル在住。
- 十一歳の息子がいる。
- すばらしい天与の才能に恵まれた刑事だったが、人望はなかった。
- 酒は飲まない。
- 殺人捜査課に在籍していたが、悪名高い小児性愛者を階段から突き落としたため、職を追われた。

- 同性愛者を嫌悪している（ちなみに、同性愛と小児性愛に何らかの関係があるなどと、わたしはまったく考えていない。ただ、どちらもホーソーンを語る上では重要な項目となる）。
- 読書会に参加している。
- 第二次世界大戦で活躍した戦闘機に詳しい。
- テムズ川沿いの高級アパートメントに住んでいる。

これだけではとうてい充分とはいえない。わたしたちは何度となく顔を合わせていたものの、目の前の事件のこと以外、ほとんど語りあうことはなかったのだ。いっしょに酒を飲んだこともない。まともな食事をともにしたこともなかった——ハロー・オン・ザ・ヒルのカフェでの朝食は、数に含めるまでもあるまい。ホーソーンがわたしに温かい思いやりを見せたのはただ一度、病院へ見舞いに来てくれたときだけだ。どこで——どんなふうに——暮らしているのかも知らないまま、どうしてホーソーンという人間を描き出すことができるだろう？　住まいには、その人物の人となりがもっとも端的に表れる。だが、ホーソーンはまだ、わたしを自宅に招いてくれたことさえないのだ。

電話してみることも考えたが、そのとき、もっといい思いつきが浮かんだ。テムズ川の南岸、リヴァー・コートという住所は、すでにメドウズ警部から聞いている。とある午後——退院してから一週間ほど経っていた――わたしはばらけた索引カード、丸めた紙くず、付箋《ふせん》が散乱する机をそのままに、その場所をめざして散歩に出た。その日は気持ちのいい天気で、シャツの下で傷口の縫い目がひきつりはしたものの、わたしは暖かい初夏の日射しを楽しみながら歩いていた。ファリンドン・ロードをひたすら進むと、やがてブラックフライアーズ橋にたどりつき、川向こうのアパートメント群が目に飛びこんでくる……国立劇場、あるいはオールド・ヴィック劇場へ向かうたび、いつも目にする景色だ。メドウズ警部からここの住所を聞いたときと同じ感想が、またしても真っ先に頭に浮かぶ。こんなに金のかかりそうな場所に、ホーソーンはいったいどうやって住みつづけているのだろうか？

このすばらしい立地――橋のたもとに建ち、対岸にユニリーバ・ハウスやセント・ポール大聖堂を望む――にもかかわらず、リヴァー・コート自体はとうてい美しい建築物とはいえない。わたしに言わせれば色彩にまったく興味のない建築家の一群が、ごく単純な立体、おそらくはマッチ箱から霊感を得て、一九七〇年代に作りあげたものだ。きちきちと狭苦しい窓の並ぶ十二階建てで、不ぞろいなバルコニーがあちこちに突き出している。部屋によってバルコニーがあったりなかったり、すべては運まかせの配置だ。華やかなガラス張りの高層ビルが日々新たにお目見えするような街では、痛々しいほど時代遅れに見えてしまう。とはいえ、こうした奇抜で滑稽《こっけい》な外見のまま、二十一世紀にしつこく居すわりつづけているからこそ、この建物にはどこか奇妙な魅力があった（ちなみに、隣のパブの名は奇《く》しくも《ドゲッツ》という）。たしかに、すばらしい眺望に恵まれてもいる。

建物の入口は裏に回って、オクソ・タワーや国立劇場へ向かう道の途中にあった。メドウズ警部からは建物の名前しか聞いていないため、部屋番号はわからない。開いたドアのかたわらに佇《たたず》むポーターを見つけ、わたしはそちらへ歩みよった。用意周到にもあらかじめ用意しておいた封筒を、ポケットから取り出す。

「ダニエル・ホーソーン氏へ手紙をお持ちしたんですが」わたしはポーターに切り出した。「二十五号室と聞いてます。先方もこの手紙を待っているはずなんですが、呼鈴を押しても返事がなくてね」

ポーターは年輩の男で、日射しを浴びながらの一服を楽しんでいるところだった。「ホーソーンだって？」あごを撫でながら答える。「それなら、ペントハウスだよ。あっちのドアから入るといい」

ペントハウスだって？　この建物に住んでいるというだけでも驚きなのに、まさか、そんな。わたしはポーターに封筒を振ってみせると、教えてもらったドアへ向かったが、呼鈴を押すのはやめておいた。わたしが訪ねてきたと知られたら、部屋に通さない口実をホーソーンに与えてしまうからだ。ドアの前でしばらく待つと、二十分後、ここの住人が建物から出てきた。わたしは鍵束を手に持ち、いかにもいま開けるところだったふりをしながら、入れ替わりにドアをくぐる。出てきた住人は、わたしに目もくれずに歩き去った。

エレベーターに乗り、最上階で降りる。その階に部屋は三つあったが、わたしは第六感にしたがって、川を見晴らす部屋の呼鈴を押してみた。長い沈黙があり、ホーソーンはおそらく外出しているのだろうとがっかりしたそのとき、いきなりドアが開く。そこにはホーソーンが立ち、あっけにとられた表情でまじまじとわたしを見つめていた。いつもと同じスーツを着ているものの、上着は脱いで、シャツの袖はめくられている。指には灰色の塗料が付着していた。

これが、自宅でくつろぐホーソーンの姿というわけだ。

「トニー！」驚きの叫びだ。「どうしてここがわかった？」

「わたしにはわたしのやりかたがあってね」もったいぶって、わたしは答えた。

「メドウズに会ったんだな。あの男から住所を聞いたのか」ホーソーンはわたしを見つめ、考えをめぐらせている。「下の呼鈴を鳴らさなかったな」

「きみを驚かせようと思ったんだ」

「上がってほしいのはやまやまなんだが、相棒、もうすぐ出かけるところでね」

「それはかまわないよ。長居はしない」わたしたちはにらみあったまま、膠着《こうちゃく》状態におちいっていた。ホーソーンは戸口をふさぎ、わたしは絶対にここを退《しりぞ》くまいと粘る。「本のことで、きみと話がしたかったんだ」

さらに数秒のせめぎあいの後、ホーソーンはようやく心を決め、仕方がないとばかりに戸口から身を引いた。「さあ、入ってくれ！」まるでずっと待ちわびていたかのように、わたしに声をかける。

ついに、謎めいた元刑事ダニエル・ホーソーンの秘密の一部がここで明かされるというわけだ。そこはかなり広い物件で、少なくとも百八十平方メートルはあるだろう。主な部屋はひとつながりになっていて、キッチンと書斎は、広い戸口で居間から仕切られている。たしかに川に面してはいるものの、天井があまりに低く、窓があまりに小さいため、〝はっと息を呑む眺望〟とまでは呼べないだろう。いたって現代ふうの内装は、建物の外側と同じく、何もかもがベージュだ。絨毯《じゅうたん》は真新しい。部屋の内部は、まったく個性が感じられなかった。壁には、一枚の絵さえ飾られてはいない。家具は数えるほどしかなかった――ソファが一脚、テーブルに椅子が二脚、そしてずらりと並ぶ棚。書斎の机には一台ではなく二台のコンピュータが置かれ、何やら本格的な装置がケーブルで接続されている。

テーブルの上には本が散らばっていた。いちばん上にあるのは、アルベール・カミュ『異邦人』だ。その隣には、少なくとも五十冊ほどの雑誌が積み重ねてあった。『《エアフィックス》製プラモデルの世界』『モデル・エンジニア・マガジン』『世界の船舶模型』。ボールド体で記されたこうした雑誌名は、ディールの骨董屋《こっとうや》でのできごとを思い出させた。つまり、ホーソーンが興味があるのは歴史ではない。プラモデル作りが趣味なのだ。周囲を見まわすと、まさに何十ものプラモデルが飾ってあった。航空機、列車、船舶、戦車、ジープ。棚に並んでいたり、絨毯に置かれていたり、天井から糸で吊るされていたり、どれも軍用のものばかりだ。わたしが呼鈴を押したときは、ちょうどテーブルで戦車を組み立てていたところらしい。だからこそ、応答するまでにあんなに時間がかかったのだ。

わたしが何に注目しているのか、ホーソーンは見てとった。「趣味だよ」

「プラモデルを作っているんだな」

はおった。

「ああ」製作中の戦車に向かう椅子の背に、スーツの上着が掛けてある。ホーソーンはそれを

テーブルに広げられた戦車の部品は、ものによってはあまりに細かくて、つまむのにピンセットが必要なほどだ。子どものころ、よく《エアフィックス》社のプラモデルをもらったことがあったのを、わたしは思い出していた。いつだって、すばらしく高い理想を思いえがいて作りはじめるのに、現実に打ちのめされるのはあまりに早かった。部品同士をくっつけようとしているのに、何もかもがわたしの指にくっついてしまう。指の間には、接着剤がクモの巣のように糸を引く。接着剤の乾く時間が待てなくて、ついさわってしまう。最後までどうにか作りあげることはめったになかったが、めずらしく完成した作品でさえ、あまりにひどく歪《ゆが》んでいて、実際に飛んだり走ったりするところはとうてい想像できなかった。色を塗るのは、さらに難しい。こうした小さな塗料の壜を、わたしもずらりと並べてはいたが、いつも、ついたっぷりと塗りすぎてしまうのだ。塗りすぎた塗料は流れ、混じりあって染みになる。翌朝、乾かしておいた模型を見たわたしは、いつも罪悪感に打ちひしがれながら、すべてをゴミ箱に放りこんだものだった。

ホーソーンの作品は、そんな記憶とは別次元だった。室内にあるどの模型も、途方もない細心さと忍耐により、完璧に組み立てられている。塗装も目を見はるほど美しい。さまざまな模様は――ジャングル迷彩や旗、翼に入った線――まちがいなく、どれも本来の姿を忠実に再現しているのだろう。これらをすべて作りあげるのには、優に数百時間はかかるはずだ。部屋に

はコンピュータはあるものの、テレビは見あたらない。おそらくは、余暇のほぼすべてをこの趣味に費やしているのだろう。

「これは?」いま製作中の戦車を、わたしは眺めていた。

「チーフテンMk.10、英国製。六〇年代のNATO軍に配備されてたんだ」

「ずいぶん複雑な構造なんだな」

「塗装のときのマスキングが、ちょっとばかり面倒でね。途中まで組み立てておいた部品をすべて塗っちまってから、全体を組み立てなきゃならないんだ。あと、砲塔バスケットがとんでもない難物だな。だが、それをのぞけばそう難しくはない。もともとの部品がうまくできてるね。このメーカーは、模型ってものをよくわかってる。金型が精巧なんだ」

ホーソーンがこんなふうに語るのは、ディールでフォッケウルフについて説明してくれたとき以来だ。

「プラモデル作りはいつごろから?」わたしは尋ねた。

ホーソーンはためらった。いまとなっても、やはり自分のことは何ひとつ明かしたくないらしい。だが、やがてふっと態度を和らげる。「もう、かなり長いことやってるな。子どものころの趣味なんだ」

「兄弟か姉妹はいるのか?」

「半分だけ血のつながった兄がな」言葉を切る。「そいつは不動産屋をしてる」

だとしたら、このペントハウスも説明がつく。

「わたしは、プラモデル作りはからきし下手だったな」

「こんなもの、忍耐力さえあればどうにでもなるさ。必要なだけ、じっくり時間をとるんだ」

しばし沈黙が続いたが、気まずい思いをせずにすむのは初めてだ。いまや、わたしはホーソーンのかたわらで、くつろいだ気分を味わいつつあった。

「きみはこんなところに住んでいたんだな」

「いまのところはな。ただの仮住まいだよ」

「家主の留守に管理を頼まれているとか？」

「ここの持ち主はシンガポールにいてね。実際に住んだことはないんだが、空家にはしたくないんだとさ」

「それで、きみの兄弟が仲介したというわけか」

「そういうことだ」テーブルにおいてあったタバコの箱を、ホーソーンはつかみとった。だが、この部屋はまったくタバコの臭いがしない。吸うときは、いつも外に出ているのだろう。「たしかあんたは、本の話がしたいと言ってたよな」

「題名をひとつ思いついてね」わたしは答えた。

「『ホーソーン登場』じゃだめだってのか？」

「それについては、もう話しあったじゃないか」

「じゃ、何だ？」

「この事件のメモを読みなおしていたら、クラーケンウェルで初めて話しあい、きみがこの本を提案してきたときに、きみが口にした言葉を見つけたんだ。人々が探偵小説を読むのは、登場人物の人となりに興味があるからだと言ったわたしに、きみはこう反論した――『主題《メインテーマ》となるのは殺人だ。重要なのはそこなんだよ』。きみが言ったとおりの言葉だ」

「それで……？」

「『メインテーマは殺人』――これはなかなかいい題名じゃないかと思うんだ。結局のところ、わたしはもの書きで、きみは探偵だろう。どちらの要素も入った題名だ」

しばらく考えた後、ホーソーンは肩をすくめた。「まあ、それでもいいかもな」

「あまり納得していないようだね」

「どうも気障《きざ》ったらしいからな。おれだったら、海岸でくつろぐのにそんな本は読まないね」

「きみは海岸に行くこともあるのか？」

ホーソーンは答えなかった。

テーブルの上の本に向かって、あごをしゃくってみせる。「『異邦人』はどうだ？」

「読みおわったよ。結末はかなり気に入ったな。アルベール・カミュ……こいつは、小説の書きかたってものをわかってる」

こうしてホーソーンと向かいあっているうち、わたしはいつしか、ここを訪ねてきたのはまちがいだったのではないかと思いはじめていた。本を書くのに必要な材料が手に入ったことはたしかだ。ホーソーンについて、新たな情報も得られた。だが、こっそりメドウズと会っていたこと、不意打ちでここに押しかけたことを思うと、守るべき信義を破ってしまったような後ろめたさが、じわりと胸に広がってくる。

「来週にでも、いっしょに夕食はどうかな」わたしは切り出した。「そのときには、最初の二章くらいは見せられると思うんだ」

　ホーソーンはうなずいた。「そうだな」

「じゃ、そのときにまた」

　そう、そんなふうに終わるはずだった。ここへ来なければよかったと、ほのかな後悔を噛《か》みしめながら、わたしはただこの部屋を出ていくはずだったのだ。だが、きびすを返した瞬間、棚に飾ってあった額入りの写真が目に飛びこんでくる。そこには、眼鏡を鎖で首にぶらさげ、片手を少年の肩にかけた金髪の女性が写っていた。ホーソーンの妻と息子だということは、ひと目で見てとれた。最初に頭に浮かんだのは、以前に言われたことへの反発だ。ダイアナ・クーパーの家に死んだ夫の写真が飾られていたのを見たとき、ホーソーンはわたしにこう言いはなった――『別れた旦那の写真なんか、こんなところに飾っておくわけがないだろう！』だが、自分だって、別れた妻の写真をこんなところに飾っているではないか。

　そう言ってやろうと思った瞬間、別のことがひらめいた。わたしはこの女性を知っている。以前、たしかに会ったことがあるのだ。

　そして、記憶がよみがえる。

「きみって男は！」わたしは叫んだ。「まったく、どうしようもないろくでなしだな」

「何の話だ？」

「これはきみの奥さんだろう?」

「ああ」

「この女性には、前に会ったよ」

「思いちがいだろう」

「きみと《J&A》で会った二日後、ヘイ・オン・ワイの文学祭でね。ずいぶんひどいことを言われたよ。わたしの書くものは現実離れしているだの、社会に影響力を持たないだの。あんなことを言われてしまったからこそ、わたしはつい……」危ういところで言葉を呑みこむ。

「きみが、奥さんにそう言わせたんだな!」

「あんたが何の話をしてるのか、おれにはさっぱり見当がつかないんだが」

ホーソーンはいかにも無邪気な、子どものようなまなざしでこちらを見つめている。だが、わたしはもう、そんなものにだまされはしなかった。こんなにも巧みに操られてしまったとは、とうてい信じられない。ホーソーンはわたしを、そこまで愚鈍な人間だと見くびっているのだろうか? 憤《いきどお》りがこみあげてくる。「嘘をつくな」わたしはもう、ほとんどわめきちらしていた。「きみが奥さんを送りこんだんだ。自分が何をしていたのか、知らないとは言わせない」

「トニー……」

「そんな名でわたしを呼ぶな。わたしはアンソニーだ。トニーだなんて、誰からも呼ばれたことはないんでね。もう、この話はすべて忘れてくれ。こんなくだらない話に乗ったばかりに、わたしは危うく殺されかけたんだ。最初から、きみの話になど耳を貸さなければよかったよ。

こんな本、誰が書くものか」

わたしは部屋を飛び出した。エレベーターに乗ることさえまどろっこしい。階段を使って十二階を駆けおり、爽やかな戸外へ出る。ブラックフライアーズ橋の中ほどまで歩いたところで、わたしはようやく足をとめた。

そして、携帯を取り出す。

エージェントに電話をしよう。この契約は破棄したと、ヒルダに伝えるのだ。《オリオン》とは、まだ二冊分の契約が残っている。『刑事フォイル』の新シリーズも書かなくてはならない。やるべきことは、ほかにもたくさんあるのだ。

だが、そうはいっても……

ここでわたしが降りてしまえば、ホーソーンはそのまま、ほかの作家に話を持ちかけるにちがいない。だとしたら、どうなる？　わたしはほかの作家が書く本の、ただの脇役になりさがるのだ。それに比べたら、自分の作品に本人として登場するほうが、はるかにましではないだろうか。他人にまかせたら、何を書かれるかわかったものではない。手のほどこしようのない間抜けに描かれないともかぎらないのだ。

それに引き替え、自分で書くなら、すべては自分の思いのままだ。話を持ちかけた作家はわたしだけだったと、ホーソーンも認めたではないか。これは、わたしの物語なのだ。ヒルダは契約をまとめてくれたし、考えてみれば、もう仕事の半分は片づいているようなものではないか。

片手には、いまだ携帯が握られていた。

親指は、いつでも〝発信〟をタップしようとかまえている。

とはいえ、橋を渡りきるころには、自分がどうすべきか、わたしにははっきりとわかっていた。

謝辞

本書の執筆には、多くのかたがたの助力をいただいた。

まずはRADAの稽古を見学させてくれたエドワード・ケンプ校長に、心からの感謝を捧げたい。同校の俳優養成部長であるルーシー・スキルベックは、背景となるさまざまな資料を提供してくれた。ルーシーから紹介されたゾーイー・ウェイツ――ダミアン・クーパーと近い時期に、RADAに在学していた――は、学校を訪れたわたしのため、惜しみなく時間を割いてくれた。より最近の卒業生であるチャーリー・アーチャーからは、オーディションの様子を詳しく聞かせてもらい、さらに理解を深めることができた。いまだ高く評価されている『ハムレット』の演出を務めたリンゼイ・ポスナーからは、当時の演出ノートを見せてもらえた。

アンドリュー・リヴァートンからは、ロバート・コーンウォリスという人間を理解するためのさまざまな話を、じっくりと聞くことができた。なお、アンドリュー自身の経営する葬儀社は、本書に登場する描写といっさいかかわりはない。元刑事であるコリン・サットンは、ホーソーンと同じく多くのテレビ会社に協力している。わたしにも――ホーソーンよりはるかに快く、と言い添えなくてはなるまい――さまざまな背景資料を提供してくれた。わたしの兄であるフィリップ・ホロヴィッツは、ダイアナ・クーパーの起こした交通事故について、法律面から解説してくれた。

《ペンギン・ランダム・ハウス》の新たな敏腕編集者、セリーナ・ウォーカーに本書を引き受けてもらえたことを、わたしとホーソーンは心から喜んでいる。すばらしく仕事熱心な校閲のキャロライン・プリティ、そしてヒルダ・スタークと連絡がとれないときに貴重な助言をくれた《カーティス・ブラウン》社のジョナサン・ロイドにも、われわれの感謝を捧げたい。

妻のジル・グリーン、そしてふたりの息子、ニックとキャスにも、いつもながら感謝の言葉を述べなくてはなるまい。本書を読んでくれたこと、執筆の初期段階でわたしをいろいろ助けてくれたことに加え、いつのまにか自分たち自身が物語に織りこまれているのに気づいても、さほど異議を唱えずにいてくれたことに。

解説

杉江松恋

惚《ほ》れ惚《ぼ》れとするフェアプレイ。

アンソニー・ホロヴィッツ『メインテーマは殺人』最大の美点はそこである。とにかくフェアプレイ。読後のしてやられた感が半端ではない。口惜しさ半分で飲むビールが進むこと進むこと。

二〇一八年に翻訳刊行された『カササギ殺人事件』（創元推理文庫）が年間ベストテンなどで七冠達成という未曾有の偉業を成し遂げたことで、日本における作者の知名度は一挙に上がった。その後に訳される長篇だから、期待も高まろうというものである。簡単に概要を書いておくと、本作は前作とは違って元刑事のダニエル・ホーソーンという探偵が活躍する作品で、十作か十一作を予定しているシリーズの第一長篇にあたるのだという。ちなみに前作で鮮烈な登場をした名探偵アティカス・ピュントについても、作者は続篇を書く意思を示しているそうだ。

本作でまず注目されるのは、探偵の記録者になる〈わたし〉がアンソニー・ホロヴィッツ自身であることである。この設定は間違いなくホームズとワトスンの関係を念頭に置いたものだ。〈わたし〉の記述によれば、ホーソーンとの出会いは『インジャスティス――法と正義の間で』という連続ドラマ（現実に二〇一一年に放送された）であった。このドラマの脚本を書いていた〈わたし〉に、捜査現場の詳細を教える助言者として呼ばれてきたのだ。ホーソーンが初対面で「きみ、アフガニスタンに行ってきましたね？」と言うことはなかったが、〈わたし〉が名乗る前から待ち合わせの相手だと見抜き「やあ、アンソニー」と声をかけてきたし、ひさしぶりに再会したときも「しばらく田舎にいたんだろう？」「新しい子犬も迎えたわけか！」と近況を言い当てた。言うまでもなく、観察に基づく推理こそホームズの得意技である。

ホロヴィッツはコナン・ドイル財団公式認定のホームズ譚《たん》新作『シャーロック・ホームズ　絹の家』（二〇一一年。邦訳、角川文庫）と『モリアーティ』（二〇一四年。邦訳、角川文庫）という二長篇を発表している。つまり現代における公式のワトスンと言ってもいい作家が、ホームズ的な探偵と行動を共にするという構図なのである。ホーソーンは元祖をさらにそっけなくさせたような性格で、本家同様に「警察の諮問《コンサルタント》として働いている」と語る場面もある。

本作の発表は二〇一七年だが、作中の時間はホロヴィッツが『絹の家』を書き上げた直後に置かれている。児童向け作家としては世に知られた存在という評価を『絹の家』が変えてくれるのではないか、と期待していたところに自分の捜査する事件を取材して本を書いてみないか、と提案するホーソーンが現れたわけである。幾何《いくばく》かの葛藤《かっとう》はあったものの、関心を惹かれてしまった〈わたし〉は同意し、彼と行動を共にすることになる。二人が追うのは、ダイアナ・クーパーという老婦人が、自分の葬儀の手配をしたその夜に何者かによって絞殺されたという奇妙な事件である。

この物語の土台には三つのトリックが置かれている。未読の方に先入観を与えないように漠然とした書き方をすると、Aは視点の切り替えとでも言うべきもの、Bは古典的な手法の再利用、Cは知っている限りでは前例がなく新しいが、同工異曲のものはいくつか挙げることができる。一つひとつを見てもそれほど派手なトリックではないが、本作の美点はそこにはない。一つの着想で満足せず、三つを集めて鼎《かなえ》の脚のように配置し、その上に意外性のある犯罪計画を作り出した。作者のその構成力をこそ賞賛すべきだろう。

ホロヴィッツの語る物語はほとんど停滞することがない。文体の滑らかさや程良いユーモアもさることながら、情報提供のやり方が巧いのだと私は感じた。その一例が、作中で語られるゴドウィン兄弟の交通事故である。

殺人事件の犠牲者であるダイアナ・クーパーは、九年十一か月前に人身事故を起こしていた。ゴドウィン家の幼いふたごを轢き、そのうちの一人のティモシーを即死させ、もう一人のジェレミーには脳に後遺症の残る重傷を負わせていたのだ。

第五章「損傷の子」で事件の概要が紹介される。第八、九、十五、十七、十八章でそれぞれ関係者が現れて事故の模様を語り、事件の捜査が終盤に差し掛かる第十九章である興味深い事実が明かされる。証言者の視点がそれぞれ異なるので、ピースが集まるごとに過去の事故についての新たな発見がある。古くなってぼやけていた映像データが鮮明さを取り戻していくようなものである。全二十四章のうち五章から十九章までで詳しく触れられるので、この話題が物語中盤の牽引役になっていると言っていい。読者の関心を惹くようなトピックを準備し、その推進力を借りて話を前に送り出しながら、もう一方で後で展開する話題の仕込をするというのがホロヴィッツのやり方である。

後で見返してみると、最も重要な情報が書かれている章は初読時にあっさりと通り過ぎてしまっていたことに気づかされる。ここではもちろん何章かは書かないが、そのときに注目しているトピックについて触れられていなかったり、何か事態が起きて一段落したり、といった凪《なぎ》の章を狙うのがこの作者は巧いのである。何もないように見えるところに隠したり、別の形に装ったり、といった技巧にもこの作者は長《た》けている。

叙述という点で言えば、本作がワトスン役による一人称で書かれていることの意味も大きい。謎解き小説が作者と読者の知恵比べだと考える向きにおいてはフェアプレイの原則、すなわち作中人物が見聞きした事実がそのまま読者にも伝えられ、無意識のものにしろ隠蔽が行われないということが何よりも重要だろう。一人称の叙述ではそこがしばしば怪しいことになるのだが、開巻早々の第三章「第一章をめぐって」で、ホーソーンは〈わたし〉に駄目出しをする。書かれていることが事実に即していないというのだ。文学上の脚色にまでケチをつけられて〈わたし〉は抗弁するも、結局「犯行現場や尋問、事情聴取については、事実だけをきっちり書きしる」し「読者を惑わしかねない想像や推定、脚色などはいっさい加えない」と約束するに至る。探偵の注文でワトスンがルールの厳格化を意識するようになったわけだ。

この姿勢がいかに徹底されていたかは、最後の第二十四章で確認される。ここで〈わたし〉は、自分が重要な手がかりはほぼ書きとめていたのに「なぜ重要なのか、理由をつかめていなかっただけ」であることを認識するのだ。探偵と同じものを見ているのに重要なことには何も気づいていなかった傍観者というのは理想的なワトスンの資質だと思うが、それを叙述上のルールまで定めて徹底した点に本作の価値がある。

適切な形で手がかりを呈示するだけではなく、本作では推理のためのヒントをホーソーンの台詞《せりふ》などによって与えることまでする。一つの例は第十七章で、関係者の尋問と過去の事件現場を訪ねるため、二人はカンタベリー行きの列車に乗る。その車内で、ホーソーンがこんなことを言い出すのだ。

「おれに訊く必要はないさ、相棒。あんたが見せてくれた、お粗末な第一章に書いてある。もっとも重要なものは何だったのか、きっとあんたも気がつくよ。何もかも、そこに結びついてるんだから」

先述した、ケチのついた第一章に、まだ〈わたし〉の気づいていない重要なヒントが隠されているというのである。辛辣《しんらつ》な批判を浴びた部分なだけに、〈わたし〉は揶揄《からか》われたと思って怒り出すが、ホーソーンの言葉が嘘ではなかったことが謎解きの段階になってわかる。彼の言う通り、彼が指摘する場所を注視さえしていれば、謎は解けたはずなのである。〈わたし〉が、そして読者がホーソーンほどの観察力の持ち主であれば。

ミステリを読むと、謎そのものは魅力的だが、手がかり呈示の仕方には不満が残る、というような作品に出会うことがある。その多くは記述が曖昧《あいまい》すぎるのである。真相を隠そうとする意識が強すぎるものか、ここで事実関係の一部でも明示してもらえれば後の驚きも倍増したのに、と残念な思いに駆られる。

ホロヴィッツはその点では理想的な作家で、多くの場面で手がかりは明示される。感心したのは1+1=2方式、つまり二つの事実を突き合わせて考えて推論を引き出す形の手がかり呈示を進んで行うことだ。たとえば第十二章、クーパー夫人の葬儀参列者が車の鍵を持っているのを見たホーソーンが行う推理などは見事と言っていい。突き合わせた二つの事実がどこに書かれていたかをぜひ確認してもらいたい。たしかにそのことが明示してあったと舌を巻かされるはずだ。

曖昧な言い方をすると、本作に置かれている手がかりには二種類がある。第一は、ある証拠物件が一つの事態と結びついているようなもの。前記の、鍵にまつわる推理などがその好例だ。第二は、単独では意味をなさないが、それらが集まると大きな図柄のようなものが見えてくるという手がかりである。ホーソーンはそれらを集めることにより、ある真相に到達する。本作で最も見事な推理であり、彼は手がかりの集合体から、実際に話したこともない事件関係者の心理を見事に再現してみせるのである。「何が起きたか」という事件の再現を行うことは推論を組み立てる上での必要条件だが、それが「なぜ起きたか」という動機の問題にまで踏み込んでいる点が探偵の慧眼《けいがん》たる所以《ゆえん》だ。彼の推理によってその人物の印象は百八十度引っくり返り、物事の見え方までがすっかり変わってしまう。ホロヴィッツがアガサ・クリスティの信奉者であることは前作『カササギ殺人事件』によって広く知られることになったが、かの作家の最も優れた点、すなわち登場人物の心の秘密が事件の謎と深く結びつくというキャラクター重視の姿勢が本作にも美しい形で継承されている。

最初に書いたように、ホロヴィッツは作中の〈わたし〉を自分自身に設定している（実在の人物は他にも何人か登場している）。作中人物イコール作者という古典的な探偵小説の型を踏襲したいというマニア的な思惑もあるだろうが、その狙いは現実と虚構を混交させることではなかったか。先に話題になった『カササギ殺人事件』が作中作という形式をとることによってのみ可能な趣向を凝らしていたように、ホロヴィッツはどう語るかという様式に強い関心を持つ作家である。また、『絹の家』を手掛けるときに、ホームズ譚の精神を守るために必要な十箇条を自分で定め、厳格にそれを守っている（『絹の家』訳者付記参照）。自身で決めたのではない設定を受け入れた上で書かなければならない脚本家の出身であるホロヴィッツにとって、何らかの縛りをかけた上で物語を書くのは逆に腕の見せ所なのではないだろうか。自身の存在によって虚構を現実に接続するという遊びも、その一つなのだと思われる。

『カササギ殺人事件』ほどの大仕掛けではないが、作中世界が〈わたし〉＝ホロヴィッツの語りによって現実に接続されることはさまざまな効果を上げている。〈わたし〉は作中人物だが、同時にホロヴィッツ自身でもあるので、ときおり現実を俯瞰《ふかん》できる立場の人間がやりそうなことをする。たとえば第十六章、彼はホーソーンのライバルであるメドウズ警部と単独で会って情報を引き出そうとする。後で物語を書くときのホーソーン視点以外から見た傍証が欲しいからだ。探偵のライバルとしての警察官といえばたいていはホームズ譚におけるレストレード警部のような引き立て役だが、現実はそうではない。メドウズ警部は意外にも有能であり、彼に思いがけないことを言われた〈わたし〉は困惑することになる。そうした細かな齟齬《そご》が、速やかすぎる流れを変化させる。それによって物語のリズムを賦活《ふかつ》するアクセントが生じるのだ。

もう一つ、ホーソーンという人物を巡る問題もある。〈わたし〉は小説家だから物語を書くに当たっては主人公のキャラクターを立てたいと考える。しかしホーソーンはそういうことに無関心であり、なぜか自分の私生活を頑《かたく》なに語ろうとしない。ゆえに却《かえ》って強くホーソーンのことを知りたいと思うようになるのだが、そのための感情がノイズとなり〈わたし〉の判断を誤らせるのだ。最大のノイズは、関係者の尋問時に発生する。黙って聞いていろと言われたにもかかわらず、おそらくはホーソーンに対する意地から再三再四〈わたし〉は横から口を挟む。その質問が、少なくとも一回は事件の行く先を捩《ね》じ曲げてしまうことになるのだ。フェアプレイが貫かれた謎解き小説ではあるが、〈わたし〉という変数によって捜査の進行が妨げられるという事態まではルールの許容範囲なのである。おかしな言い方になるが、ワトスン役がお飾りではなくてちゃんと仕事をしているのが楽しい。

ホームズとワトスンを念頭に置いたコンビ探偵で、クリスティばりの心理トリックも武器とする、あくまでフェアプレイを念頭に置いた謎解き小説。もう一度『メインテーマは殺人』の特徴をまとめると、そういうことになる。さらに加えるならば、マニア心をくすぐる自己言及の批評性、かな。以降の連作ではこれらの美点がどうなっていくか。大胆な手がかり開示という姿勢はぜひ続けてもらいたいし、ぎくしゃくしているコンビ探偵が少しは連携を取れるようになるのかという点も気になる。すでに刊行されている第二作 *The Sentence is Death* ではどんな勝負を仕掛けてくるのだろうか。

訳者紹介　英米文学翻訳家。ホロヴィッツ『カササギ殺人事件』、ギャリコ『トマシーナ』、ディヴァイン『悪魔はすぐそこに』『そして医師も死す』、ベイヤード『陸軍士官学校の死』、キップリング『ジャングル・ブック』など訳書多数。

検印
廃止

メインテーマは殺人

2019年9月27日　初版
2024年6月7日　7版

著　者　アンソニー・ホロヴィッツ

訳　者　山《やま》田《だ》　蘭《らん》

発行所　（株）東京創元社
代表者　渋谷健太郎

162-0814/東京都新宿区新小川町1-5
電　話　03・3268・8231-営業部
　　　　03・3268・8204-編集部
URL　http://www.tsogen.co.jp
DTP　キャップス
萩原印刷・本間製本

乱丁・落丁本は、ご面倒ですが小社までご送付ください。送料小社負担にてお取替えいたします。

ISBN978-4-488-26509-0　C0197

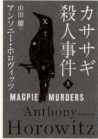